THE DIARY
OF
YE LINGFENG

葉靈鳳日記

葉靈鳳——著

盧瑋鑾——策劃／箋

張詠梅——注釋

（下冊）

VOL II

1968———1974

◉ 策劃　　　　　　　　盧瑋鑾

◉ 統籌　　　　　　　　張艷玲

◉ 特約編輯 / 參訂　　　許迪鏘

◉ 編輯　　　　　　　　許正旺

◉ 書籍設計　　　　　　曦成製本（陳曦成、焦泳琪）

◉ 排版　　　　　　　　陳先英

◉ 書名　　　　葉靈鳳日記・下 1968-1974

◉ 作者　　　　葉靈鳳

◉ 箋 / 注者　　盧瑋鑾　張詠梅

◉ 出版　　　　三聯書店（香港）有限公司
　　　　　　　香港北角英皇道 499 號北角工業大廈 20 樓
　　　　　　　Joint Publishing (H.K.) Co., Ltd.
　　　　　　　20/F., North Point Industrial Building,
　　　　　　　499 King's Road, North Point, Hong Kong

◉ 香港發行　　香港聯合書刊物流有限公司
　　　　　　　香港新界大埔汀麗路 36 號 3 字樓

◉ 印刷　　　　美雅印刷製本有限公司
　　　　　　　香港九龍觀塘榮業街 6 號 4 樓 A 室

◉ 版次　　　　2020 年 5 月香港第一版第一次印刷
　　　　　　　2020 年 10 月香港第一版第二次印刷

◉ 規格　　　　16 開（170 × 230 mm）400 面

◉ 國際書號　　ISBN 978-962-04-3311-5（套裝）

目錄

凡例

一

- 《葉靈鳳日記》收入 1943 年 9 月至 1974 年 5 月葉靈鳳所寫的日記，其中包括備忘、收入賬目等文字資料。唯此期間日記間有中斷，所記也不一定整年完備，如 1962 及 1972 年只有一天紀事。

- 內文盡量依據葉氏日記原樣編排，唯日期一律置於每篇日記前以便閱讀，1968 年以後日記始標星期，一仍其舊。

- 內文為隨手所記，文字偶或佶屈，除非可能引致誤讀，一律保持原貌。筆誤或缺字明顯的，逕行改正，或以〔〕號標示正確文字，有疑問者，注以？號。

- 日記行文每用「隨手字」，如担、献，或異體字，如羣、畧，現一律改為通行印刷體。「老派」用字如祗（有時作祇）、輭，也改為通行字體只、軟。其他如周與週、份與分等，前後寫法不一，也酌予統一。書名號均作""，現改為單（篇名）、雙（書名）魚尾號。

- 日記中外國人名、書名譯法與現今通譯不一者，於注中說明。中外書名在日記中每前後不一，或略有差誤，酌情以〔〕號標示正確書名，其他若不影響閱讀理解，概依原文，不另標示，概以注釋所列為準。

- 日記中提到的書刊，盡量於注中標明版本資料，現收錄於香港中文大學圖書館葉靈鳳贈書室中者，以 * 號標示，否則所標者只能盡量貼近葉氏所用版本，未必就是其所讀原書。

◉ 日記附箋和注，箋者盧瑋鑾搜求多種已刊及未刊資料，對日記涉及之人、地、書、文提供背景介紹或說明，或探索及分析日記中「微言隱義」，並據親身經歷提出個人獨到見解。箋文冠以【盧】並以不同字體標示。注者張詠梅以頁下注形式，提供時事旁證、人物簡歷、店鋪所在、書刊版本等資料。日記中提到專欄文章、曾看電影、時事新聞，均盡量查找相關報刊，一一標明出處，並引錄相關資料，印證葉氏行事及交遊。

◉ 《日記別錄》「日記按年參照」部分，收錄與日記內容有關之圖片，凡日記內文日期右側附 📷 號者，可在該部分參考相關圖像。

◉ 《日記別錄》附日記人名索引。

一九六八年

此日記冊乃上海書局所贈，原係1966年者，但在上並無年份，到今年仍可用。其中一部分插畫是我借給他們的[001]。

1968年1月1日 星期1

—

今日元旦，在家休息。天氣晴好，已不甚冷。上午購柑四元，三十二枚，每元八枚，可謂廉宜。味亦不錯。

今日係我與克臻結婚紀念日，大女中絢以大蛋糕一枚相贈，又贈紀念賀卡，由兒女諸人署名，中絢的兒子和中健的兩個兒子亦署名，因此我們又以祖父母和外祖父母的身份受賀了。

今晚略備菜餚，邀中絢和她的夫婿來家晚餐。菜有醃篤鮮、西式燜牛肉、圓蹄、豆苗炒冬笋、菜花冬菇、臘鴨臘腸、滷蛋等，談笑甚歡，頗足點綴新年。有酒、汽水，並有水果。

今日真正休息一天，未寫作，也未看書。

1968年1月2日 星期2

—

天氣晴朗，微暖。

寫希臘神話稿，作〈星座〉用[002]。

今日為農曆十二月初三。兒輩已開始購置農曆新年新衣。預算一下，過這個年，約需二千元的額外開支，生活擔子愈來愈重也。

牙痛，胃寒，略感不適，二時就寢，平時多在三時，今夜已略為提早了。

001　羅隼：〈「大公書局」首創《我的日記》〉，見《香港文化腳印（二集）》（香港：天地圖書有限公司，1997年），文中提到：「後來上海書局，也編印『我的日記』，擷取魯迅字體為名，當時的上海書局編輯部，人材濟濟，編出來的自然比大公書局更精美，插圖又是彩色的，又肯花錢在報上刊登廣告，在戲院放映幻燈片推廣，成為香港銷路最好的一本日記。」（頁5）

002　葉靈鳳：〈希臘的開天闢地神話〉（筆名「伊萬」），刊《星島日報・星座》，1968年1月5日，頁16。

1968年1月3日 星期3

一

天氣晴暖，陽光甚好。

牙痛平息，昨夜早睡，精神恢復。

下午偕中嫻往銀行繳學費，逛公司，在大新 [003] 購不銹鋼茶匙一打，每隻四毫甚廉宜，又買瑞典出品膠質榨橙汁器一，設計甚新穎合實用。又買各式牙刷一批，供大家採用。

在占飛餐室 [004] 休息，各吃粥一碗。

往實用書店買英國通俗小說一冊，供〈小說天地〉[005] 連載用。

在書店遇見關朝翔醫生 [006]，邀往其診所以一冊有關男女性衝動的反應報告一冊見贈，係美國一些醫學機構調查研究報告，燈下翻閱一兩章，頗有些新見解。

1968年1月4日 星期4

一

天氣晴暖。

譯述每天應寫的連載稿，未作其他工作。這幾天很懶散，看來又該加緊督促自己了。

讀《大華》半月刊 [007]，這是一個專刊近代掌故軼聞的雜誌，【盧】《大華》半月

---

003 大新，指大新有限公司，位於德輔道中 181 至 183 號，見吳灝陵編：《香港年鑑 1968・工商名錄》（香港：華僑日報，1968 年），頁 203。

004 占飛餐室，在占飛百貨公司內，占飛百貨公司位於德輔道中與德忌利士街交界。

005 〈小說天地〉，《星島日報》專刊小說創作的副刊，1956 年 10 月 5 日創刊，宣傳廣告見 1956 年 10 月 1 日《星島日報》頭版。

006 關朝翔（1921-），河北任縣人，香港大學醫學士，行醫六十餘年。公餘寫詩詞散文，文章以普及醫學知識為主，發表於香港多家報紙及期刊。著有《我的括龍術》（筆名「吳仲實」。再版時「括龍」改為「刮龍」），1952 年學文書店出版，內容多談醫學常識。後期結集出版有《常見病與奇難症》、《奇難誤診病案》及《實用醫話》等。

007 《大華》半月刊，1966 年 3 月創刊，高伯雨主編，作者有鄭逸梅、包天笑等，曾連載包天笑《劍釧影樓回憶錄》。

葉靈鳳：〈霜紅室隨筆・讀《大華》創刊號〉（筆名「霜崖」。以下提及的〈霜紅室隨筆〉，作者均署「霜崖」），刊《新晚報・下午茶座》，1966 年 3 月 2 日，頁 7。

刊由文史掌故家高伯雨（1906-1992）以「林熙」之名主編，1966 年 3 月 15 日創刊，1968 年 3 月第 42 期停刊；休刊兩年後，至 1970 年 7 月復刊，改為月刊。詳情可參閱許定銘〈文史掌故期刊《大華》〉（見《城市文藝》2011 年 1 月號）。**本期有記章太炎、嚴復等人的早年軼事。**

此兩年獨有的三角符號：

1968 年 1 月 5 日　星期 5

—

天氣晴暖。　早【Ⅹ】　【盧】似是個人暗號，別有所指。

譯稿：巴比倫的天地開闢故〔事〕。不甚有趣 008，只是為了配合插畫之故。這是一冊各國的神話故事集 009，有阿志跋希夫 010 的木刻插畫二十餘幅，甚精美，數十年前出版時，曾見介紹。近年有了重印的廉價版，遂買了一冊。

1968 年 1 月 6 日　星期 6

—

天暖，潮濕，回南，有毛毛雨。

今日晚餐吃春捲，家中自製，佐以薄粥，頗有滋味，只是所包者不多，全家吃來未能一飽耳。

中絢夫婦約明日往九龍及新界遊玩，夜二時半就寢，算是提早了，明早定九時起床。

1968 年 1 月 7 日　星期日

—

今日天氣晴暖，上午九時起身，應中絢夫婦之邀作郊遊，克臻與中嫻偕行，

008　葉靈鳳：〈巴比倫的開天闢地神話〉（筆名「伊萬」），刊《星島日報・星座》，1968 年 1 月 7 及 8 日。

009　Colum, P. (1930) *Orpheus, Myths of the World* / 20 engravings by Boris Artzybasheff. London: Macmillan. 1959 年有紐約 Grosset & Dunlap 重印本。

010　Boris Artzybasheff（1899-1965），插畫家，出生於烏克蘭，其父親為作家，1919 年移居美國。

並帶了孫兒超駿 [011] 同去，十二時出發，乘汽車渡海輪渡海，在金冠酒樓午茶，然後赴沙田，途中並參觀女婿的製衣工廠。到沙田後又在崇基學院 [012] 小憩，再至雍雅山房 [013]【盧】在馬料水香港中文大學向大埔公路旁山邊，有亭台小橋，室外茶座設洋傘遮陰，可遠眺吐露港，是當年近郊少有消閒飲食處。是新界著名景點，五六十年代粵語片多在此取景。喝下午途〔茶〕。今日天氣甚暖，可以單衣，郊野遊人極眾。又遊沙田市集，賣東風螺、花卉、木瓜、油炸豆腐者極眾。買了木瓜及炸豆腐。木瓜甚甜。

六時自觀塘渡海回香港，在醉瓊樓 [014] 晚飯。這是東江菜，生意極好，等了許久才有空位。

在九龍曾順道遊新蒲崗及觀塘新工業區，大廈稠密，近十年來這兩區發展極速，已成了一座新的城市。

歸來甚倦，提早十一時就寢。

第一次乘車穿過獅子山新闢的隧道。

馮先生說送來前訂之阿波尼奈爾小說集 [015]。係八月間訂者，以為漏訂了，不料現在又來了。

1968年1月8日 星期1

—

天陰有風，天氣又轉冷，入夜寒風甚勁。

翻閱阿波尼奈爾的小說集《流浪的猶太人》，多以異端僧侶的題材，寫成獵

---

011 超駿，葉靈鳳次子中健的兒子。據 2015 年 6 月 15 日葉超駿提供資料：

葉超駿自小跟祖父母居住，由於小孩時候十分喜愛一首〈小鴨子〉的兒歌，葉靈鳳賜予小名「鴨子」。在香港完成中學後，留學加拿大，學成回港加入 TVB（電視廣播有限公司），以見習編劇開始其創作事業，先後在不同傳媒機構從事創作及寫作工作。2000 年初轉投唱片行，推廣日本搖滾及流行音樂文化，近年主力回歸香港音樂市場，為不同歌手組合擔當策劃工作。

012 崇基學院，1951 年由香港基督教教會創辦，為本地首所基督教中文專上學院，以「止於至善」為校訓，1956 年遷至新界馬料水村，1963 年香港中文大學成立，與新亞書院、聯合書院並為成員學院。

013 雍雅山房，西式餐廳，位於新界香港中文大學崇基學院對上，1963 年開業，2005 年結業。

014 醉瓊樓，位於銅鑼灣。鄭寶鴻編著：《百年香港中式飲食》（香港：經緯文化出版有限公司，2013 年）提到：「最著名的是開業於 1950 年代，位於銅鑼灣怡和街勝斯酒店內的醉瓊樓。」（頁 82）

015 阿波尼奈爾（Guillaume Apollinair，1880-1918），法國作家、藝術家。

Apollinaire, G. (1967) *The Wandering Jew and Other Stories.* London: Hart-Davis.

奇的故事。這正是詩人的作風。所附插畫係模倣比亞斯萊者不甚高明,此君未曾理會比亞斯萊恢奇峭拔的特點 016。

讀《明報月刊》一月號,有多篇是關於中國語文者,暴露了外國漢學家的笑話,有一美國青年漢學家釋《玉台新詠》017,謂「玉台」係古代中國人謂女子「陰阜」的雅名。因此將許多詩作都讀成了是詠男女性器官者,真是荒唐之極!

1968年1月9日 星期2

—

天冷,北風甚勁。

譯神話稿,係關於埃及的愛西斯女神者 018。不甚有趣味。

在報館承印部印就稿紙,請女婿用車載回,中美中嫻等同來,遂往「美利堅」消夜,吃薄餅、葱油餅、酸辣湯等,剩餘者帶回。自報館遷往北角後 019,久矣未到這家北方館子了。

1968年1月10日 星期3

—

天晴,有風略暖。

譯述埃及神話 020。

擬讀蒙田的小品,《企鵝叢書》有現代語的新譯本 021,不過是選譯的,但文字一定比舊譯本流暢。前已買了放在架上,今天找了出來,先讀了一節談裸體和穿衣服的習慣問題。

---

016 葉靈鳳:〈道生詩與比亞茲萊插畫〉(筆名「藏園」),刊《星島日報‧星座》,1968 年 1 月 16 日,頁 16。

017 務農居士:〈「玉臺新詠」新釋〉,載《明報月刊》第 3 卷第 1 期,1968 年 1 月,頁 72。

018 葉靈鳳:〈埃及開天闢地的神話:奧西里斯和愛西斯的故事〉(筆名「伊萬」),刊《星島日報‧星座》,1968 年 1 月 11 至 13 日。

019 《星島日報》報社於 1969 年有四個辦事處,分別是香港北角英皇道 635 號新聞大廈 4 和 5 樓(總部)、利源東街 5 號(中區辦事處)、香港軒尼詩道 457 號(東區辦事處)及九龍彌敦道 502 號(九龍辦事處),見《香港年鑑 1968‧工商名錄》,頁 375。

020 葉靈鳳:〈埃及太陽神的故事〉(筆名「伊萬」),刊《星島日報‧星座》,1968 年 1 月 15 至 19 日。

021 Montaigne, Michel de (1958) *Essays.* (Translated by Cohen, J. M.) Harmondsworth：Penguin Books.

1968年1月11日　星期4

—

天氣晴暖。

譯稿少許。

開始讀英譯的蒙田小品，這是一個新譯本，是選本。今日讀了譯者的介紹，寫得很扼要，而且明暢易讀。他強調蒙田要寫的是通過各個不同的問題發揮他自己對這個問題的看〔法〕，這不是向別人炫示的，而是自作檢討，因此所說的全是老實話，蒙田的小品也是「自傳」性質，但與盧騷自傳全然不同。這個譯者認為盧騷《懺悔錄》有許多地方有掩飾和炫示的短處，不能看作全是「真實」，至於歌德的《詩與真實》，着重的是他的詩人一部分，其他方面都略過了，不是全面的。

他認為蒙田的長處，就是坦白平易，使人從他的小品裏可以更真實的認識他的個性。

蒙田在中年以後，就採用一句拉丁銘句：「我已往知道了什麼？」，來時時問自己反省。

1968年1月12日　星期5

—

天氣晴暖。

近日自來水鹹味稍減，泡茶的茶味亦稍佳。

讀百科全書裏的蒙田小傳，以便多瞭解一點他的生活，讀起他的作品來更易領會。以一本書而名垂不朽的，蒙田是這樣的作家之一。

1968年1月13日　星期6

—

天氣晴暖。

譯述連載各稿，未讀書。

食江西產的柚，小的味甜，只是水份稍少。

1968年1月14日　星期日

—

天氣晴好。今日星期，在家休息。

晚間《成報》何文法[022]招飲，設宴京華酒樓[023]，因其子騎師畢業，故排場甚大，菜式甚好，聞每席需四百二十元（通常二百元已不錯）。席將終時，有兩個客人因鬥酒發生毆打，其一為市議員胡百富[024]。甚可笑的。

1968年1月15日　星期1

—

天晴有風，氣候又略轉冷。　　　早【×】

譯各連載稿。

讀英國新到的刊物，B. B. C. 的周刊上又有關於蘇聯作家被控的報導。這一次是那兩個人的自辯詞。其一是丹尼爾，另一是辛耶夫斯基[025]。

今日已是舊曆十二月十六。臘鼓催年，又有許多地方不能免俗了。

1968年1月16日　星期2

—

天晴，有北風略冷。

下午與克臻出外購物辦年貨，買烟豬舌及羊肉，糖果蜜餞等品種甚多，各試買少許，又買南京雨花茶及杭州龍井茶。惜近來水鹹，雖有好茶，泡出來味道也大減。

022　何文法（1914-2002），廣東南海人，生於廣州，三十年代來港，1939 年創辦《成報》，先後任社長、總編輯，特別注重副刊，2000 年出售《成報》。有關資料可參考 1967 年 12 月 20 日之日記。

023　京華酒樓，即京華酒樓夜總會，位於皇后大道中萬年大廈地下，見《香港年鑑 1968．工商名錄》，頁262。

024　胡百富（1911-1976），醫生，1956 至 1969 年任香港市政局議員，其兄胡百全歷任市政局議員及行政、立法兩局非官守議員。

025　丹尼爾（Yuli Daniel，1925-1988）與辛耶夫斯基（Andrei Sinyavsky，1925-1997），因用化名在外國發表文章，於 1966 年同案被判刑。

在上海館老正興 [026] 吃麵及湯飽，味不錯。回來就未吃晚飯。

1968 年 1 月 17 日　星期 3

—

天氣晴暖。

譯述各連載稿。

今日仍未能開卷讀書碌碌終日，懶散極了。

1968 年 1 月 18 日　星期 4

—

晝晴和暖，入暮有微雨，午夜略大，即停。

譯述邱比特與賽姬的戀愛故事 [027]，作〈星座〉稿。

吃紅燒羊肉。味頗與狗肉相似。掛羊頭賣狗肉，信可混得過也。

1968 年 1 月 19 日　星期 5

—

天氣晴暖。　　早【Ⅹ】

續譯述賽姬的故事。

打電話向上海書局詢問，那本有關香港抗英歷史的小書仍未出版，未免太慢了。又問起稿酬事，說稍後答覆。

1968 年 1 月 20 日　星期 6

—

天氣晴暖，有風。

譯述稿件。下午偕中嫻往《成報》取稿費。他們自七月份起，本有交通補助費（當時交通工人正在罷工）百分之三十津貼。今日取稿費見自本月份起，已減為百分之十五。大約認為交通逐漸恢復正常，世界已太平了！

但昨日上午，由於反對交通差人隨便抄牌，若干國貨公司司機與警察在西環

026　老正興，即上海老正興菜館，位於銅鑼灣啟超道 6 號，見《香港年鑑 1968 · 工商名錄》，頁 270。

027　葉靈鳳：〈賽姬的愛情悲劇〉（筆名「伊萬」），刊《星島日報 · 星座》，1968 年 1 月 20 日至 2 月 3 日。

七號差館發生衝突，工人有六百餘人前後包圍警署，並用貨車阻礙道路。警察曾動用催淚彈，後來有三人被捕。太平云乎哉！

偕同中嫻逛中國國貨公司 028，買南京板鴨一隻、烟豬舌十條，又買燻青豆、糖松子等，又買小柸燈一枝，買粉一盒與克臻，因她買了一個椅墊給我。又買薄荷酒一枝。

在「北大」029 吃餛飩麵而回。

1968年1月21日 星期日

—

天氣晴暖。

今日星期，在家休息，足未出戶，除了補寫兩篇連載稿外，未作其他工作。

1968年1月22日 星期1

—

天氣晴暖，譯述如常。

1968年1月23日 星期2

—

天氣晴暖。

譯完《星島》副刊〈小說天地〉的一篇通俗小說 030，明日起要開始另譯一篇新的了。

明年農曆是「戊申」年，屬猴，今日選了一些有關猴故事的稿件，又找了一

028　中國國貨公司，1938 年在香港成立，先設於中環德輔道中，後遷至銅鑼灣波斯富街。見《香港年鑑 1967・工商名錄》（香港：華僑日報，1967 年），頁 173。

029　當時有一北大菜館，位於北角英皇道，以小菜著名，不知是否就是這裡提到的「北大」。

030　葉靈鳳譯：〈小城的故事〉（筆名「鳳」），刊《星島日報・小說天地》，1967 年 4 月 1 日至 1968 年 1 月 25 日。

些圖片去製版，以便應景 [031]。

1968 年 1 月 24 日　星期 3

—

天氣晴暖。

開始譯述連載用的一個長篇羅曼斯，是寫兩個女職員同一個經理階級的男子愛情故事 [032]。

1968 年 1 月 25 日　星期 4

—

天氣晴暖。

下午往報館，年終雙薪一個半月，共 1200.00。

逛大華國貨公司，買倣明青花水仙盆一，連架二十九元。又買烟豬舌十條。在大華對面西湖食品公司吃餛飩麵，這本是一家士多，前年北角山洪暴發，衝毀店內一切，後來就改營麵食店。

從今天起恢復寫《新晚報》〈下午茶座〉〈霜紅室隨筆〉，今天所寫是介紹《大公報》所出的《我們必勝，港英必敗》畫冊 [033]。

1968 年 1 月 26 日　星期 5

—

天氣晴暖。

031　湘鈴譯：〈談猴〉（此譯者推測是葉靈鳳），刊《星島日報・星座》，1968 年 2 月 1 日，頁 16。

〈京劇猴王孫悟空的臉譜〉（圖片），刊《星島日報・星座》，1968 年 2 月 1 日，頁 16。

〈猴〉（木刻），刊《星島日報・星座》，1968 年 2 月 2 日，頁 16。

032　葉靈鳳譯：〈愛的瞬間〉（筆名「鳳」），1968 年 1 月 26 日開始於《星島日報・星座》連載，至 1969 年 2 月 2 日完結。

033　葉靈鳳：〈霜紅室隨筆・《我們必勝，港英必敗》畫冊〉，刊《新晚報・下午茶座》，1968 年 1 月 27 日，頁 6。

大公報編：《我們必勝！港英必敗！》。香港：大公報，1967 年。

譯述各連載稿，寫《新晚報》稿[034]。

有一批英國刊物送來，在燈下翻閱至四時始寢，《畫室》月刊，本期附送原拓木刻一張。所謂原拓者大約是木版機印而已，並非手拓。

1968年1月27日 星期6

—

天氣晴暖。

今晚《成報》來電話，遺失了當晚用的一篇稿，要臨時補寫，非常狼狽。由於這事，時間表被打亂了，弄得十分忙碌。

1968年1月28日 星期日

—

天氣晴暖。

明年農曆生肖是猴年，寫了一些有關猴的故事[035]。

1968年1月29日 星期1

—

天氣晴朗和暖。

今日是農曆除夕，寫完《成報》兩篇稿後，帶女兒三人出外送稿，又往嘉華銀行繳學費。【盧】香港各中學多由銀行代收學費。有中美的同學一人，托找繳學費，只拿了學費單來，未拿錢來，只好代墊了。又經實用書局付書賬 102 元。

購「仙客來」——兔仔花一盆，又盆栽巴西鐵樹一盆。

中凱以襯衫五件轉送給我。這都是廠家送給他的，領口尺寸對他不合，對我卻正好，因此便宜了我。又有本地仿古陶瓷廠，仿製唐三彩馬俑及佛像頭，卻是廠家送給他的，一起拿回來送給了我。

晚間在家吃年夜飯，歡樂度過一年。

四時就寢。

034　葉靈鳳：〈霜紅室隨筆・過年，過關，過骨〉，刊《新晚報・下午茶座》，1968 年 1 月 28 日，頁 6。

035　葉靈鳳：〈猴王喜訣〉、〈伊索的猴故事〉（筆名「龍霜」），分別刊於《星島日報・星座》，1968 年 2 月 2 及 3 日，頁 16。

1968年1月30日　星期2

—

今日為農曆元旦，未能免習俗，下午出外拜年，往馬老太、君葆 ⁰³⁶ 及羅承勳處。

今年過年，不許放爆竹，因此冷冷清清，不像過年。

1968年1月31日　星期3

—

天冷，放了兩天假，明天有報紙，今晚已經要照常上班了。

1968年2月

—

過年事忙，天又冷，忽然懶了起來，本月份事情做得很少，因此日記也未記。

二月份整月天氣都很冷，報紙說是八十年來少有的現〔象〕，一連冷了整整一個月，還未回暖。雨水相當多。微雨夾東北風，有幾晚簡直寒冷澈骨。

本月共二十九日，幾乎未開卷讀書，只讀了幾篇蒙田的散文。

《香江舊事》出版。原名《英國侵略港九史話》，後改今名 ⁰³⁷。【盧】原名犯忌，想是出版者益群改名出版。據羅琅口述（2014 年 8 月 22 日）：「為方便向南洋外銷出版書刊，上海書局有多間不同名出版社，益群出版社即其中一家，在香港並無向華民政務司署登記注冊。」

三月三日補記

1968年3月1日　星期4

—

今年自二月以來，天氣奇寒，到今天仍是如此。

036　謝榮滾主編：《陳君葆日記全集・卷六・1967-71》（香港：商務印書館（香港）有限公司，2004 年）一九六八年一月三十日：「下午，近晚飯時分，靈鳳夫婦和他們最小的兩個女兒來，略談了一會就去了。」（頁 148）

037　霜崖：《香江舊事》。香港：香港益群出版社，1968 年。參考 1967 年 8 月 29 日之日記。

買《沙多勃里安回憶錄》、尼采的《查拉圖斯特拉如是說》各一冊[038]，都是《企鵝叢書》的新譯本。

又買《比亞斯萊的色情世界》[039] 一冊，是新出的小冊書，分析他的作品裏的色情表現的。

今晚《快報》三周年紀念，在「紅寶石」請客。

1968年3月2日　星期六

—

天氣仍冷。

買「小肚」十餘枚。這是家鄉土產，今年因來貨太遲，趕不上年貨銷售，遂跌價出售，本來要賣近二元一枚，現在僅售每枚八毫，遂掃數買了回來共十六枚，便宜了我，可以痛快的試一試家鄉風味。

中絢購龍蝦沙律一客見貽，價十二元，因她聽說我想吃又嫌貴也。

1968年3月3日　星期日

—

天冷有風。今日星期，在家休息。

下午中絢夫婦約往山頂散步曬太陽，在一處新開闢的小花園小坐，閑看孩子們遊戲，略享閑適趣味。

下山在「紅寶石」喝茶。明日為孫兒超駿生日，購生日蛋糕及肉食而歸。

讀蒙田散文〈論想像〉，許多地方是談論男子陽萎不舉與想像的連帶關係者。想不到蒙田的散文也有論及這些的。

二月份日記中斷未寫，今日補寫，並恢復記下去。

038　*Chateaubriand, François-René, vicomte de (1965) *The Memoirs of Chateaubriand*. (Selected and translated by Baldick, R.) London: Penguin Books.

　　　Nietzsche, F. (1961) *Thus Spoke Zarathustra*. (Translated by Hollingdale, R. J.) London: Penguin.

039　Stanford, D. (1967) *Aubrey Beardsley's Erotic Universe*. London: Four Square Books.

1968年3月4日　星期1

—

天氣略暖。

中午往告羅士打頂樓飲茶，係次兒中健所邀，蓋極為難得的盛舉也。

在牛奶公司購火腿、肉腸等。今日為孫兒超駿兩周歲。下午吃生日蛋糕，晚間另備菜數道。

1968年3月5日　星期2

—

天氣回暖。

早起，九時一刻出門渡海，往普慶戲院參加港九各界慶祝廣東及廣州市革委會成立，費彝民主席，會後有文藝表演節目，至十二時半始散 [040]。

在裕華公司 [041] 購糖食若干。口渴往伯爵酒樓 [042] 飲茶。獨自一人吃了一盅西洋菜湯。大汗淋漓，突然彷彿又是夏天了。

晚間應《文匯報》之約，在國貨公司樓上晚飯，與克臻同往。散後在國貨公司購水果及荔枝乾、核桃。

1968年3月6日　星期3

—

天氣暖燠，回南潮濕。

北京電訊，許廣平已逝世。她不久以前，曾有一篇長文罵去世的周作人 [043]，側重家庭與弟兄妯娌間恩怨，我以為大可不必也。

040　《陳君葆日記全集·卷六·1967-71》一九六八年三月五日：「今日九點鐘過海去參加各界慶祝粵穗革委會成立大會，人很多，坐滿了整個普慶戲院。講話，除大會主席費彝民外，就是李生。不設主席團了，這想是除舊立新的新表現。新華社出席的為姓朱的、梁上苑等幾人，不見梁威林、祁烽等。」（頁156）

041　裕華公司，全稱裕華國貨有限公司，位於九龍彌敦道 300 至 306 號及德輔道中 59 號，見《香港年鑑1968·工商名錄》，頁 207。

042　伯爵酒樓，位於佐敦道與上海街交界，於六十年代開業，樓高四層，於九十年代初期結業，改建為佐敦廣場。

043　參考 1967 年 10 月 20 日之日記。

前向馮君所訂之《歐洲雜誌》[044] 第八期改由台灣寄來。想必是馮君去美已將此間的訂戶移交給他們了。

讀其上所載沙多勃里安作品譯文，及英國 Sillitoe[045] 的短篇。

1968年3月7日 星期4

——

天暖。

讀英文《讀者文摘》三月號所載關於冰島附近海中一個新海島自海底湧現的報告，甚有趣。此類自然界的變化，未有機會目觀，惟有求之於可靠的第一手報導。

食涼拌萵苣筍，清脆可口，惜已經有點老了。

1968年3月8日 星期5

——

下午有北風，天氣又略為轉冷。

讀蒙田散文。

1968年3月9日 星期6

——

有風，天氣又轉為陰冷。

譯尼采[046] 故事一則，作〈星座〉稿取自《查拉圖斯屈拉》的序言所引用者[047]。

---

044 《歐洲雜誌》季刊於 1965 年在法國創刊，由戰後台灣第一代留歐學生所創辦，金恆杰、馬森主其事，以介紹歐洲政治社會、文化思潮、文學批評為主要內容。作者包括張麟徵、李鍾桂、楊景鸛、陳錦芳、周麟、熊秉明、程紀賢等。雜誌在巴黎編輯，送臺灣排版印刷。1968 年停刊，共出版了九期。

045 Sillitoe，即亞倫·西利托（Alan Sillitoe，1928-2010），英國作家。

046 尼采（Friedrich Nietzsche，1844-1900），德國哲學家、詩人。

047 葉靈鳳：〈尼采的故事〉（筆名「伊萬」），刊《星島日報·星座》，1968 年 3 月 12 至 15 日。

1968年3月10日　星期日

—

星期，在家休息。天氣稍暖，有風。

讀《醒世恒言》。「三言兩拍」從未通讀一過。前次決定要讀一遍。已讀完《警世通言》。《恒言》讀了幾回就擱下來，今天才拿起來再讀。

1968年3月11日　星期1

—

天氣和暖。

譯尼采的瘋人提燈尋覓上帝故事。

讀蒙田散文，讀來不似想像中的那麼有滋味，真是聞名不如見面。問題是有些地方所討論的題材太舊（如孩子教育問題），因此引不起興趣。但有些泛論一般人性的仍甚好。

1968年3月12日　星期2

—

天氣晴暖，已經饒有春意了。

譯完幾段尼采的《查拉圖斯特拉如是說》。此書當年郭沫若曾在《創造週報》上譯過一些 [048]。

讀蒙田的散文，今天所讀的一篇，是關於一個人不該依賴自己的能力去判斷真偽。寫得甚好。他說世間未可知的事物甚多，一個人若是以自己所不知道，或不能理解的一切，就認定是並無事或是不真實的，他說這種態度甚為愚蠢。

又讀《醒世恒言》。其中〈劉小官雌雄弟兄〔兄弟〕〉的引子所記桑茂男扮女裝的故事，即一般明人筆記裏所載的人妖桑沖故事。

1968年3月13日　星期3

—

天氣晴暖。

中絢以暹羅木瓜一個見貽，市價甚貴，但亦不甚甜。

048　郭沫若在 1923 年 11 至 12 月出版的《創造週報》第 27、28、31、33、34 期都節譯過這部作品。

譯王爾德的警句，作〈星座〉補白 [049]。

1968年3月14日 星期4

—

晴暖。公園杜鵑花園已盛開。

今日為中嫻生日，下午吃蛋糕及罐頭水果。晚餐吃葡國雞及意大利粉，又有其他火腿、肉腸等。孩子們吃得非常滿意，捫腹作笑。

1968年3月15日 星期5

—

天暖如初夏，已可單衣。

摘譯王爾德語錄 [050]。

去年八月間被港英非法拘捕的長城影星傅奇、石慧 [051]，一直扣留在集中營內，今早突然要將他們遞解出境。可是到了羅湖橋被阻入境，問題是抗議港英無權將這裏的中國居民遞解出境，這立時成了一件重大的新聞，傅、石兩人在橋頭力斥港英種種迫害。深圳及香港人士紛紛向他們稱讚和慰問。並送去種種用具和食品。他們決定在橋頭過夜。

造謠者則說成是中國不要他們，不許他們入境。

1968年3月16日 星期六

—

天暖，入夜有風略轉冷。

049　葉靈鳳：〈王爾德語慧〉（筆名「龍霜」），刊《星島日報‧星座》，1968 年 3 月 15 日，頁 16。

050　葉靈鳳：〈王爾德語慧〉（筆名「龍霜」），刊《星島日報‧星座》，1968 年 3 月 16 日，頁 16。

051　石慧（1934-），原名孫慧麗，演員。1947 年來港，1951 年加入香港長城電影公司，1954 年與演員、導演傅奇結婚。

傅奇（1929-），原名傅國梁，1949 年到香港，1952 年加入香港長城電影公司。二人首部共同主演的電影是《蜜月》。1967 年二人因參與「六七暴動」曾被關押於摩星嶺集中營，後獲得釋放。出獄後於 1968 年 3 月中被港府遞解出境，二人在羅湖橋邊界始終不肯離開港境，為港府押走羈留。八十年代石慧淡出幕前，出任長城電影製片有限公司演員室主任、華南電影工作者聯合會理事長等職，傅奇則成立電影公司，與內地合作拍電影。二人於九十年代移居加拿大。

在羅湖橋頭露宿一夜的傅奇、石慧決定自行回到香港寓所，但當火車到上水站時，重被香港警方拘捕。

我外交部為兩人事向英國提出嚴重抗議，要求恢復他們的自由，保證居住權利。

近日黃金漲價，成了搖動全世界貨幣基礎的大金融風潮，昨日英國金市奉命停市，香港亦如此。此次風潮打擊美元極大，看來美國已無法支持，不得不貶低美元價值。英美宣佈金市買賣暫停，是想利用星期休假機會（前後可以有三天時間），藉作喘息，會商挽救危機辦法。

1968年3月17日　星期日
—

今日星期，在家休息，本擬到公園去看杜鵑，不料昨日天氣晴暖，今日卻陰暗有風，就不想去。中午到告羅士打酒家飲茶，係中絢所請。後來偕中輝到海傍新落成的卜公碼頭屋頂散步場看海景，東北風很大，夏季月夜一定很好。大會堂 052 有花卉展覽，參觀者人山人海無法插足，未去。

到實用書店略看，未買書，到大華國貨公司略買食物而回，因今天阿妹告假 053，去祝賀觀音誕了。（農曆二月十九）

燈下譯稿，又看《醒世恒言》，蘇小妹與佛印秦少游等故事。

下午曾小睡，夜四時始寢。

1968年3月18日　星期1
—

天陰有風。

路過公園，見杜鵑花開得甚盛。

譯王爾德散文故事數則 054。

讀《醒世恒言》。

052　大會堂位於中環愛丁堡廣場臨海填海地，由兩座獨立的建築物（低座及高座）及一個紀念花園組成。港督柏立基 1962 年 3 月 2 日主持揭幕，為當時香港重要的文化藝術中心。

053　阿妹，即 1967 年 8 月 10 日和 1968 年 4 月 2 日提到的工人阿梅。（葉中敏確認）

054　葉靈鳳：〈王爾德所講的故事〉（筆名「龍霜」），刊《星島日報‧星座》連載，1968 年 3 月 20 至 22 日。

1968年3月19日　星期2

—

天陰微雨有風。

整理抽屜，尋出舊日記數冊，雖零斷不全，但自 1946 年以來，多少有一些記載。翻閱一遍，感慨萬分。

1968年3月20日　星期3

—

天色仍不好。想到公園去看杜鵑，仍未能如願，因沒有陽光，看花一定很減色。

讀《醒世恆言》。其中〈鬧樊樓多情周勝仙〉，有盜墓屍姦資料。

1968年3月21日　星期4 📷

—

天陰，有微雨。

下午出外付電燈費，後往實用書店看書。買有關香港新書三冊，其一是關於本港食用魚的 [055]。插圖係木刻家唐英偉 [056] 所繪。他在本港漁業農林處任職多年，已很少與過去諸人來往了。【盧】唐氏於 1938 年已在香港木刻界活動。1940 年曾主辦木刻研究班，及為漫畫協會香港分會主持木刻研究班，更成全國木刻協會香港分會常務理事。又在《國民日報》編〈木刻與詩〉版。1941 年香港商務印書館發行《唐英偉木刻集 第一集》。1947年在《星島日報》〈漫畫與木刻〉版，常見談論木刻作品。五十年代進香港政府漁農處工作，後到嘉道理農場工作，繪製大量魚類、花卉，以精緻水彩畫作資料及明信片發行。為人極低調。九十年代羅孚先生曾往訪其家，據說唐氏正欲創作大畫以誌香港九七回歸之慶。

—

055　Chan, W. L., illustrated by Y. W. Tang (1968) *Marine Fishes of Hong Kong*. Hong Kong: Government Press.

056　唐英偉（1915-?），木刻家，1934 年參與廣州現代版畫研究會，創辦《現代版畫》。1938 年來香港，於《大公報》、《時代批評》發表木刻作品，並組織全國木刻家協會香港分會，期間任職於香港漁業研究所，完成《香港食用魚類圖志》的插圖。香港淪陷後回到內地，1947 年應香樂思博士邀請，重回香港漁政司工作。1949 年後定居香港，曾為《星島日報》主編〈木刻雙週刊〉。

葉靈鳳：〈《香港食用魚類圖志》〉，見《讀書隨筆（三集）》（香港：三聯書店（香港）有限公司，2019 年），頁 132，文中提到：「本書的插圖作者是唐英偉。他本是我國早期的木刻家之一，近年在香港農林漁業管理局工作，專繪魚類標本，對於木刻工作放棄已久了。」（頁 133）

又據黃般若公子黃大德憶述（2015年8月30日）：「唐英偉我是去過拜訪過他的，二十多年前（1995）的往事了。那時他已垂垂老矣。他原是木刻名家，後來轉搞雕塑，藝術甚高。我曾提議他回大陸搞個展覽，他的兒子給了我本資料，後我轉交了美術館（盧按：指廣州美術館），惜人們竟不知他是何許人也。可憐、可嘆。」

又據羅孚說唐氏已於1997年前後去世。我得研究者翁秀梅提供1996年11月30日訪唐氏所拍照片，證明當時仍在世。

香港漁農自然護理署曾印製《每周一魚·二零零五年手繪海魚畫曆》，畫曆中的手繪魚類圖，即出自唐英年手筆，版權頁標明：Illustrations: Tang Ying Wei。

1968年3月22日　星期5

—

天陰。

《大公報》紀念在此復刊二十周年，舉行酒會，在「中總」九樓。下午六時偕克臻去參加，人甚多，獲贈像章兩枚。又參觀所陳列的像章。

肚飢，在安樂園吃餛飩麵果腹，買餅乾若干而回。

燈下讀《醒世恒言》。

1968年3月23日　星期六

—

天氣仍冷，有霧，又時有微雨。

食蘭州白蜜瓜，惜不甚甜。

燈下讀《醒世恒言》。

1968年3月24日　星期日

—

陰雨，天氣又轉冷，往公園看杜鵑花之願至今未能實行。

今日星期，在家休息，看書數頁而已。

1968年3月25日　星期1

—

陰雨，氣溫低至十二度，前數日已有人衣夏季單衣，日來又重披冬裝了。

燈下讀《醒世恒言》兩回。

連日精神不好，疑是睡眠不足，一連兩天都睡足十小時，似覺稍好。

1968年3月26日　星期2
—

陰雨終日，寒凍有如初冬。

讀《醒世恒言》數回。

1968年3月27日　星期3
—

天氣仍陰冷，終日有雨。

整理案上書籍，要讀的書，真是太多了。

本來想出門。天色這麼不好，望而卻步。

讀《醒世恒言》。下半部不及上半部精彩。

1968年3月28日　星期四
—

終日陰雨，晚間有豪雨一陣，兼有大風，上班時困處街頭屋簷下寸步難移，頗感狼狽。

又譯尼采一則 [057]，及王爾德警句若干作〈星座〉稿。

燈下讀蒙田散文。論友情的一篇看不出好處，論吃人肉的一篇甚佳。他指出「未開化人」吃人肉，只吃已殺死的「敵人」。「文明社會」卻吃「活人」（指酷刑及宗教法庭等）而且凡是反對自己的就「吃」，比「野蠻人」更野蠻多了。

1968年3月29日　星期五
—

終日陰雨。

下午偕中嫻出外，往實用書店付書賬，又取蒙田小品文全集一部共三冊，即

057　葉靈鳳：〈查拉圖斯特拉入地獄〉（筆名「龍霜」），刊《星島日報・星座》，1968 年 3 月 30 日，頁 16。

有名的弗洛里奧氏的英譯本係《萬人叢書》版 [058]。日前讀的《企鵝叢書》新譯本係選譯。文筆雖然現代化，而且流暢，但是弗洛里奧氏係古典的譯本，仍不可不備也。

往集成圖書公司 [059] 為中嫻取兒童刊物的一份獎品，不料冒雨趕了去，他們今日例假休息，只好到豪華飯店飲茶，又逛中國國貨公司，購烟豬舌十條。

1968 年 3 月 30 日　星期六

—

天陰，有微雨，已陰雨近十天了。

今晚由中絢夫婦用汽車送我往報館，並候我回家。途中邀往波士頓餐室 [060] 吃「鐵板牛扒」。味尚好，價卻甚平。又在隔鄰上海小吃店「四姊妹」買菜肉包，每個三毫，比普通三毫半的更大。

1968 年 3 月 31 日　星期日

—

今日星期，在家休息，天氣仍陰雨，回南潮濕。

在家讀蒙田小品，讀《醒世恒言》，又讀記載歐洲藝術品竊案的《藝術品竊賊》，係 M. Esterow 著 [061]，涉及古今範圍甚廣，讀了第一章，甚有趣。

又讀《企鵝叢書》的《新古巴的作品選》[062]，只讀了編者的序言。

讀蒙田的那篇〈論氣味〉，頗不錯。他說，女人搽香水，不過為了掩蓋身上不好的氣味。即使有香氣也不是女人自身的氣味，這是不自然的，毫不足取。他認為最好是身上沒有任何氣味，因此不必用香氣來掩蓋「狐臊臭」，持論頗精闢。

今日在家，讀書頗多，可說是近來讀書最多的一日。

058　弗洛里奧（John Florio，1553-1625），文藝復興時期歐洲翻譯家，把蒙田的《隨筆》翻譯成英語而聞名。

　　Michel de Montaigne (1965) *Montaigne's Essays.* (Translated by Florio, J.) London: Dent.

059　集成圖書公司，位於銅鑼灣怡和街 74 號。見《香港年鑑 1968．工商名錄》，頁 385。

060　波士頓餐室，即波士頓餐廳，位於灣仔盧押道 3 號地下及 2 樓。

061　Esterow, M. (1966) *The Art Stealers.* London: Macmillan.

062　Edited by Cohen, J. M. (1967) *Writers in the New Cuba: An Anthology.* London: Penguin.

1968 年 4 月 1 日　星期一

——

天陰潮濕，有霧。

今日為大兒中凱生日，下午吃蛋糕，晚上吃麵。

美國總統約翰遜 [063]，宣佈不再競選連任，宣佈停炸北越以求和平，以免美國年輕一代多所犧牲。這不啻承認自己失敗，自負其咎。日來有六架美國最新活動翼飛機，每架造價六百萬金元，運到越南作戰，三天之後已被擊落兩架，嚇得暫停使用，舉世譁然。凡此種種，都是對約翰遜的威信重大打擊，因此他無法不宣佈下台了。快慰之至。

讀《藝術品竊賊》係記保爾克里的一幅作品被竊案過程。

1968 年 4 月 2 日　星期二

——

天陰，回南，時有微雨。

女傭阿梅辭工而去，家中又沒有煮飯的女僕了。

讀蒙田散文，論父母怎樣教管孩子，頗有獨特的見地。

1968 年 4 月 3 日　星期三

——

天陰，潮濕，入暮又有微雨。

下午至集中〔古〕齋 [064]，訪黃茅，源克平亦在座，彼此已數月不見了。他們都驚異我的消瘦，我自己則雖然瘦了，身體倒也不覺有甚麼特別不好。也許這是老來的自然萎弱。他們都勸我趁早去請醫生檢查。

今日為中輝生日。吃蛋糕及沙律。此子讀書無成又沾染時流習慣，頗似次兒中健。可慮也。

063　約翰遜（Lyndon Johnson），港譯詹森。甘迺迪總統任內為副總統，1963 年甘迺迪遇刺身亡，繼任總統，後成功連任至 1969 年。

064　集古齋，於 1958 年開業，1969 年位於中環皇后大道中 10 號 407 室之中和行，主要經營古籍、舊書、碑帖、新舊書畫、文房四寶及文玩等，並設展覽廳，舉辦書畫展覽。此店搬遷再三，現今在中環域多利皇后街 9 至 10 號中商大廈 3 樓。

1968年4月4日 星期四

—

略有陽光，但是仍潮濕陰翳。

讀蒙田散文，論父親對子女的態度，是人性論者的議論。不過他又不相信女性，認為不宜將財產處理權在自己身後交給妻子。

1968年4月5日 星期五

—

今日清明，天氣轉好，但仍未正式放晴。

家人往岳母及亡女中明葬處掃墓。我在家留守。

報載美國黑人民權運動金牧師[065]在家中遭人開槍暗殺身死。五月本是美國黑白種族問題多事之月，現在竟事先爆發這事，這顯然是白人買兇行刺的。看來火上添油，一定又有大暴動要發生了。

1968年4月6日 星期六

—

天晴，依然潮濕。

似已感冒傷風，忽然不適，吃了兩粒阿士伯羅就寢。【盧】日益消瘦，只當老來衰弱，竟服當年流行的治感冒成藥，未免對自己疏忽。夜睡極不安，做了許多怪夢，見到幾個去世已久的故人。醒來情景淒惻。

1968年4月7日 星期日

—

天陰回南，令人精神不快。

今日星期在家休息，仍患傷風感冒，似未能暢發，微有咳嗽。下午晝寢兩小時，精神略好。

閱日本出版美術書：《中國佛窟雕刻壁畫》，及一冊《巴黎近代美術博物館》。

今夜睡較安逸。又服阿士伯羅。腹漲便秘。

065　金牧師，指馬丁・路德・金（Martin Luther King, Jr.，1929-1968），美國民權運動領袖，1964年獲諾貝爾和平獎，1968年在美國田納西州遇刺身亡。

1968年4月8日 星期一

—

天氣仍燠暖回南。

今日精神仍不好，傷風，消化阻滯，因此食慾不振。下午小睡，晚仍赴報館工作。三時就寢。

1968年4月9日 星期二

—

天氣陰翳潮濕，令人不快，仍傷風咳嗽，精神不好，未能工作。

1968年4月10日 星期三

—

天氣燠暖，無陽光。

仍傷風不快。

檢點所存《百衲本二十四史》，多年不用，已蛀爛甚深，為之不快。擬將不用之書檢出賣去。

1968年4月11日 星期四

—

仍不見陽光，潮濕多霧。

今日大咳嗽，多涕，蓋傷風多日。至此已發出外表了。下午睡了二小時，略感舒服。

1968年4月12日 星期五

—

天氣略好，但仍陰翳，無陽光。

仍傷風流涕，極感不快，下午小睡，食百物都淡素無味，食慾亦差，自六日開始，到今天已一星期了。

燈下讀《醒世恒言》廿九、卅、卅一數卷都不甚好。卅一〈鄭節使立功神臂弓〉，略有刺青資料，蓋唐代此俗最流行。

1968年4月13日　星期六

—

今日天氣開始晴好，有風微涼，身體不好，可穿羊毛衫兩件。

傷風仍未愈，口中無味，但比昨日略好，中絢以南洋咖厘雞罐頭見貽，係楊氏有名出品，食之，亦不甚有味。

買「國光」萍果一批，每枚價僅一毫，味甚好，可謂價廉物美。

1968年4月14日　星期日

—

今日天氣晴好。星期日，在家休息，傷風仍然未愈，但在生活上成為近來收穫最豐的一天。

儘快在中午前寫完兩篇稿，下午由中輝作陪，到植物公園小坐，見孔雀開屏，很美麗。但想起了阿波尼奈爾的有名的詩句[066]。

從公園出來到大華公司買罐頭一批，今日晚餐吃沙律。

讀《藝術竊賊》一章係關於法國兩處美術館被竊的故事。

又讀蒙田散文一篇，不甚有趣，係關於行為殘酷者。

又讀《醒世恒言》兩篇。

1968年4月15日　星期一

—

天氣晴好，漸入夏季了。

羅承勳約往《新晚報》相晤，有黃茅在座，然後與嚴等四人同往附近之「三六九飯店」[067]晚飯，係上海館，尚可過得去。吃酒釀小圓子。大家一致勸我從速檢查身體，因近來太瘦，又提議我不如到澳門一行，往鏡湖醫院受檢，且可順便旅行。

—

066　阿波利奈爾（Guillaume Apollinaire）著，紀弦譯〈孔雀〉：「有着垂及地面的長羽毛的／這禽鳥，當它把尾羽圓圓地展開時／看去是極其美麗的／尤其是當它的臀部整個地露出來。」

067　三六九飯店，即上海三六九飯店，位於灣仔柯布連道 30 至 32 號地下。

1968年4月16日　星期二

—

天氣略好。仍傷風嗽咳，精神萎頹。

讀《醒世恒言》。

1968年4月17日　星期三

—

天陰又回南潮濕。

傷風不愈，已十多天，百物入口無味，食慾也不振。

讀蒙田散文一篇。

1968年4月18日　星期四 📷

—

天晴。

中敏將於明天赴廣州，係由報館派往學習文藝表演者，要過了五一始回。今晚同羅承勳等又在「三六九」晚餐。

晚八時，參加《大公報》召開的響應毛主席支援美國黑人鬥〔爭〕聲明 [068]。

1968年4月19日　星期五

—

天陰，又翻風微涼，傷風仍未愈。

中敏已於今早七時隨隊赴廣州。

晚間與中絢等在「三六九」晚餐，遇見徐訏，他走過來招呼。

1968年4月20日　星期六

—

天氣仍陰寒，傷風則漸趨痊可，已經近半月了。

今日本港開始夏令時間，夜撥快時鐘一小時。

068　〈美黑人領袖歡呼毛主席聲明　更大規模抗暴鬥爭必將出現　帝國主義徹底崩潰為期不遠的預言一定會實現〉，刊《大公報》，1968年4月19日，頁1。

讀《醒世恆言》。

1968年4月21日　星期日
—

今日星期，天氣晴好，在家休息。

晚間同中絢等往怡香酒家 [069] 吃潮州菜，飲功夫茶，潮州滷鵝滋味最好。

在燈下讀《藝術竊賊》，係記第二次大戰，希特勒 [070] 在歐洲各國掠奪藝術品事，都藏在一個鹽鑛裏準備「勝利」後設立博物館。

又讀《醒世恆言》。

1968年4月22日　星期一
—

天晴和暖，日光甚麗。

傷風已痊愈，口中味覺也恢復，渾身輕鬆愉快。

食鹽漬香椿頭，但不似今春的新貨。

讀《醒世恆言》。

1968年4月23日　星期二　📷
—

天氣晴好，已經可以穿單衣了。

理髮。

晚應費彝民之邀，到《大公報》晚餐。一桌同席有陳霞子 [071] 及李自誦等。菜係東興樓特製，甚精。

獲贈新出品毛主席像章一枚。

069　怡香酒家，位於軒尼詩道，見《百年香港中式飲食》，頁 89。

070　希特勒（Adolf Hitler，1889-1945），港譯希特拉，德國納粹黨領袖，1933 至 1945 年擔任德國總理，1939 年 9 月入侵波蘭，引發第二次世界大戰。1945 年德國戰敗，據報自殺，唯遺骸不存。

071　陳霞子（1905-1979），原名陳銓昌，曾任廣州《七十二行商報》總編輯，抗戰期間曾到香港，香港淪陷後到澳門，其後再來港，曾任《成報》編輯。1956 年 5 月 5 日《晶報》創刊，任社長兼總編輯，以「三及第文字」撰寫《晶報》社論聞名。

讀完《醒世恆言》。最末一篇為風送滕王閣故事。

1968年4月24日　星期三

—

天晴，陽光燦爛，已入初夏氣氛了。

讀蒙田小品。由於時代環境相隔過久，讀起來總不能完全領略。惟有挑選着讀下去，了卻這一個心願而已。

1968年4月25日　星期四

—

天氣晴和，已是初夏風光，不日當有荔枝賣了。

門口小販有台灣來的菠蘿賣，大的味香，價不貴，約一元半一個，買了五個，由小販代為削皮剖開，浸以淡鹽水，冰凍後食之，味甚香甜。

讀《二刻拍案驚奇》下冊。本來讀完「三言」後接着要讀「兩拍」之初集，但書一時找不到，只找到一冊《二刻》的下冊，姑且這麼先讀了一起來。

1968年4月26日　星期五

—

天氣極好。

上午讀《藝術竊賊》有關〈莫娜麗莎〉失竊的一章。這是一九一一年的事。這案當時還牽涉到畢加索和詩人阿羅尼奈爾，甚有趣。

上午讀書，光線好，比較燈光下較省目力。以後要實行這新辦法。較大字的中文書可以留在晚上燈下去讀。

中敏自廣州來信。謂生活忙而有秩序，睡眠足，因此飯也多吃了。

1968年4月27日　星期6

—

天氣微涼。

又食波蘿。這次買的比前次的更大。剖了四個，留下三個暫作擺設。

燈下讀蒙田小品，第三卷論三種關係的一篇，其中關於讀書藏書的部分，很不錯。現在對於他的小品，我只能跳着挑選來讀，已不耐一篇逐句讀到底了。

上午讀《藝術竊賊》。作者用兩章的篇幅記〈莫娜麗莎〉被竊案。前一章記被竊和追查經過。下一章將說到那個意大利人竊得此畫後帶往意大利，以及合浦珠還的經過了。

1968年4月28日　星期日

—

天氣晴好。今日星期，在家休息。

上午讀《藝術竊賊》。記其他零星藝術品竊案已不似「麗莎」那麼有趣了。

燈下讀蒙田小品。

1968年4月29日　星期一

—

天氣晴暖，日麗風和。

今日為女中美生日，吃生日蛋糕，晚吃沙律及牛肉拌意大利粉。

讀《藝術竊賊》。

燈下讀《二刻拍案驚奇》。故事已不似「三言」那麼精彩。

1968年4月30日　星期二

—

天氣晴好。

讀完《藝術竊賊》。後半所記諸案，不甚有趣。

本月經濟仍入不敷出，欠中絢三百五十元，仍未能歸還。

1968年5月1日　星期三

—

天氣晴溫。

人瘦了，去年的夏衣，今年都不合穿。

買波蘿，囑他代為削皮，小販趁我不在旁監視，將四個已買下的大波蘿，至少藏起一個。而以另外兩個較小略壞的波蘿削皮混入，並謂願以賤價買〔賣〕這兩個小波蘿給我，取價一元五毫。是他藏起一顆我已付錢的大波蘿，更以兩枚小波蘿賣我一元五毫。（我本來不要買的）貪婪欺詐至此，實在可嘆。我看出他的

作偽，但不想說破。以後當不再同這果販交易。

下午出外，往書店付賬款 125.90，看了一會，無書可買。

購《明報月刊》及《讀者文摘》。在安樂園喝茶。買餅乾。又往陳春蘭[072]買水仙茶葉。本來每兩五毫，近已漲價為六毫。

鄧姑娘來，以袖口鈕及領帶夾一副見贈，賀我生日。又送曾克耑[073]編印的《通州范氏十二世詩〔略〕》及《福州曾氏十二世詩〔略〕》。印得很好，但詩係中文，其後卻附有曾的序文英法德日文的譯文，不倫不類。又《曾氏十二世詩略》，皆輯錄其先人作品，但第十二世竟是曾克耑自己的詩，序文的口氣又極狂妄。不僅好事，簡直是一個妄人！

1968年5月2日　星期四

—

天氣晴好。

讀德國人 Frank Arnau 著《三千年來的藝術古董欺詐史話》英譯本[074]。這是歐洲藝術文化鑑別史話。

星期日為我生日，大家決定星期日在家吃麵，星期一晚上在紅寶石吃雞尾餐，中凱拿出二百元作為費用，不敷之數中絢等願意補足。

中敏下午自廣州返。對此行甚感高興。晚間在鏞記酒家[075]吃晚飯，由中絢夫婦請客，邀了羅承勳來參加。

072　陳春蘭，即陳春蘭茶莊，位於皇后大道中 103 號，見《香港年鑑 1968．工商名錄》，頁 281。

073　曾克耑（1900-1975），福建閩侯人，生於四川，字履川，號頌橘。編纂《曾氏十二世詩略》及《通州范氏十二世詩略》，作品整理為《頌橘廬叢稿》、《頌橘廬詩存》及《頌橘廬文存》。曾任教上海暨南大學，五十年代來香港，教授於新亞書院中文系、香港中文大學藝術系。

074　Arnau, F. (1961) *Three Thousand Years of Deception in Art and Antiques*. (Translated by Brownjohn, J. M.) London: Jonathan Cape. 葉氏又譯作《三千年來藝術贋造史話》、《三千年來的藝術偽造歷史》、《藝術品贋造三千年史話》、《藝術品偽造史話》等。

075　鏞記酒家，位於威靈頓街 32 號。見《香港年鑑 1968．工商名錄》，頁 265。

1968年5月3日　星期五

—

天氣晴好。

上午未讀書，燈下讀《拍案驚奇》二集。多是果報故事，讀來不大感興趣。

1968年5月4日　星期六

—

天氣晴朗，已是正式夏天了。

今日農曆四月初八，為佛教的浴佛節 [076]。市上素食館有原〔芫〕荽餅出售。此是應時小吃。想買來一嘗未果。明日四月初九，是我的生日。

連日甚感疲倦，未讀書。

1968年5月5日　星期日

—

今日星期，天氣晴好。

今日是立夏節，又是我生日，下午大家吃生日蛋糕，晚間吃北方式的炸醬麵。

1968年5月6日　星期一

—

天氣晴好。

晚間八時在紅寶石餐廳吃自助餐，係由中凱中絢作東，共十九人，除家人外，請了曹聚仁、陳君葆、黃茅、源克平、羅承勛、嚴慶澍六人。君葆以禮券二十元相賀，聚仁贈他自己所著《現代中國通鑑》一冊。

克臻以玫瑰花及橙相贈。中健贈生日蛋糕及餅乾。中慧中輝中美各贈鮮果汁一罐。中嫻贈酒一小瓶。皆有意思。中敏贈青萍果。

今晚在家休息，未返報館。

076　葉靈鳳：〈浴佛故實〉（筆名「龍霜」），刊《星島日報·星座》，1968 年 5 月 4 日，頁 18。

1968年5月7日　星期二

—

天晴，天氣已開始漸熱，取出電風扇使用。

由於天熱，決定每天提早在七八時到報館，十時左右即回，因天熱人多，報館編輯部一到夜十一時後，即關了冷氣，非常悶熱難耐。

晚飯則回家後再吃。

體重128磅，比過去至少減輕了35磅。未看過醫生，不知何故，人是顯然衰弱了許多。

1968年5月8日　星期三

—

天氣晴好。

今天實行新辦公時間，七時許出門，十一時前已回家。若在平時，往往十一時始行出門。如此一改頗覺輕鬆，晚間在家時間較多，但願能堅持長期如此。

1968年5月9日　星期四

—

天氣晴好。

上午讀《三千年來藝術贗造史話》少許。

晚十一時即離開報館回家。

1968年5月10日　星期五

—

天晴，氣候漸漸熱了。

今日赴報館又較遲，回家已一時了。

1968年5月11日　星期六

—

天晴，藍天如洗，一望無雲，陽光十分燦爛。

近來水果甚貴，孩子們要求改喝汽水和果汁當新鮮水果。

八時半往報館，至十二時半始回，連發兩天稿，明天可以不去了。

1968年5月12日 星期日 📷

——

天氣晴爽，陽光好，但不甚熱。

今日星期，在家休息。整理舊書報，堆積太多，決定着手清理，分批賣與收買佬。

今日為「母親節」，中絢等陪克臻出外晚餐。

燈下讀《二刻拍案驚奇》幾章。

有一種本港青年文藝刊物《風雨藝林》[077]，這一期有一篇介紹《香港方物志》的文章，剪下留存。

1968年5月13日 星期一

——

天氣晴朗，陽光燦爛，頗炎熱。

八時赴報館，十時返，西行乘車，遙望西天彩雲甚麗，這是夏季傍晚出外的一種好享受。

報上有一篇介紹黎烈文的文章（此人現在台灣），說他編《自由談》，對於提倡雜文與魯迅如何交好等等。不知黎能夠進入《申報》館，全憑史量才的關係[078]。而黎有一妹，拜史為乾爹，聞有不可說的秘密關係。黎遂經常出入史之門。他本在商務任校對，後來能往法國留學，也是出於史之幫助。此事現已少人知。

077　《風雨藝林》，由風雨文社編印，1964 年 3 月創刊。〈「風雨藝林」創刊〉，刊《中國學生周報》第 608 期（1964 年 3 月 13 日），文中提到：「香港『風雨文社』，是由港九十餘間中學校的同學組成，該社為慶祝創社周年紀念之特刊——《風雨藝林》創刊號，經已出版。歡迎索閱，附姓名、地址及回郵一角，函香港灣仔譚臣道七十四號三樓『風雨文社』即寄。」（頁 10）

柯振中：〈六十年代香港文社風景——兼及「風雨文社」〉，刊《香港文學》第 145 期（1997 年 1 月 1 日），文中提到風雨文社中人後來往來於文教界的有：「董夢妮（李文庸）、楊蔚青、余海虎、蔣英豪、吳水麗、主蔚等。」又提到：「『風雨文社』於六十年代中期單獨舉辦過四回『文藝講座』，均於香港大會堂高座演講廳舉行。」（頁 22）

葉靈鳳：〈霜紅室隨筆．讀「風雨藝林」〉，刊《新晚報．下午茶座》，1964 年 3 月 13 日，頁 6。

078　參考 1967 年 10 月 24 日之日記注。

當時張資平 [079] 因小說被「腰斬」，曾譏黎「以姊妹嫁作商人妾」，倒罵得對！

1968 年 5 月 14 日　星期二　📷

—

天陰，早晚皆有微雨。

八時半往報館，十一時離開，今日往返的時間又遲了一些了。

高貞白 [080] 摘譯《紫禁城的黃昏》[081] 出版，見贈一冊，原本英文是我借給他的。

【盧】高貞白先生也向我提及此事。

1968 年 5 月 15 日　星期三

—

天氣陰涼。

九時往報館，工作完畢回到家中，已是十一時半，仍是很遲。自從報館遷往北角後，途中要花費三刻鐘的乘車時間，甚不便也。

讀《紫禁城的黃昏》。高君有些註釋，對照原文讀起來，增加不少興趣。

開始服施高德魚肝油廠出品的維他命丸，紅黑膠套各一粒配成一套，每日服一套，係多種維他命綜合性質者。

1968 年 5 月 16 日　星期四

—

天陰有雨。

連日頗感疲倦，未讀書。

079　張資平（1893-1959），曾參與籌建創造社，任教於武昌高等師範大學、唐山交通大學、廣西大學、上海暨南大學等，擅寫戀愛小說，曾出版《樂群》月刊，抗戰期間曾任職汪偽政府，1945 年後不再創作。

080　高貞白（1906-1992），即高伯雨，原名秉蔭，又名貞白，廣東澄海人，香港出生。筆名有林熙、文如、竹坡、西鳳、夢湘、大年、高適、秦仲龢、溫大雅等。曾留學英國，後回上海工作，抗戰期間回香港，開始為報刊寫專欄，擅長掌故，多以〈聽雨樓隨筆〉為名發表。重要文章見諸《大人》、《大成》、《春秋》及《信報》。1966 年創辦《大華》半月刊。2012 年 5 月香港牛津大學出版社出版《聽雨樓隨筆》十卷。參考 1968 年 1 月 4 日之日記。

081　莊士敦（Sir Johnston Reginald Fleming，1874-1938）著，高伯雨譯寫：《紫禁城的黃昏》。香港：春秋出版社，1968 年。

1968年5月17日 星期五

—

天氣悶熱，晚間有大雷雨，至深夜未停。

盡量維持提早赴報館，提早回家的計劃。今晚由中絢夫婦邀往益新飯店 [082] 晚膳，廣東菜，很不錯。又往新開設的留香館買紅燒牛腩及白雲豬手。【盧】此店在灣仔莊士敦道 199 號。做得滋味不錯。白雲豬手每兩價四毫，一隻豬肉連大骨共重十三兩，價五元二毫，未免太貴了。

1968年5月18日 星期六

—

天陰，入夜又有雨。

連日法國學潮洶湧，連帶發生工潮。已由原本要求改革教育制度，變成一種民主政治要求。歐洲其他許多國家的學生已有響應，顯然是一場大風暴要發生的徵兆。

遲歸，因今日是星期六，多發一天稿，明天可以休息一天。

1968年5月19日 星期日

—

天氣鬱悶，下午有大雨。終夜雨未停，有雷及閃電。

今日星期，在家休息。

1968年5月20日 星期一

—

天陰，下午豪雨，至暮未停，晚來雨小，入夜始止。

下午出外繳電費，又至書店看書，出來時阻雨，在安樂園小坐。

買紀伯倫 [083] 傳記資料兩種，想譯選一部他的散文詩選。又買古希臘戀愛故事

082　益新飯店，位於灣仔駱克道，於 1963 年開業，曾有「明星飯堂」之稱。

083　紀伯倫（Khalil Gibran，1883-1931），美籍黎巴嫩作家。

《德夫里斯與奇羅伊》新譯本一冊[084]。譯者在序言裏說這是按照希臘原文一字未刪的譯本。原文略有一些坦率的猥褻處。

黃茅來電話，謂星期六在九龍城見到柳木下，神經病又復發，赤身蹲在街頭向小販們胡鬧。他走近去，柳已不認識他，看來日內又將被送入青山病院了。

1968年5月21日 星期二

—

天氣陰涼潮濕，已是黃梅天了。

翻閱手邊所有的紀伯倫作品集。以前已經譯過不少，若是整理一下，略作補充，很可以編成一部集子。以前缺乏傳記資料，現在有了昨天所買的，已夠用了。

1968年5月22日 星期三

—

陰霾有雨，入夜有雷。

上午讀蒙田散文選集的最末兩篇。由於時代隔得太遠，思想生活環境又大不相同，讀後的感受不如事前想像的那麼好。這真是聞名不如見面了。

燈下讀《二刻拍案驚奇》，都是男女關係的果報故事，有鬼有狐。

1968年5月23日 星期四

—

天氣陰雨潮濕，霉天氣味甚濃，很不好受。

上午讀《萬人叢書》的蒙田散文（共三冊）前的序文，作者哈爾米爾，寫得明晰流暢，前半敘蒙田的生平，後半解釋他的小品風格和內容，令人一目了然。本來還想多讀幾篇他的小品，現在不想再讀下去。對於蒙田的欣賞，就此告一段落了。

084　Longus (1956) *Daphnis & Chloe*. (A new translation with an introduction by Turner, P.) Harmondsworth: Penguin.

1968年5月24日　星期五

—

天陰潮濕，終日有陣雨。

吃新上市的玉米。（本地人稱「粟米」，南京人稱「玉蜀黍」。北方棒子麵的原料也。）

賣去舊報紙一大紙箱，得價五元，買汽水供大家喝，皆大歡喜，擬本此法將逐年堆積的舊書報清除。

讀《二刻拍案驚奇》。

1968年5月25日　星期6

—

終日陰雨潮濕，有雷。晚上九時許返報館時，途中雨勢甚大。下車後在簷下避雨許久始能前進，未攜雨具。

又賣去一批舊報紙，得價四元，另加七元，買大萍果兩打多。

在燈下擬讀古希臘小說，因字小讀來吃力，未果。

1968年5月26日　　星期日 📷

—

天氣放晴，微涼。

上午讀希臘古小說《德夫里斯與奇羅伊》的序言。據說這是歐洲後世愛情傳奇故事之祖。

晚間同克臻看電影，係以戈登將軍在蘇丹守城殉職故事為題材的影片[085]。戈登在英國人眼中是英雄，在我們眼中，則是罪人，因他曾在中國助紂為虐，幫滿清打太平天國及小刀會。

明日為克臻生日，散戲後往鏞記消夜，吃麵。

影片中有尼羅河風光及埃及古蹟很佳。

085　指《沙漠龍虎會》，電影廣告見《星島日報》，1968年5月24日，頁8。

1968年5月27日 星期一

—

天氣放晴，陰涼。

今日為克臻生日，下午在家吃生日蛋糕，晚間在紅寶石晚餐。

柳木下來自言前數日神經混亂，夜間流浪街頭，遭人毆打並搶去衣物，房東又拒他入屋（欠租甚多），要他搬遷。現暫住旅館，情形甚狼狽，因給他二十元又襯衫內衣、手帕、襪等。他表示要搬家，希望朋友給他籌錢，可是平時又絕不肯為自己生活工作，一味靠借。真是一個問題人物。

1968年5月28日 星期二

—

天氣陰雨，可穿夾衣。

讀英國 *Studio*（《畫室》月刊）七十五周年紀念號（四月號），他們的創刊號封面是比亞斯萊所畫。近年比亞斯萊又流行起來，他們因此一再以此作標榜。本期封面就是重用創刊號的舊封面。

1968年5月29日 星期三

—

天氣陰涼，時有微雨。

今天是農曆五月初三，後天就是端午，滿街已是賣粽的竹架。【盧】香港當時流行在賣糉店外搭成竹架，吊滿各類糉子以招徠。

1968年5月30日 星期四

—

天氣陰雨，清涼。

下午出外，往報館取薪水，在中環鑽石酒家小坐喝茶，待克臻等來，同往大華國貨公司買水果食物，又買粽，因明天就是端午了。

食新上市的李、桃及荔枝。荔枝是所謂「三月紅」，今年上市較遲，多粗肉厚殼不堪吃。

今早港英封鎖羅湖邊境，火車停開，因邊境有擲石事件。

法國學潮及工潮，轉為政潮，形勢極嚴重，法郎傳將大貶值。

1968年5月31日　星期五

—

今日為端午節，天氣陰涼，不像盛夏。隨俗吃粽，有廣東裹蒸粽及江南湖州粽，又吃鹹蛋。晚餐有清蒸冬菇湯，頗清淡有味。

夜雨甚大。

本月經濟，仍處於入不敷出狀態。有稿費未能依時收到，【盧】大報館也如此，足見香港文人靠賣文養家苦況。雜項支出又多，終月陷於拮据狀態。

1968年6月1日　星期六

—

天氣陰涼，昨夜有雨，至今晨始停。

量體重仍128，與本月七日所量者相同，未有增減。

1968年6月2日　星期日

—

整日陰雨，天涼。

今日星期，在家休息。

讀《三千年藝術品贋造史話》。議論評述多於事實的敘述，不是我要讀的那種體裁。

1968年6月3日　星期一

—

天氣放晴，但未穩定，清涼有風。

讀《二刻拍案驚奇》。此數卷都是果報鬼怪故事。宋時稱算命占卦行業者為「抽馬」。星象家有「祿馬」之說。主人財祿凶吉，星象卜者為人「抽簡祿馬」遂簡稱「抽馬」。第卅三卷有〈楊抽馬甘請杖〉。

1968年6月4日　星期二

—

天晴轉熱。

下午出外為中絢〔嫻〕繳學費 [086]，閑步通衢一段路。在時新水果店 [087] 買新上市的櫻桃。這是山東產品，不貴，每袋重一磅，價 1.20。形略扁，不大甜，不似南京玄武湖所產者，小的甜，且鮮紅奪目。

1968年6月5日 星期三

—

天氣轉涼，有陽光。

讀倫敦《泰晤士報文學副刊》，有蘇聯一部被禁小說的摘譯，並附有記事。

年前被暗殺的美國總統甘乃迪，其弟今年競選，今日又突被人開槍，腦部中彈，生死未知。不久以前黑人領袖金博士被暗殺，現在甘乃迪之弟又遭人槍擊。美國的政治黑幕之可怕，於此可見。這還說得上是什麼民主！

1968年6月6日 星期4

—

天氣晴朗，曬衣服。

美國昨日被槍擊的小甘乃迪，今日因重傷不治身死。凶手當場被補，係中東約但人，據說係不滿小甘的中東政策。又說係共產黨。想來這都是嫁禍之言。此事不外為了競選總統，買兇暗殺而已。其情形與槍殺其兄如出一轍，必是同一幕後人物所佈置，現任總統約翰遜難逃嫌疑。

夜讀倫敦《泰晤士報文學副刊》，本報介紹過去各種文藝小刊物，有專文多篇，近年英美曾將多種小雜誌重印，供人參考，但售價奇貴，除圖書館及學校研究室外，個人都買不起。從前售價每期一先令的，重印後就賣數鎊。

1968年6月7日 星期五

—

天氣陰霾，有雲，潮濕。

柳木下又來借錢。近日我自己也窘甚，未借。

086　查 1968 年中絢已婚並有孩子，不大可能仍須交學費，據前文後理，這裡應為中嫻的筆誤。

087　時新水果店，即時新鮮菓公司，位於德輔道中 99 號，見《香港年鑑 1967・工商名錄》，頁 296。

1968年6月8日　星期六　📷

—

陰雨潮濕。

吃新上市的從化「三華李」。這是僅次於「南華李」的佳種，頗甜爽，每磅二元五角，約每枚一角，相當貴。南華李還未上市。

燈下看《讀者文摘》，記美國一隻潛艇失事沉沒，兵士逃生的經過[088]。最近又有一艘美國新式原子潛艇「天蠍座」號失蹤沉沒。前幾年已有過同型的「長尾鮫」號沉沒。這已是第二艘了。

1968年6月9日　星期日

—

今日星期，在家休息，天陰雨，下午雨勢頗大。夜雨至黎明未止。

報館同事張君結婚，在大同酒家[089]，往賀。

今日為中敏生日，下午吃蛋糕，晚上吃麵，並試嘗上海新出品「罐頭筵席」。全席分裝大小十三罐。四盆，四炒，四大葷，一甜食。有全雞全蹄及魚翅清湯、八寶飯等。價三十八元。味雖不如理想，但分量頗夠，今晚只試吃了一半，留下元蹄、八寶飯等未開。

夜翻閱雜書，又決定有數種英文刊物已無用，決通知書局停訂。

1968年6月10日　星期一

—

終夜有雨，日間亦時雨時止，至夜未停。天氣潮濕。

1968年6月11日　星期二　📷

—

天陰潮濕，入夜有雷雨，終夜未停。

088　Peter Maas：〈海龍王搭救角鮫記〉，刊《讀者文摘》1968年6月號，頁126。

089　大同酒家，位於德輔道中234號，見《香港年鑑1968‧工商名錄》，頁261。

今晚在九龍若干街頭和小公園內，群眾又遭防暴隊干涉，發生衝突 ⁰⁹⁰。

1968年6月12日 星期三 📷

—

天氣潮濕鬱悶，陰雨入夜有大雷雨，自夜二時至黎明未止。雨勢之大，勢將成災。憶在 1966 年六月十二夜，亦有一場暴雨，造成全港空前雨災 ⁰⁹¹。北角明園水塘 ⁰⁹² 壩崩裂，造成巨災。今又在同日同夜間有暴雨，可謂巧合 ⁰⁹³。

今晚出門赴報館時，值傾盆大雨，街上石級上衝流下來的雨水，成了瀑布型，鞋襪盡濕。

1968年6月13日 星期四

—

整日繼續潮濕悶熱，有雨，天文台預告入夜仍有雷雨。未驗，夜間只略有陣雨。

昨夜雨災，港九一帶已死傷數十人。有一家五口住大坑道，夜間打牌，後面山上圍牆倒下壓倒屋頂，五人皆死。又有多處木屋被山泥衝倒，死傷甚多 ⁰⁹⁴。

夜間返工，心中惴惴，幸來去皆未遇雨。

讀古希臘小說，寫得頗樸素。

090　〈昨夜深水埗、紅磡、旺角　左派份子滋事　警方放催淚彈〉，刊《星島日報》，1968 年 6 月 12 日，頁 20。〈港英警察摸黑突襲紅磡長沙灣群眾　開槍擲彈噴毒毆打和綁架街坊同胞〉，刊《文匯報》，1968 年 6 月 12 日，頁 4。

091　1966 年 6 月 12 日香港多處豪雨，共引致 64 死 48 失蹤 29 傷。

092　北角明園水塘即七姊妹水塘，太古洋行 1883 年在北角七姊妹區半山設立的蓄水池，後稱「賽西湖」，1977 年被填平。

093　〈雨災兩週年昨情景彷彿　防風防洪要緊〉，刊《星島日報》，1968 年 6 月 13 日，頁 20。

094　〈毀屋　覆舟　斷道　雷殛　暴雨災情慘重〉，刊《星島日報》，1968 年 6 月 14 日，頁 24。

　　〈馬山怒洪捲五屋　災場徹夜發掘　九戶七人死十人失蹤今續清理　布朗街一家七口五死〉，刊《星島日報》，1968 年 6 月 14 日，頁 24。

1968年6月14日　星期五

—

天氣仍陰雨潮濕。

1968年6月15日　星期六

—

天氣放晴，卻變成沉悶潮濕。

上午十時半出外，此為多時未有之舉，因法國航空公司舉辦招貼畫展覽，蔡惠廷寄來請柬及目錄，因特地前去一看，作畫者係 Georges Mathieu[095]，係新派畫，技巧及印刷都很精緻。

又順便往大會堂美術館看英美頹廢派的招貼畫，五光十色，令人見了目炫。其中有幾幅竟是將比亞斯萊作品放大的。

往實用書店，買新出的法國新作品選集，法國短篇小說名作集，以〔及〕西班牙短篇集[096]。

在紅寶石午餐，然後往大華買新到的白沙枇杷、黑葉荔枝，以〔及〕三華李共十元而回。孩子們吃得皆大歡喜。

明天是所謂「父親節」，孩子們循俗聯合送禮，有睡衣一套，鐵觀音茶葉一罐，香萍果半打，朱古力一盒。

燈下翻閱新書，四時始寢。

1968年6月16日　星期日

—

今日星期，在家休息又值所謂父親節，長女中絢和夫婿來邀兩老作郊遊。天陰無雨，有時微有陽光，頗適合出遊。渡海後循青山公路先在青山酒店[097]小息。此地多年前幽靜異常，近則煩囂不堪了，添築了打麻雀的酒食棚，又有小孩機械

095　Georges Mathieu（1921-2012），法國抽象派畫家。

096　*Edited by Marielle, E. (1968) *The Penguin Book of French Short Stories*. Harmondsworth: Penguin Books.

　　Edited by Franco, J. (1966) *Short Stories in Spanish*. London: Penguin Books.

097　青山酒店，位於新界青山道 17 咪，見《香港年鑑 1968．工商名錄》，頁 298。

遊戲,成了遊樂場性質,僅山下海濱一帶尚可小立。

又到容龍別墅[098],【盧】號稱別墅,實是酒店遊樂之所,為香港市民假日郊遊好去處。打麻雀的人也多,但樹木花草較茂。在此晚餐,然後循粉嶺大埔回來,在元朗停車買老婆餅。近年郊外各市鎮已都市化,新高層建築物極多。

回到家中已十時。中嫻及兩小孫同行。

1968年6月17日 星期一

—

無雨,天氣轉為悶熱潮濕。

1968年6月18日 星期二

—

天陰潮濕熱悶,入夜有雨。

整理家中書籍雜物,天氣潮濕,衣物都發霉,許多東西都忍痛丟棄或給人。不如此大刀闊斧,實在也無從談到清理。

1968年6月19日 星期三

—

天氣悶熱沉鬱,天文台預告將有大雷雨,恐暴雨成災,要求各學校下午停課。及至下午,竟未有雨,又預告將於夜晚有特大暴雨,亦未兌現。

預防真有大雨,提早赴報館,並提早回家。

1968年6月20日 星期四

—

天氣仍潮濕陰霾,沉熱似繼續會有雷雨。

燈下整理書籍。翻閱《白下瑣言》及《金陵瑣志八種》[099]。《白下瑣言》有

098　容龍別墅,位於新界青山道 19 咪,見《百年香港中式飲食》,頁 79。

099　*甘熙(1798-1853):《白下瑣言》。築野堂,光緒庚寅(1890)本。南京掌故筆記,白下為南京別稱。

　　*《金陵瑣志八種》。南京:十竹齋,1963 年。

一幅江南製造局的插圖，其題字署名「古虞呂福倓厚菴」，這乃是我的外祖父。（呂氏繼母。我自己的親生母親是王氏，住明瓦廊，呂家則住評事街富德巷）。這類發現，偶然得之，很感意外。可是家中舊事，及家鄉舊聞，兒輩皆不感興趣，可說無人可談了。談亦無法理解也。

夜四時許始就寢，神倦目昏。

1968年6月21日 星期五 📷

—

天氣悶熱潮濕，今日為夏至。

新加坡《民報》[100] 副刊編者謝克 [101]，寄來所編文藝周刊《新生代》[102]，去年合訂本一冊，囑寫文介紹，並想我寫一篇〈我與文學〉，將考慮一下再覆。近年南洋提倡「馬華文學」，即馬來亞一帶土生華人的作品，以別於祖國大陸的新文藝。這是環境使然，（從中國去的書刊時時被禁，在當地出版者則可見）【盧】自 1958年前後，東南亞各地即限制華文書報雜誌進口。先是馬來亞聯邦，繼而印尼、越南、新加坡、泰國頒禁止中國出版物及電影入口令。新加坡於 1958 年 10 月 22 日援引不良讀物法令，禁止中國43 家出版社出版物入口。（詳見 1958 年 10 月 23 日《南洋商報》及《出版月刊》第 5 期〔1959年 1 月〕。）1965 年新加坡獨立後，仍嚴令禁止多種中國書刊入口。同時也有自求獨立生存之意。這一文藝運動，可說有利也有害。翻閱一遍，覺得幼稚雖不免，但態度很嚴正。有關於郁達夫的若干材料。

100　《民報》，新加坡華文報章，於 1960 年 3 月創刊，黎國華任社長，初時為三日刊，後改為日報，於八十年代停刊。

101　謝克，新加坡作家、編輯，五十年代開始創作小說，曾任新加坡文藝協會名譽理事。謝克 2013 年 12 月26 日來函提供資料：

「謝克（1931-），原名佘克泉，祖籍廣東澄海，新加坡出生。1966 年至 1991 年，任《民報》、《南洋商報》、《聯合早報》文藝副刊編輯。著有小說集《為了下一代》、《困城》、《新加坡小景》、《學成歸來》，評論集《新華文壇十五年》等。編有《新馬文藝創作索引》、《新加坡女作家小說選》、《新華作家百人集》等。2000 年獲頒『亞細亞文學獎』。」

102　有關《新生代》資料，謝克 2013 年 12 月 26 日來函提供：

「《新生代》，新加坡《民報》文藝副刊，每周出版一次，謝克主編。1966 年 11 月創刊，1970 年 9 月 4日終刊。總共出了 201 期，過後縮印作 16 開本，並 4 冊。主要撰稿人有連士升、李星可、柳北岸、姚紫、苗秀、李汝琳、丘絮絮、鄭子瑜、趙戎、艾驪、王秋田、丁之屏、曾鐵忱、鍾文苓、林參天、韋暈、方北方、葉苔痕等。」

1968 年 6 月 22 日　星期六

—

天氣依然悶熱潮濕，令人不快，腰酸骨痛。

今日下午，有一艘小遊艇在卜公碼頭附近翻倒沉沒。此係新亞書院藝術系畢業同學謝師遊河野餐。卅餘男女師生多數未受傷，但主任陳士文 [103] 之妻溺死，陳本人亦被艇尾車葉打傷手臂，可謂不幸，實是慘劇。陳君係留法畫家，初自內地來香港時，無以為生，曾在〈星座〉寫稿多時，妻子亦在一家電筒廠為女工，貼補家用。近年當然境遇好轉，但出此慘事。陳已六十餘，妻也在五十外。

1968 年 6 月 23 日　星期日

—

天氣仍是潮濕悶熱，入夜有雷雨。

讀近人謝國楨的《明清筆記談叢》[104]，其中談到《白下瑣言》及《金陵瑣記》，因又取出來隨手翻閱，《白下瑣言》有一處提及「九兒巷」，這是我家的祖居所在，我就是在巷內的一座古老大屋內出世的。大廳的大屏門上有壁畫，據說在太平天國佔領南京時，這屋曾經作過王府。沒有地圖，不知道九兒巷究在城內何處。
【盧】據 2012 年 3 月《金陵晚報》記者姚媛媛報導「南京市檔案館藏有 150 多萬張民國戶籍卡」，當可查到葉靈鳳戶籍。九兒巷仍在，郵編 210009，葉靈鳳研究者應去查探一番。

1968 年 6 月 24 日　星期一

—

天氣仍不好，黎明至八時許有雨，雨勢頗大。

燈下讀美國出版的笑話趣聞書，此係〈星座〉補白資料，編者塞爾夫氏

103　陳士文（1907-1984），畫家、學者，二十年代赴法國留學，1937 年回國任教於上海美術專科學校和新華藝術專科學校，1949 年來香港，1957 年任教於新亞書院藝術專修科，後任香港中文大學藝術系系主任。參考 1951 年 2 月 19 日之日記。

104　謝國楨：《明清筆記談叢》。北京：中華書局，1960 年。

（Cerf）[105] 是此中老手，已編過多種這類的書，並不下流，頗有點小風趣。

1968 年 6 月 25 日　星期二

—

天氣燠熱，無雨，仍潮濕悶人。

將敘利亞詩人紀伯倫的畫，略作解釋，每日選一幅，刊於〈星座〉。今日先對紀伯倫作品的風格和傾向，略作介紹，又說明他曾在巴黎學畫，又曾投拜羅丹之門。第一幅選載的是〈偉大的憧憬〉，表示人類一面離不開俗世，一面又嚮往天上 [106]。

1968 年 6 月 26 日　星期三

—

無雨，悶熱非常，潮濕略為好轉。

今日為中健生日，下午吃生日蛋糕，夜晚吃麵。

連日睡得太遲，今夜提早上床，但也已經近三時。夜熱，不能安枕。

1968 年 6 月 27 日　星期四

—

天氣轉晴，同時亦轉炎熱。

寫紀伯倫的畫介紹文 [107]，此係三四百字短稿，有畫二三十幅，擬逐一作簡短介紹。

讀法國加末（Camus）的短篇〈淫奔的婦人〉[108]。是他的名作，着重描寫心

105　Cerf, B. (1959) *Bennett Cerf's Best Jokes.* New York: Maco Magazine.

　　Bennett Alfred Cerf（1898-1971），美國出版商，美國出版公司蘭登書屋（Random House）的創始人之一，以編集笑話和雙關語聞名。

106　葉靈鳳：〈紀伯倫的畫・偉大的憧憬〉（筆名「臨風」），刊《星島日報・星座》，1968 年 6 月 28 日，頁 18。

107　葉靈鳳：〈紀伯倫的畫・石頭〉（筆名「臨風」），刊《星島日報・星座》，1968 年 6 月 29 日，頁 6。

108　加末（Albert Camus，1913-1960），葉氏又寫作加穆、加繆，法國作家，1957 年獲諾貝爾文學獎。

　　Camus, A. "The Adulterous Woman"，出自 *Exile and the Kingdom* (1958). New York: Alfred A. Knopf.

理上的苦悶。當然寫得不錯,但看不出有特別的好處。

1968年6月28日 星期五

——

天氣又晴陰不定,時有陽光,又時有驟雨,不過已經不再回南潮濕了。

續寫介紹紀伯倫的畫的短文[109]。

1968年6月29日 星期六

——

天氣陰晴不定,時有驟雨較涼。

獨自在報館對面食肆晚餐吃苦瓜炒牛肉、絲瓜八珍湯。普通的價錢和水準尚可一吃。

寫介紹紀伯倫畫的短文兩則[110],因明日星期,可以休息一天也。

1968年6月30日 星期日

——

夜雨,上午轉晴。

今日星期,在家休息,下午出門往實用書店付賬款,兩月未付,共一百六十七元。買紀伯倫的《先知》[111]。早已買過,但已不知去向,因此又買一冊。又買法國浪漫派 Barbey 的傳奇故事集《女魔》英譯本一冊[112],係牛津近年出版的「法國古典作品叢書」[113]之一。這個叢書編印得很好,前買的梅里美短篇集即其中之一。不收一般通行作品,專刊印未有英譯或少人知的小名作,用意頗可取。不知怎樣過去一年未曾有新的出版了。已出版了十一冊,我已有五冊,餘下是可買可不買者。

———

109　葉靈鳳:〈紀伯倫的畫·掙扎〉(筆名「臨風」),刊《星島日報·星座》,1968 年 6 月 30 日,頁 6。

110　葉靈鳳:〈紀伯倫的畫·內在的生命力〉、〈紀伯倫的畫·憐憫〉(筆名「臨風」),分別刊於《星島日報·星座》,1968 年 7 月 1 及 2 日,頁 6。

111　Gibran, K. (1968) *The Prophet*. New York: Alfred A. Knopf.

112　Barbey d'Aurevilly, J. (1964) *The She-Devils*. London: Oxford University Press.

113　法國古典作品叢書:Oxford Library of French Classics。

在大華公司買醬瓜及叉燒。又在紅寶石喝檸檬茶,中健中輝偕行。
晚餐喝啤酒。今日頗覺意態閑適。

本月份經濟情形仍不好,入不敷出。
應付未能如期付出者有:
女工 170,19/7 付訖
米柴 100,5/7 付訖
糖 100,3/7 付 50,15/7 付 50
車 60,8/7 付訖
小小 350
稿紙 65,25/7 付訖

1968年7月1日 星期一

—

昨夜及今晨又有雨,中午以後晴爽炎熱,這自然比潮濕陰悶好得多了。
續寫介紹紀伯倫畫的短稿。
為《快報》譯的《哈基巴巴》已譯完,要另找這類趣味性的故事來繼續。
未曾選定以前,暫將《哈基巴巴》作者寫作此書經過及生平,寫一後記支持數
日[114]。
今夜就寢已四時,太遲了。燈下東翻西翻,不覺夜之已深。

1968年7月2日 星期二 📷

—

天陰涼,入夜有雨,雨勢頗大。
續寫介紹紀伯倫畫的短文[115]。

---

114 參考 1967 年 4 月 12 日之日記。

115 葉靈鳳:〈紀伯倫的畫·無限的追求〉(筆名「臨風」),刊《星島日報·星座》,1968 年 7 月 3 日,頁 6。

讀七月號《明報月刊》，有介紹蔣彝[116]的文章，原來他是江西九江人。附有一篇蔣的散文的中譯，譯者不是九江人，將九江南門外有名的「甘棠」湖譯成「贛潭」[117]。

1968年7月3日 星期三

—

天氣又轉陰雨，黎明時雨勢甚大，且又漸轉潮濕。

報載有楊梅上市，是新從上海運來的，當是洞庭楊梅。下午趕着去買，已買不到。據說到得很少，已一搶而空。

續寫介紹紀伯倫畫的短文[118]，都是他自己為《先知》所作的插畫。

晚上未帶雨具出門，來回皆遇雨，頗狼狽。

1968年7月4日 星期四

—

終日陰雨，晚上略止。

今晚出門，特地帶了雨衣，可是來去都不曾遇雨。昨晚未帶，則來回都遇雨，世事往往就是如此。惟有引「有備無患」一語解嘲。

1968年7月5日 星期五

—

天氣又陰雨潮濕。

續寫介紹紀伯倫畫的短文[119]。

116　蔣彝（1903-1977），江西九江人，曾任蕪湖、當塗、九江三縣縣長。三十年代赴英國，後赴美國，曾任教於哈佛大學、哥倫比亞大學等。1972年到香港任香港中文大學客座教授，在香港舉辦個人畫展，1975年回國訪問，1977年回國定居，同年病逝於北京。

117　蔣彝著，許雲奴譯：〈柔腸（「兒時瑣憶」之一）〉，載《明報月刊》第3卷第7期，1968年7月，頁70。

118　葉靈鳳：〈紀伯倫的畫．忍受磔刑〉、〈紀伯倫的畫．大我〉（筆名「臨風」），分別刊於《星島日報．星座》，1968年7月4及5日，頁6。

119　葉靈鳳：〈紀伯倫的畫．愛情〉（筆名「臨風」），刊《星島日報．星座》，1968年7月6日，頁6。

讀新到的倫敦《泰晤士報文學附刊》，近來版面已日漸革新。他們主要的特色是書評，和新書廣告，但近年英國實在沒有什麼文藝方面的好書出版。

1968年7月6日 星期六 📷

—

天氣陰雨潮濕。

續寫介紹紀伯倫畫的短文兩則 [120]，全是《先知》的插畫。

劉日〔一〕波 [121]（文藝青年曾在理髮店工作，辦過文藝小刊物）來電話，謂將在明日下午三時半偕黃俊東 [122] 來訪。【盧】黃俊東一向低調。2013 年 12 月 29 日，我打電話到澳洲雪梨，說想為他寫小傳，他笑言一生簡單，只口述如下：1934 年 1 月 8 日香港出生。潮州人。曾在大埔夜校當教師，後在父親於南北行之店中工作。1965 年 9 月 15 日進《明報月刊》任編輯，直至 1994 年 2 月底退休。後移民澳洲。黃亦係以前相識者，兩人現皆在《明報月刊》工作。

1968年7月7日 星期日 📷

—

天氣陰雨，又回南潮濕。

今日為「七七」蘆溝橋事變紀念，轉眼已是三十多年前的事了。就個人來說，當初再也想不到，來到香港後，竟這麼一直住了下來！

黃俊東、劉日波來，並有一女子，係劉之女友。黃帶來一些我的舊作，如《紅

120　葉靈鳳：〈紀伯倫的畫·婚姻〉、〈紀伯倫的畫·孩子〉（筆名「臨風」），分別刊於《星島日報·星座》，1968 年 7 月 7 及 8 日，頁 6。

121　劉日波，應為劉一波，黃俊東於 2013 年 1 月 7 日致盧瑋鑾信中提到：「關於劉一波，他原是在理髮店工作，又是文藝青年，很早便認識了金庸，一九六七年與一班青年朋友創辦了《新作品》雙月刊，好像只出版了三期，與葉靈鳳先生晤面，大抵想約稿和請教一些問題，後來查先生請他在《明報晚報》做記者，直到晚報停刊再轉到《信報》工作，亦有一個時期做過地產經紀，他的太太在美國人辦的商行工作，後調去美國，不知劉一波後來去了美國否，因久未聯絡不知近況。」參考 1967 年 4 月 2 日之日記。

122　黃俊東（1934-），藏書家，筆名克亮，六十年代曾任《明報月刊》執行編輯、助理總編輯，作品有《現代中國作家剪影》、《書話集》、《獵書小記》等。

的天使》、《鳩綠媚》、《時代姑娘》之類，還有一冊《幻洲》[123]。自然不免談了一些過去文壇的舊事。黃為人談吐倒很坦白。三時許來，七時始去，贈以《文藝隨筆》、《香江舊事》各一冊。【盧】《香江舊事》葉靈鳳簽贈黃俊東，此書於 2014 年 3 月 16 日在香港高價拍出。

晚間與克臻及女中慧同往看電影[124]，又在鏞記酒家晚飯。電影為美國流行的槍戰故事片，三個皆是壞蛋，不過其中一個較好，一個壞，另一個更壞。有許多很殘酷的鏡頭，這是美國電影的一般趨勢，但色彩及鏡頭取景頗有新的進步。

食桂味荔枝，並以餉客。

1968 年 7 月 8 日　星期一

—

天氣仍不好，陰雨潮濕。

買「糯米糍」荔枝，每斤三元半，共買了四斤，計十四元。往年曾賣七八元，品質還不好。今年算好而便宜。荔枝上市甚短，糯米糍又是最佳的品種。雖然稍為破費，至少全家可以嘗一嘗，平均每一顆荔枝要值一毫多。

續寫紀伯倫畫的介紹文[125]。

1968 年 7 月 9 日　星期二

—

天陰潮濕鬱悶。

123　《幻洲》上部名「象牙之塔」，由葉靈鳳主編，下部名「十字街頭」，由潘漢年主編。葉靈鳳：〈回憶《幻洲》及其他〉，《讀書隨筆（一集）》（香港：三聯書店（香港）有限公司，2019 年），頁 110，文中提到：「《幻洲》創刊於一九二六年十月，停刊於一九二八年一月。這其中，因了北伐軍到上海時的混亂，我們曾停刊了幾個月，先後一共出了二十幾期。」

「短小精悍的《幻洲半月刊》，上部象牙之塔裏的浪漫的文字，下部十字街頭的潑辣的罵人文章，不僅風行一時，而且引起了當時青年極大的同情。」

124　指《獨行俠決鬥地獄門》（The Good, the Bad and the Ugly），電影廣告見《星島日報》，1968 年 7 月 7 日，頁 11。

125　葉靈鳳：〈紀伯倫的畫·論給與〉（筆名「臨風」），刊《星島日報·星座》，1968 年 7 月 9 日，頁 6。

寫介紹紀伯倫畫的短文 [126]。

整理桌上書籍，翻出一冊企鵝版的阿波尼奈爾詩選 [127]，附有動物詩抄的木刻飾畫若干幅，這是杜飛 [128] 的作品。從前曾見（在上海）日譯本，附有全部插圖，未買。後又見望舒所藏的原本，甚為羨慕，想買一冊，始終未有機緣。

1968 年 7 月 10 日　星期三

—

天氣仍陰晴不定。甚熱，夜晚不能安枕。

已經多日不曾讀什麼書了。

1968 年 7 月 11 日　星期四

—

天色轉晴，翳熱非常。

下午黃茅約往得勝酒家飲下午茶，閑談了一會作別。往大華國貨公司買糯米糍兩磅。每磅二元，比前幾天便宜多了。歸來每人分得五顆。

1968 年 7 月 12 日　星期五

—

今日天晴，甚熱。

口渴，飲水甚多。今日早起，牙根出血。

續寫紀伯倫稿 [129]。有讀者寫信來表示愛讀，惟嫌插畫製版太小，看不清，詢問是否有紀伯倫的畫集可買。

126　葉靈鳳：〈紀伯倫的畫・更大的我〉、〈紀伯倫的畫・創造的手〉（筆名「臨風」），分別刊於《星島日報・星座》，1968 年 7 月 10 及 12 日，頁 6。

127　Apollinaire, G. (1965) *Selected Poems of Guillaume Apollinaire.* (Translated by Bernard, O. with reproductions of twelve Raoul Dufy woodcuts) London: Penguin Books.

128　杜飛（Raoul Dufy，1877-1953），法國畫家。

129　葉靈鳳：〈紀伯倫的畫・結合〉（筆名「臨風」），刊《星島日報・星座》，1968 年 7 月 13 日，頁 6。

夜歸乘「九座的士」[130] 在英皇道公園前與一私家車橫直相撞。幸有準備，司機已預見私家車橫過車前，知無可避，故相撞力不甚大，私家車玻璃碎，九人車玻璃窗未碎，但已驚心動魄，急忙下車，改乘他車回家。

1968年7月13日 星期六

——

天晴甚熱，有風。

續寫介紹紀伯倫畫的短文[131]，前後所寫，已近二十篇了。

晚間由中絢夫婦邀往家鄉邨上海館晚膳。中美等三人隨往。因近日中絢搬家，新居就在附近，中美、中輝等連日都往幫忙，今晚所以酬之也。點心及菜還不錯，生意極好，因今日是星期六也。

1968年7月14日 星期日

——

天氣晴熱，幸略有微風。

今日星期，在家休息。下午往中絢新居參觀，地方不大，但頗合小家庭居住。

傍晚到中環送稿，歸途買番茄汁一罐。晚餐食沙律，喝啤酒。攙汽水飲之而已。

1968年7月15日 星期一

——

天氣晴好，有風，不甚熱。

續寫介紹紀伯倫畫稿[132]。

130　九座的士，指香港曾於五十年代流行的一種九人小型巴士，行走新界各區。1967年暴動時，巴士司機罷工，政府因此容許此類小巴進入市區，解決公共交通問題。其後小巴由九座位增加至十四座位。政府在1970年推出白牌車合法化政策，由政府發牌，可以在香港、九龍及新界各地行走，即紅色小巴。現在已增至十六座及十九座。

131　葉靈鳳：〈紀伯倫的畫·奴役〉、〈紀伯倫的畫·地母〉（筆名「臨風」），分別刊於《星島日報·星座》，1968年7月14及15日，頁6。

132　葉靈鳳：〈紀伯倫的畫·熱情〉、〈紀伯倫的畫·苦痛的泉〉、〈紀伯倫的畫·被祝福的鎔爐〉（筆名「臨風」），分別刊於《星島日報·星座》，1968年7月16、19及20日，頁6。

食上海李子，微甜，不酸，只是味較淡耳。食湖南所產一種青梨個小而甜，似尚未完全成熟，熟必甚甜。

翻閱謝國楨著《明清筆記談叢》。所談都是有關近代史料的比較少見的筆記。

1968年7月16日 星期二

—

天晴炎熱。今年農曆閏七月，秋天必定特別炎熱。

食荔枝中的「槐〔桂〕枝」每斤僅一元二，甚甜。槐枝上市後，荔枝季節就要結束了。

1968年7月17日 星期三

—

天晴甚熱。驕陽如火，熱氣撲面而來。

理髮。目前理髮時間，相隔過久，以後應維持一月一次。

今日為寄女麥浩敏結婚，喜宴設在九龍美麗華酒店[133]。晚間與克臻偕中嫻前往，至十一時始散。麥在國泰航空公司服務，新郎姓薛，為美國籍台山華僑。

因今晚赴宴，預知時間必遲，今天未往報館。

譯完在《快報》刊載的《哈基巴巴》。選定續譯一部法國流行小說，名 *Felicia*，係一風塵女子的自傳體小說，原作者名 Andrea de Nerciat[134]，事蹟不詳。

接中華總商會[135]來函，邀請參加籌備慶祝十九周年國慶事，時間為明日下午。又是一年了，時間過得真快！

1968年7月18日 星期四

—

天氣晴熱。

133　美麗華酒店，即美麗華大酒店，位於九龍金巴利道 21 號，見《香港年鑑 1968·工商名錄》，頁 298。

134　Andrea de Nerciat (1932) *Felicia, or My Youthful Follies.* (Translated by Gilson Mac Cormack) Paris: Librairie Astra. 葉氏又譯作《費麗西亞自傳》。

135　中華總商會，全名香港中華總商會，成立於 1900 年，為一非牟利華商團體，會員經營之業務遍及本港工商各業，會址為香港干諾道中 24 至 25 號。

下午出門為中嫻往銀行繳學費。

四時往中華總商會九樓參加籌備慶祝十九周年國慶大會。平日只需半小時即可完畢，但今天竟開會開了兩小時半。今年將擴大慶祝。

由於散會後已近七時，即往大華買了一些罐頭，匆匆回家未暇到書店去。

開始譯述《費麗西亞自傳》，流行小說也。

1968年7月19日 星期五 📷
—

天晴，中午甚熱，入暮稍好。

報載港英要撤消中華中學的註冊[136]，甚可惡也。

1968年7月20日 星期六
—

今日天氣甚熱，達九十餘度。中絢夫婦新居，今日入伙，送蛋糕一枚致賀。

廣東風俗。稱住入新居為「入伙」，以紅紙寫「入伙大吉」四字貼門上，並將「伙」字橫寫，謂如有任何事故，伙字橫寫亦預先點破矣。又在前一晚，先以雞犬之類入屋住一晚，可以擋過邪煞。

在日本任教之李獻璋[137]，寄來有關北佛堂古碑考證之抽印本一份，亦無甚新發現，只在碑文的斷句上作了一些自己的見解。

1968年7月21日 星期日
—

天氣甚熱，夜晚不能安枕。

136　〈港府為免公眾學生危險　撤銷中華中學註冊〉，刊《星島日報》，1968年7月20日，頁20。

　　《陳君葆日記全集·卷六·1967-71》一九六八年七月二十日：「今日報上看到關於中華中學事，港九學生界鬥委會與中華中學兩聲明。我真看不出這能起什麼作用！『各界鬥委會』不知是否也發表個聲明？看來，情況越來越不妙。」（頁205）

137　李獻璋（1904-1999），學者，出生於台灣，長居日本，致力整理台灣民間文學，作品有《台灣民間文學集》、《福建語法序說》、《媽祖信仰的研究》等。

讀古希臘小說 [138]。

晚間是拌意大利粉，飲啤酒。

又食本地所產荔枝，不甚好。價甚廉。

1968 年 7 月 22 日　星期一

—

天氣仍甚炎熱，九十三度。

口渴思飲。

提早在八時許赴報。十一時即返。避免乘九人的士，省錢且較安全。前次撞車，有驚無險，事後愈想愈覺得少乘為上策。

1968 年 7 月 23 日　星期二

—

今日為大暑。中午極熱，入暮有風稍好。天文台報告海外有兩股風暴，徘徊欲進，氣候過於悶熱，可能有風雨。

外間流行性感冒甚多，據統計患者已有三十多萬人。在中午時間，不宜出入於有冷氣的公共場所。

1968 年 7 月 24 日　星期三

—

天氣甚熱，將有風雨。

連日實行提早返報館，提早回家，成效甚佳。夜晚十一時後報館即關閉冷氣，人多極悶熱，提早在十一時前即走，可免此苦，且其時有電車及巴士可搭，較九人車安全，而且價廉。

食綠豆沙。

1968 年 7 月 25 日　星期四

—

今日酷熱，達九十五度，天文台報告謂即自 1900 年以來最熱的一天，同時更

138　葉靈鳳：〈希臘神話和藝術作品〉（筆名「敏如」），刊《星島日報·星座》，1968 年 7 月 21 至 25 日。

為本港有氣溫紀錄以來，七月份最熱的一天，這就是說，也是一百多年來本港七月份最熱的一天了。1900年最熱的紀錄是九十六度多。

今日已是陰曆七月初一。十四立秋，但由於今年有閏七月，天氣必然遲熱。

由於天熱，胃口不佳，頗疲倦，不想執筆，口甚焦渴。

1968年7月26日　星期五

—

天氣酷熱，有風訊，天文台掛三號風球，僅掠港而過，氣候略涼，有小雨。

熱得不想工作。

1968年7月27日　星期六

—

颱風已掠港而過。天陰微涼，午後有陣雨。

港大女生酈女士（係本港畫家酈君之女）在港大讀建築系，要寫畢業論文，關於本港商業中心逐漸由西向東移動的沿革，系主任寫信介紹她到我處來找材料，談了一陣，借了幾本書給她而去。

近日流行性感冒盛行，報載患者有三十多萬人。

1968年7月28日　星期日

—

風已過門不入，沒有豪雨，今日天氣又恢復炎熱，上午已熱浪迫人。

食江西蜜梨及杭州蜜梨皆清甜爽脆可口。又食伏萍——一種青色的小萍果，比「花紅」略大，味酸甜。

晚餐食沙律，飲啤酒。克臻試製「白雲豬手」，略甜。

如此已度過一日。

1968年7月29日　星期一

—

天氣仍悶熱，不能工作。

女中慧因態度強倔，不服教管，負氣出走，此已是第二次了。任之。

1968年7月30日　星期二

—

天氣仍酷熱。今日已是乞巧節，已見人家有「拜七姐」的果案陳設。且有「燒衣」，因中元節也近了。一年又是秋風，時間真過得快，但天氣仍熱得喘息不安。

由於港英迫害中華中學，學生又群起抗暴，街頭又出現標語。

1968年7月31日　星期三

—

天氣仍是十分炎熱，夜睡汗出如洗，枕頭、睡衣及被單俱濕，不得不起身更換。

天熱，工作耐力減低，容易感疲倦。

經濟出入仍不能平衡。

1968年8月1日　星期四

—

天氣仍是炎熱，喝水很多。本來想下午出去走走的，怕熱，又不想無謂花錢，取消了這意念。

午後疲倦，在窗口的沙發上打瞌睡一小時多。略有涼風算是最好的享受了。

1968年8月2日　星期五

—

天氣陰霾悶熱，無雨。

菲律賓發生大地震，有一座五層高，住有千餘華僑的住宅倒塌，死傷人很多。

1968年8月3日　星期六

—

天氣酷熱難耐。

晚間中絢夫婦邀往英皇酒家 [139] 晚膳，吃牛雜及蝦醬蕹菜炒牛肉等。

中慧在中絢家中住了幾天，今晚自動返家。

139　英皇酒家，位於北角五洲大廈。酒家廣告見《新晚報》，1970年1月10日，頁8。

1968年8月4日 星期日

—

天陰，涼爽，終日有陣雨，入夜雨勢頗大，溫度降低多日未曾這麼舒適了。

今日星期，在家休息。天氣清涼，下午在椅上假寐一小時。晚餐飲萍果酒，食杭州風腿及白菜湯、澳洲燻煎魚、罐頭水果。

讀擱置多日未續讀的書：古希臘小說，《三千年來的藝術品偽造歷史》。此是德國人著作，缺少趣味。詳述中世紀以來歐洲畫家調製顏料及用具特點。可供真偽鑑別，但讀來極乏味 [140]。

又讀《二刻拍案驚奇》。

飲水過多，難於安枕，深夜起身小溲兩次。

今天過得很閑適。天涼大有影響。

1968年8月5日 星期一

—

終日陰雨，天氣涼爽舒適，入夜有大雨。

購企鵝的當代各國文藝介紹叢書，新出的兩種，一是澳洲的，另一是英國近十五年的 [141]。這叢書前後已經出版了十冊，是一個很好的出版計劃，每冊僅售六七元，可謂價廉物美。

1968年8月6日 星期二

—

天涼如秋，終日陰雨。

讀希臘古小說《德孚尼斯與克羅埃》，夏伽爾曾為此書作過一組插畫，係石版畫。夏伽爾的浪漫田園趣味畫風，對這小說可說十分適合 [142]。

140　葉靈鳳：〈羅馬的偽造古董工場〉（筆名「鷗閣」），刊《星島日報·星座》，1968年8月5日，頁6。

141　Edited by Higham, C. (1968) *Australian Writing Today*. Harmondsworth: Penguin.

　　Edited by Miller, K. (1968) *Writing In England Today: The Last Fifteen Years*. Harmondsworth: Penguin.

　　參考1967年10月27日之日記。

142　葉靈鳳：〈夏伽爾的古希臘小說版畫〉（筆名「鷗閣」），刊《星島日報·星座》，1968年8月9日，頁6。

食平湖西瓜及蘭州金蜜瓜，後者圓如球，色虎黃有綠斑，類似江南的金瓜，味甚香甜。又食水蜜桃及山東「茄梨」，味極香甜軟滑。

今天是農曆七月十四，是立秋節，金風送爽，應該早晚涼了，但今年農曆閏七月，距離中秋節足足還有兩個月，看來今天〔年〕「秋老虎」必然很屬害。

1968年8月7日 星期三

—

陰雨，天氣涼爽。

昨日便秘，今早大便極為辛苦，汗出如雨，掙扎近半句鐘始下，甚疲倦，此為一二十年來未有的現象，因一向定時每早起即大便，數十年皆如此也。中午小睡，起身後再大便，前後共四次，腹中始覺輕鬆。至晚間胃口始開。

食平湖西瓜及茄梨。

晚間讀《二刻拍案驚奇》，記神偷懶龍故事，頗有趣。

服通便藥片一片，以防明早便秘。

1968年8月8日 星期四

—

陰雨，儼然秋涼。

腹微痛，因昨晚服便秘片之故，連便數次，無事。

兒輩所購一玻璃杯相贈，作珠光色，甚美麗，用以飲凍品最宜，晚間試以飲凍檸檬茶。近日市上鮮檸檬缺貨，每枚價一元二毫。

食水蜜桃，雖未熟者亦甚甜，淨白無蟲，又勝過往年了。

讀完《二刻拍案驚奇》下冊。有上冊，未能尋出。將「三言兩拍」通讀一過，尚有待也。

1968年8月9日 星期五

—

天氣陰涼，中午有陽光。

買白點萬年青及風車草各一盆，作架頭陳設。

食上海產的「洋梨」，頗軟甜可口，又有一種圓形的青梨，略近蜜梨，味稍淡。今年內地運來的水果、花極多，品質好，價錢也便宜。有一種山東產玫瑰紫葡萄，

小而香甜。每磅僅一元。

翻閱《詞林紀事》只見下冊，待尋到上冊後，當通讀一遍。

1968年8月10日　星期六

—

天晴，氣溫又轉炎熱，但不如前此之甚。

燈下翻閱《今日法國文學》選集 [143] 有一篇以「肥皂」為題的散文詩，主意甚新奇有趣。

1968年8月11日　星期日

—

今日星期日，天陰，甚涼爽，有風訊，上午天文台掛一號風球，下午改三號，入暮風勢漸大，有雨，清涼可喜。

晚吃「免治牛肉」拌意大利粉，另有燒肉腿肉、青豆、青瓜等，飲萍果酒。星期日不必往報館，在家休息。略事飲食消遣，漸成慣例了。

讀《德孚尼斯與克羅埃》故事。

1968年8月12日　星期一

—

颱風在港外掠過，有雨，天氣陰涼。中慧眼生小眦，久不愈，往眼科專家處診視，謂要施小手術，明日去接受割除手術。

1968年8月13日　星期二

—

天氣陰雨不定，涼爽不熱。

中慧眼皮內施小手術，割去一小粒，手術費 100 元。

買一台灣產的紅釀〔瓤〕小西瓜，小甜。又食澳洲橙。

右耳發炎，入夜甚痛，睡不安枕。

143　Edited by Taylor, S. W. (1968) *French Writing Today*. Harmondsworth: Penguin.

1968年8月14日　星期三

—

天晴，又漸趨炎熱。

長女中絢以楊花蘿蔔一束見贈，此物在本港街市上甚少賣，可感也。

燈下讀古希臘小說。

1968年8月15日　星期四

—

天氣又趨酷熱。

晚間與羅、嚴、黃茅在英皇道家鄉村小聚，飲啤酒吃上海小吃，未吃飯。各吃冷麵，以「什景肉食」作拌，有失冷麵原味不甚佳。談笑盡歡而散。

羅以新龍井一包見贈，品質甚佳，晚間泡一壺試之，上好龍井也。

聞黃般若、李沙威[144]皆病甚。

港英今日正式公佈取消中華中學的註冊，惡劣之至，必有後果可待也。

1968年8月16日　星期五

—

天熱，鬱悶，汗出不止。入夜則稍涼，到底是秋天了。

食台灣西瓜，上次買的很甜。這次共買三個，剖了兩個都不甜，原因是未熟透。

又買內地新到的梨和蘋果若干，亦不明白產地和品種，都粗淡無味。

1968年8月17日　星期六

—

天氣炎熱，入夜稍涼。

讀晚報，知道黃般若已在今晨去世，他一向體健，可是嗜酒，終因肝硬化致命，年近七十。

在燈下讀完《德孚尼斯與克羅埃》，確是男女浪漫愛情故事的典型之作（田

144　李沙威，《香港商報》副刊編輯，金庸武俠小說《碧血劍》及《射鵰英雄傳》曾於 1956 至 1959 年於《香港商報》副刊上連載。

園牧歌式的），有香艷有波折，甚至有打鬥與猥褻。什麼都不缺少。

飲龍井茶。

1968年8月18日 星期日

—

天熱，今日星期，在家休息。

前買三枚台灣西瓜，剖食最後一個卻甚甜。

讀德國人所著《藝術品贋造三千年史話》，關於雕刻古印刷品偽造技術部分。用挑選跳讀法速讀，在燈下讀了五十頁。

晚餐「免治牛肉飯」，冬菇湯又飲青島啤酒一小瓶，竟陶陶然。大約飲食過多，終夜不能安睡，至黎明始覺腹中舒暢。

1968年8月19日 星期一

—

天氣悶熱，夜晚汗出如雨，上衣盡濕，不能安枕。

食家中自製之「杏仁豆腐」及薄荷涼粉，甚佳。

今日為婿顯智生日，以洋酒一枝賀之。

中敏攜回上海水蜜桃一籃，雖熟，不甚甜，不是正種水蜜桃。

有外國雜誌到，在燈下翻閱至三時，無甚可買的新書出版。

1968年8月20日 星期二

—

天氣酷熱，乘車在街上經過，熱浪撲人。天文台發表有風訊，傍晚有雷雨，掛三號風球。

翻閱《藝術品偽造史話》，係關於金屬品首飾，磁器等真偽鑑別門徑，皆一掠而過。現剩下個別贋造者的活動故事，將可細讀一下。

1968年8月21日 星期三

—

今日打風，清早已掛七號風球，午後改九號，傍晚十號，表示颱風正面襲港，

水陸交通皆停頓。雨勢甚大，幸風勢不甚烈，損害不致太大，但已驚心動魄，入夜稍止。但午夜後又有大雨。風雨終宵未停。清涼好睡。

今日因有風，未能赴報館。

今日蘇聯毀諾，派兵進入捷克。前因捷克「自由化」問題，雙方會議多次，宣佈不訴諸武力，用和平會議方式來解決雙方問題。但墨瀋未乾，蘇方已毀約！

1968年8月22日　星期四

—

仍有風雨，但颱風已過，天文台風球改懸七號，稍後即除下。此次風災損失不大。時有陣雨，天氣清涼。

昨日未往報館，今日提早去。編輯部內人少，又有冷風，十分清靜可喜。十時即回家。

在燈下翻閱牛津出版的捷克短篇小說集 [145]。世界輿論一致譴責蘇聯，謂此次進兵捷克，簡直是當年希特勒行為的翻版！

1968年8月23日　星期五

—

天陰，時有微雨，十分清涼。

食新到的國光萍果、天津香水梨，皆不錯。又有一種紅錦李，甚香甜。

1968年8月24日　星期六

—

天氣仍陰涼，有陣雨。

北京發表聲明，譴責蘇聯進兵捷克，是法西斯行為的翻版，又提醒羅馬尼亞，可能也遭進犯。中國將全力支持羅馬尼亞人民及蘇捷一切革命力量。

續譯那部《費麗西亞自傳》。難怪在法國市場很流行，雖是黃色小說，卻寫得很不錯。

145　Selected and translated by Jeanne W. Němcová (1967) *Czech and Slovak Short Stories*. London: Oxford University Press.

1968年8月25日　星期日

—

今日星期，在家休息，天陰有雨，清涼怡人。

購上海水蜜桃一筐，不甚甜，但完整沒有殘爛，包裝甚好，共三十一枚。

晚餐食燒雞、叉燒、青豆、飲汽水，略加入少許威司忌酒。

讀《藝術品贋造三千年史話》。記羅馬人杜西拉偽造自古希臘以來的許多雕刻事。騙倒了許多古董商和鑑賞專家。他自己識破後，別人仍不相信他的話。

因蘇聯進佔捷克，特地找出一冊捷克短篇小說集來讀。序言上說，捷克是個苦難的國家，一直在異族佔領，或是淪為戰場的苦境中生存。希特拉進犯後，不料自稱「老大哥」的蘇聯對這兄弟國家也翻臉不講情理。

這書的序文指出，因此捷克文學作品的特徵，就是反映捷克人長期以來的這種苦難生活。

1968年8月26日　星期一

—

氣候又趨炎熱，但早晚稍涼。

倫敦《泰晤士報文學副刊》前曾出版過幾個專號報導歐洲各國文壇新動態，今日想看看，遍尋不見，其中必有關於捷克文壇的資料。

食新到的北方碭山梨，甚脆甜，頗似萊陽梨。

1968年8月27日　星期二

—

炎熱，又傳有風訊。街上熱浪撲面，夜睡汗濕難受。

食內地來的「洋梨」。軟滑香甜，微嫌過熟。

燈下讀捷克短篇小說[146]兩篇。一是Neruda[147]的〈三百合花酒店〉，篇幅很短，

146　參考 1967 年 5 月 4 日之日記。

147　Neruda，即 Jan Neruda（1834-1891），捷克小說家、詩人、記者。

〈三百合花酒店〉："At the Sign of the Three Lilies"。

寫一女子，很富於情調。他是老一輩的捷克名家。又讀 Lastig[148] 的〈白的一個〉，寫少年心理，陰沉迷惘，雖是戀愛故事，也沒有樂歡氣氛，這顯示捷克人受壓迫已久。

1968年8月28日 星期三

—

天氣炎熱，終日苦熱，汗流不止。

中凱知道我近來錢不夠用，交來五百元。可解眉急矣。

報館中有人以小竹一叢求售，索價僅二元伍毫，遂買了下來，但是以盆栽竹，不易養得活吧。

中午食豆腐花，略加辣椒，甚有風味，可說價廉物美，因豆腐花僅值五毫。這是典型的中國食品。只是天熱，吃完累得一身大汗耳。

1968年8月29日 星期四

—

今日上午天熱，午後陰霾，下午大雨傾盆，狂風暴雨，為勢甚疾。克臻等適往中環飲茶，被雨所困，至八時許始回。入夜仍有微雨。

燈下讀捷克短篇小說，頗近俄國小說風格。

天涼，夜二時許就寢，睡得很舒暢。

1968年8月30日 星期五

—

天氣陰涼，晚間有雨。

下午往書店看書，時間匆促，未買什麼書，因兒輩同行。然後大家往紅寶石飲茶，因就要開學了。再往大華購買日用品，文具及水果而返。有一種「金帥萍」酸甜爽脆，很好吃，每元六個，價廉物美。

今日有一架直昇機失事墮地時機葉將地面一個男子的頭顱及手臂削去，睹照片，死狀可怕。

—

148　Lustig，即 Arnošt Lustig（1926-2011），猶太裔捷克作家。

〈白的一個〉："The White One"。

1968年8月31日　星期六

——

天氣陰涼，又有風訊，下午天文台掛三號風球。

昨夜睡中不慎從床上跌下，幸床矮，側身腳先落地，除驚醒外，無其他事故。但已受驚不小，中夜久久不能成睡，日間略感疲倦，夜一時半即提早就寢。

買巨型西瓜一枚，以一半贈中絢，共重十八磅。

1968年9月1日　星期日

——

天色陰霾，仍有三號風球。略有強風，無雨。

理髮。

今日為記者節，《星島》及《成報》皆有聚餐，並有抽獎，因時間衝突，《星島》方面着中輝代表，《成報》由我自己去，《成報》菜甚佳。抽獎結果，我得一德國鬧鐘，長方形，金色甚精緻。中輝在《星島》抽得一吹髮用的風筒。

兒輩皆希望能獲得若干食物，結果只好買了兩罐罐頭水果回來，一桃一菠蘿。

1968年9月2日　星期一

——

三號風球仍未除下，但無大風終日陰雨，天氣甚涼，夜晚赴報館時，途中風雨甚疾。

燈下翻閱英文本《香港淪陷記》，作者係 Tim Carew[149]。過分渲染香港英軍的抵抗精神，頗有白種人的那種已破產的自負。

1968年9月3日　星期二

——

陰雨，下午斜風驟雨，係颶風尾陣掠過港外。

往實用書店付書賬（128.75）買敘述英國作家的舊宅，出生地點及作品背景的

149　Carew, T. (1960) *Fall of Hong Kong*. London: A. Blond.

　　葉靈鳳：〈《香港淪陷記》〉，見《讀書隨筆（三集）》，頁113。

《作家和地點》一冊 [150]，係一九六三出版者，未改價，僅十五先令，甚廉，若按照現在出版物售價至少該是二十五先令了。

遇見蔡惠廷，同往美心喝茶，彼不久前曾去遊吳哥窟，現在擬寫一冊小書，敘吳哥窟興廢及現狀，苦於當地土語名詞的正確中譯不易解決。

風雨交加，買了一點餅乾，匆匆即回。

發現中輝將應付給張池的汽車錢五元吞沒，並說係已付。今日張池向中絢催回，始揭穿。他以前已挪用了應付何生記 [151] 的賬款。現在又如此，屢誡不改，讀書又不好，本學期已被學校設辭退學，現在改讀英文，仍視同兒戲。令人氣憤，遂叫他從即日起不必再去讀英文，免得增加在外為非作歹機會，並禁止其出門。

1968年9月4日　星期三　📷

—

天晴，有陽光，清涼，饒有秋意，但氣候仍將有一段炎熱的時間。

晚七時，往「紅寶石」赴同事的喜讌。

狗「比比」 [152] 患病，延獸醫來看過，謂係腸炎。多日不食，稍食即嘔吐。已十一歲，恐將不治。

讀九月號的《讀者文摘》英文版，有關於椰子及澳洲小熊的介紹。據說椰樹的用途有一千種以上。可造船造屋、紡織，可用食用點燈等等。人類幾乎可以單獨憑了椰樹來生存，不需他求。

1968年9月5日　星期四

—

天氣晴熱，又有風訊，因此氣候又趨鬱悶。

又延獸醫來診「比比」，云腹腫漲難消，很難痊癒。

參觀台灣土產公司。商品皆甚落後而簡陋，既未保存固有優秀傳統，亦未創

150　*Green, R. L. (1963) *Authors & Places: A Literary Pilgrimage*. London: B. T. Batsford.

151　何生記，葉宅附近一間士多，由足球員何祥友家族經營。（葉中輝於 2015 年 6 月 3 日提供）【盧】香港音譯 store 為「士多」，是專賣罐頭、洋食雜貨的店。

152　據葉中嫻提供資料：「比比」是葉家一頭名叫「BB」的棕色毛老狗，吃了葉中嫻誤餵的乳鴿頭，嗌住不消化生病而死。

新意。略購罐頭食品數事,如辣椒醬之類。別的不敢信任也。

1968年9月6日 星期五

—

氣候酷熱鬱悶,云海外又有風訊。

老狗「比比」終於不治,在午夜死去,死得很平靜,不曾嗥叫跳蹬,大約是體力在病中已消耗盡了。

燈下讀捷克現代短篇小說兩篇,皆平平無甚佳處。

在街邊大牌檔買煮牛雜三元,【盧】香港政府發出固定攤位牌照給予熟食小販,在街邊經營露天食肆,市民稱之為大牌檔。攜歸食之,味很不錯,湯亦清甜不油膩。

1968年9月7日 星期六

—

天色陰霾,鬱悶,天文台在下午掛三號風球,謂明日將有颶風過港。

明日星期,今晚在報館多做了一些,以妨〔防〕明日大風雨不便出門。夜十二時半回家乘的士。

1968年9月8日 星期日

—

今日有颶風在港外掠過,幸風勢不大,終日驟雨大風,傍晚略止。三號風球在下午除下。入夜仍有雨。天氣清涼,夜來好睡。

今日星期,在家休息,晚餐有清燉冬菇湯,飲汽水略加入少許威司忌酒。

吃新上市的梨,略似萊陽梨味,甚爽脆清甜,一元一斤,有四五個,價廉物美,可以飽啖。又有一種青萍果味勝澳洲青萍果。澳洲產的要每枚七八毫,此則每枚二毫,價廉而味〔?〕,果好,又大。兒輩吃得喜笑顏開。

燈下讀捷克短篇數篇,皆不甚佳,只有一篇 Jan Drda[153] 所作,名〈村上的故

153　Jan Drda(1915-1970),捷克記者、作家。

〈村上的故事〉:"A Village Story"。

事〉，講村人處分私通納粹叛徒的故事，題材與描寫都不錯 [154]。

1968年9月9日　星期一

—

天氣晴陰不定，有雨，有時又有陽光，氣溫清涼。今年閏七月，若不閏月，中秋節已經過了。

下午四時，往中總參加《文匯報》二十周年慶祝酒會。人極多，熱氣蓬蓬，無法久留，得贈像章一枚。

往實用書局為中慧、中輝購英文課本，彼二人由中絢說項，往彼教書之夜校專修英文。今日開始赴校上課。兩人都不肯立志好好讀書，姑且再給一次機會。

同中絢夫婦及中嫻往紅寶石飲茶，因未曾午膳，食洋葱羊排一碟，熱而濃郁，頗有味。

1968年9月10日　星期二

—

天氣陰涼，微有陽光，爽快怡人，已是秋天的氣候了。食新上市的柿，來自邊境深圳，頗軟甜，只是皮內外微有黑色斑漬耳。每元可買五枚，甚廉。

讀捷克短篇〈姊妹〉，係 Nemcova[155] 所作，是女作家，寫鄉下婦女受地主貴族玩弄的悲劇故事，頗曲折動人。她是十九世紀人，是捷克近代文學的支柱之一。

1968年9月11日　星期三

—

天色晴朗，有陽光，中午微熱，早晚甚涼。

擬在午餐前寫完每天應寫的稿，則下午可以隨便休息走動或是讀書，晚間也略可執筆。今天想試行，仍未能將時間掌握得住，只是比平時略早完畢而已。

書籍堆集得很凌亂，久欲徹底整理，苦於無此決心，事實上又無此時間及精

154　參考 1968 年 11 月 29 日之日記。

155　Nemcova，即 Božena Němcová（1820-1862），捷克女作家。

　　〈姊妹〉："The Sisters"。

神，今晚偶一檢視一二，皆是當年購買時十分珍愛之物，任其堆集，可發一嘆。

1968年9月12日　星期四

—

天氣晴朗，有陽光，涼爽怡人。

今日已能提早完畢寫作工作，下午有閑，偕中嫻前往街對面新開的小型自助商店購物，購鞋油、膠紙等零物，又買釘錘一把，係國產，價四元。

翻閱捷克短篇小說集其他各篇，皆不甚佳。舊派的受俄國影響，新的傾向英美。

讀一冊英譯的印度古代故事寓言集，多出自佛經。細查字典，為一些佛經中譯名詞略加瞭解。

天氣入秋季，較涼，工作精神顯然也較好了。

1968年9月13日　星期五

—

天氣晴朗涼爽。

上午寫完幾篇稿件，欲譯印度故事，未果。

下午與克臻偕中嫻往大華購物，又在紅寶石喝茶買水果、火腿、糖果及蔬菜。

始食哈蜜瓜。今年運來的哈蜜瓜很甜脆可口。但是價甚貴，每磅二元四角。買了四分之一個，價六元，回家切成十塊，每人嘗了一塊。

明日為外甥〔孫〕嘉智生日，在紅寶石訂製生日蛋糕三磅贈之。

在街上的磅人機稱體重，又減輕了四磅，僅得一百二十四磅。看來不得不去請教一下醫生了。去年夏天以前，體重是一百六十多磅，減輕了四十磅，怪不得逢人見了我都驚訝。不知何故如此。

1968年9月14日　星期六

—

天晴，微熱。

明日是星期，將在家休息，今天多寫了兩篇稿，但仍未達到預定的計劃。

燈下讀偽造梵谷訶作品史話。一共有三十多幅作品，由專家鑑定是真的，並載入他所編的著錄目錄內，結果只好自己更正，承認錯誤，但始終查不出來源。

1968 年 9 月 15 日　星期日

—

天氣晴朗，微熱。

讀現代有名的偽造「費美爾」畫案史話。德國人寫的這部《三千年藝術品贋造史話》。後半部略有趣味。中間大部分敘述中世紀歐洲畫家創作方法及偽造古畫古藝術技法，甚枯燥無味。

晚餐食苦瓜豆豉炒牛肉。喝汽水，略攙威司忌酒。

1968 年 9 月 16 日　星期一

—

天氣晴好，微熱。

中絢夫婦今晚為他們的孩子嘉智兩周歲，在紅寶石請客。全家都參加。餐後逕赴報館，發稿後即回。

夜涼，睡得很酣暢。

1968 年 9 月 17 日　星期二

—

天氣晴好，微熱。

午後出去付電燈費，又往實用看書，購卡夫卡短篇集及加穆的長篇各一冊。同老板李信章閑談，他現在又兼任別發書店經理，【盧】日記中常往書店有別發、辰衝、實用三店，均售洋書。別發及辰衝都查到中環地址，唯實用一店無法得悉資料。李玉標指出：李信章是辰衝書店老闆，現時經營者為第三代。聯營公司包括香港圖書文具有限公司（Hong Kong Book Centre）和必發圖書有限公司（Kelly & Walsh Ltd.）。據此點和葉靈鳳以前日記所描述，懷疑他常去的實用書局即是在安樂園大廈地庫的香港圖書文具有限公司（Hong Kong Book Centre Ltd.）的前身。有意要重印別發過去所出版之英文書，詢問我的意見，是否有值得重印者。可惜我所藏的別發本版英文書不多，暇當考慮之，當有其他有關中國或香港的書頗值得重印者。

往大華購萍果及鴉〔鴨〕梨，味皆極好。又在門口購十餘枚，兒輩頗喜吃。

1968年9月18日 星期三

—

天氣晴好。

因近來體重續減，又感到十分疲倦，下午往李樹培醫生[156]處診視，又驗小便，證實為糖尿病，大約病情已不輕，醫生表示不能吃水果、飯、麵包及一切餅乾糖果等，只能吃肉類及蔬菜。又給藥丸七粒，每日服一粒，一星期後再診。不許吃水果，真是大煞風景。專吃肉類，對我來說，也是苦事，幸虧還可吃蔬菜。

這半年多以來，患口渴多汗，想多吃水果及冷飲。原來這都是糖尿病的病徵。秋來水果上市盛旺，對之將徒呼奈何了！

在「紅寶石」吃洋葱牛扒。自今晚起就不吃飯了，吃粉絲湯、火腿及青豆等。

1968年9月19日 星期四

—

天氣晴爽，頗想作郊遊。

昨晚服藥片後，今日覺得精神似乎好了許多，小便也減少，早上醒來口乾也減輕。不知藥力果然如此靈驗，還是心理作用。看來與食物一定大有關係，因為自昨日下午起，就不吃水果，不吃飯、麵包、糖果等物，也不喝汽水，小便減少，這一定大有關係。只是突然以肉食為主要食料，吃得我有點既脹而且悶。

在紅寶石同中絢夫婦及中嫻喝茶，又在大華略購食品。買醬牛肉、烟豬利及豬排。對新上市的各種鮮果，不勝羨慕。又往陳春蘭茶莊買茶葉。

1968年9月20日 星期五

—

天氣悶熱，天文台謂有冷鋒南下，明天將趨乾燥，溫度會繼續下降。
中絢送來大瓶牛肉汁。終日吃肉食甚不慣，今日特地多吃青瓜等蔬菜。
今晚早睡，因明天想乘環島小輪去作一次海上旅行。

156　參考 1951 年 4 月 17 日之日記。

1968 年 9 月 21 日　星期六

—

天氣陰涼，間有陽光，是旅行的好天氣，早上決定乘船作環島之遊，由中輝先去買票，每張二元半。下午一時半與中輝及中嫻出發，二時開船，乘客不多，有不少外國人，向東出鯉魚門，環繞香島一周，從西環歸來，共費時近三小時。出鯉魚門時浪甚大。船係經過改裝者，船頂及船尾皆可供眺覽，艙裏有汽水雪糕等供應。我因為自己不喝汽水了，特地帶了熱茶去，一路頗覺舒適，在船頂眺望海上和兩岸景色，頗可滌盪胸懷。

服藥已四日，疲倦減輕，情形很好，只是苦於不能吃水果耳。

讀《三千年贋造藝術品史話》。

1968 年 9 月 22 日　星期日

—

天氣晴朗，微熱，十分乾燥。

今日在家休息，平時可喝汽水，吃水果，現在只能望洋興嘆了。購青蘿蔔解渴。剖開一個是空心的，未知另一個如何，又買芹菜小刀豆若干。

讀完《三千年藝術品贋造史話》。這部書寫得不能算好，散漫而又有點枯燥。

翻閱捷克作家卡夫卡的日記，和法國作家加繆的介紹。

想起李信章要重印別發書店過去所出版的書，檢視一過，原來架上竟有十餘種之多，暇當一一檢出拿給他看看。

精神體力好像日漸好轉，只是要增加體重，不是短時間的事耳。

1968 年 9 月 23 日　星期一

—

天氣晴爽，早晚有涼意。

精神甚好，吃青蘿蔔豬肉湯甚甘甜。又吃生的青蘿蔔，這一個極為清脆。凡是在北方生活過的人，都能領略它的滋味。南方人多數不喜吃生蘿蔔。

整理書籍，閱新到的雜誌。鄧肯女士的自傳有重印本 [157]，擬去買一冊，我一

157　鄧肯女士，即 Isadora Duncan（1877-1927），美國舞蹈家，現代舞創始者。

Duncan, I. (1927) *My Life*. New York: Boni and Liveright.

直未讀過此書。

　　閱書刊至三時至睡，雙眼極倦。

　　中絢贈鴨腳包六枚。自吃兩枚，餘四枚在晚餐時解開與大家共食。

1968年9月24日　星期二
—

　　天氣晴好。

　　讀英國《書與讀書人》月刊[158]，讀到幾篇有趣的文藝雜著，一是關於詩人濟慈[159]故居的，一是關於吉辛生平的，另一篇是關於喬伊斯的。還有一篇是關於作家寫作習慣的，並非每一個人都是坐在書桌前寫作。有的習慣躺着寫，有的站着寫，據說雨果就習慣站着寫作，直到老年都是如此。

1968年9月25日　星期三
—

　　天氣晴好。

　　今日往看醫生，檢驗小便，已無糖的成分，稱體重，一百二十六磅，醫生給兩星期的藥片，囑兩星期後再去，又謂可略吃水果及麵包。但我仍想服藥滿半月後再開戒，以便體力可以獲得充分恢復機會。因此種病症，只要吃多了糖分及澱粉質，又隨時會再發也。

　　讀八月號《書與讀書人》，有一篇書評介紹一部記載西班牙內戰時期，當年那些為了捍衛自由，反法西斯的歐美作家死難經過，這倒是一部有心人的著作，值得一讀。

1968年9月26日　星期四
—

　　天氣晴好。已是農曆八月初五，中秋節已近，宜是秋高氣爽也。

　　黃志強送月餅來。吃一小角嘗新，不敢多吃。又吃萍果、梨各一小片。今年山東萊陽梨大佳，而且價廉。

158　《書與讀書人》，即 *Books and Bookmen*，書評雜誌，1955 至 1986 年間倫敦 Hanson Books 出版。

159　濟慈（John Keats，1795-1821），英國詩人。

食罐頭蠔湯,價甚貴。普通湯每罐一元,此則二元六毫,但味甚鮮美,湯內且有小蠔約十餘隻。甚鮮嫩。罐上註明不宜攙水,只宜攙以牛奶。如此飲這一罐湯,約費三元。

讀《書與讀書人》七月號有一篇講作家原稿遺失或被毀的逸話,此皆可供雜誌報紙材料。

夜讀至三時始睡。昨日亦是如此,因連日精神甚好。只是目力差,燈下讀細字,很是費力。

1968年9月27日　星期五

—

天氣晴好。

收到新華社及新聞界慶祝國慶請柬。新華社在三十日舉行酒會,新聞界則在十月二日舉行遊藝會及宴會。

閱阿波尼奈爾詩集。

1968年9月28日　星期六

—

天氣晴熱,有點鬱悶,天文台報告有風訊,還有冷鋒南下。入夜滿空都是小青蟲,顯示天氣將有變化。

食新上市的山東黃芽白。

整理舊日從雜誌上剪存的畫頁資料。有許多在現在看來已很難得,若不是當時剪下來,現在若要搜尋參考已不可能。有關於自然科學、文藝進化歷史、文明史,還有不少有關中國文物的。又有一些有關台灣和鄭成功的圖文資料。

1968年9月29日　星期日

—

天氣陰,有風。上午天文台掛一號風球,傍晚改為三號,謂有颶風將在明天從港外掠過。

下午,中絢夫婦邀往郊遊,在沙田停車,又在石梨背水塘附近看遊人以果物餵樹林內的野猴,共有四五隻聞聲而來,取得果物後就到樹上去吃。

在沙田車站附近的墟市小遊。食物多是貝類如螺蜆之類,另有售花木者甚多。

購得插瓶的萬年青數枝，又巴西鐵樹一段，共八元。

在九龍市內金桃酒家晚膳，菜甚新鮮可口，吃滑蛋蝦仁當飯。

燈下整理書籍。

1968年9月30日　星期一
—

天氣陰霾，有風，入晚有微雨。氣候甚涼。

下午四時半與克臻往九龍參加新華社慶祝酒會，地點在中藝公司樓上 [160]。會後往遊中藝公司，買新剪紙若干，又訂購佛山銅襯料剪紙兩套，係關於革命紀念地點等甚精美。又買彷影青筆筒一，玻璃企鵝一。

遇見黃茅等，謂決定下月半前往大嶼山一遊，可在佛寺住一夜，次早下山回來。近年開闢山路，可通車，上下甚便。

略倦，二時睡，明早擬往九龍參加各界慶祝大會。

本月份經濟情形略好，但用途亦增加。

健康漸好轉，下旬以來不似月初那麼易倦。今日稱體重，一百三十磅。本月十八日稱 126，十日間增四磅，該不致如此之速，疑碼頭上的自動磅秤有點不準確。

1968年10月1日　星期二 📷
—

今日天氣晴好，有風無雨。

早起過遲，未能到九龍去參加各界慶祝國慶大會 [161]。

略吃鴨梨及萊陽梨少許。今年的梨既好又價廉。

160　《陳君葆日記全集・卷六・1967-71》一九六八年九月三十日：「午後三時過海參加新華社國慶酒會，……酒會人太擁擠，迫得未能聽到梁威林講話，便要離開，空氣實太惡劣，幾於不能呼吸，這時幸逢老翟，由他帶路，找到由後門走。在酒會上碰到不少朋友，看到曹聚仁，但沒有看見葉靈鳳。」（頁 227）

161　《陳君葆日記全集・卷六・1967-71》一九六八年十月一日：「各界慶祝國慶大會在普慶舉行。過海時在船上遇見黃堅夫婦，還有陳佐璇等幾人。今日大會，講話由楊光開首，這是工人領導一切，是新的風氣，改變了以前一切了，繼着是梁威林，然後是光榮出獄的戰友，費彝民講話下半截大讚江青與《紅燈記》，之後是王寬誠。講話完後，通過賀電，文娛節目還未開始，我因頭已覺昏暈，又睏倦體力不支，只好隨同黃博士出來去吃了一頓飯，才覺好一些。」（頁 228）

繼續整理書籍。閱上海出版的《皮影》印得甚精緻。又翻閱苗子所贈《萃珍閣蜀磚拓本集》皆是原拓，在此時此地，已是十分難得之物了。

1968年10月2日 星期三

—

天氣晴好。風訊已成過去。連日雖略有風，卻無雨。

赴新聞界慶祝國慶宴會，子女參加者共七人。極興奮熱鬧 [162]。歸途過中國銀行門前看燈飾，人山人海，聚集者千餘人，歡呼拍掌之聲不絕。

閱日本複製之西安碑林名碑拓本，係在日本展覽時所出版者，友人鄭君所贈。

今日下午提早赴報館。宴會後迤回家中。

1968年10月3日 星期四

—

天氣晴暖。上好的秋天天氣。

下午出外為中嫻往銀行繳學費，在陸海通飯店午膳。吃西洋菜鮮陳腎湯，叉燒一碟。閑行街市，下午在紅寶石與中絢夫婦等喝茶。有剛從加拿大回來之醫生夫婦。彼等本是全家離港往就業，但因生活不慣，只好決定重回香港。

今晚中國銀行門前更為熱鬧，大隊警察阻止往來行人通過，曾有小衝突，捕去三人。

1968年10月4日 星期五

—

天氣晴好。

報載南京的長江大橋，已正式落成通車。這是第二座長江大橋，比武漢的那一座更長更大。是國家建設成就的一件大事，也是我家鄉的光榮！

今日為中慧生日，吃蛋糕及湯麵，可是我都不能吃，只吃了咖喱雞及火腿。

燈下讀法國詩人阿波尼奈爾詩集的介紹，他活了三十八歲就死去，但留下的

---

162 《陳君葆日記全集・卷六・1967-71》一九六八年十月二日：「午後二時高陞戲院參加新聞界的慶祝大會，是李子誦講話，呼口號像是叫破喉嚨似的。我總不明白這能起甚麼作用！講話的還有一個出獄的戰友和一個紡織廠抑或是印刷廠的工友。……在會場中遇陳凡，問他曾見靈鳳否，他也說不知，沒有！」（頁228）

影響，對法國現代詩派的作用很大。他又是最先推薦畢加索的人。

1968年10月5日　星期六

—

天氣晴暖。

明日中秋。今年中秋之夜，適逢月全蝕，但今夜月色甚佳。購買過節食品及月餅，今年所買月餅很少，因我自己既不能吃，兒輩嗜食者又不多，無謂像往年再買那麼多了。記得有一年，月餅留到第二年正月，冰箱裏還有一整盒！

1968年10月6日　星期日

—

天陰，昨夜有雨，今日為中秋節，但適逢月全蝕，是半世紀一遇的天文奇景，若是陰雨，就無法見到了。

下午往華豐國貨公司[163]參觀《文匯報》主辦的毛澤東思想宣傳展覽會。共分四個部分，一，毛主席思想；二，去年對港英的抗暴鬥爭；三，《文匯報》自己內部學習毛澤東思想情形；四，像章展覽。第一部分同別處所見的差不多，後三個部分則有不少特色。像章有許多少見的精品。看了兩小時。

在華豐買國產珠江月餅。由於已是中秋晚上，月餅買一送一，買一盒，得了兩盒，又買蘇州及潮州月餅各一盒，又買燒鴨、油雞、燒肉共十元。

歸途已八時半，途中仰見月亮已蝕十分之七，僅餘牙月一彎可見。入夜蝕畢，圓月重見，但不久又為雨雲所掩。

燈下讀《遐庵談藝錄》[164]近代古文物集散經過，此書頗有一些資料。

今日雖走動站立頗久，但不感疲倦，可知健康甚好。燈下閑談過去在國內旅行樂趣，至四時始睡。由於是中秋吃了一點廣東及蘇州月餅。晚餐有火腿黃芽白湯，甚鮮美。

163　華豐國貨公司，位於北角英皇道 395 號僑冠大廈。

164　葉恭綽：《遐庵談藝錄》。香港：太平書局，1961 年。

1968年10月7日　星期一

—

晨間有雨，天陰，入夜有月。昨晚月蝕，今夜補行賞月者頗多。

隨手整理書櫥內線裝書，頗多蟲蛀，心甚不安。因無時間整理，致令如此，可嘆也。當發憤逐日清理若干冊。

1968年10月8日　星期二

—

天晴。

繼續隨手整理書籍。翻閱法國馬爾洛的藝術史《靜默的聲音》[165]。此書現已有分冊廉價本，但我這一冊乃是初版的巨冊，價六鎊。馬爾洛的見解，如謂有些今日的所謂藝術名作，當初創作時乃是實用品，又謂一件藝術品，一旦進入博物院，不啻進了墳墓，從此成為「古董」，與〔現〕實生活脫離關係，亦頗有見地。——如我國三代的古銅器。最初也是生活實用品，並非「古董」，也是一例。

1968年10月9日　星期三

—

天氣晴暖。

下午往李樹培醫生處。驗小便已無糖份。彼給藥一個月，囑仍應小心飲食，毋吃糖食及澱粉質之物，又給我驗尿藥片及試管一套，囑我經常自行檢驗，反應藍色者即無糖質，若反應略帶黃褐色即有。

稱體重一百三十磅，比兩星期前重了四磅。

在蘭香室吃咖喱牛腩，味甚佳。

1968年10月10日　星期四　📷

—

天氣晴暖。

今早 ✕，怯陣慌張，成績不佳。

165　馬爾洛（André Malraux，1901-1976），法國作家。

Malraux, A. (1954) *The Voices of Silence*. London: Secker and Warburg.

下午出門與黃茅、源克平喝茶。先在集古齋會齊,得朱省齋所贈日本翻刻《晚笑堂畫傳》一部,及翻刻《蕭尺木離騷圖》殘本一冊,皆甚難得。

到三聯書店購新到的〈毛主席到安源〉[166] 油畫複印品一幅,四開紙印,價甚廉,僅七角。

又在附近一美術品商店見有柬埔寨的石刻拓本甚多。但拓印痕跡甚深,似非從原石所拓,而是一種複刻的商品。價不貴,用泥金紙墨拓者每幅約三十元。

1968年10月11日 星期五

—

天陰有雨。

下午與克臻往看鋼琴伴奏《紅燈記》,甚雄壯激昂。劉長瑜的李鐵梅,我覺得唱得比錢浩梁的李玉和更有力量。

從書櫥內整理出版畫圖籍多種。其中如《吳郡五百名賢圖〔遺〕像》[167],現在已很難得,此是木刻圖像。十年前曾見石拓五百名賢圖像,價不貴。當時不屑買下,現在想來,要再找一部,戞戞難矣。當時曾見兩部。一部人面係用淡墨所拓。又有五百羅漢像石刻拓本,亦見而未買。

1968年10月12日 星期六

—

畫晴,入夜起風有微雨,氣候轉涼。

今早自己驗尿,反應為深藍色,表示毫無糖質了。昨日曾吃月餅、麵包及萍果,可知都能夠吸收。

檢出杭州聖因寺貫休畫十六羅漢石刻拓本大幅,全十六幅,係朱省齋多年前所贈。【盧】朱省齋自40年代末來港後,為書畫收藏家及書畫商人,多寫書畫鑑賞文章。輯成《省齋讀畫記》(香港大公書局1952年初版)、《海外所見中國名畫錄》(香港新地出版社1958年12月初版)、《畫人畫事》(香港中國書畫出版社1962年8月初版)、《藝苑談往》(香

---

166 《毛主席去安源》,油畫作品,以毛澤東到安源組織工人運動(1921年)並策劃安源路礦工人大罷工(1922年)為題材,署名為「北京院校同學集體創作、劉春華等執筆」,1967年10月1日在中國革命博物館首度展出,在「文革」期間曾風靡一時。

167 孔繼堯繪圖:《吳郡五百名賢遺像》,拓本,出版資料不詳。

港上海書局 1964 年初版）等書。廣西桂林也有同樣的羅漢石刻，我有拓本數幅不全。

1968 年 10 月 13 日　星期日

—

天氣晴涼，今日星期，在家休息。

傍晚，中絢夫婦來邀往逛華豐國貨公司，購臘腸、炒花生，及新印行的〈毛主席去安源〉畫像一幅。前幾天已買過一幅，因為送給羅承勛，因此再買一幅。

在「北大」晚餐，這家粵菜館薄負盛名，不料吃起來，菜的水準很低。

整理廳中的書籍，夜深始睡。

1968 年 10 月 14 日　星期一

—

天陰，晚上有雨轉涼。

繼續整理廳上堆集的書籍，看來看去都是有用的應該保存之雜誌報紙，無法拋棄。有些書籍，日久忘了，彷彿成了新發現之物了。

四時睡，甚倦。

1968 年 10 月 15 日　星期二

—

天晴暖。

繼續整理書籍，檢出英國《讀書人》月刊多冊。若有時間，此種刊物頗有材料可用。

又讀新來的九月號《讀書人》。有一篇談英國約翰遜故居[168]的，係自單行本轉載者。共有二十篇，已轉載了四篇。

1968 年 10 月 16 日　星期三

—

天氣白晝晴暖，入暮有風微雨。

168　約翰遜（Samuel Johnson，1709-1784），又稱約翰遜博士（Dr. Johnson），英國作家，以編撰《英語字典》知名。故居位於倫敦歌賦廣場 17 號（17 Gough Sqaure, London）。

整理舊刊物。

付應付各項賬目，錢去似水，在手指間一過已逝，可嘆也。

1968年10月17日 星期四

—

天晴，有風，頗有涼意。

閱以前所購的沂南漢墓畫像石報告。這是解放後的新發現，因此編得材料很豐富。又閱《中國古代石刻畫集》[169]，所收入的材料範圍較廣。不過，唐以後的畫像石刻，除名人像可供參考之外，其他已不足觀了。

1968年10月18日 星期五

—

天氣晴暖。

下午與克臻同往大會堂酒會，係《星島》同事賈君次子結婚，酒會陳列食品甚多，有炸蝦炸魚，現炸現吃，許多人都圍了小桌，大吃特吃，彷彿在食店內，不似賀客，甚覺可笑。

又往大華國貨公司購萍果及新到的燻兔肉。又買罐頭鹽炒核桃，味頗不錯，價甚廉，每罐兩元。

種風車草的花盆被貓打碎，今日特在大華另買一隻補充。

1968年10月19日 星期六

—

天氣陰涼。

今早又試驗小便，無糖質反應。甚慰。

上午出外付電燈費，順便往書店看書，買企鵝版吉辛小說一冊，又有關香港史話一冊，附有複製彩色早期香港風景畫六幅，頗難得。

在蘭香閣[170]飲中午茶，人極多，匆匆吃了一點就走。

169　王子雲編：《中國古代石刻畫選集》。北京：中國古典藝術出版社，1957年。

170　蘭香閣，即蘭香閣茶餐廳，位於干諾道中24號中華總商會大廈地下及2樓，見《香港年鑑1968·工商名錄》，頁270。

1968年10月20日　星期日

—

天晴，白晝有陽光甚暖，入暮漸涼。

結束夏季時間，昨夜時鐘撥慢一小時。

君葆邀作小聚，在新寧招待所餐廳共進晚餐 [171]，地方甚清靜。談了一些國內近事，他頗多感喟。謂葉譽虎 [172] 病重時生活甚為拮据，曾由港方友人匯款去照應。

往就近的中國國貨公司閑逛，買黃花魚子及烟豬舌數磅。

1968年10月21日　星期一

—

天晴，乾燥。

清理所藏石刻拓本，多數皆苗子歷年所贈。頗多珍貴難得者。

1968年10月22日　星期二

—

天氣晴暖，乾燥。

檢閱所得石刻拓片，有一幅係造象背面圖案，分作若干大小不一的方格，每一格內有人物屋宇，風格極特殊，構圖美麗，原件在西安博物館石刻陳列室，年前曾參觀過。但這造像隸屬朝代是那朝，沒有資料，彷彿曾在什麼書上見過，遍尋有關書刊都不見。花費了許多時間仍無結果，心上彷彿打了一個結。

1968年10月23日　星期三 📷

—

天氣晴爽乾燥。

171　新寧招待所，指新寧酒店附設的新寧餐廳，1948 年開業，位於銅鑼灣希慎道 10 至 14 號，見《香港年鑑
　　　1968‧工商名錄》，頁 299。

　　　《陳君葆日記全集‧卷六‧1967-71》一九六八年十月二十日：「午間，我約好了靈鳳夫婦到新寧餐廳晚
　　　飯。」（頁 235）

172　葉譽虎（1881-1968），即葉恭綽，廣東番禺人，書香門第，留學日本時曾加入同盟會，三十年代成立中
　　　國畫會，創建上海博物館，曾任中國畫院院長。

偶閱《文物》月刊，在一九六四年一月號上：〈介紹陝西博物館石刻陳列室的幾件作品〉[173] 一文中，發現昨天要找出處的那幅拓本原物，是北魏皇興某年的造像背面[174]，所述雖很簡單，但已能知道其原物，心中為了〔之〕暢快，因昨天簡直苦找了一天也。

1968年10月24日　星期四

—

天氣晴朗。

黃茅來電話，明天決定往大嶼山旅行，決九時乘船出發，傍晚即回。

晚上，周鼎[175] 轉述報館中人對我的許多閑話，聽了極不痛快。

略作明晨旅行用物，提早就寢。

1968年10月25日　星期五

—

天氣晴好，無風。

七時起床，並喚醒中輝，因要帶他一起去也。早餐後八時半出門，八時三刻到碼頭，船九時正開行，經坪洲再到大嶼山梅窩。船上人極多，因學校多在這時旅行。同行者十人：除我們父子外，任真漢、李凡夫、鄭家鎮三對夫婦，黃茅及另一青年畫家麥君[176]。

十時半抵梅窩，旅行目的地係半山腰之昂平。以前要步行爬崎嶇山路，現在已修好公路可通小型巴士。有客車自梅窩直達昂平之寶蓮寺。每人二元，車路平坦，僅末段稍險峻，到昂平，已高二千餘尺，因此三千尺之鳳凰山，看來只高千

173　何正璜：〈介紹陝西省博物館新建的石刻藝術陳列室〉，刊《文物》第159期，1964年第1期，頁47。

174　〈北魏皇興造像背面平雕〉，刊《文物》第159期，1964年第1期，圖版捌。

175　周鼎（1919-1997），又名周為，曾於《大公報》發表作品，以筆名「司空明」於《星島晚報》等報章副刊撰寫通俗小說。四十年代開始於《星島日報》任職港聞版記者、編輯主任，退休前為總編輯。

176　麥正（1932-），澳門出生，1952年來香港，開始創作漫畫，曾任《漫畫世界》助理編輯，創辦《漫畫周報》及《漫畫日報》。七十年代加入庚子畫會，後創辦滙流書社，任會長。1972年辦正園花園，於報刊撰寫園藝文章，並於香港中文大學校外課程主講園藝課程。1992年移民加拿大，曾任安省中國美術會常務董事。

餘尺。寶蓮寺正在建築大雄寶殿，費二百餘萬，可知很有資產，香港佛寺規模不能與江南和北京者相比，寺僧亦多俗態。

午膳在寶蓮寺吃齋，遇見中絢，因她也率領學生來此旅行。可謂人生無處不相逢也。

膳後爬山，山上有闢農場植茶，在鳳凰山麓，山高氣清，又值秋天，極為清靜，惜少樹林。草地一片，頗有西北高原氣氛。

購茶場出品「水仙」一小包歸來試之，味殊平平。

見山中人曬一新剝製之大蟒蛇謂係偷吃小羊被捕者，據說這已是第三條了。在山腰坡上小坐遠眺，心境舒適，日暖風和，這是年來最愜意的一次旅行。三時下山，在梅窩一食肆吃蔬菜及鮮魷魚，味美價廉。兩家食肆老板夫婦因互爭生意打毆，繼以叫罵，頗有趣。四時乘直航船回來，抵家六時。

在外玩了一天，精神頗愉快，又因行路不多，並不疲倦。

1968年10月26日　星期六

—

天氣晴暖。

今早自行檢驗小便無糖質。

整理書籍。前曾購得原版《鴻雪因緣圖記》刊刻極精。此種木板圖冊，現在已極為難得。因許久未翻，首尾已微蛀，急將書套棄去。書套紙版鬆軟，又有漿糊，最易發霉生蛀。

1968年10月27日　星期日

—

天氣晴好。

今日星期，在家休息，整理藏畫，有裱成立軸的泥金扇面四幅已霉舊，遂裁出扇面保存。將餘幅棄去。

有硃拓曹望憘造象座拓本一軸，今晚已將各件清理完畢，竟不見此軸，不知已失落，或壓置其他書堆內。原石不在國內，原拓本已很難得，尤其是硃拓。市上必有翻刻的拓本。

四時始睡，甚倦。

1968年10月28日　星期一

——

天氣晴爽，乾燥。

腳酸痛，似有要傷風感冒之意，人甚疲倦，提早在二時就寢，蓋日來又睡得很遲。

清理舊藏拓本，一包較好者有大智禪師碑側花紋，唐韋氏墓石刻畫，桂林重刻貫休羅漢像四紙，此外係蘇州杭州各石刻拓本，如關公像、岳飛像、楓橋夜泊詩、滄浪亭圖、張九齡、蘇東坡等像。又有舊吉慶剪紙一包，甚精緻。

檢出漢磚《千秋萬歲長樂未央》等拓片四幅，係華西大學博物館所藏，多年前向黃永玉交換來者。

1968年10月29日　星期二　📷

——

天氣晴爽，有風。

整理過去出版之各期《文物》月刊，自一九六六年發動文革後停刊，先後已出過一百餘期，今日檢出五十餘期，隨手翻閱，有許多材料很難得。

石刻拓片難得者，留意訪求：

① 宋游師雄摹刻昭陵閻立本畫《凌烟閣功臣圖贊》[177]《寰宇訪碑志》[178] 有著錄，見《文物》1962年十月號《步輦圖》與《凌烟閣功臣圖》，該文有圖片，謂中央美術學院美術史系，藏有拓本二[179]。

② 吳道子畫鬼伯拓本，原石在河北省曲陽縣北岳廟，見劉凌滄著《唐代的人物畫》[180]，該書附有圖片。

③ 杭州府學所藏李公麟畫《聖賢圖》石刻拓本（孔子及七十二弟子像）。

④ 西安碑林吳道子《觀音像》石刻拓本。

⑤ 昭陵六駿，有宋游師雄摹寫縮小石刻，有拓本，上海藝苑真賞社曾有石

177　劉源：《凌烟閣功臣圖》。上海：同文書局，光緒十年（1884）。

178　孫星衍、邢澍同撰：《寰宇訪碑錄》。上海：商務印書館，1935年。

179　金維諾：〈「步輦圖」與「凌烟閣功臣圖」〉，刊《文物》第144期，1962年第10期，頁13。

180　劉凌滄：《唐代人物畫》。北京：中國古典藝術出版社，1958年。

印本。

1968年10月30日　星期三
——

天氣乾爽。

讀舊刊的《文物》，幾乎消磨了一天。

1968年10月31日　星期四 📷
——

天氣晴好，乾燥有風。

整理出「別發西書店」所出版的書一冊，共十一冊，因前次辰衝書店老板擬借用。今晚清理了一下，準備明天下午送去。

1968年11月1日　星期五
——

天氣晴好，有風。

中午偕中輝將書十一冊送往實用書店交李信章，李不在店中，由他的太太收下。

通知停訂三種英文刊物，即《畫室》月刊、電影月刊兩種。近年英國《畫室》已改為全是抽象畫的刊物，價又貴，每冊十元，因此停了。兩種電影刊物原是中凱等要看的，他們早已不看了，一直未曾去通知停訂，每月虛擲一二十元，殊無謂也。

又訂書四冊。還有一些書想訂購的改日再抄去。

前次欲選購一些《企鵝叢書》，將書名交給書店，經過多時，僅找到兩冊，一是蘇聯作家巴貝爾的短篇集[181]，另一是英國小說家法爾斯特的短篇集[182]。別的十餘冊一本也沒有，很令人失望。

在革新後的蘭香閣吃茶，又往大華略購雜物。

181　Babel, I. (1955) *Collected Stories.* (Tranlated by Morison, W.) Harmondsworth: Penguin Books.

182　Forster, E. M. (1954) *Collected Short Stories.* London: Penguin Books.

1968年11月2日　星期六

—

天氣晴好。

上午忽接黃茅電話，謂李凡夫已於昨夜去世，係心臟病猝發。上星期五剛剛大家一起同往大嶼山旅行，見他精神健旺，不料遽爾去世。人生朝露，一至如此，可慨也！

晚間往報館時，特順道經花店訂一花圈送去。

1968年11月3日　星期日

—

天氣晴暖。

下午三時半偕中輝往香港殯儀館，弔李凡夫之喪。因前次遊大嶼山，中輝也同去，因此今天特地帶他前去。四時執紼送往柴灣墳場。下山後喪家邀往英皇酒家晚飯，此係答謝送殯者的當地俗例。【盧】俗稱「解穢酒」，讓送喪者在外先吃主家準備酒菜以「解穢」後始返家。

見伍步雲[183]，他剛從加拿大回來。

順道至華豐國貨公司略購雜物而回。紅香蕉萍果每磅六毫，今年的水果可說真正價廉物美。

1968年11月4日　星期一

—

天氣乾燥，晚有微雨，天文台謂氣候將轉涼。

連日醒得早，睡眠不夠甚倦，今夜提早就寢。

今日稱體重，一百三十四磅，比一個月前又增加了四磅。

1968年11月5日　星期二

—

天陰有風，略有寒意。

183　伍步雲（1904-2001），1933年來香港，開始創作油畫，曾任英華書院美術主任，六十年代曾於北京、上海、武漢、廣州舉辦巡迴展覽，1975年移民加拿大。

利用一本一家紡織公司贈送的記事冊，記錄訂購書籍、借出的書、擬購買的書，以及其他事項，這些都不再記入日記了。【盧】惜家人未尋得此冊。

1968年11月6日 星期三

—

天氣陰涼。

整理舊刊物，原來《文物》月刊前身的《文物參考資料》，三十二開本之後，另有十六開本。出版了兩年，才改稱《文物》。今日檢出一九六零年《文物參考資料》一冊，始記起有這樣的變化。

1968年11月7日 星期四

—

天氣陰涼略帶潮濕，今日立冬，但氣候仍不像冬天。

1968年11月8日 星期五

—

天陰時有微雨。

讀十一月份英文《讀者文摘》，有一篇關於倫敦蠟像院的文章，很有趣。近年蠟像院也現代化，採用錄音帶及幻燈片等，以便蠟像能說話，有活動背景。

1968年11月9日 星期六

—

天氣陰涼，入夜頗有寒意。

閱《德國表現主義的版畫藝術》，係以前所購者，分為木刻、蝕刻、石版三個部分，美國出版在德國印刷者，材料甚豐富，我國新木刻初期的作品，受德國表現派影響很深。

今日自己驗尿，並無糖質。

1968年11月10日 星期日

—

天陰有風。今日星期，本可在家休息一天，但因副刊的稿件未弄好，晚間仍

得往報館一次。

　　下午二時，中區繁盛中心恒生銀行大廈樓上發生火警。因該大廈建築設計，四周無窗 [184]，內部亦無天井，一有火警，不易被外間發覺，施救也十分困難，火警發生在七樓，雖然消防總局就在隔鄰，但是發覺時內部已燃燒甚烈，濃烟困侷，施救困難。自下午二時至晚間七時始能控制，損失甚大。中區交通全部擾亂，跌死消防員一，傷二。

　　又昨日九龍工廠大廈一座發生重大火警。新界英軍軍操表演，竹棚座位坍塌，壓傷觀眾百餘人，港英近日可謂多事。普通搶劫及交通意外已是家常便飯。

　　下午中敏同事臧君來。

　　繼續整理書籍。

1968年11月11日　星期一 📷

—

天氣轉涼。

檢出舊存之石印本《宋拓唐六馬圖》[185]，係上海舊時藝苑賞真〔真賞〕社出版者。所謂宋拓者，當是指游師雄所臨摹縮刻的昭陵六駿，並非原石。原石甚大，前幾年的「西安碑林拓本展覽會」中曾展出拓自原石的拓本。

1968年11月12日　星期二

—

天氣晴好，已有寒意。

閱《金石索》[186]。因檢出舊有之李翕碑及《五瑞圖》，彼此作一比較。此碑實是摩崖，已風化模糊，手邊的一份拓本很難看得清楚。然而即使是這樣的拓本，在這裏也不易得了。

184　當年的恒生總行大廈用上玻璃幕外牆，難以從外面察知內部情況。〈中環恒生銀行大廈昨午空前大火　燃燒逾六小時　消防員歐文偉救火時英勇殉職〉，刊《明報》，1968 年 11 月 11 日，頁 1。

185　*《宋拓唐昭陵六馬圖》（據清內府舊藏拓本影印）。上海：上海藝苑真賞社，出版年份不詳。

186　馮雲鵬、馮雲鵷輯：《金石索》。上海：商務印書館，1929 年。

1968年11月13日 星期三

—

天氣晴朗，有風微涼。

今早自行驗小便，仍無糖質，又稱體重，一百卅八磅，又重了四磅。因藥片已吃完，下午往醫生處，彼謂已略可吃飯。告以近來目力大減，彼謂此乃糖尿病醫得太遲之故，囑我往眼科醫生處一診。

順道略購食品數種即回。

1968年11月14日 星期四

—

天氣晴朗。

讀關於李龍眠的小冊子，又查閱《西湖遊覽志》[187]，找有關杭州府學所藏李氏〈聖賢圖〉石刻資料。只有一則，數句而已。擬介紹這種石刻。

1968年11月15日 星期五

—

天氣陰涼。

今年夏季多雨，天氣潮濕，衣服被蟲蛀者甚多。褲及羊毛衫尤甚。今日中敏購羊毛外套一件見贈。

閱有關李龍眠資料，如《歷代名畫記》、《畫繼》等書。

1968年11月16日 星期六

—

天氣晴好。

午後偕中嫻出外，往書店取所訂雜誌。見有新譯的盧騷《新哀綠伊絲》譯本廣告。此書從未讀過，擬購多年未有機會，當即去訂購。

187　田汝成輯撰：《西湖遊覽志》。北京：中華書局，1958年。

今日訂購書數種，包括《比亞斯萊傳》[188]，季爾木刻作品[189] 等。

與中嫻、中輝在「紅寶石」餐廳吃紅寶石飯，又購原子筆及維他命丸、食品等回家。

1968年11月17日　星期日

—

天氣晴好。

今日星期，在家休息。

整理櫥中書籍，有石印本《南巡盛典》[190] 一部，上下兩角外殼蛀爛，完全與書面不能分離，不得不撕去起首幾頁，可嘆也。

清理衣櫃，今年夏季濕潮，衣服也蛀爛不少，不能不徹底清理一下。有銅歡喜佛一尊，藏在櫃下，已遍生銅綠。此物在二十多年前以七十元購得，現在可值一二千元。

閱周作人舊作數篇。

1968年11月18日　星期一

—

天氣晴暖。

吃新上市的南豐蜜橘，雖是第一批運來者。已經很甜。價也不貴，每袋二十顆，價一元。

燈下閱揚州阮氏重刻宋本《列女傳》[191]，有顧愷之插畫，久未翻動，已開始有蟲蛀矣。另有新刊的《聖跡圖》、《歷代古人畫像》，也是如此。

188　Weintraub, S. (1968) *Beardsley*. London: W. H. Allen.

189　Victoria and Albert Museum, Department of Prints and Drawings (1963) *The Engraved Work of Eric Gill*. London: H. M. Stationery Office.

190　高晉等輯：《南巡盛典》。上海：點石齋，光緒壬午年（1882）。

191　葉靈鳳：〈顧愷之畫的《列女傳》〉，見霜崖：《北窗讀書錄》（香港：上海書局，1969 年），頁 43。另見《讀書隨筆（一集）》，頁 278。

1968年11月19日　星期二

—

天氣晴好。

實用書局寄來訂書單存底四紙，表示託訂之書已經辦了手續。這辦法甚好。但是前一次另有四冊未見有此單寄來，明天當去一問。

1968年11月20日　星期三

—

天氣晴暖，不類初冬。

出外付電燈及電話費。電燈公司辦事處遷新址，陳列電器用具甚多，佈置甚精緻。往香港圖書公司 [192] 訂購盧騷的《新哀綠伊思》譯本，及紀德的《奧地普斯》[193]。又訂美國《紐約書評》半月刊一年。問及一號所訂四種書，查閱訂書簿，俱已照訂。【盧】日記僅三次出現「香港圖書公司」之名，首次在這天，另兩次分別在本年 11 月 30 日及 1970 年 2 月 28 日。李玉標推斷日記中常出現之實用書店即香港圖書文具有限公司（日記稱香港圖書公司，一般人慣稱 Book Centre）之前身。查實用書店一名最早出現在 1967 年 9 月 28 日，一出現即提到付賬、訂書，顯然並非首次前往。何以之前並無提及？種種跡象，包括前往書店前後的路線，均顯示實用店在中環，尤其葉氏曾到店替子女購買學校課本，而當時在中環主要售賣洋書又兼售課本者，似止香港圖書公司一家，故實用很有機會即香港圖書公司。若香港圖書公司確即實用，葉氏何以稱之為實用，又何以忽然改稱，種種疑問，已無從查證。

購新出的 *Myself a Mandarin*，有中文名為「洋大人」。作者 Coates [194] 係本

192　香港圖書公司，應指香港圖書文具有限公司（Hong Kong Book Centre Ltd.），位於中環德輔道中 25 號安樂園大廈，見《香港年鑑 1968・工商名錄》，頁 383。參考 1950 年 1 月 8 日之日記注釋。

193　Rousseau, Jean-Jacques (1968) *La Nouvelle Héloïse, Julie, or, The New Eloise*. (Translated and abridged by McDowell, J. H.) University Park: Pennsylvania State University Press.

Gide, André (1950) *Two Legends: Oedipus and Theseus*. (Translated by Russell, J.) New York: Alfred A. Knopf.

194　Coates, A. (1968) *Myself a Mandarin*. London: Muller.

葉靈鳳：〈香港書錄・「洋大人」的回憶錄〉（筆名「葉林豐」），刊《星島日報・星座》，1969 年 11 月 11 日，頁 6。另見《讀書隨筆（三集）》，頁 111。葉靈鳳：〈霜紅室隨筆・「洋大人」的故事〉，刊《新晚報・下午茶座》，1969 年 6 月 2 日，頁 6。

港前任官吏。略有自傳性質。又 Endacott 的《香港》小冊子一本[195]，此係新版。

擬以有關香港的著作為題材，寫〈香港書錄〉[196]。

1968年11月21日 星期四

—

天氣晴暖。

讀有關法國十九世紀作家 Huysmans[197] 的介紹。擬買他的一部以巴黎為題材的散文集來看看。郁斯曼本與左拉等人在一起，是自然主義者，但後來漸漸傾向波特萊爾一派的象徵主義，對現代法國文學產生了重大影響。

1968年11月22日 星期五

—

天氣晴暖，入暮有風。今日為小雪，天氣可說毫無初冬氣象。

讀記載近代捷克作家卡夫卡和他的情人的故事。兩人訂婚兩次，都未曾正式結婚。卡夫卡染流行性感冒，在一九二四年去世，活了四十一歲。

1968年11月23日 星期六

—

天氣晴暖，儼似春天，乃十月小陽春的天氣也。

清理雜物。

燈下欣賞蘇東坡〈寒食帖〉，用筆和結體都跌宕生姿，令人喜愛，我對於蘇東坡和黃山谷的字都很喜歡。〈寒食帖〉現在台灣，後有黃山谷跋，可說珠聯璧合。但黃氏的〈伏波祠帖〉寫得比這跋語更好。前曾購有影印本，後都贈與張正宇了，暇當再買一套。

195　*Endacott, G. B. A. and Hinton, A. (1962) *Fragrant Harbour: a Short History of Hong Kong.* Hong Kong: Oxford University Press.

196　〈香港書錄〉是《星島日報・星座》其中一個專欄，葉靈鳳以「葉林豐」為筆名，撰寫介紹有關香港書籍的系列文章，從 1969 年 1 月 9 日開始斷續刊出，部分後收入《讀書隨筆》。

197　Joris-Karl Huysmans（1848-1907），法國作家。

1968年11月24日　星期日

一

天氣晴暖。

牙根作痛，不能嚼物，整日以湯類浸麵包吞而食之。

今日雖是星期，仍赴報館，因昨日未及多發一天稿件。

在報館譯印度古經故事作〈星座〉稿 [198]。因外間各報之稿都停止後，寫作不多，久欲在〈星座〉上多寫一點，一直未能實現。今日發奮為之。一來克服惰性，二來經濟情況也要求要多寫一點。現在身體漸好，應該工作努力一點，擬隨意寫介紹外國名著、作家逸話、畫家故事，以及我國文史短論。

又，擬着手寫〈香港書錄〉，以新舊出版有關香港的書籍作評述題材。

上午理髮。

1968年11月25日　星期一

一

天氣晴和。

牙根仍作痛，不能嚼物。

續譯印度《優波尼沙》中的閻魔與那基吉達故事。

書店寄來所訂各書的訂單。《紐約書評》半月刊一年訂費要八十四元。至目前止，已訂購了十本新書，看來要待至一月份才可以陸續寄到。

1968年11月26日　星期二

一

天氣晴好，甚和暖，不類冬天。

寫介紹李龍眠〈聖賢圖〉石刻的短文，約二千餘字 [199]。此類談文物的文章，若是有計劃經常寫下去，將來也可以集印成書。

198　葉靈鳳：〈印度古經「優波尼沙」故事抄：那基吉達和閻魔〉（筆名「伊萬」），刊《星島日報·星座》，1968 年 11 月 26 及 27 日。另見《故事的花束》（香港：萬葉出版社，1974 年），頁 1。

Translations from the Sanskrit by Mascaró, J. (1965) *The Upanishads*. Harmondsworth: Penguin Books.

199　葉靈鳳：〈李龍眠的聖賢圖石刻〉（筆名「臨風」），刊《星島日報·星座》，1968 年 11 月 28 日，頁 6。

1968年11月27日 星期三 📷

—

天氣晴暖，但天文台報告謂有冷鋒來到，天氣即將轉冷。

美國霍士電影公司擬拍一部名為《主席》的電影，要在香港拍外景。這是一部反華辱華的電影，因此本港愛國僑胞同聲反對抗議。香港政府被迫在今天聲明不許該外景隊在本港攝製該片 [200]。

續譯印度古經故事，又據《拍案驚奇二刻》所載「我來也」故事，寫一短稿 [201]。

今日為中絢生日，來家一起晚餐。

1968年11月28日 星期四

—

天氣晴暖。天文台雖說有冷鋒，氣候變化仍不大。

電訊報導美國作家辛克萊 [202] 去世，享年九十歲。在三十年代，他的《屠場》和《煤油》等書 [203]，在我國曾獲得廣大的讀者。兩書都是郭沫若在日本以「易坎人」的筆名所譯。

續譯印度古經故事 [204]。又寫一短文介紹英國牛津新出版的新派插圖本《聖經》，是《舊約》部分，由現代二十位英國畫家作插畫七百幅，都是黑白畫 [205]。

200　〈港九同胞數十團體集會　怒喝美帝外景隊滾出去　港英表示已通知美外景隊不能在港拍攝　同胞對美帝死心不息陰謀活動提高警惕〉，刊《大公報》，1968 年 11 月 28 日，頁 4。

201　葉靈鳳：〈臨安劇盜我來也〉（筆名「敏如」），刊《星島日報‧星座》，1968 年 11 月 29 日，頁 6。

202　辛克萊（Upton Sinclair Jr.，1878-1968），美國作家，曾獲普立茲獎，小說《石油》曾改編成電影《黑金企業》。

203　易坎人譯：《屠場》。上海：南強書局，1929 年；郭沫若譯：《煤油》。上海：上海國民書店，1939 年。

　　葉靈鳳：〈辛克萊的小說屠場〉（筆名「藏園」），刊《星島日報‧星座》，1968 年 11 月 30 日，頁 16。

204　葉靈鳳：〈印度古經「優波尼沙」故事抄：愛情的性格〉（筆名「伊萬」），刊《星島日報‧星座》，1968 年 11 月 30 日，頁 16。

205　葉靈鳳：〈牛津出版部出版：新派插圖本聖經〉（筆名「臨風」），刊《星島日報‧星座》，1968 年 11 月 30 日，頁 16。

1968年11月29日　星期五

—

天氣晴好，並未受冷鋒影響。

譯一個現代捷克短篇〈一個鄉村的故事〉[206]，作者係 Jan Drda。係寫第二次大戰時，村人痛恨德國納粹佔領軍，將一個與德人合作的村民暗中公審處死的故事。當年捷克人不與德國人合作，恰與今日不與蘇修[207]合作一樣。

1968年11月30日　星期六　📷

—

天氣晴好。

下午往報館取薪水，又往香港圖書公司付書賬，取《生活》畫報四冊。最近已加價，美國版每冊四元。

續譯捷克小說。

購《純文學》月刊一冊，因本期有介紹日本川端康成的作品[208]，他得了本年的諾貝爾文學獎金。《純文學》譯了他的兩個「掌篇」[209]，【盧】即袖珍小說、小小說，內地慣稱微型小說，台灣稱極短篇，日本則稱掌中小說。果然都寫得不錯，仍是自然主義的作品。

這期《純文學》又介紹本年日本芥川獎的得獎小說〈三隻蟹〉[210]，未細看，不知寫得如何。

欠小小 100 元未還。

206　葉靈鳳譯：〈一個鄉村的故事〉（筆名「臨風」），刊《星島日報・星座》，1968 年 12 月 1 至 6 日。

207　蘇修，「蘇聯修正主義」簡稱。

208　川端康成（1899-1972），1968 年諾貝爾文學獎得主，是首位日本人取得此獎項，1972 年以煤氣自殺。作品包括《伊豆的舞娘》、《雪國》、《千羽鶴》等。

　　鄭清文編譯：〈永遠的旅人 —— 川端康成其人及其作品〉，《純文學》第 3 卷第 6 期，1968 年 12 月，頁111。

209　兩個「掌篇」為〈妻的遺容〉和〈化妝〉。

210　大庭奈美子著，朱佩蘭譯：〈三隻蟹〉，《純文學》第 3 卷第 6 期，1968 年 12 月，頁 11。

1968年12月1日 星期日

—

今日天氣仍燠暖，入暮有小霧及毛毛雨，略轉潮濕，有回南趨勢。

今日已是十二月一日，月曆已用到最後一張，一九六八年已將過了，日子過得真快！

廚房進行粉刷，這是市政局前次來視察後的通知。今日泥水匠人來開工，因此生活秩序不免又略受影響。

中絢購了一件新款式，價一百多元的羊毛衫見贈，實在費錢太多，且不大實用，曾囑她千萬不要買這樣貴的「禮物」，但仍是買了。

中慧在一家唱片公司工作，昨日領薪水，買了四罐牛肉給我。

晚讀英文《藝術品的掠奪》[211]，係敘述自羅馬時代以來公私兩方對希臘和中東藝術品的掠奪。從本書的敘述中，始知英國自希臘偷折萬神廟石像著名的額爾金爵士[212]，乃來我國焚燒圓明園的額爾金爵士之父。老額爾金有希臘掠劫來的大理石像，後來都賣給英國政府，現藏大英博物院，稱為「額爾金石像」。

1968年12月2日 星期一

—

天陰，潮濕，但不冷。正式的回南天氣。這時會有這樣的回南天，氣候是反常的。

續譯捷克小說。又譯了一段波斯古經典 *Masnavi* 的小故事[213]。此書據說有波斯《可蘭經》之稱，其中有許多機智有趣的比喻和小故事。這是古代東方經典文學的特色。

211　Treue, W. (1960) *Art Plunder: the Fate of Works of Art in War, Revolution and Peace*. London: Methuen.

212　額爾金爵士（Earl of Elgin），蘇格蘭貴族爵位。湯瑪斯‧布魯斯（Thomas Bruce，1766-1841）為第七代額爾金伯爵，英國貴族與外交官，以掠奪雅典帕特農神殿的大理石雕刻聞名。詹姆斯‧布魯斯（James Bruce，1811-1863）為第八代額爾金伯爵，十九世紀英國殖民地官員，1860 年第二次鴉片戰爭時任英國談判全權代表，隨英軍攻陷北京，與恭親王奕訢談判《北京條約》，並下令焚燬圓明園。香港中環有 Elgin Street（伊利近街）。

213　*Arberry , A. J. (1961) *Tales from the Masnavi*. London: Allen and Unwin.

葉靈鳳：〈波斯古慧‧有遠見的店主〉（筆名「伊萬」），刊《星島日報‧星座》，1968 年 12 月 4 日，頁 6。後收入《故事的花束》，頁 98。

廚房粉刷完畢，花費了一百二十元，總算乾淨光亮了不少。

購政府出版的《香港書目》小冊[214]，係葡人白樂賈所編，分類記載，所收書名不多，反而沒有原來附近年報後面者齊備。

1968年12月3日 星期二

—

天氣燠暖，繼續回南，天文台說這是少有的反常天氣。

譯完〈一個鄉村的故事〉。這是一篇寫得很好的短篇小說。想寫一篇介紹現代捷克文學作品的短文，未能寫成。

1968年12月4日 星期三 📷

—

天氣晴暖。

譯波斯古典作品《瑪斯那費》裏的故事一則[215]。此係十三世紀波斯宗教經典作品，作者係魯米。其中包括許多小故事，機智有趣。

中凱近數月來已在外租屋另住。昨日以電話來着中輝等前往取回四百元，交我貼補家用，大約以聖誕節已近，不免有許多無謂的開支也。

閱《明報月刊》十二月號，有周作人舊作一批[216]，因憶起似乎未曾買過十一月號。

1968年12月5日 星期四

—

天氣晴好。

214　Braga, José Maria (1965) *A Hong Kong Bibliography*. Hong Kong: Government Press.

215　葉靈鳳：〈波斯古慧・愚人和基督〉（筆名「伊萬」），刊《星島日報・星座》，1968 年 12 月 6 日，頁 18。後收入《故事的花束》，頁 94。

216　成仲恩：〈知堂老人的一篇遺稿——元旦的刺客〉，載《明報月刊》第 3 卷第 12 期，1968 年 12 月，頁 67。

譯波斯古宗教傳人魯米的小故事數則[217]。

下午出外為中嫻繳學費,順道訪黃茅,同往得勝酒家喝茶,吃牛腩煲,味不錯。

往大華國貨公司購藍色斜紋布西裝褲一條,價十一元,穿起來十分舒適,可謂價廉物美。此條褲腳管闊大,特別剪裁者,與流行緊狹小褲筒者不同。今日見報上有廣告,特別介紹,因往購買,廣告謂有薄絨者。大華店員云未見有貨。

將一些有趣的小故事,包括《天方夜譚》、意大利諧話,印度、波斯、非洲等古典故事,彙集一起,略加介紹,該是一本很好的故事集[218]。

1968年12月6日　星期五

—

天氣晴暖,不類冬天。

譯《瑪斯拉非》小故事數則[219]。

今日由中敏替我往華豐公司買薄絨長褲兩條,每條價二十五元,打折扣後,二十一元一條,一藍一黑,穿起來很舒適。今年夏季雨多潮濕,許多衣服都蛀壞了,長褲蛀爛多條,買這兩條也可以解決問題了。

1968年12月7日　星期六

—

天氣晴好。今日農曆節令為大寒,可是氣溫恍如初夏,仍能單衣。

在報館譯《瑪斯拉非》小故事數則[220]。

217　葉靈鳳:〈波斯古慧・雙重的瞎乞丐・打人和被打的〉、〈波斯古慧・奧默王和新月・養蛇人和偷蛇人〉(筆名「伊萬」),分別刊於《星島日報・星座》,1968年12月7日、8日,頁6。另見《故事的花束》,頁89、頁99。

218　葉靈鳳:《故事的花束》,收有「印度古經優波泥沙故事選」、「非洲故事選」、「阿卡巴爾逸聞故事選」、「瑪斯拉非故事選」、「故事的花束」、「百諧集小故事選」幾個部分。

219　葉靈鳳:〈波斯古慧・文法專家和船伕・娶妓女為妻的達卡克〉(筆名「伊萬」),刊《星島日報・星座》,1968年12月9日,頁18。後收入《故事的花束》,頁101。

220　葉靈鳳:〈波斯古慧〉之〈警察與醉漢〉、〈朋友和我〉、〈針的神蹟(外一篇)・捫象〉(筆名「伊萬」),分別刊於《星島日報・星座》,1968年12月10日、11日、12日,頁6、頁18。另見《故事的花束》,頁92、頁91、頁105。

連晚遲睡，甚倦，今夜提早在二時即就寢。

1968年12月8日　星期日　📷

——

天氣晴暖。今日星期，在家休息。

讀《藝術的掠奪》，記十字軍東征時，順道掠奪土耳其君士坦丁堡經過。十字軍東征目的，本在從回教徒手中奪回耶路撒冷，但在出發途中，竟沿途掠奪基督教城市，忘其所以，可發一笑。

整理非洲黑人「胡薩」語系的故事一批[221]，加以簡短介紹，擬交《文藝世紀》[222]。故事內容都十分有趣，類似《五卷書》及《天方夜譚》裏的小故事。

倦甚，二時即睡。

1968年12月9日　星期一

——

上午天氣晴暖，入暮陰翳，晚有雨，夜雨甚密，似是要轉冷了。在微暖的潮濕天氣中聽細雨聲，彷彿春雨。

以《二刻拍案驚奇》卷末俠盜一枝梅的故事，敘述成三千字短文一篇，作〈星座〉稿[223]。

1968年12月10日　星期二

——

終日陰雨，但氣候仍不見轉冷。

寫一篇介紹意大利文藝復興期謎語的短文[224]。今日一共寫了六千餘字，是近來寫得最多的一天了。精力已逐漸恢復，是可喜的現象。

閱報許志平君去世，他是本港地產商人，以前曾同遊北京。送去一花圈致唁。

221　*Compiled and translated by Johnston, H. A. S. (1966) *A Selection of Hausa Stories*. Oxford: Clarendon Press.

222　葉靈鳳譯：〈非洲胡薩故事選〉，刊《文藝世紀》第 139 期，1968 年 12 月，頁 30。

223　葉靈鳳：〈蘇州神偷一枝梅〉（筆名「敏如」），刊《星島日報·星座》，1968 年 12 月 11 日，頁 6。

224　葉靈鳳：〈義大利的畫面謎語〉（筆名「臨風」），刊《星島日報·星座》，1968 年 12 月 12 日，頁 18。

晚，中絢夫婦邀出外晚膳，在粵都飯店 [225] 吃東江菜、炒牛雜等，味甚不錯，價亦不貴。

夜翻閱《南海百詠》、《續南海百詠》[226]、《光孝寺志》[227] 等書，至四時許始睡。今夜遲睡，恐影響明天的工作了。

1968年12月11日　星期三

—

天氣放晴，和暖如春，毫無冬意。

寫完《文藝世紀》稿，交中敏帶去轉交。

昨夜遲睡，今天又起身較早，果然精神不濟，終日昏昏然，影響不能如意工作，未寫其他稿，晚一時半即睡。

1968年12月12日　星期四

—

天晴，有風，仍未轉涼。

根據「Bookman」的一篇文章寫作家原稿被焚毀，遺失的故事，寫成三千餘字 [228]。

燈下讀樊昆吾的《南海百詠續詠〔編〕》，在「招安亭」條下，無意發現有關張保仔資料一則。甚難得，原來此亭即當時兩廣總督百齡為受降張保仔，特地建築的。他書未見記載過。

有關張保仔資料，只百齡的幕客所編的《靖海氛記》始終未曾見過。

1968年12月13日　星期五

—

天晴，有風，仍甚和暖。

225　粵都飯店，位於旺角西洋菜街 48 至 50 號，見《香港年鑑 1968・工商名錄》，頁 272。

226　此兩部為阿英（錢杏邨）所贈，為清光緒年間廣州學海堂刊本。參考 1965 年 9 月 30 日之日記。

227　何淙纂輯：《光孝寺志》。廣東省立編印局，1935 年。

228　葉靈鳳：〈焚燬、銷毀和遺失的原稿〉（筆名「臨風」），刊《星島日報・星座》，1968 年 12 月 14 日，頁 18。

寫有關宋人方信孺的《南海百詠》和清人樊昆吾的《南海百詠續編》二書的文章。兩書皆前年在北京時，阿英所贈。僅寫了幾百字，未完。夜間在燈下又續寫少許，仍未完。

譯波斯《瑪斯拉非》長詩故事兩則[229]。

翻閱舊雜誌，至四時始睡。

1968年12月14日　星期六

——

天晴。入暮有西北風，天文台謂有強勁寒流湧到，氣候倏變，儼然已是冬天了。

譯波斯《瑪斯拉非》故事兩則[230]。有一篇向先知摩西要求通鳥獸言語的故事，甚好，較長，改日再譯。

1968年12月15日　星期日

——

天氣較冷，有風。

今日星期，休息，中絢夫婦邀往九龍逛海運大廈商場，克臻及中輝、中嫻、孫超駿偕同。在商場買羊毛背心兩件，又給中輝買一件，每件價九元半，質地甚佳，價則甚廉。又買紅色聖誕燭三枝，係兒輩所要，因家中有一架三頭的鍍銀燭台也。

商場有古董店甚多，皆是迎合遊客口味者。辰衝西書店在此也有分店，似比香港實用書店的書更多。

在粵菜館「金桃酒家」晚膳。地方很清爽，菜式平平。

一時半睡。

229　葉靈鳳：〈波斯古慧‧捉蛇人和凍龍‧兩個竊賊〉（筆名「伊萬」），刊《星島日報‧星座》，1968年12月15日，頁6。另見《故事的花束》，頁126。

230　葉靈鳳：〈波斯古慧‧基督逃避愚人〉、〈波斯古慧‧比拉耳論死與生〉（筆名「伊萬」），分別刊於《星島日報‧星座》，1968年12月17日、18日，頁6、頁18。另見《故事的花束》，頁102、頁96。

1968年12月16日 星期一

—

天氣晴冷，有風。

上午陳凡來訪，坐談片刻，因為聽說我有病。

1968年12月17日 星期二

—

天陰潮濕，有風。

上午譯《瑪斯拉非》長詩中的一個青年要求先知摩西教他聽懂鳥獸言語的故事。先知警告他這是非份之事。懂得鳥獸言語，並無什麼好處，可能還要惹禍。青年不聽，後來果然如此[231]。未譯完。

下午與克臻出外買玻璃花瓶等物作禮品送與中絢，因她曾送來羊毛衫也。

同在「紅寶石」晚餐。

克臻開罐頭不慎割破手指。後又在天井跌了一交。幸無大礙。

1968年12月18日 星期三

—

天陰潮濕，有風，不冷，氣溫竟又回昇了。

譯完《瑪斯拉非》的少年學鳥獸言語的故事。

門牙作痛，影響工作。二時即睡。

將以前購置之《萬人叢書》出版之百科百〔全〕書，送給中絢。全套十二冊，材料很豐富，文章簡明扼要，甚便於查閱參考。

1968年12月19日 星期四

—

天雨，潮濕，又逐漸回暖。

下午出外付電費，順道往書店取雜誌，又訂書四冊。兩冊法國新作家尤利斯

231　葉靈鳳：〈波斯古慧・要摩西教他鳥獸言語的少年〉（筆名「伊萬」），刊《星島日報・星座》，1968年12月19及20日。另見《故事的花束》，頁114。

柯 [232] 的小說，一冊歐洲作家辭典 [233]，另一冊係有關香港資〔料〕冊。書店中人說，此刻訂書往返需三個月始可寄到。

阻雨，獨自在安樂園餐室吃焗魚飯一碟，牙痛漸好。

燈下讀倫敦《泰晤士報文學副刊》，有介紹蘇聯作家丹尼爾的小說集。他因私自將作品化名送到國外出版，發覺後被判苦獄五年，與另一同樣情形之作家辛雅〔耶〕夫斯基一同服刑，為蘇聯文壇近年一大事件，係公開反對統治的第一聲。最近蘇聯進佔捷克，丹尼爾的妻子公開反對，也遭判刑。

擬搜集這類資料寫一專文作報導。

1968年12月20日　星期五

—

天陰潮濕，不冷，但天文台又說有冷空氣南下了。

讀《瑪斯拉非》故事一則，係學生愚弄老師的故事。這個故事不只是波斯所有，在中東各地都流傳很廣 [234]。

燈下翻閱所搜集的有關蘇聯被迫害的作家資料。

三時許就寢。

1968年12月21日　星期六

—

天陰，入夜有微雨及西北風，氣溫驟降。天文台有強風訊號。夜歸寒風甚勁。

譯《瑪斯拉非》故事 [235]。在報館工作至夜一時始返，因明日為星期，可以休息一天也。

訂書三冊。一冊係蘇聯作家丹尼爾的短篇集。他目前正以「叛國罪」（化名將自己作品在國外發表）在服苦工役刑。另兩冊為有關這類蘇聯作家反抗迫害的

232　尤利斯柯（Eugène Ionesco，1909-1994），法國作家。

233　Hargreaves-Mawdsley, W. N. (1968) *Everyman's Dictionary of European Writers*. London: Dent.

234　葉靈鳳：〈波斯古慧‧迫使老師生病的孩子們〉（筆名「伊萬」），刊《星島日報‧星座》，1968年12月22及23日。另見《故事的花束》，頁108。

235　葉靈鳳：〈波斯古慧‧奴隸呂克曼和他的主人〉（筆名「伊萬」），刊《星島日報‧星座》，1968年12月24日，頁6，另見《故事的花束》，頁123。

英文資料。

　　燈下閱薩地侯爵的描寫變態性虐待狂的名著《所多瑪的一百二十日》[236]，係節譯本。至夜四時始寢。

1968年12月22日　星期日

—

　　今日天氣甚冷，需穿兩件羊毛衫或棉衣，已由前幾天的初夏天氣突然進入隆冬了。

　　今日為冬至節，本地習俗重視此節，謂冬至大似年。又值星期，許多商店都提早休息「做冬」。

　　燈下讀《所多瑪的一百二十日》，甚冷，提早上床，一時半就寢。

1968年12月23日　星期一

—

　　今日氣溫較昨日略暖。

　　譯完一則《瑪斯拉非》故事[237]，係一旅行商人與哲學家的對話，富於諷刺趣味。

　　以前的女工阿蓮，近年在淺水灣一富商家為女管家，每年過節皆送禮來，甚厚。今日送來金山橙及萍果共一箱，又糖果兩盒，另送克臻絲襪三雙，共需百餘元，甚可感也。

1968年12月24日　星期二

—

　　天氣和暖。

236　The Marquis de Sade (1966) *The 120 Days of Sodom and Other Writings.* (Compiled and translated by Wainhouse, A. and Seaver, R.) New York: Grove Press.

237　葉靈鳳:〈波斯古慧‧商人和哲學家〉（筆名「伊萬」），刊《星島日報‧星座》，1968 年 12 月 25 日，頁 6。後收入《故事的花束》，頁 120。

自節譯本的印度古典故事集中譯出《故事海》裏的故事一篇[238]，係經大自在天以兩朵紅蓮交給一對夫妻，試驗各人貞操的故事。

今晚為基督教聖誕節前夜，兒女輩循俗佈置聖誕樹，家中略加裝飾，晚餐吃燒火雞等自助餐。中絢夫婦亦來參加。

1968年12月25日　星期三

—

天氣陰霾，略帶潮濕，晚上有雨。

譯完《故事海》節譯本的那則「紅蓮」故事。

以比亞斯萊作品選集一冊，製版供書店作插畫用，共製了十幅。

1968年12月26日　星期四

—

天陰，潮濕。

譯印度古經《優波尼沙》裏的小喻言兩則[239]，係從英譯本譯出，皆闡明生之奧妙者。

1968年12月27日　星期五

—

天晴，又略回暖。

從印度經典《優波尼沙》節譯本中譯出喻言一則[240]。

下午出門，購禮券五十元，作友人羅君新婚賀禮。

在商務購中國畫信箋三盒，又在大華購日記簿一冊，作明年日記用。

到實用書店取雜誌。回來後孩子謂書店適才有電話來，謂有訂書兩冊已到，

238　葉靈鳳：〈印度「故事海」的故事・紅蓮守貞〉（筆名「伊萬」），刊《星島日報・星座》，1968年12月26及27日。

239　葉靈鳳：〈優波尼沙的喻言・一：無花果的子・二：鹽〉（筆名「伊萬」），刊《星島日報・星座》，1968年12月28日，頁6。另見《故事的花束》，頁10、11。

240　葉靈鳳：〈優波尼沙喻言・人體器官爭雄〉（筆名「伊萬」），刊《星島日報・星座》，1968年12月29日，頁6。另見《故事的花束》，頁7。

囑我去取，不知是什麼。

1968年12月28日 星期六

—

天晴，和晴〔暖〕，又不像冬天了。

經實用書店取書，共來了兩種，一是魏氏的比亞斯萊傳，另一是歐洲作家辭典，後者雖也是訂購的，但訂的日期不久，顯然是他們自己的代理人，直接有本書寄來，因此先付給了我。魏氏的比亞斯萊傳，據書評介紹，新材料很多，頗注重他的私生活。

又買紙面小書三冊，有一種是法國近代作家米爾波的《婢女日記》[241]，係留作報紙譯述用者。這小說暴暴〔露〕法國中流社會的腐敗生活。

寫有關宋人方信孺的《南海百詠》介紹。

翻閱新到的書，花去時間不少，以致工作時間也受了影響。歐洲作家辭典的內容很豐富，這是很有用的手邊參考書。

1968年12月29日 星期日

—

天氣晴暖潮濕。

今日雖是星期，仍到報館發稿。因昨日時間不及，未能多發一天。

寫完〈讀南海百詠〉[242]。其中所詠的南漢劉氏採珠地點「媚川都」，其地即在今日香港大埔。《新安縣志》有記載。

1968年12月30日 星期一

—

天晴，仍潮濕燠暖，不像冬天。

寫了一則小文。介紹意大利畫家鮑特差利的〈春天〉，為一月一日〈星座〉

---

241 Mirbeau, O. (1966) *Diary of a Chambermaid.* (Translated by Garman, D.) London: Grafton.

242 葉靈鳳：〈讀方信孺南海百詠〉（筆名「臨風」），刊《星島日報・星座》，1968年12月30及31日。

用 [243]，聊資點綴。

從《天方夜談》裏選譯一些滑稽有趣的小故事作〈星座〉稿。今日譯的是幾個吸印度大蘇的癮君子笑話 [244]。目前在越南作戰的美國兵，有此嗜好者甚多，並且偷運來港，時有破獲。

購台灣有關的《純文學》一月號，因其上有日本川端康成的《伊豆的舞孃》小說譯文，他獲得本年的諾貝爾文學獎金。

1968年12月31日 星期二

—

天陰，有風，但是仍不冷。

譯《天方夜譚》裏的癮君子故事。

往報館料理稿件。明日為一九六九年元旦，報館休息一天，二日無報紙，三日照常出版。

今日為一九六八年除夕，家中吃黃芽白冬筍豬肉湯及菜花，紅燒豬腳等菜。換用新日曆，午夜十二時，港中輪船汽笛齊鳴，表示一九六九年元旦已到。今年仍有爆竹禁令。

燈下讀川端康成的中篇《伊豆的舞孃》，這是他的成名作，稱為「最難忘的美麗故事」，曾改編電影及舞台劇。但讀罷並不覺特別好，遠遠及不上紀德的《田園交響曲》[245] 那一類的作品。

二時就寢。

一九六八年結束了。回顧這一年，發現有糖尿病，到九月間已瘦至一百二十多磅，經過醫治後，現在已逐漸恢復。這是這一年間的個人一件大事。

由於身體不好，精神差，寫作較少，影響收收〔支〕，半年多以來一直有點入不敷出。最近已在竭力調整，希望過了舊曆年就可以收支平衡了。但是舊曆年

243　葉靈鳳：〈春之禮讚〉（筆名「臨風」），刊《星島日報・星座》，1969 年 1 月 1 日，頁 18。

244　葉靈鳳：〈印度大麻的傳奇故事・癮君子的奇遇〉（筆名「伊萬」），刊《星島日報・星座》，1969 年 1 月 1 至 6 日。葉靈鳳：〈霜紅室隨筆・美國兵所吸的印度大麻〉，刊《新晚報・下午茶座》，1969 年 2 月 24 日，頁 6。

245　Gide, A. (1963) *La Symphonie Pastorale and Isabelle.* (Translated by Bussy, D.) Harmondsworth: Penguin Books.

關，又將增加許多開支，又是頭痛的事。

　　書讀得不算勤，但多少讀了幾本，編單行本的計劃，仍是有計劃而未加緊實行，希望來年該加緊了。

　　訂了一批新書，這可說是今年尾季的一次壯舉。

　　一九六九年元旦下午記，時家人大小都出外飲茶看戲，我獨自在家看門。

一
九
六
九
年

【盧】葉靈鳳在此日記本首頁，抄下劉禹錫贈白樂天詩：「沉舟側畔千帆過，病樹前頭萬木春」兩句，讀者當可細味其心境。

1969年1月1日　星期三

—

一九六九年元旦，今日天陰，下午有風，天氣轉冷。

今日為我與克臻結婚紀念日，兒女輩合送大蛋糕一枚。中午中慧請大家出外吃點心，我未去，一人在家看守門戶，甚靜，意殊閑適。中慧帶回大潮州柑六枚見贈。

晚同克臻去看電影[001]，又在客家菜館晚飯，菜甚精好。電影為第二次世界大戰故事片，描寫英軍特務功績，反映德國納粹特務不濟事，跡近神怪，成一面倒形勢，不足觀，然而攝製卻頗費氣力，以北歐冰天雪地為背境，但見不停的特務佈置的炸藥爆炸，可謂吃力不討好。

買裹蒸粽四枚回家餉兒輩。

今日《成報》請客，未去，他們元旦不休息，寫稿一篇。

1969年1月2日　星期四

—

天氣陰冷有北風，儼然是隆冬氣象了。

譯完《天方夜譚》裏的吸食印度大蔴癮君子故事。

1969年1月3日　星期五

—

天陰，寒冷，入暮有微雨，寒意更勁。

出外為中嫻付學費，兼往書店付書賬一百四十一元。收到刊物數期，本期《泰晤士文學副刊》係拉丁美洲文學專刊，介紹了一些南美作家，都是前所未知者。

購紙面書 *Famous Books* 二冊。一係古代與中世紀，一係自十五世紀至現代

001　應是《壯士雄風》，電影廣告見《星島日報》，1969年1月1日，頁11。

者[002]。介紹各部門的一些著名作品，共二百餘部。每本書一篇，對在報上寫一些短文頗有用處。對於馬思〔克〕斯，本書不介紹他的《資本論》，只是介紹他所擬的《共產黨宣言》。

中絢夫婦邀往上海菜館「三六九」晚餐。中慧、中嫻同去。「醃篤鮮」還不錯，紅燒牛肉則不佳。菜略多了一點，大家努力吃也無法吃得完。將餘下的白切羊肉及小籠包帶回。

燈下翻閱刊物，至四時始寢。

1969 年 1 月 4 日　星期六

—

天陰寒冷，終日有霏雨，入夜成細雨，益增寒意。

明日星期，擬在家休息一天，因此今日多寫了一天的連載小說稿，又多發〈星座〉一天稿，明天可以不必去了。

1969 年 1 月 5 日　星期日　📷

—

整日陰冷有風，天文台說可能會更冷。今日小寒。

晚間擬吃臘味菜飯，親自偕中嫻往附近菜攤買白菜，竟買不到，黃芽白也沒有。因天冷，大家都需要吃一些煮得熱的菜食。只買了一顆捲心菜和生菜少許。又買腐竹、冬菇、粉絲等。近日天冷，雞蛋也大貴特貴。

整理以前譯的一些印度小故事[003]，準備交給源克平作《文藝世紀》[004] 一月號用。

—

002　Downs, R. B. (1964) *Famous Books: Ancient and Medieval.* New York: Barnes & Noble.

*Downs, R. B. (1961) *Famous Books Since 1492.* New York: Barnes & Noble.

003　萬葉出版社出版的《故事的花束》有一輯「印度古經優波泥沙故事選」。

004　葉靈鳳譯：〈印度哲人比爾巴爾的故事〉，刊《文藝世紀》第 140 期，1969 年 1 月，頁 13。

1969年1月6日　星期一

—

天晴，微有陽光，但仍寒風強勁，氣溫甚低。

購新到的銅箔鑿花《革命勝地》[005] 一套，共十〔？筆跡也近「七」字〕枚，在銅箔上鑿花再塗彩色，方式如過去的《金花》。金碧輝煌，光彩奪目，圖案亦好，有天安門、韶山、井崗山、大渡河鐵索橋、延安等等。價甚廉，每套僅一元八毫。

1969年1月7日　星期二

—

天陰，甚冷，清晨只十一度，天文台謂為本年冬季最冷的一天。夜晚往報館，由於地點近筲箕灣 [006]，地僻風大，情景愈加冷落。【盧】其實報館離筲箕灣尚遠，只是當時那一帶未發展，未有大型建築物，相當空曠，還隔一太古船塢（即今太古城），又朝東北，故風大，顯得冷落。

着手寫〈香港書錄〉。第一則先寫〈香港的書誌學〉[007]，談論香港政府編印的一本書目，未寫完，只寫了半篇。

1969年1月8日　星期三

—

天氣晴冷，有風。寫完〈香港書誌學〉，指出一向研究香港各種問題的人都只注重英文著作，忽略我國作者用中文寫的一切，實在存有重大的偏見。事實上，要研究香港歷史，不注重中文資料，永遠只是單方面的觀點而已。

又譯了一則《瑪斯拉非》的小故事 [008]。

晚間查閱剪存所寫各稿，擬着手整理。

005　葉靈鳳：〈金碧輝煌的新剪紙〉，刊《新晚報・霜紅室隨筆》，1969 年 2 月 22 日，頁 6，文中提到：「女兒買了一套彩色的新剪紙『革命勝地』給我。」（頁 6）

006　參考 1968 年 1 月 9 日之日記。

007　葉靈鳳：〈香港書錄・香港書誌學〉（筆名「葉林豐」），刊《星島日報・星座》，1969 年 1 月 9 及 10 日。另見《讀書隨筆（三集）》，頁 62。

008　葉靈鳳：〈波斯古慧・高僧被疑偷竊〉（筆名「伊萬」），刊《星島日報・星座》，1969 年 1 月 10 日，頁 6。

1969年1月9日 星期四

—

天晴，略為回暖。

寫〈香港書錄〉，是介紹艾特爾氏的那本香港史《在中國的歐洲》[009]，寫了一半，未寫完。

又譯《瑪斯拉非》故事一則[010]。

繼續整理書籍和剪稿。

1969年1月10日 星期五

—

天晴，又逐漸回暖了。

續寫〈在中國的歐洲〉，寫岔了筆，仍未寫完。

晚間繼續清理舊報，剪存該留存的已刊稿件。報紙捲起處有細腰蜂做窠甚多，揭開後滿是泥屑和蛻後的空殼。

1969年1月11日 星期六 📷

—

天氣暖燠，彷彿有點回南，天文台說又將有寒流來了。

寫完〈在中國的歐洲〉。這篇介紹共寫了約二千五百字。

晚間清理多年前所編的〈香港史地〉。共出版了四十多期[011]。可惜當時未能按期保存一份，今晚檢視所存者，看來已不齊了。其中頗有些可取的資料。共出了四十多期，由於九龍城問題，被華民署授意報館要停刊的。【盧】華民署即華民政務司署，歷來有專責部門負責檢查、核准全港出版物之出版事宜。我刊了一些慨咏九龍城被

009　Eitel, E. J. (1895) *Europe in China: the History of Hongkong from the Beginning to the Year 1882.* Hong Kong: Kelly & Walsh.

　　葉靈鳳：〈香港書錄·在中國的歐洲〉（筆名「葉林豐」），刊《星島日報·星座》，1969年1月11至13日。另見《讀書隨筆（三集）》，頁89。

010　葉靈鳳：〈波斯古慧·駱駝與小鼠〉（筆名「伊萬」），刊《星島日報·星座》，1969年1月11日，頁6。

011　〈香港史地〉，《星島日報》副刊之一，1947年6月5日創刊，葉靈鳳主編，1948年4月28日出版第35期，其後未見再出版，此處四十多期或為三十多期的誤記。參考1947年5月28日之日記。

港英強入拆屋的舊詩，其中有「英夷」字眼。港方因表示不滿[012]。【盧】「英夷」一詞，在英治下當然犯忌。此詞曾見於葉靈鳳主編《新東亞》1942 年 12 月號中少俊〈百年來英夷對中國的侵略和壓迫〉一文，但日治時代此詞當然可用。

1969 年 1 月 12 日 星期日

—

昨夜入夜後氣溫即漸低，今日早起，已轉為嚴寒，溫度與昨日相差有十度，天文台說今晚將更冷。

今日雖是星期，仍往報館工作，一路寒風砭骨，意態淒寂。為了多寫一篇稿，未能早回，乃至將至一時始能回家，歸途有細雨，益增寒意。

寫〈香港書錄〉，本篇係介紹倫敦《泰晤士報》在 1857 － 58 所刊載的中國通信集[013]。這時正是第二次鴉片戰事前夜，英法聯軍攻入廣州，總督葉名琛被擄，《泰晤士報》所派記者科克在香港隨軍往來，寫了這許多通信，對於當時情形，有許多資料都是在中國方面所缺乏者，頗可供參考，未寫完。

012　〈龍城詩選〉，刊《星島日報‧香港史地》第 32 期，1948 年 3 月 17 日，頁 10。其中崔鳳朋：〈前題〉詩中有句：「頹垣敗瓦苦斯民，太息英夷辣手伸。」

《陳君葆日記全集‧卷二‧1941-49》一九四八年五月十八日：「午在扶輪會席上，頌芳說靈鳳編的史地曾登了一首關於九龍城的詩，文裏用到『英夷』二字，因此引起了港政府注意，為此杜德曾召胡文虎去告誡一番，而老虎也不肯示弱，以為這小事自有報館的人負責，為什麼要找到他『老虎頭』上來，這樣便把事情弄得沒可轉圜了。老虎一怒之後，便對社長、總編輯一路下來發脾氣，還說如果事情鬧得不好便要靈鳳辭掉，不過事情已弄錯了，為甚麼要辭退人洩氣，這於事又何補！我說，這事我不能借箸為謀，我與杜德不熟也不能為說項也。其實杜德既然招了老虎去談話，他儘應利用那機會，把事情說開了，認了一句疏忽則當下解決萬事也就完了，何必爭一點面子，致把事情弄僵呢！」（頁 532）

杜德（Ronald Ruskin Todd，1902-1980），1924 年加入香港政府，1946 至 1955 年出任華民政務司，1955 年退休後回英國定居。

013　Cooke, G. W. (1859) *China: Being The Times Special Correspondence from China in the Years 1857-58.* London: G. Routledge.

葉靈鳳：〈香港書錄‧泰晤士報的香港通信〉（筆名「葉林豐」），刊《星島日報‧星座》，1969 年 1 月 14 及 15 日。另見《讀書隨筆（三集）》，頁 85，題為〈十九世紀《泰晤士報》的香港通信〉。

1969年1月13日　星期一

—

天氣仍寒，且有微雨。

寫完〈香港書錄〉所介紹的《泰晤士報》的中國通信。前年北京出版的《第二次鴉片戰爭》，也曾將此書加以引用。

燈下翻閱穆倫都爾夫的《中國書目》[014]，此係一八七六年出版者，現在已很難得，其中關於香港部分，有《中國文庫》[015]，各期所載有關香港文字。有暇當設法往香港大學圖書館借閱所藏《中國文庫》，因我自己所藏的不全。全套該二十卷，我只有九卷。

1969年1月14日　星期二

—

天氣陰冷，有毛毛雨。

翻閱書籍，未寫〈香港書錄〉。

趙一山[016]來電話，索《香港方物志》及《香江舊事》，並約明日中午飲茶，因他明日上午要陪太太劉戀到香港來看病。

1969年1月15日　星期三

—

天氣甚冷，晚間有雨，愈冷。

中午偕克臻赴趙一山夫婦之約，在大華飯店[017]飲茶，帶了他所要的兩本書給他。

014　*Möllendorff, P. G. von (1876) *Manual of Chinese Bibliography, Being a List of Works and Essays Relating to China.* Shanghai: Kelly & Walsh.

015　參考 1951 年 12 月 20 日之日記。

016　趙一山（1906-1982）與其太太劉戀（1923-2009）皆為左翼電影工作者，抗戰期間一起組織中國新興抗日救亡劇社，與陽翰生、田漢、夏衍等一起在上海從事抗日宣傳活動。上海淪陷後南下香港，在費穆主持的龍馬公司工作，曾主演《江湖兒女》。龍馬公司結束後，劉戀於 1950 年轉入長城電影製片公司，主演多部影片。趙一山曾任新世紀影片公司的製片。在廖承志鼓勵及支持下，二人於 1956 年創辦華文影片公司，製作了《月是故鄉明》、潮劇《火燒臨江樓》、越劇《雲中落繡鞋》等電影。

017　大華飯店，位於皇后大道中華人行 9 樓，見《香港年鑑 1969・工商名錄》，頁 221。

順道往書店取書，有十二月號的《書與讀書人》月刊，有介紹一冊新出版諷刺蘇聯侵捷的抒情諷刺畫，係一英國青年畫家所畫，畫風甚似高克多 [018]，頗有趣。晚間帶回報館製版，擬在〈星座〉轉載，原書共六十幅，該刊介紹了四幅。

寫〈香港書錄〉，係介紹穆倫都爾夫所編的《中國書目》[019]，因其中也有有關香港的書目在內。

1969年1月16日　星期四　📷

—

陰雨，氣候冷冽。

書店來電話通知，所訂的一冊《作家故居》已到，即去取回。圖片太少，且沒有作家肖像，這不如我想像中的好。但是材料卻不錯，都是實地去參觀後寫下來的。

寫〈穆倫都爾夫的中國書目〉，未寫完。

燈下寫一短文，介紹那幾幅諷刺蘇聯侵佔捷克的漫畫 [020]。

1969年1月17日　星期五

—

天陰，潮濕，略為回暖。

寫〈香港書錄〉，仍未將〈穆倫都爾夫的中國書目〉這篇寫完。

燈下翻閱新買的《作家故居》，作者兩人原來是夫婦。因想起我以前另有一冊關於英國文藝古蹟巡禮的書，現在不知放在何處，有暇當尋出來。手邊已另有一冊《作家與地方》，也是性質相類的書。

018　高克多（Jean Cocteau，1889-1963），法國作家、音樂家、畫家及電影導演。

019　葉靈鳳：〈香港書錄·穆倫都爾夫的中國書目〉（筆名「葉林豐」），刊《星島日報·星座》，1969年1月17至20日。另見《讀書隨筆（三集）》，頁65，題為〈《中國書目提要》和香港〉。

020　葉靈鳳：〈諷刺蘇聯侵佔捷克的畫冊〉（筆名「臨風」），刊《星島日報·星座》，1969年1月19日，頁6。是日及20日刊出安東尼·史威爾林的〈捷克姑娘的被凌辱〉（四幅抒情諷刺畫）。

1969年1月18日　星期六

—

天氣回暖，極為潮濕，晚上霧極大，白茫茫一片，十碼之外已不能辨物。

寫完〈穆倫都爾夫的中國書目〉。

實用書局來信通知謂我所訂的紀德《奧地普斯與代西奧斯》已絕版。

燈下檢出英國作家肖像一批，擬製着手寫〈作家故居〉。

1969年1月19日　星期日

—

天氣回南，【盧】香港春季有謂回南天，半山區及山頂區，特別潮濕。葉靈鳳家在半山，故有如此嚴重情況。唯西曆1月，尚未過農曆新年，竟現回南，頗異常。**極為潮濕，牆壁傢**具皆出水，地面暖烘烘的，彷彿春風天氣。

今日星期，在家休息。

晚上整理所剪存的舊報，略加整理，又將去年在〈星座〉所寫要剪存各稿剪下來，至三時許始睡。今晚本擬寫稿，未果。

1969年1月20日　星期一

—

天氣仍非常潮濕翳熱，有霧，到處出水，為少見的反常天氣。

寫〈香港書錄〉，這次是寫沙雅的《香港誕生，童年和成年》[021]。只寫了一段。

晚間整理舊稿。

1969年1月21日　星期二

—

天氣仍潮濕燠暖，但天文台發表自今夜起，有冷空氣南下，將逐漸寒冷。

寫完〈香港的誕生，童年和成年〉。

下午出外付電費，順便約黃矛〔茅〕在得勝酒家飲茶。他最近已自九龍遷來

021　Sayer, G. R. (1937) *Hong Kong: Birth, Adolescence, and Coming of Age.* London: Oxford University Press.

　　葉靈鳳：〈香港書錄·香港的誕生 童年和成年〉（筆名「葉林豐」），刊《星島日報·星座》，1969年1月22及23日。另見《讀書隨筆（三集）》，頁71。

香港郊外石澳村住，因太太有心臟病，在鄉間便於休養，安靜而屋租又較廉。

往實用書店取刊物一批，又購英國作家畫像集一冊，共有作家肖像一百幅，可供製版用。

燈下閱新到的《泰晤士報文學副刊》，至三時許始睡。

1969年1月22日　星期三

—

天陰，潮濕略減，溫度與昨天相差不大。

倫敦《泰晤士報文學副刊》有一篇關於捷克作家宣言的資料，據以寫成一篇短文〈捷克作家之聲〉[022]。

1969年1月23日　星期四

—

天陰，略有陽光。

實用書局來信，謂所訂購的一冊《比亞斯萊》小冊子已缺貨，——此係前數年倫敦舉行比亞斯萊展覽會時所出版的一冊特刊。

1969年1月24日　星期五

—

天氣陰霾，又恢復潮濕。

向黃茅處取回剪存之霜紅室稿一批。本擬出版者，後因「文革」，出版計劃停頓，現取回擬另謀出路，但已預支過一千元，這債務不知如何了卻。

1969年1月25日　星期六

—

天陰，回南潮濕。時有毛毛雨。寫〈香港書錄〉，本次所寫的書是班遜姆氏

022　葉靈鳳：〈捷克作家之聲〉（筆名「臨風」），刊《星島日報·星座》，1969年1月24日，頁6。

的《香港植物志》[023]。此書出版於 1861 年，係目錄性質，不是供一般人閱讀的植物史話，又沒有插圖，全是拉丁學名。

實用書局來電話，謂有書寄到，往取來詩人濟慈及小說家史蒂芬遜畫傳二冊。史氏的圖象所見已多。詩人濟慈的則平日較少見過。都是一百頁內的小冊，每冊售價十五先令，價甚廉，只是彩圖印得不很好，這是英國聯邦南非共和國所出版的英文書。

與克臻及中嫻在紅寶石飲茶。吃「周打魚湯」及雞皇飯。又往市場買牛肉及蔬菜。

1969 年 1 月 26 日　星期日

—

今日天氣仍燠暖回南，草間見蝴蝶飛翔，據說木棉樹已開花，真是十分反常的氣候。今日為農曆十二月初九，通常紅棉必待正月尾，二月初始開花。

寫完〈香港植物志〉。

牙痛，略待〔？〕骨痛疲倦，此皆天氣不好所致。

1969 年 1 月 27 日　星期一

—

晝晴，入夜又有大霧，氣候仍溫暖潮濕。

寫〈香港書錄〉，是關於馬殊的香港蝴蝶圖譜[024]。此係在亞細亞石油公司資助下出版者，印得頗精美，一百六十四種蝴蝶標本，全是彩印的。售價卻很廉，只售二十元一冊。一九零五年所出版的寇沙氏的一部[025]，早已絕版。過去曾在別發書店見過一部，當時索價很貴，未曾即時買下，遂交臂失之，以後即不曾再見

023　Bentham, G. (1861) *Flora Hongkongensis*. London: Lovell Reeve.

葉靈鳳：〈香港書錄‧班遜姆的香港植物志〉（筆名「葉林豐」），刊《星島日報‧星座》，1969 年 1 月 27 及 28 日。另見《讀書隨筆（三集）》，頁 121，題為〈《香港植物志》〉。

024　Marsh, J. C. S. (1960) *Hong Kong Butterflies*. Hong Kong: Shell Company of Hong Kong.

葉靈鳳：〈香港書錄‧馬殊的香港蝴蝶圖譜〉（筆名「葉林豐」），刊《星島日報‧星座》，1969 年 1 月 29 日。另見《讀書隨筆（三集）》，頁 129，題為〈《香港蝴蝶》圖譜〉。

025　Kershaw, J. C. (1907) *Butterflies of Hongkong*. Hong Kong: Kelly & Walsh Ltd.

過這書了。

收到讀者來信，稱讚〈香港書錄〉寫得有用，是一個旅美華僑，從旅館寄來的。又有人寄來關於《中國文庫》的一篇，皆因我的介紹所引起。

1969年1月28日 星期二

——

天晴，仍溫暖潮濕。

以《東印度公司對華貿易編年史》中所提及的香港為題，寫〈香港書錄〉[026]。摩斯的這部五大冊的書，我自己沒有，前曾向香港大學圖書館借得，將其中可用的資料儘量摘錄下來了。

1969年1月29日 星期三

——

天陰潮濕，但天文台預告入夜有北風，溫度將劇降。果然，午夜後即漸冷，天氣也乾燥了。

寫完〈東印度公司對華貿易編年史裏的香港〉。

下午實用書局電話，謂所訂的《比亞斯萊》[027]已到，即由克臻與中嫻順便代為取回。此書前曾托智源書局馮先生代訂，結果無下文，此次由實用書局始代為買到。每冊定價六鎊多，係一巨冊。我一直以為這是一部新寫的比亞斯萊傳記，結果看了始知係一畫冊，文字部分甚少，共選了作品五百餘幅，印得很好，內容甚精，許多以前未見過的作品都選入。如比亞斯萊為《亞述〔瑟〕王之死》所作的四百幅插畫[028]，過去只選過兩三幅，本書卻選了一百多幅，又為希臘喜劇《呂斯特拉麗亞》所作的八幅插畫，十分猥褻，以前從未曾見過。本書也全部收進了。燈下展閱，至四時始睡。

026　Morse, H. B. (1926-1929) *The Chronicles of the East India Company, Trading to China, 1635-1834.* Oxford: Clarendon Press.

　　葉靈鳳：〈香港書錄‧東印度公司對華貿易編年史裏的香港〉（筆名「葉林豐」），刊《星島日報‧星座》，1969年1月30日及31日。另見《讀書隨筆（三集）》，頁75。

027　Reade, B. (1967) *Aubrey Beardsley.* New York: Bonaza Books.

028　這裏提到的《比亞斯萊》版本未詳，唯《亞述王之死》應為《亞瑟王之死》（*Le Morte d'Arthur*）。

1969年1月30日　星期四

—

天氣陰雨，倏轉嚴寒。

已近農曆歲暮，中凱送來五百元作貼補家中過年開支。甚可嘉也。今日已是十二月十三。

1969年1月31日　星期五

—

天氣嚴寒，且終日陰雨，氣溫低至八度。

往實用書店付賬，購《中國醫學史》[029] 一冊，此係原著法文，譯成英文者，附有許多有趣的插圖，係近年新著，內容講到 1962 止的國內醫藥，以及提倡針灸和中醫革新狀況，又談到中醫對東南亞和日本的影響。西方醫學與中國醫學互相的影響也提到。

1969年2月1日　星期六

—

天陰嚴寒，天文台報告新界和山頂溫度低至三度。

在《星島》連載的一篇流行小說已刊完 [030]，今日起另譯述一篇新的。

1969年2月2日　星期日

—

天氣仍陰雨嚴寒。

譯《天方夜譚》裏的小故事，擬在〈星座〉連載，以便日後彙成一個故事集 [031]。

029　Huard, P. and Ming Wong (1968) *Chinese Medicine*. (Translated from the French by Fielding, B.) London: Weidenfeld & Nicolson.

　　葉靈鳳：〈外國人新寫的中國醫學史〉，刊《新晚報·霜紅室隨筆》，1969 年 2 月 25 日，頁 6。另見《北窗讀書錄》，頁 59，及《讀書隨筆（一集）》，頁 291。

030　葉靈鳳譯：〈愛的瞬間〉（筆名「鳳」），刊《星島日報·小說天地》，1968 年 1 月 26 日至 2 月 2 日。

031　葉靈鳳：〈故事的花束·驢妙計〉（筆名「伊萬」），刊《星島日報·星座》，1969 年 2 月 4 日，頁 6。

1969年2月3日 星期一

—

天陰嚴寒，入夜更甚。

下午出外為中嫻繳學費，順道往大華國貨公司購酸黃瓜等小菜及醬牛肉，又參觀所陳列花木及瓷器。

購二月號台灣之《純文學》一冊，有一篇日本通信，記參加「伊豆文學遺蹟旅行」，係參觀川端康成之《伊豆之踊子》背境者，頗可一讀。【盧】「文學遺跡旅行」，在日本稱「文學散步」或稱「文學散策」，屬流行旅遊形式。旅行社依據文學名著內容，按照主角人物經歷所過之地、景點，設計旅遊路線，引領遊客一一親臨其境，增添文學欣賞情味。伊豆，因川端康成《伊豆舞孃》（港譯）一書而吸引大量遊客。

譯述《天方夜譚》故事 [032]。

1969年2月4日 星期二 📷

—

天晴，氣溫比昨日更低，市內六度，新界空曠處及大帽山低至零下二度，已結冰。據說是多年來最冷的天氣 [033]。

今日立春，天晴而冷，農諺認為該是好年成的預兆。

續譯《天方夜譚》小故事。

在燈下閱新買的比亞斯萊畫冊，甚有滋味。

1969年2月5日 星期三

—

天晴，仍很冷。

032　葉靈鳳：〈故事的花束‧假塾師的笑話〉（筆名「伊萬」），刊《星島日報‧星座》，1969年2月5及6日。另見《故事的花束》，頁131。

033　〈今晨低溫將降至三度　大帽山曾結冰　醫生指出酷寒程度足以凍死人〉，刊《星島日報》，1969年2月5日，頁19。

用舊時材料，寫〈鴉片快船〉一則 °34，係〈香港書錄〉之一。

又譯述《天方夜譚》的小故事 °35。

晚間剪存十二月份所寫各稿。

1969 年 2 月 6 日　星期四

——

天晴，較昨日稍為回暖，但仍很冷。

譯《天方夜譚》裏的小故事 °36。

本港美國新聞處圖書館寄來關於視覺藝術的參考書目一份，係寄至報館者，都係關於美國藝術的書籍 °37。【盧】香港一直未設有公共圖書館。50 至 60 年代，在中環之美國新聞處圖書館，設備良好，地方寬敞，儘管中文書不多，英文書特別藝術、地理、自然物種等大圖冊極豐富，成為愛書人及學生好去處。

1969 年 2 月 7 日　星期五

——

天晴，氣候依然很冷。

譯《天方夜譚》小故事。

晚間肚餓，在報館食堂吃牛肉炒飯。吃得過快，歸來腹中很不舒服，二時即睡。

034　*Lubbock B. (1933) *The Opium Clippers*. Glasgow: Brown, Son & Ferguson.

　　葉靈鳳：〈香港書錄・鴉片快船〉（筆名「葉林豐」），刊《星島日報・星座》，1969 年 2 月 7 日，頁 18。另見《讀書隨筆（三集）》，頁 83。

035　葉靈鳳：〈故事的花束・索賄的報應〉（筆名「伊萬」），刊《星島日報・星座》，1969 年 2 月 7 及 8 日。後收入《故事的花束》，頁 136。

036　葉靈鳳：〈故事的花束・清糞伕的奇遇〉（筆名「伊萬」），刊《星島日報・星座》，1969 年 2 月 8 至 11 日。另見《故事的花束》，頁 139。

037　葉靈鳳：〈美國國會圖書館的德爾達收藏〉（筆名「敏如」），刊《星島日報・星座》，1969 年 2 月 15 日，頁 16。

1969年2月8日 星期六

—

天晴，有風，很冷。

腹中不舒適，畏寒，停止食早餐及午餐。傍晚喝罐頭牛肉蔬菜湯。大便兩次，至晚略好。

譯《天方夜譚》小故事 038。

欲午睡未果，夜三時就寢。

1969年2月9日 星期日

—

天晴，略為回暖。

精神已恢復，譯《天方夜譚》裏的小故事。近來寫稿速度很慢，想多寫一點，往往在時間上不能把握。以致看書的時間也沒有了。

夜二時許就寢。今日雖是星期，仍往報館發稿。又製新版頭兩個，皆以「雞」為飾 039，因明年農曆「己酉」是肖雞的。

1969年2月10日 星期一

—

天氣晴暖，但又開始有點潮濕了。

下午往報館取薪水。因家中洗地，就留在館中工作至晚七時始回。順道往遊華豐國貨公司，人極多，略買蘇州松子榧子等糖食數包，又買油雞一隻，價四元，可謂價廉物美。又參觀所陳列的花卉，有盆栽的佛手，是多年以來第一次見到，色青，尚未轉黃。

1969年2月11日 星期二

—

天晴，回暖，同時亦逐漸回南潮濕。

038　葉靈鳳：〈故事的花束‧雌魚雄魚？〉（筆名「伊萬」），刊《星島日報‧星座》連載，1969年2月11至13日。另見《故事的花束》，頁148。

039　《星島日報‧星座》以「雞」為飾的新版頭，刊《星島日報‧星座》，1969年2月19及20日，頁6。

譯述《天方夜譚》裏的小故事 [040]。

今晚量體重，已重至 148 磅，比去年九月間的 126 磅，竟增加了二十多磅。

1969 年 2 月 12 日 星期三

—

天氣晴暖，又回南潮濕。

中午出外，繳電燈及電話費。在一家專售基督教出版物之西書店，索閱牛津大學出版部新出之插圖本《舊約聖〔經〕》，係由英國新派畫家五十人分別擔任者，共五冊。僅出版了三冊。便中購毛姆的小說 *The Painted Veil* [041]，係以香港英國公務員家庭醜聞為題材的小說，曾一再引起糾紛。從未讀過，因此買了一本備用。

又在一家售賣日本書及台灣出版物之新開小書店買周作人的《魯迅小說裏的人物》一冊，此係本港的翻版書。

往實用書店取雜誌，本期美國《生活畫報》，乃是一本畢加索專號，他今年已八十七了。便中買紙面書《法國短篇小說集》一冊 [042]，取材都是一般小說集所未選過的。

1969 年 2 月 13 日 星期四

—

天晴，潮濕回南。

譯《天方夜譚》小故事。

在燈下讀周作人寫的《魯迅小說裏的人物》，回憶一些舊事，有些是與我的家鄉南京有關的，讀來很有趣。

040　葉靈鳳：〈故事的花束・新黃瓜的價植〉（筆名「伊萬」），刊《星島日報・星座》，1969 年 2 月 13 及 14 日。後收入《故事的花束》，頁 151。

041　Maugham, W. S. (1951) *The Painted Veil*. London: Heinemann.

042　*Marielle, E. (1968) *The Penguin Book of French Short Stories*. Harmondsworth: Penguin Books.

1969年2月14日 星期五

—

天晴，潮濕回南入夜有風。

寫一小文：〈送猴迎雞〉[043]，聊為歲暮點綴。

1969年2月15日 星期六

—

天氣晴暖。

明日已是農曆除夕，今晚在報館譯述《伊索寓言》裏的雞故事[044]作應時點綴，又譯小說。

上午往報館取稿費，順道往華豐國貨公司買水果及油雞、叉燒等，又在街邊買水仙花兩棵，每棵六元。與中輝在華麗樓飲茶，各吃飯一碗即走，因人甚多，無法久坐。

1969年2月16日 星期日

—

天氣晴暖。

今日為農曆除夕，今日及明日都休息。

將家中略事整理，牆上換了幾幅。蟄存前曾書贈詩軸，今日取出掛上[045]。

上午出外購物。有新到的南京小肚，此係家鄉特產，現售每枚一元二角，可謂價廉物美。中午吃了兩枚，滋味甚佳。

晚間中凱回來，送來糖果三盒，又玩具一件。

港英仍禁止放爆竹，因此除夕甚靜。

043　編者：〈歲暮偶筆·送猴迎雞〉，刊《星島日報·星座》，1969 年 2 月 16 日，頁 6。

044　葉靈鳳：〈伊索寓言裏的雄雞〉（筆名「伊萬」），刊《星島日報·星座》，1969 年 2 月 20 至 22 日。

045　黃俊東：〈葉靈鳳逝世二十周年（三）〉，刊《星島晚報·星象》，1995 年 8 月 23 日，頁 12。文中提到：「他隨手在書堆上拿了一卷字幅展開給我看，原來是他去國內旅行時，他的早年老朋友施蟄存為他寫的，可惜我忘記施氏為他寫些什麼。」

1969年2月17日　星期一

—

天陰，今日為農曆元旦，循例往幾個朋友家拜年，馬鑑太太處，陳君葆處[046]，及羅承勛處，六時許始回家。

吃蘿蔔糕，閑坐閱周作人的《魯迅小說裏的人》。他還有一篇〈關於朝花夕拾〉，未見。

1969年2月18日　星期二

—

天陰，潮濕回暖。

譯《伊索寓言》，關於雞的小故事數則，因農曆今年己酉肖雞，應景也。

明天報紙恢復出版，今晚恢復工作，八時許往報館發稿。

牙痛，微感不適，似係受涼且欠睡，未吃晚飯，十時服阿斯伯羅兩片就寢。

1969年2月19日　星期三

—

天陰，有微雨，潮濕，大回南。地上和傢具都濕漉漉的黏手。

寫〈髀肉復生〉隨筆[047]，係為《新晚報》寫者，自去年三月間，因病精神不繼，輟筆以來，已近一年，他們屢次敦促，一再遷延，現決定趁這新春機會，重行寫起來。病可說已經好了，只是目力差了。

昨晚不適，十時就寢，睡至今早九時許起身，已經沒有什麼事了。

往《大公報》參加團拜，參觀他們的群眾美術展覽（新聞界全體），後來在龍圖酒家[048]喝茶。

---

046 《陳君葆日記全集·卷六·1967-71》一九六九年二月十七日：「傍晚，靈鳳夫婦挈同和最少偏憐的兩個兒女暨同嫁與招娶的女兒、女婿以及外孫來拜年，滿滿地壓了一屋子，十分高興，熱鬧；招俊基，他也已七十二了，是與我同庚的。」（頁279）

047 葉靈鳳：〈霜紅室隨筆·髀肉復生〉，刊《新晚報·下午茶座》，1969年2月20日，頁6。

048 龍圖酒家，即龍圖酒樓，位於軒尼詩道338號。見《香港年鑑1969·工商名錄》，頁215。

1969年2月20日　星期四

—

天陰，有微雨，氣候轉冷，有東北風，停止潮濕。

續寫《新晚報》稿。今日所寫者為〈新春的鄉情〉[049]。昨日送去的〈髀肉復生〉，已在今日刊出。

1969年2月21日　星期五

—

天氣乾燥晴冷。

寫《新晚報》〈霜紅室隨筆〉一篇，係關於新舊剪紙藝術者[050]。又譯《天方夜談》裏的小故事[051]。

1969年2月22日　星期六

—

天陰，有東北風，很冷。

寫〈霜紅室隨筆〉記新落成的家鄉大橋——南京的長江大橋[052]。

又譯《天方夜譚》裏的小故事。

1969年2月23日　星期日

—

天陰，甚冷。

寫〈隨筆〉稿。

今晚《成報》請春茗，見高雄夫婦，彼此拱手恭喜，自去年起，彼此皆停止往來拜年了。

049　葉靈鳳：〈霜紅室隨筆・新春的鄉情〉，刊《新晚報・下午茶座》，1969年2月21日，頁6。

050　葉靈鳳：〈霜紅室隨筆・金碧輝煌的新剪紙〉，刊《新晚報・下午茶座》，1969年2月22日，頁6。

051　葉靈鳳：〈開顏的小故事〉（筆名「伊萬」），刊《星島日報・星座》，1969年2月23日至3月8日。

052　葉靈鳳：〈霜紅室隨筆・喜見家鄉大橋〉，刊《新晚報・下午茶座》，1969年2月23日，頁6。

往報館發稿，至一時許始回。

1969年2月24日　星期一

—

天氣陰冷。

上午收到實用書店來通知，謂所訂盧騷的《新哀綠伊絲》譯本[053]已到。下午就去取來，又取刊物數冊，順便並付上月書賬一百四十九元。倫敦《泰晤士報文學副刊》改版，變更第一頁，編排式樣，並簡稱 L. T. S.。

《新哀綠伊絲》是美國出版的新譯本，譯者在序文上說，原書約三十多萬字，他認為有些地方敘述過於冗長，不適合現代讀者口味，因此略加刪節，縮成十八萬字。久欲一讀此書，一直未有機會，直到現在才買到了這部新譯本。

寫〈霜紅室隨筆〉，係介紹日前所買的那部法國人著的《中國醫學史》。

1969年2月25日　星期二

—

天氣陰冷，時有微雨。

寫〈隨筆〉稿，係關於英國額爾金拆毀雅典萬神廟，偷盜希臘古雕刻的故事。他係後放火焚燒圓明園的英法聯軍統帥額爾金的叔父，故將兩件事情並在一起一談。因查閱資料，費時甚久，始寫成上篇[054]。

又譯《天方夜譚》小故事。

連日睡眠不足，甚倦。

1969年2月26日　星期三

—

天氣陰雨，繼續寒冷。

寫完〈額爾金的掠奪世家〉[055]。有許多未用的很好資料可以繼續再寫一兩篇。

053　參考 1968 年 11 月 20 日之日記，注 193。

054　葉靈鳳：〈霜紅室隨筆・額爾金的掠奪世家（上）〉，刊《新晚報・下午茶座》，1969 年 2 月 26 日，頁 6。

055　葉靈鳳：〈霜紅室隨筆・額爾金的掠奪世家（下）〉，刊《新晚報・下午茶座》，1969 年 2 月 27 日，頁 6。
另見葉靈鳳：《讀書隨筆（二集）》（香港：三聯書店（香港）有限公司，2019 年），頁 111。

詩人拜倫對於額爾金拆毀雅典萬神廟之舉，曾大加譴責。

　　燈下讀《新哀綠伊絲》的譯者序言，知道此書僅在原著初出版時有過一種英譯，以後就一直未有過。舊的譯文絕版已久，怪不得這許多年從未見過此書。現在這本新譯文的譯者是個女子。她說她是專為現代讀者精心特譯的，因此刪去十九世紀行文的一些不必要的冗長重複敘述，所有刪去的地方，她都在卷末注明，並且各按原意略作說明，使讀者知道所刪去的是什麼，態度很仔細。

1969年2月27日　星期四

—

陰雨，寒冷。

　　偕中敏往訪陳凡，他患胃潰瘍，開刀後在家養病。閑談時許始辭出，曾提起擬辦一小品雜文刊物事，他認為以前就擬定的「南斗」[056] 之名很好，不妨即以此為名，出版者最好是上海書局。

　　寫〈隨筆〉〈英國人筆下的額爾金〉[057]。又譯《天方夜譚》小故事。

　　向黃茅處借得捷克伏契克的《絞刑架下的報告》[058] 一冊。

056　羅孚：〈葉靈鳳的後半生〉，刊《人物》總第 35 期，1986 年 1 月，文中提及：「他曾經想和朋友們辦一個文藝刊物，連名字都想好了：《南斗》。但始終未能如願，朋友們都不是有錢人，他除了工資就是為數不多的稿費（儘管天天寫，他卻不是日寫萬言以至兩三萬言的『爬格子動物』），除了分擔八口之家，還要買書，哪有力量去支持一個哪怕小小的刊物。」（頁 129）

　　　羅隼：〈《文壇》、《青知》與《南斗》〉，刊《香港文化腳印》（香港：天地圖書有限公司，1994 年），文中提到：「文藝世紀奉命停刊，他們幾位發燒友，如葉靈鳳先生等有個心願，相議搞個同人刊物，並定名『南斗』。」（頁 26）

　　　羅隼：〈香港刊物掇拾〉，刊《香港文化腳印》，文中提到：「《文藝世紀》七十年代堅持到不能堅持時停刊，他們飯局的幾個人籌備出版《南斗》，限於資金未成事實，後來我介紹溫平同他們晚飯，溫兄初時滿有興致，飯後便無件事，這自然與資金大有關係，溫兄是心有餘而金不足，未竟其事。」（頁 10）

057　葉靈鳳：〈霜紅室隨筆・英國人筆下的額爾金〉，刊《新晚報・下午茶座》，1969 年 2 月 28 日，頁 6。另見《讀書隨筆（二集）》，頁 115。

058　伏契克（Julius Fučík，1903-1943），捷克記者、文學評論家、作家。

　　　伏契克著，陳敬容譯，馮至校：《絞刑架下的報告》（ Reportáž Psaná Na Oprátce ）。北京：人民文學出版社，1952 年。

1969年2月28日 星期五

—

天陰寒冷，東北風很大，細雨霏霏。農曆新年以來今日已是正月十二，幾乎沒有一個晴天。老杜的詩，「立春〔元日〕到人日，未有不陰時」[059]，可為此咏。

仍以額爾金的材料，再寫了一篇〈隨筆〉[060]。

李沙威病重入醫院，羅承勳來電話，約我同去探病。五時去，已入彌留狀態，係腸胃癌症，蔓延至各內臟器官，向沙威夫人略致慰勉即退出。

（三月一日早記此日記時，得源克平電話，知沙威已去〔在〕一日早晨去世。）

買三月號《純文學》、《明報月刊》，及一冊日本小說譯本。燈下翻閱，無甚可看。

1969年3月1日 星期六

—

天陰有微雨，仍很冷。

腹微痛，疑是消化不好，今晚《快報》請客未去。

譯稿，又發稿兩天，明日星期，可以休息一天了。

1969年3月2日 星期日

—

天陰，時有微雨，冷風甚勁，今日星期，在家休息，寫〈隨筆〉稿兩篇，一是關於卡夫卡[061]，另一是關於捷克伏契克者[062]。日前曾借了他的《絞刑架下的報告》來一讀。

059　杜甫〈人日〉詩：「元日到人日，未有不陰時。冰雪鶯難至，春寒花較遲。雲隨白水落，風振紫山悲。蓬鬢稀疏久，無勞比素絲。」

060　葉靈鳳：〈霜紅室隨筆・額爾金罪行的定評〉，刊《新晚報・下午茶座》，1969年3月1日，頁6。

061　葉靈鳳：〈霜紅室隨筆・卡夫卡的中國長城〉，刊《新晚報・下午茶座》，1969年3月3日，頁6。另見《讀書隨筆（一集）》，頁293。

062　葉靈鳳：〈霜紅室隨筆・若是伏契克還活着〉，刊《新晚報・下午茶座》，1969年3月4日，頁6。

1969年3月3日 星期一

——

天陰微雨，寒冷。

中午出外，往送李沙威之殯。

下午往嘉華銀行為中嫻繳學費，即回家，歸途買馬票 [063] 兩張。

收到實用書店來信，關於所訂的一冊有關蘇聯文壇現狀不滿的論文集，謂已絕版。又一冊紙面的鄧肯傳，也買不到。

今日是舊曆正月十五日，元宵節。夜晚吃芝蔴湯圓應節。午夜後有雷，且有大雨。按節令尚未到驚蟄，元宵聞雷，舊時認為是凶年之兆。

1969年3月4日 星期二 📷

——

天陰，略為回暖。

近來視力不好，眼角時時流水，上午往林景奎醫生處診視，由中敏陪往。他是前北京協和的眼科醫生，係由陳凡介紹者。我要求換配眼鏡，並另配一副看書的老花眼鏡。他檢視很久，謂我右眼無問題，左眼開始有「白內障」症狀，僅用左眼看物，即模糊不清，並有重疊現象。若到嚴重程度，就要施手術。結果，配眼鏡兩副，約百餘元，取洗眼藥水兩瓶，醫生又推薦一種治「白內障」藥片，謂無特效，但不妨試服一下。

與中敏在紅寶石午餐。又往商務購鄭振鐸插圖本《中國文學史》一部。四冊僅十七元，可謂甚廉，又購石刻毛主席詩詞手跡拓本，有硃墨兩種。

下午黃俊東、劉一波來坐，以多餘的一冊唐弢的《書話》贈黃 [064]。【盧】此書於 2014 年 3 月 16 日經新亞圖書中心公開拍賣，底價五百元，以高價售出。得黃俊東應允攝得簽署頁照片。

063　馬票，香港賽馬會於三十年代開始主辦的一種彩票，每張彩票獲配一個號碼，先以攪珠方式抽出若干入圍號碼，再在入圍號碼中抽出若干分配予一場指定賽馬的馬匹，賽事中頭三名所配彩票號碼即為頭、二、三獎，最高獎金可逾百萬港元，不少市民均發「馬票夢」。馬票七十年代中為「六合彩」取代。

064　黃俊東：〈葉靈鳳逝世二十周年〉（四），刊〈星島晚報・星象〉，1995 年 8 月 24 日，頁 12。文中提到：
「葉先生突然從書架上掏了一冊書，原來是他的朋友唐弢所著的《書話》初版本，葉先生在扉頁上題了幾行字，然後送給我，扉頁上所題的文字云：『某某先生惠存，偶檢書架，發現此書共有兩部，特以其一轉贈同好。葉靈鳳，一九六九年三月。』」

寫〈隨筆〉〈張保仔的新資料〉[065]，係引用《南海百詠續集》裏所詠的「招安亭」，此係張保仔投降處。

今日為孫超駿三歲生日。

1969 年 3 月 5 日　星期三

—

陰雨，北風甚大。

寫完《南海百詠續編》裏的張保仔新資料[066]。

又譯《天方夜譚》裏的小故事。

1969 年 3 月 6 日　星期四 📷

—

上午天晴有陽光。半月多以來，初見陽光，但入暮又有微雨。

蘇聯與我國在黑龍江邊境珍寶島發生武裝衝突，雙方各死三十餘人，此因珍寶島在烏蘇里江中冬季冰封，可以行車，蘇軍遂越界闖入我國境內。我國提出嚴重抗議。今日《大公報》叫中敏來訪問，寫成書面意見一段交給她。

譯《天方夜譚》小故事。

中凱來，交我五百元，因以一百元給克臻，一百元給中慧等五人均分。

稅務局曾寄表格來調查薪俸收入，今日填就，擬明日掛號寄去。彼等已多年不來信調查了，不知〔為〕何今年忽又來了。

1969 年 3 月 7 日　星期五

—

天晴，有陽光。

寫〈隨筆〉〈毛主席詩詞石刻的拓本〉[067]。刻工極好，拓也拓得極精，有墨拓有硃拓。

065　葉靈鳳：〈霜紅室隨筆・有關張保仔的新資料（上）〉，刊《新晚報・下午茶座》，1969 年 3 月 5 日，頁 6。

066　葉靈鳳：〈霜紅室隨筆・有關張保仔的新資料（下）〉，刊《新晚報・下午茶座》，1969 年 3 月 6 日，頁 6。

067　葉靈鳳：〈霜紅室隨筆・毛主席詩詞石刻拓本〉，刊《新晚報・下午茶座》，1969 年 3 月 8 日，頁 6。

日前見新風閣 [068] 新到許多日〔石〕刻拓本。多是新的複刻，但似乎也有幾幅舊的，有暇當去看看。

1969年3月8日　星期六

—

天晴，有陽光，但入暮又有毛毛雨。

實用書店來信通知，謂所訂一冊關於香港歷史的文獻《東方的轉口港》[069]，以及記錄蘇聯作家所謂「叛國案」的《在審問中》[070] 都寄到了。下午叫中輝去取了來。兩冊都是很有用處的書。

《東方的轉口港》，抄錄的都是早期官方文書和報告，這是以前讀不到的，有不少新資料。

《在審問中》轉錄的資料極豐富，本想對於蘇聯這兩個作家（丹尼與辛雅夫斯基）的所謂叛國案始末寫一點文章，已搜集不少資料，再加上這本書，已經可以着手了。

柳木下來以一冊《拉封歹寓言》的中譯本見讓，索價六元，他又說最近曾買到拉封歹的故事集英譯本一冊。

寫〈隨筆〉一篇 [071]。

燈下看那兩冊新書，至五時始睡。

1969年3月9日　星期日

—

天氣又變，終日陰雨，且有濃霧。

068　新風閣，位於香港皇后大道中 35 號後座。見《香港年鑑 1973・工商名錄》，頁 204。

069　Endacott, G. B. (1964) *An Eastern Entrepot: A Collection of Documents Illustrating the History of Hong Kong.* London: Her Majesty's Stationery Office.

　　葉靈鳳：〈香港書錄・一個東方轉口港〉（筆名「葉林豐」），刊《星島日報・星座》，1969 年 10 月 7 日。另見《讀書隨筆（三集）》，頁 96。

070　Sinyavsky, A. (Abram Tertz) (1960) *The Trial Begins.* (Translated by Hayward, M.) London: Collins and Harvill.

071　葉靈鳳：〈拉封登的寓言〉，見《讀書隨筆（一集）》，頁 188，題為〈拉封丹的寓言〉。

寫〈隨筆〉稿。

1969年3月10日　星期一

—

陰雨有風。

讀所蒐集的有關蘇聯作家被控案的資料。有一封信指責蕭洛霍夫[072]，十分嚴厲。

1969年3月11日　星期二

—

夜雨頗大，上午有雷，雨勢漸止，天色逐漸開朗。

繼續讀蘇聯作家資料。

1969年3月12日　星期三

—

今日天晴，陽光燦爛，一連陰雨二十多天，這是第一個晴天。

上午出外往醫生處取眼鏡，是新配的近視眼鏡，價六十元，至於看書用的老光眼鏡，要待下星期才有。

本來約定黃茅喝茶，並送一冊《書話》給他，因去得略遲，他已經走了。在集古齋看了一會書，一部彩印的《營造法式》，定價要二千元。

往報館查詢稿費，因其中幾篇被核算者誤入別人項下，並已支去，要待下期追回。

往書店取雜誌，所訂的一冊季爾的木刻集已到，內容極豐富，售價僅十二元，可謂價廉物美。

寫關於蘇聯一部分作家指摘蕭洛霍夫的隨筆，上下兩篇[073]，晚間寫了一篇，

072　蕭洛霍夫（Mikhail Sholokhov，1905-1984），1922 年到莫斯科加入青年近衛軍，曾任多屆蘇共中央委員，當過蘇聯作家協會書記。1928 年在蘇聯《十月》雜誌上發表《靜靜的頓河》，聲譽鵲起。1937 至 1938 年多次寫信給史太林，幾乎遭受迫害。1965 年獲諾貝爾文學獎。

073　葉靈鳳：〈霜紅室隨筆・馬廄裏的新骯髒〉（上）、（下），刊《新晚報・下午茶座》，1969 年 3 月 13 及 14 日，頁 6。

夜裏又寫了一篇，此係因了兩個作家被判刑的案子而起。

1969 年 3 月 13 日　星期四
—

今日天氣又變，陰冷而且有微雨，與昨日陽光完全相反。

讀關於蘇聯兩個被判刑作家和反對蕭洛霍夫的資料。

1969 年 3 月 14 日　星期五
—

天晴。

續寫有關蘇聯作家案的〈隨筆〉，晚接羅承勳來電話，謂有些地方要求修改，因另寫了一篇以《香港政府年報》作題材的[074]。至夜四時始睡。

今日是中嫻生日，合家在紅寶石吃西餐。

1969 年 3 月 15 日　星期六
—

天晴，有陽光。

燈下讀舊香港史料，係當時香港商人向倫敦的報告，訴說本港商業無前途，治安又不好。

1969 年 3 月 16 日　星期日
—

今日天氣晴好，陽光燦爛，且甚和暖。

以舊香港的史料作題材，寫〈隨筆〉，下午寫了一篇，晚上又續寫一篇。仍未寫完[075]。

羅承勳送來有關蘇聯作家資料一批，係剪報，係電訊報導，無新材料。

074　葉靈鳳：〈霜紅室隨筆・讀一九六八年香港年報〉，刊《新晚報・下午茶座》，1969 年 3 月 16 日，頁 6。

075　葉靈鳳：〈霜紅室隨筆・「舟山派」的馬丁報告書〉，刊《新晚報・下午茶座》，1969 年 3 月 17 至 19 日。

1969 年 3 月 17 日　星期一

—

天晴，有風。

下午往九龍參觀群眾工藝美術展覽預展。內容豐富別緻。業餘美術家可說比專業的更精彩。展品太多，一時簡直看不完。

晚六時，羅承勛約在「大觀」[076] 晚飯，有黃茅及嚴慶澍，聚談甚久而散。

往國貨公司買上海新來之「燜精肉」兩包，此地人稱之為「上海叉燒」。實乃五香瘦豬肉也。味略甜，若加醬油重燒一下，當更可口。

1969 年 3 月 18 日　星期二

—

天晴，開始和暖。

寫第三段有關香港舊史料的稿，共三篇，寫完「馬丁報告書」的這個題目。他是當年主張放棄香港島的。

1969 年 3 月 19 日　星期三

—

天氣晴暖。

中午出門，經林醫生處取老花眼鏡，價六十元，看較小字的書略為方便。

寫介推群眾美展的短文 [077]。

與黃茅及源克平在大觀酒樓飲茶，源約定本星期六往流浮山作郊遊，當地以產蠔著名。

往實用書店取得所訂之《尤利斯柯日記》[078] 一冊，此人係近年法國很走紅的一個怪作家，多寫劇本，也寫小說散文，因此想看看究竟是怎樣一回事。

連日邊境繼續有衝突。蘇聯的一名上校被我邊防軍擊斃。蘇方發表了該上校

076　大觀，即大觀酒樓，位於九龍油麻地吳淞街 42 至 52 號地下至 5 樓。見《香港年鑑 1969・工商名錄》，頁 213。

077　葉靈鳳：〈霜紅室隨筆・能使專家「跌眼鏡」的群眾美展〉，刊《新晚報・下午茶座》，1969 年 3 月 20 日，頁 6。

078　Ionesco, E. (1968) *Fragments of a Journal.* (Translated by Stewart, J.) London: Faber and Faber.

的照片。

1969年3月20日　星期四

—

天氣晴暖，但潮濕回南。續寫關於群眾美展的介紹稿。

向實用書店取來尤利斯柯的一部小說集《上校的照片》[079]，亦係訂購者。他的劇本，有些是用自己的小說改編而成。有一劇本名《犀牛》，即係從同名的一個短篇改成[080]。

源克平約定明〔後〕日往遊流浮山。

1969年3月21日　星期五

—

天陰有雨，且潮濕有霧。續寫介紹群眾美展稿[081]。

1969年3月22日　星期六

—

天陰有風，下午略有陽光。

今日《文藝世紀》社邀作郊遊，往流浮山吃蠔。下午二時半自市中出發，同行連司機共六人，車行需一時半始達，地點已在邊境。多年未去，原係海濱數間小店，現在已成鬧市。鮮蠔甚美，又吃龍蝦。市間有魚子及雞仔餅出售，買了一些帶回，回抵香港已逾八時，逕赴報館工作。

今日九龍發生一宗盜劫銀行案，被劫去近十萬元。係一警員攜槍棄職逃走後所為。

—

079　*Ionesco, E. (1967) *The Colonel's Photograph.* (Translated by Stewart, J.) London: Faber and Faber.

080　Ionesco, E. (1967) *Rhinoceros; The Chairs; The Lesson.* (Translated by Watson, D.) Harmondsworth: Penguin Books.

081　葉靈鳳：〈霜紅室隨筆・群眾美展作品欣賞〉，刊《新晚報・下午茶座》，1969年3月21至26日。

1969年3月23日　星期日
—
今日星期，天氣晴暖。

續寫「群眾美展」稿，晚間又譯《天方夜譚》小故事一則 [082]。

1969年3月24日　星期一
—
天晴。

今日未寫〈霜紅室隨筆〉稿。譯《天方夜譚》小故事。

連日寫作進展程度很慢，耗時甚久，所成很少，一定要振作才行。

1969年3月25日　星期二
—
天氣晴暖，略帶潮濕。

寫〈隨筆〉稿，又譯《天方夜譚》故事集 [083]。

讀三月號《人民畫報》，又有南京大橋的照片，甚美麗，彷彿是一幅畫。

1969年3月26日　星期三
—
天氣晴暖，已進入初夏風光了。

今日未寫〈隨筆〉稿。

1969年3月27日　星期四
—
天晴，略有回南。

中午出外，往報館擬取回誤入別人名下的稿費，因其人未來支取，未有結果。

082　葉靈鳳：〈沙漠裏的故事〉（筆名「伊萬」），刊《星島日報・星座》，1969年3月25至29日。

083　葉靈鳳：〈霜紅室隨筆・變天塹為通途的南京大橋〉，刊《新晚報・下午茶座》，1969年3月28日，頁6。

　　午後往專售日本書之南天書店 [084] 買《東京博物館》下冊，此係《世界美術博物館》全集中的一冊，從馮先生手上已購得上冊，他走後，遂中斷。今特往補購下冊。全集共二十四冊，已有十冊。今已無意再買下去。但其中有兩冊是北京故宮博物館的，仍想一買。又買翻印的周作人《夜讀抄》[085] 一冊。又《一個陌生女子的來信》譯本一冊。因我也譯過，故買來一對，集中尚有其他幾篇。略翻一過，譯得很差。譯者是沈櫻女士 [086]。

　　往實用書店付賬，購《企鵝叢書》新出之《文學手冊》，係辭典性質，已出兩冊。一係歐洲的，一係拜占庭，古典及東方文學者 [087]，皆甚有用。尚有兩冊未出，一係英國文學，一係美國及拉丁美洲文學 [088]。又購一冊論一蘇聯新雕刻家者，

084　南天書店，或指南天書業公司，位於灣仔莊士敦道 201 號 2 樓，見《香港年鑑 1969．工商名錄》，頁333。然而南天書業並不專售日本書。

085　周作人：《夜讀抄》。香港：實用書局，1966 年。實用書局於四十年代成立時是「求實出版社」，老板是龍良臣，現址為九龍油麻地彌敦道 497 號麗星大廈 3 樓 E 室。

　　羅隼：〈歷半世紀的「實用書局」〉，載《香港文化腳印（二集）》，文中提及：「原來『實用書局』前身是『求實出版社』，四十年代末期龍先生和成大姐從湖南來香港，租了一層樓經營起『求實出版社』來，他們住頭房，有另外一間房間，就讓大陸南來的作家，像聶紺弩、秦似、蔣牧良、高旅……他們住宿，當然不是長住，而是初來香港時無處落腳，讓他們搭一張床暫住，到了生活安頓妥當，找到房子，便搬出去。但有人搬出，又有人初到，有些在那裏住得久一些，有些人住得短些，這些人有的在《大公報》工作，有的在《文匯報》工作，他們讓出地點，使初到貴境者有個落腳地方，房間雖窄，住人又多，環境非佳，亦勝於無，一直到了新中國成立，許多人北返為止。……求實出版社沒有繼續搞出版，但國內出版的圖書醫藥衛生的都在香港由他們發行一段時期，事實上經營方針也轉向中醫中藥，甚至針灸用品。後來他們在西洋菜街開了門市部，主要販賣的是古舊書及醫藥書。」（頁 54）

　　【盧】此處提及之實用書店，只賣中文書，與在中環只售洋書之實用書店無關，曾大量翻印周作人作品。店主龍良臣於 2013 年 8 月 11 日去世。

086　褚威格著，沈櫻譯：《一位陌生女子的來信》。台北：純文學月刊社，1967 年。參考 1951 年 9 月 4 日之日記。

087　Edited by Thorlby, A. (1969) *The Penguin Companion to Literature: European Literature.* Harmondsworth: Penguin Books.

　　Edited by Lang, D. M. and Dudley, D. R. (1969) *The Penguin Companion to Literature: Classical and Byzantine, Oriental & African Literature.* Harmondsworth: Penguin Books.

088　Edited by Daiches, D. (1971) *The Penguin Companion to Literature: Britain and the Commonwealth Literature.* London: Penguin Books.

　　Edited by Mottram, E., Bradbury, M. and Franco, J. (1969) *The Penguin Companion to Literature: U.S.A. and Latin America Literature.* London: Penguin Books.

其作品已全部與資本主義國家無異了。

1969年3月28日　星期五

—

天晴,潮濕回暖。

以昨日所購蘇聯雕刻家畫冊為題材,寫〈隨筆〉[089],因這些雕刻家都是反斯大林的。

燈下閱新購的日本東京國立博物館圖冊,所藏兩件唐三彩鳳首及雙螭瓶極精美。

1969年3月29日　星期六

—

天陰有雨。因明日要旅行,今晚在報館工作較遲始〔返〕,以便明天可以休息一天。

寫〈隨筆〉稿。

1969年3月30日　星期日

—

天陰時有微雨。中午十二時出門,與中敏、中輝一同參加《大公報》採訪部同人旅行,目的地乃新界船灣淡水湖。一時出發乘旅行巴士,二時許到。雖天色不好,因是假期,遊人亦甚多,多是團體。沿途景色清幽,傍山依水,淡水湖面積很大,係截斷吐露港一角而成。五時返,途中在一家農家休息,承以番薯糖水招待,這一帶村民都是擁護新中國的,家家有毛主席像,地名龍尾村,及盧茲〔慈〕田村,七時到東風樓晚餐,有北京填鴨[090]。前次東風樓有一工友寫信來問候我。這次順便找他,惜已經下班休息,留下一冊《香江舊事》相贈。回家已九時。今日步行甚久,略感疲倦,但甚愉快。

089　葉靈鳳:〈霜紅室隨筆‧蘇修藝術家的活劇〉,刊《新晚報‧下午茶座》,1969年3月29日至4月1日。

　　葉靈鳳:〈霜紅室隨筆‧蘇修墮落藝術的面目〉,刊《新晚報‧下午茶座》,1969年4月4日,頁6。

090　葉靈鳳:〈霜紅室隨筆‧初試東風樓〉,刊《新晚報‧下午茶座》,1969年4月8日,頁6。

晚寫〈隨筆〉一篇。

十一時提早休息。

1969年3月31日 星期一

—

天晴，有風略冷，由於昨日步行過多，今日起身後仍甚感疲倦。

寫〈隨筆〉一篇。

一九六九年開始後倏已三月，工作大不如理想，但經濟情形比過去數月略好。

1969年4月1日 星期二

—

天陰略冷，入暮有雨。

中午出外，為中嫻往銀行繳學費，買《讀者文摘》、《明報月刊》、《純文學》各一冊。又往書店取得《生活畫報》三冊，無甚可看。又購《企鵝叢書》新出之意大利小說集及加繆之短篇集一冊 [091]。又買一冊《畫家在他們的工作室中》[092]，係圖文並重之現代畫家生活描寫。

今日為大兒中凱生日，順道往「紅寶石」餐廳取蛋糕，即在餐廳午餐，吃「焗龍脷魚」，有蔬菜甚多，且有湯附送，甚清淡可口，價亦不貴。

傍晚中凱回來吃蛋糕，晚餐吃意大利粉煮番茄汁。

燈下閱新買來的書報，至四時始寢。

今晚電台報告，北京在今早召開「九大」會議。夜歸見幾家銀行已懸掛慶祝標語橫額 [093]。

091　*Waldman, G. (1969) *The Penguin Book of Italian Short Stories.* London: Penguin Books.

　　Camus, A. (1960) *The Collected Fiction of Albert Camus.* London: Penguin Books.

092　*Text and photographs by Liberman, A. (1969) *The Artist in his Studio.* London: Thames and Hudson.

093　葉靈鳳：〈霜紅室隨筆・全世界歡呼：毛主席萬歲！〉，刊《新晚報・下午茶座》，1969年4月5日，頁6。

1969年4月2日　星期三

—

天陰，有風甚大。

傷風，微有咳嗽。

寫〈隨筆〉稿，並選出插圖六幅備用。

燈下閱東京國立博物館畫冊。

今日回家時間，近來愈來愈遲，而工作又做得不多，真是無可奈何也。

1969年4月3日　星期四

—

天陰，潮濕有霧。

今日為中輝生日，下午吃蛋糕，晚上吃意大利粉當麵。

燈下閱《藝術家在他的畫室中》，記巴黎畫家各大師的畫室生活習慣頗有意思。

1969年4月4日　星期五

—

天氣陰雨寒冷，又彷彿是冬天了，天文台說明氣溫還要再降低。

寫〈隨筆〉稿。

略有咳嗽，且有傷風暗兆。

1969年4月5日　星期六

—

今日清明節，天陰寒冷，清晨氣溫低至九度，天文台說是三十多年來的第一次。往年若是大晴天，這時可以穿單衣了。今天卻所有的冬衣全穿上了。

咳嗽，傷風。這都是壞天氣所致。

未寫〈隨筆〉稿。

1969年4月6日　星期日

—

天陰，下午放晴，仍略寒冷，不類三月天氣也。

寫〈隨筆〉稿〈春郊見聞〉[094]，又譯意大利中世紀的小故事，作《紅毛聊齋》稿[095]。

1969 年 4 月 7 日　星期一

—

天氣晴好，有陽光，漸漸回暖。

寫〈隨筆〉稿，又譯意大利小故事。晚間想為〈星座〉譯述《天方夜譚》小故事未果。

連日因循荒廢時間甚多，工作甚少，可慨也！

1969 年 4 月 8 日　星期二

—

天氣晴暖。

未寫〈隨筆〉稿。

源克平來電話，囑寫關於「九大」的隨筆一篇，係中國新聞社特稿所用。燈下寫了一半，因時間過遲，未寫下去。

日前去東風樓聚餐，留了一冊《香江舊事》給那位工友。日昨得他的回信，過分推舉，讀之汗顏。

去年十一月間所訂的美國《紐約書刊評論》雙周刊，今日開始第一次收到一期，係今年三月十二日者。按此日期，不到一個月即可寄到，何以自去年十一月份去訂，至今將近半年始收到一期，近月美國碼頭工人罷工，不知有遺失者否。

刊物內容偏重政治社會問題的新書，不同於從前《紐約時報》的書報評論，對我不甚有用。

1969 年 4 月 9 日　星期三

—

天氣晴暖，陽光甚好。

094　葉靈鳳：〈霜紅室隨筆・春郊見聞〉，刊《新晚報・下午茶座》，1969 年 4 月 7 日，頁 6。

095　參考 1969 年 5 月 1 日之日記。

寫〈隨筆〉一篇，即以《紐約報〔書〕刊評論》讀後感為題[096]。

寫完源克平所要的有關「九大」隨筆[097]，四時，他來取去。

1969年4月10日　星期四

天氣晴好。

連日甚感疲倦，似是睡眠不足，因此影響了工作，寫得很少。今日又未寫《新晚報》的〈隨筆〉。同時，這半個月還不曾在〈星座〉上寫過一篇稿。

1969年4月11日　星期五

—

天氣晴暖，入暮有濃霧，看來明日天氣又要有變化了。

譯完在《快報》連載的一部法國小說 *Felicia*，係自傳體，情節佈局有奇峰突出之妙。雖不是名家作品，寫得頗見功夫。年來為了「吃飯」，這類作品譯了不少。

又未寫〈隨筆〉稿。

燈下翻閱法國米爾波的《侍婢日記》，這是他的名作，擬作《快報》連載之用。

1969年4月12日　星期六

—

天陰，潮濕，入夜有雷聲，又降驟雨。

今日實用書店來信通知，謂英國維多利亞與亞阿〔爾〕伯美術博物院所出的那冊《比亞斯萊》小冊子[098]，本已絕版，但現在又寄來了一本，因着中輝去取了

096　葉靈鳳：〈霜紅室隨筆·讀一冊美國期刊書後〉，刊《新晚報·下午茶座》，1969年4月10日，頁6。

097　〈本報特稿·九大——團結的大會〉，刊《大公報》，1969年5月2日，頁2。

098　Edited by Reade, B. and Dickinson, F. (1966) *Aubrey Beardsley: Exhibition at the Victoria and Albert Museum.* London: Her Majesty's Stationery Office. 參考1969年1月23日之日記。

來。前有布里安・雷特的介紹，他就是這次展覽會的主持人 [099]。比亞斯萊作品展覽會是在 1967 年五月至九月間舉行的，這間博物院是國立的，所以是官辦性質。可是，原作雖然堂皇的展覽，有幾幀他的作品複製品在書店裏出售，卻被倫敦警察沒收和控告。這是可笑的矛盾。

「群眾美展」明日閉幕，今天寫了一篇〈隨筆〉[100]。

開始譯米爾波的《侍女日記》，信筆先寫了一點介紹。

1969 年 4 月 13 日 星期日

—

天氣陰霾潮濕，晚上有雨甚大。晚冒雨返報館。

譯《侍女日記》等小說稿，未能寫〈隨筆〉。今日〈星座〉已發訖十五日稿。本月上半月一個字未能寫，可慨也。身體很疲倦，家中無謂的麻煩又多，在在都影響了工作精神和興趣。有時又耽於空想，以致荒廢了時間。真是有點「老」起來了。

1969 年 4 月 14 日 星期一

—

天陰，傍晚開始有雨，入夜並有雷聲。

寫〈隨筆〉稿〈讀書偶記〉，係有關比亞斯萊者 [101]。又續譯各連載小說稿。

今晚「九大」發表公報，新黨章指定林彪 [102] 為毛主席接班人。

099　葉靈鳳：〈霜紅室隨筆・讀書偶記（下）〉，刊《新晚報・下午茶座》，1969 年 4 月 16 日，頁 6。文中提到：「維多利亞與亞爾伯博物院舉辦比亞斯萊展覽會的期間，同時還編印了一本紀念畫冊，在第二年（一九六七年）初由『女王文書局』出版，編輯人就是負責籌備這次展覽會的布里安・里德。」比亞斯萊作品展在 1966 年 5 月 19 日至 9 月 19 日舉行，當時已出版展覽小冊，此 1967 年版是重印本。網上所見，1972 年仍有此本的第五版（fifth impression）。

100　葉靈鳳：〈霜紅室隨筆・群眾美展收穫豐富〉，刊《新晚報・下午茶座》，1969 年 4 月 13 日，頁 6。

101　葉靈鳳：〈霜紅室隨筆・讀書偶記〉（上）、（下），刊《新晚報・下午茶座》，1969 年 4 月 15 及 16 日，頁 6。

102　林彪（1907-1971），原名育蓉，字陽春，一字祚大，乳名春兒，湖北黃岡人，中華人民共和國開國元勳，中國人民解放軍第一代主要領導人之一。1971 年空難喪生。

1969年4月15日 星期二

—

天雨，雨勢有時很大，且有雷聲。

寫〈隨筆〉稿，又譯連載小說。

昨夜睡得極不好。今晚提早上床休息。

1969年4月16日 星期三

—

陰雨，潮濕。

寫〈隨筆〉，譯連載小說，又着手為〈星座〉譯一點小故事，選自意大利十三世紀的《一百故事集》[103]。

1969年4月17日 星期四

—

天氣陰雨，氣候轉涼。

譯小說稿[104]，未寫〈隨筆〉。感冒咳嗽，多日未愈，胃口不好。今日未吃飯，只喝了一些湯，略吃麵包。

1969年4月18日 星期五

—

天氣晴好，有陽光，乾燥。

下午出外付電費，順道往書店訂書三種，又取回雜誌數份。

在得勝酒家同黃茅喝茶，時已近五時，因尚未吃午飯，遂叫涼瓜炒牛肉，及腐竹豬雜煲各一，作為午餐兼晚餐。

103　《一百故事集》，即《十日談》（*Decameron*），葉氏亦稱《百諧集》。參考 1946 年 4 月 24 日之日記。

　　葉靈鳳：〈百諧集小故事選‧一件不尋常的小訟案〉（筆名「伊萬」），刊《星島日報‧星座》，1969 年 4 月 18 日，頁 6。另見《故事的花束》，頁 157。

104　葉靈鳳：〈百諧集小故事選‧菲力浦王與希臘哲人〉（筆名「伊萬」），刊《星島日報‧星座》，1969 年 4 月 19 日，頁 18。另見《故事的花束》，頁 171。

購新版毛主席語〔錄〕及詩詞等合訂本[105]，係小袖珍本，每冊一元。又買像章一枚，係南京出品，上有南京長江大橋。

往大華國貨公司購鎮江醬菜、桂林辣椒醬等小菜。

周作人的遺作《知堂回想錄》，前曾在《新晚報》選刊過若干，後來中止。近又在新加坡的《南洋商報》刊載，今晚在報館中讀到，都是有關「北大」等等的記載[106]。

中健已離家多日未回。今晚忽然回家，謂將去澳門，已在該地尋到一份職位，收拾衣物若干，將離家而去。

向書店訂書三冊，兩種係美術史叢書，一種係戈登克雷[107]的作品集。

1969年4月19日 星期六

—

天晴，但略感潮濕。

寫〈隨筆〉，譯連載小說，又譯〈百諧集〉小故事一則[108]。

明日起實行夏令時間，今晚時鐘需撥快一小時，因此就寢時雖是三時，時鐘已是四時了，這等於將少睡一小時。

1969年4月20日 星期日

—

陰天潮濕，有濃霧，幾乎伸手不見五指了。

譯連載小說，譯《百諧集》[109]，未寫〈隨筆〉稿。

105　葉靈鳳：〈霜紅室隨筆·新版本的紅寶書〉，刊《新晚報·下午茶座》，1969年4月20日，頁6。

106　周作人應曹聚仁邀稿，寫《知堂回想錄》，1964年8月1日開始以「豈明」為筆名於《新晚報》連載，至1964年9月8日中止，後於新加坡《南洋商報》連載。1970年出版單行本《知堂回想錄》（香港：三育圖書文具公司）。2019年有香港牛津大學出版社增補修訂本。

107　戈登克雷（Edward Gordon Craig，1872-1966），英國演員、導演、現代劇場藝術理論的先驅。

108　葉靈鳳：〈百諧集小故事選·小王子喜歡魔鬼·仁慈和公正·戴奧基尼斯的要求〉（筆名「伊萬」），刊《星島日報·星座》，1969年4月20日，頁6。另見《故事的花束》，頁169。

109　葉靈鳳：〈百諧集小故事選·香客與醜婦·慷慨的富商〉（筆名「伊萬」），刊《星島日報·星座》，1969年4月21日，頁6。另見《故事的花束》，頁168。

夜晚在燈下閱《明報月報〔刊〕》，又閱日本龜井勝一郎的旅行中國隨筆譯本：《北京的星星》[110]。

1969年4月21日　星期一

——

天氣放晴，有陽光，但是仍極潮濕，這影響了精神。咳嗽仍未愈，胃口也不好。白晝思睡。

未寫〈隨筆〉，譯小說故事等幾篇[111]。

1969年4月22日　星期二

——

天晴，潮濕，燠暖。

譯小說及小故事[112]，未寫〈隨筆〉。閱《南洋日〔商〕報》上所刊之《知堂回想錄》，文字風采不及他所寫的其他散文遠甚。

中敏以一冊《威鎮長江》見贈，係小冊子，關於南京長江大橋者[113]。

黃茅來電話，約定後日往東風樓小敍。

1969年4月23日　星期三

——

天晴，仍潮濕。

譯小說故事[114]，仍未寫〈隨筆〉。

110　龜井勝一郎（1907-1966），生於日本北海道，小說家、文藝評論家。

　　龜井勝一郎著，李芒、祖秉和譯：《北京的星星》。北京：作家出版社，1964年。

111　葉靈鳳：〈百諧集小故事選・被證明的學說・菲特烈二世與香客〉（筆名「伊萬」），刊《星島日報・星座》，1969年4月22日，頁6。另見《故事的花束》，頁166。

112　葉靈鳳：〈百諧集小故事選・天文學家的失足・公正的猴子〉（筆名「伊萬」），刊《星島日報・星座》，1969年4月23日，頁6。另見《故事的花束》，頁164。

113　《威鎮長江：記參加南京長江大橋建設的英雄們》。香港：香港三聯書店，1969年。

114　葉靈鳳：〈百諧集小故事選・看守屍體的武士和婦人・巴比利奧斯的機智〉（筆名「伊萬」），刊《星島日報・星座》，1969年4月24日，頁6。另見《故事的花束》，頁175。

1969年4月24日 星期四

—

天晴，甚暖。

下午四時往得勝酒家與源克平、黃茅喝茶，然後一同過海往東風樓晚飯，人甚多。吃燒鴨、鮒魚等，菜味平平，價錢則不貴，三個人三菜一湯共十四元餘。又買燒鴨一隻、朱古力夾心餅一盒帶回。

今日一天時間幾耗於此，僅譯小說若干 [115]。

夜一時，北京廣播發表「九大」公報，勝利閉幕。

1969年4月25日 星期五

—

天晴，甚暖。

譯小說稿，又寫〈隨筆〉，係有關於「九大」者，寫完已夜一時半，不知《新晚報》明天能刊出否 [116]。

連日寫稿太遲，該設法提早。

1969年4月26日 星期六

—

今日天晴，仍很燠暖。天文台說有冷空氣將到，溫度會降低十餘度，這一次的預告可不靈驗。

寫〈隨筆〉 [117]，又譯小說故事稿。今日工作比較做得多一點。

收到《紐約書報評論》，係三月二十七日出版者。本期材料對我來說，似較適合，有關於高爾基的書評，介紹高爾基與列寧 [118] 的交誼，又有關於日本川端康成及捷克者。

—

115　葉靈鳳：〈百諧集小故事選・休妻妙論〉（筆名「伊萬」），刊《星島日報・星座》，1969 年 4 月 25 日，頁 18。另見《故事的花束》，頁 163。

116　葉靈鳳：〈霜紅室隨筆・毛主席對我們的關懷〉，刊《新晚報・下午茶座》，1969 年 4 月 26 日，頁 6。

117　葉靈鳳：〈霜紅室隨筆・當上了中委的家鄉建橋工人〉，刊《新晚報・下午茶座》，1969 年 4 月 27 日，頁 6。

118　列寧（Vladimir Lenin，1870-1924），俄羅斯共產主義革命家、政治家。

又，前聽說《紐約時報》的書報評論停刊，今閱本期《紐約書報評論》廣告，分明仍在繼續出版，當去訂閱一份。

讀《南洋商報》連載的《知堂回想錄》，今日係談打油詩，仍是撿拾他自己的舊有材料而已。

1969 年 4 月 27 日　星期日

—

天晴和暖。

譯小說故事稿 [119]，未寫〈隨筆〉。

今日星期，仍往報館發稿。

理髮。

1969 年 4 月 28 日　星期一

—

天氣晴暖。

譯故事小說稿 [120]，又未寫〈隨筆〉。

晚間找出許多周作人的舊作來看。他在當年寫作很勤，但是內容卻愈寫愈差了。

△，竟不振。【盧】此處用 △ 符號，又疑是暗喻。

1969 年 4 月 29 日　星期二

—

天氣晴暖。

譯小說稿 [121]，仍未寫〈隨筆〉。

119　葉靈鳳：〈百諧集小故事選·同一道理〉，刊《星島日報·星座》（筆名「伊萬」），1969 年 4 月 28 日，頁 18。另見《故事的花束》，頁 161。

120　葉靈鳳：〈百諧集小故事選·銀幣的糾紛〉（筆名「伊萬」），刊《星島日報·星座》，1969 年 4 月 29 日，頁 6。另見《故事的花束》，頁 160。

121　葉靈鳳：〈百諧集小故事選·婦人與梨樹〉（筆名「伊萬」），刊《星島日報·星座》，1969 年 4 月 30 日及 5 月 1 日。

往書店付賬，未買書，在安樂園吃焗魚飯而回。

今日為中美生日，晚吃沙律。

1969年4月30日　星期三　📷

—

天氣晴暖。

譯連載小說[122]，仍未寫〈隨筆〉。

往南方公司[123]看《新沙皇的暴行》[124]，係紀錄片，記錄近年在東北邊境所發生的中蘇糾紛，直到最近一役的「珍寶島武裝衝突」。有些很難得的鏡頭，將蘇修的侵犯邊境，虐打我漁民的情形，完全記載了下來。另有我國近年醫療器械和手術進步的紀錄片，一如成功的切下了一個婦人體內的九十斤重的大瘤。

往大華國貨公司購物，購速凍之野豬肉兩磅，略加葡萄酒紅燒，味近驢馬肉，不似豬肉。

本月寫稿甚少。

1969年5月1日　星期四

—

天氣晴暖。

實用書店來信通知，謂畫家保爾克里的一冊《速記簿》[125]已寄到，囑我去取。

今晚為《成報》三十周報〔年〕紀念，在報社設宴，我為他們寫連載小說已十多年，以《一千零一夜》為題材，取名「紅毛聊齋」已續用了十多年。【盧】據 1956 年賬目頁中見 5 月收入有「成報」一項，乃追查《成報》副刊，始知《繪圖紅毛聊齋》自 1956 年 5 月 1 日起刊出至 1969 年 5 月 6 日全書完。一個專欄連載十多年，實屬罕見（參考 1956 年 5 月日記賬目頁中第 22 項）。社長何文法最近向我提議，該另換新題，以新耳

122　葉靈鳳：〈百諧集小故事選・說故事人的狡獪〉（筆名「伊萬」），刊《星島日報・星座》，1969 年 5 月 1 日，頁 6。

123　南方公司，即南方影業公司，位於德輔道 2 號 A 中國銀行大廈 7 樓 702 至 704 室。見《香港年鑑 1969・工商名錄》，頁 325。

124　指《新沙皇的反華暴行》，電影廣告見《大公報》，1969 年 5 月 3 日，頁 5。

125　Klee, P. (1968) *Pedagogical Sketchbook*. London: Faber.

目。今日與他談此事，決定以希臘名著《金驢記》為底本，另撰〈變形奇記〉作連載，三四日後即開始[126]。

1969年5月2日 星期五

—

天氣晴暖。

下午出外為中嫻付學費，本約定黃茅喝茶，他後來因事不果，因順道往上海書局訪趙克，略談近來出版界情狀，後要求輯集幾本書交他們出版。

取 Paul Klee 的《速記冊》，都是一些類似幾何形的圖解，又近似達達派的刊物，幾乎一無用處，幸定價只七八元。

買《明報月報〔刊〕》及《純文學》月刊。今年是「五四」五十周年紀念。

1969年5月3日 星期六 📷

—

天氣晴朗，可以衣單衣了。

下午二時，黃俊東、劉一波，偕孟子微[127]來。【盧】區惠本亦為香港藏書家，近年將藏書陸續散出。2008 年 4 月伍屬梅女士出資購其餘藏共約九千冊，捐予香港中文大學圖書館。區氏有隨書剪報作補充資料夾插書中習慣，用力甚勤。可惜因圖書館慣例，上架收藏前，必清除所夾紙張。我不忍區先生心血白費，義務為圖書館工作，逐一抽出夾在書中剪報，分袋存好，並標明抽自何書，以便歸還區先生。孟過去多年曾在《大公》《文匯》寫文史文章，甚獲好評，但大家卻不知他是誰，曾訪查邀約亦無結果。上次黃說與此人是好朋友，

126　葉靈鳳著（筆名「秋生」），綠雲畫：〈變形奇記〉，刊《成報·談天》，1969 年 5 月 7 日至 12 月 31 日。

127　孟子微，本名區惠本（1938- ），廣東南海西樵人，筆名有區惠本、孟子微、穆逸、鄧國英、慧庵、于徵等。幼年來港，在嶺英中學就讀初中時開始在《星島日報·學生園地》、《華僑日報·學生園地》等副刊發表作品，與西西、崑南等相識。其後就讀新亞書院時與黃俊東、扎克（麥仲貴）合組文社「微望社」。1959 年畢業於新亞書院文史系，1961 年在新亞研究所取得碩士學位。畢業後曾任小學教科書編輯、《明報晚報》副刊編輯、《香港電視》編輯等。作品發表於《大公報》、《文匯報》、《新生晚報》、《天天日報》、《星島日報》、《星島晚報》等副刊。（資料由樊善標提供）

黃俊東：〈葉靈鳳逝世二十周年（二）〉，刊《星島晚報·星象》，1995 年 8 月 22 日，頁 12，文中提到：「記得第一次到葉先生羅便臣道的寓所去造訪的時候，我是與朋友區惠本兄同去的，區兄也是〈星座〉經常發表文章的作者，我們便是藉着這關係去拜訪葉先生，這位既是我們投稿採用者的老編，亦是我們心儀已久的前輩老作家，無論如何是令我和惠本兄深感高興的事。」

今日果然相偕見訪。始知近日在〈星座〉投稿之于徵也是他。他自稱姓區，名惠本，曾在新亞書院研究院畢業，現在一家出版社工作。記憶力甚好。對過去我在各處所寫文章，如數家珍，他說讀書亦受了我的影響，趣味是多方面的。談了一會，邀他們出去到紅寶石喝茶，至六時許始散。

到大華購食物及肥皂。

譯小說稿，仍未能寫〈隨筆〉。

1969年5月4日 星期日

—

天氣晴好，已轉入夏季氣候了。仍未能寫〈隨筆〉稿，只譯了一點小說，就這麼過了一天。

今天是「五四」運動五十周年紀念。當年我還是十四五歲小學生，今已六十幾了，歲月真是毫不饒人也！

以希臘古典小說《金驢記》為底本，為《成報》寫連載小說〈變形奇記〉。本月七日開始刊載。

1969年5月5日 星期一

—

天氣晴朗。

寫〈隨筆〉稿〈五四的回憶〉[128]。五十年前，我正在崑山高等小學三年級讀書，當時也曾上街遊行，並自費印了傳單散發，是自己畫的「提倡用國貨，挽回漏卮」的宣傳畫：水溝裏流着許多金錢，一隻大手——愛用國貨的手擋住了金錢往外流。

約定陳凡明日下午喝茶，地點是陸羽茶居[129]。

128　葉靈鳳：〈霜紅室隨筆・五四的回憶〉，刊《新晚報・下午茶座》，1969年5月7日，頁6。另見葉靈鳳：《晚晴雜記》，題為〈五四的記憶〉（香港：上海書局，1971年，頁190）。

129　陸羽茶居，即陸羽茶室，位於中環永吉街6至8號，1970年代中遷往士丹利街。見《百年香港中式飲食》，頁9。

1969年5月6日 星期二

—

天氣晴好，但略為轉涼。

邀陳凡喝茶地點臨時改為「紅寶石」，因陸羽茶室地方小人多，不易有空位。閑談副刊及出版界情況。以前他曾數約「孟子微」未晤，今特以日前來過的區君稿示之，果是其人，因他認得出其人的筆跡。

他又敦促我為上海速整理幾部稿件。

往大華國貨公司買新上市的扁尖笋及烟豬舌。

1969年5月7日 星期三 📷

—

天陰，天氣轉涼，開始傷風。

寫〈隨筆〉稿 130，又譯連載小說。

買本港一家書店重印之汪景祺《讀書堂西征隨筆》131。以前曾由故宮博物院據發現之稿本排印，絕版已久。此即係據故宮排印本翻印者，小小一冊，售十二元，價甚昂貴。【盧】據許禮平 2013 年 12 月 30 日提供資料：「龍門書店創辦者為周康燮，書店位於英皇道 169 號 2 樓。合股人有余秉權、羅球慶、司徒華等。」在「文革」期間，該書店專門翻印舊日學術書刊，多售予外國大學圖書館，故多以美金訂價。由於印量不多，價甚昂。又查所翻印版權頁中地址為英皇道 163 號，與許禮平所說略有出入，未知是否曾遷址。此書係雍正朝與年羹堯有關的文字獄資料之一。內容頗雜，有不少放誕的描寫，怪不曾〔得〕皇帝不喜歡此書。至於獲罪原因，據當時公佈係書中有詩嘲笑「聖祖仁皇帝」（康熙）語，即所謂「皇帝揮毫不值錢」一詩也。

1969年5月8日 星期四

—

天晴，略有傷風。

譯小說稿，未寫〈隨筆〉。

收到稅務局通知，謂根據所填報的收入表格，該繳納所得稅七十八元，限在

130　葉靈鳳：〈霜紅室隨筆・五四運動的再認識〉，刊《新晚報・下午茶座》，1969 年 5 月 9 日，頁 6。

131　汪景祺：《讀書堂西征隨筆》。香港：龍門書店，1967 年。

六月底以前要繳付。

腹中不舒服，消化不好，胃口不開，因此精神也很不好。

1969年5月9日 星期五

—

天氣晴好。仍患傷風，連日減少進食，以清積滯，午後腹中稍覺舒暢。

寫〈隨筆〉稿 [132]，又譯小說。

前次所訂購之蘇聯作家丹尼爾的小說集《莫斯科的聲音》[133] 寄到。上次因在再版，今始印成。丹尼爾現仍在蘇聯集中營服刑中。

又收到《紐約書報評論》。

1969年5月10日 星期六

—

天氣熱晴。日前已過立夏，已是正式夏天了。

以高爾基與列寧的逸聞寫成〈隨筆〉一篇 [134]，又譯小說。

1969年5月11日 星期日

—

天氣晴熱，傷風仍未愈。

寫〈隨筆〉稿 [135]，又譯小說。

1969年5月12日 星期一

—

天氣晴熱，晚間有驟雨，歸家時衣盡濕。

———

132　葉靈鳳：〈霜紅室隨筆・新沙皇反華暴行給我們的認識〉，刊《新晚報・下午茶座》，1969 年 5 月 10 日，頁 6。

133　Daniel Y. (Nikolai Arzhak) (1968) *This is Moscow Speaking, and Other Stories*. (Translated by Hood, S., Shukman, H. and Richardson, J.)London: Collins; Harvill.

134　葉靈鳳：〈霜紅室隨筆・高爾基與列寧〉，刊《新晚報・下午茶座》，1969 年 5 月 11 日，頁 6。

135　葉靈鳳：〈霜紅室隨筆・荒唐的「莫斯科之聲」〉，刊《新晚報・下午茶座》，1969 年 5 月 12 日，頁 6。

寫〈隨筆〉稿[136]，又譯小說。

讀《知堂回想錄》其中記監獄生活部分，筆調甚頑固（他因曾參加日本偽組織，戰後被捕入獄）。

1969年5月13日　星期二

——

天氣悶熱，晚上有驟雨，入夜更有雷雨，但翳熱未消。

寫〈隨筆〉稿[137]，又譯小說。今日已發完〈星座〉五月上半月之稿件。幾乎一字未寫，真是不行。

1969年5月14日　星期三

——

夜間和黎明都有雷。天陰，終日都有陣雨，但是雨勢不大，因此頗鬱熱難耐。已入黃梅氣候了。

寫〈隨筆〉稿[138]，又譯小說。

工作時間仍未曾分配好，因此消耗時間很多而工作成績不好。晚間去報館太遲，回來也太遲，結果多費了不少車錢。必須調整。

1969年5月15日　星期四

——

天熱鬱悶，入夜有大雷雨。

未寫〈隨筆〉，譯小說稿。

稅務局寄來表格，要追報 1964-65，65-66，66-67，這三年的收入報告，真是麻煩極了。

報館今日發薪水，多數人都加了薪水，只有少數人未加，我也在未加之列。

136　葉靈鳳：〈霜紅室隨筆・無債一身輕〉，刊《新晚報・下午茶座》，1969 年 5 月 13 日，頁 6。

137　葉靈鳳：〈霜紅室隨筆・丹尼爾的另一個同伙〉，刊《新晚報・下午茶座》，1969 年 5 月 14 日，頁 6。

138　葉靈鳳：〈霜紅室隨筆・捷克人民的黑皮書〉，刊《新晚報・下午茶座》，1969 年 5 月 15 日，頁 6。

1969 年 5 月 16 日　星期五

—

天氣悶熱。

下午出門以 *Encyclopaedia Sinica*[139] 一部借給辰衝書店的李信章，因他擬將這書重印。這是一九一七年別發書店出版的。他現在是別發的經理。

又取所訂之法國詩人雨斯曼的散文集《巴黎素描》[140]。薄薄的一冊，定價竟是四十二先令，可說貴得毫沒有道理。

又購報道捷克的小書一冊，又取刊物若干。

寫〈隨筆〉，譯小說稿。

下午四時，同黃茅及源克平在得勝酒家喝茶。

1969 年 5 月 17 日　星期六

—

天氣悶熱，似有雷雨模樣。

昨日曾寫一則〈霜紅室隨筆〉，係關於高爾基代夏理賓[141] 寫自傳的逸話。今早《新晚》梁良伊[142] 來電話，謂擬不用此稿，因夏理賓後來曾公開反對蘇聯，而高爾基早年對此人又捧得過甚云云。以前曾寫過一篇有關蘇聯作家叛國案者，亦未能刊出。

寫〈隨筆〉稿[143]，又譯小說。

139　Couling, S. (1917) *The Encyclopaedia Sinica*. Shanghai: Kelly & Walsh.

140　Huysmans, J.-K. (1962) *Parisian Sketches*. (Translated by Griffiths, R.) London: Fortunes Press.

　　葉靈鳳：〈讀書偶筆·雨斯曼的散文詩〉（筆名「臨風」），刊《星島日報·星座》，1969 年 6 月 4 日，頁 18。

141　夏理賓（Fyodor Ivanovich Chaliapin，1873-1938），通譯夏理亞賓，俄國男低音歌唱家。

142　梁良伊，筆名梅漂、一葉，《新晚報》副刊編輯，曾為《新晚報》副刊寫連載小說，出版有雜記《西南千里行》、《桂黔路上》，散文集《花葉架路》。參考許定銘〈不該被遺忘的「梅漂」〉，刊《大公報》，2012 年 8 月 29 日，B8 文學。

143　葉靈鳳：〈霜紅室隨筆·布拉格的春天〉，刊《新晚報·下午茶座》，1969 年 5 月 18 日，頁 6。

1969年5月18日　星期日

—

天氣晴熱。

今日只譯小說，未寫〈隨筆〉。

傍晚同克臻去逛大丸百貨公司，略購零物，後在醉瓊樓吃客家菜，招待甚殷勤。

讀雨斯曼《巴黎素描》數則，風格略近波特萊爾的《巴黎的憂鬱》，但沒有那麼深入。

1969年5月19日　星期一

—

天氣悶熱，達九十一度，是入夏以來最熱的一天。

未寫〈隨筆〉，只譯了一些小說，但總算為〈星座〉譯了一些小故事[144]。

與中絢夫婦出外晚餐。本月二十四日是我的生日，他們要請我吃晚飯，並邀一些朋友作陪，今天在得勝酒家訂下了兩桌菜。堅請不必如此都不肯。

1969年5月20日　星期二

—

天氣悶熱，終日有陣雨。

譯小說稿及〈星座〉稿，仍未寫〈隨筆〉。

1969年5月21日　星期三

—

天陰，雨後氣候清涼。

譯小說故事稿，仍未寫〈隨筆〉。

1969年5月22日　星期四

—

天氣陰翳潮濕，悶熱非常。

144　葉靈鳳：〈翡冷翠諧話選〉（筆名「伊萬」），刊《星島日報・星座》，1969 年 5 月 21 至 31 日。

譯小說稿。

晚在燈下整理〈隨筆〉稿，選出可編成一輯者約七十餘篇，擬編成一集。此係應陳凡之邀，係大光書局 [145] 擬出版者。

四時許始睡。

上午試△，仍不振。

1969 年 5 月 23 日　星期五

—

天氣潮濕悶熱。

譯小說稿。

晚間整理〈隨筆〉稿，又想改變計劃，以全部讀書錄一類的短文輯成一冊，擬取名《北窗讀書錄》。

翻閱舊稿，睡時已五時了。

1969 年 5 月 24 日　星期六

—

天陰，終日有陣雨，天氣潮濕。

寫〈隨筆〉稿 [146]，又譯小說。

今日為我生日（舊曆四月初九日），晚間在得勝酒家晚飯，兩席，外客有黃

145　羅隼：〈半個世紀歷史的「大光書局」〉，見《香港文化腳印（二集）》，文中提到：「大光出版社的前身原名叫『學文書店』，它是五十年代，由幾家新聞出版同行合股創辦的書店，參加者有香港的，也有海外的資本，三聯書店，新民主出版社，上海書局，集文出版社，文宗出版社，學林書店……等。初時設在干諾道中五十四號閣樓，經理是保險界人士陳建功先生，他又是後來一個攝影團體的負責人，編輯有中業學院院長成慶生，執行編輯是翟暖暉先生，……當年他們出版的東西，重點是宣傳中國的過去光輝，地大物博，以激勵海外炎黃子孫的民族感情。不久『學文書店』名字，被英國殖民地統治下的星洲政府宣佈禁止其出版物入口。當年香港出版物東南亞是最大市場，因此學文書店除了小心出版物內容外，便改用『大光出版社』名義出版，新名字未犯禁，當然可以繼續銷海外。」（頁 7）【盧】據 1958 年 10 月 23 日星加坡《南洋商報》刊出：「政府援引不良刊物法令，禁止共黨中國及香港五十三家出版物輸星」消息，可見被禁香港出版社名單。

146　葉靈鳳：〈霜紅室隨筆・春園街的春園〉，刊《新晚報・下午茶座》，1969 年 5 月 25 日，頁 6。另見葉靈鳳：《香島滄桑錄》（香港：中華書局（香港）有限公司，2011 年），頁 108。

茅、源克平、曹聚仁、陳凡、李自誦、高學逵[147]、梁良伊夫婦、羅承勳吳秀聖[148] 夫婦及鄧姑娘。友輩送中國酒六瓶。陳君葆已往英國旅行，未來。事前不知，他 的大女兒臨時來電話通知者。【盧】陳君葆於 1969 年 3 月 18 日啟程環遊世界，時至 5 月 24 日，竟「事前不知」，關係如此疏離，不知何故。

　　晚中凱來家，謂因開會不及參加今晚得勝酒家之宴，留下五百元給我。

1969 年 5 月 25 日　星期日

—

　　天氣陰雨，但濕氣消減。

　　譯小說稿，未寫〈隨筆〉。廚房等處的電燈壞了，今日星期，來不及修理。 傍晚全家出外往紅寶石晚餐，並邀了中絢夫婦同去。

1969 年 5 月 26 日　星期一

—

　　昨夜有雨，今日天氣陰涼，入夜又有大雷雨甚久。

　　譯小說稿，未寫〈隨筆〉。

　　中絢夫婦邀往其家吃自己煎製之阿根廷肉排。前日友輩合送酒六瓶賀我生日， 今日以三瓶分贈中絢夫婦。

　　日來消化不好，腹脹微痛。起先便秘，服通便藥片後又有腹瀉。

1969 年 5 月 27 日　星期二

—

　　天氣陰涼，略有微雨。

　　譯小說，未寫其他文章。

　　近來不知怎樣，日間總覺得很疲倦以致影響了工作。

147　高學逵，曾任《新晚報》副編輯主任及《晶報》編輯主任。

148　吳秀聖，羅孚太太，五十至八十年代曾於《文匯報》任職編輯。

1969年5月28日 星期三

—

天晴，仍很陰涼。

譯小說，又寫〈隨筆〉一篇，係關於捷克作家者。

△，仍不振。

1969年5月29日 星期四

—

天氣晴朗，陽光甚好，又恢復炎熱。

上午，《新晚報》編者來電話，謂昨日所寫關於捷克作家的短文，他們又不擬發表。近來已一連有三四篇交去的〈隨筆〉未能發表。（關於高爾基與夏理賓者，關於蘇聯一詩人聲援但尼爾等人者，以及這一篇關於捷克作家的冤獄者。）影響情緒，頗難下筆。

今日未寫〈隨筆〉，只譯了一些連載。

本月份寫作成績仍很差很差，讀書也等於未曾展卷。

1969年5月30日 星期五

—

天氣晴朗。

寫〈隨筆〉稿，係關於香港的城隍廟者 [149]。又寫有關比亞斯萊短文一則 [150]，譯連載小說。今日可說寫作成績還不錯。只是未開卷讀書。

右下顎有齒裂碎，影響舌根，不便咀嚼。今日未吃飯，只進流質食品。

1969年5月31日 星期六

—

天氣晴爽。

---

149 葉靈鳳：〈霜紅室隨筆・香港的城隍廟〉，刊《新晚報・下午茶座》，1969年6月1日，頁6。另見《香島滄桑錄》，頁101。

150 葉靈鳳：〈讀書偶筆・未見過的比亞斯萊作品〉（筆名「臨風」），刊《星島日報・星座》，1969年6月1日，頁6。

今日精神甚好，發奮寫稿，計寫〈隨筆〉一篇[151]，〈讀書偶筆〉小品一篇[152]，譯述連載故事等共六篇，是近來收穫最豐的一天。如此一來，明日星期可以在家休息一天了。

以後當本此精神，堅持下去。不能再鬆弛了。

五月份寫作甚少，但月尾這一天能有這成績，亦可自慰也。

1969 年 6 月 1 日　星期日

—

天晴，午後轉陰。

今日星期，在家休息，傍晚同克臻往九龍，本擬看電影，因時間不對，又沒有適合的片子，遂往海運大廈內的商場閑逛，全是消費品奢侈品。又沿彌敦道閑逛，在金莎酒家[153]晚飯。略購麵包，在十時許渡海回家。

夜間擬寫〈隨筆〉稿，未成。

1969 年 6 月 2 日　星期一

—

天陰，晚上有雨。

寫〈隨筆〉稿[154]，又譯小說[155]。

晚上閱有關香港資料，至四時許始睡，倦甚。

151　葉靈鳳：〈霜紅室隨筆・「洋大人」的故事〉，刊《新晚報・下午茶座》，1969 年 6 月 2 日，頁 6。參考 1968 年 11 月 20 日之日記。

152　葉靈鳳：〈讀書偶筆・雨斯曼的散文詩〉（筆名「臨風」），刊《星島日報・星座》，1969 年 6 月 4 日，頁 18。

153　金莎酒家，位於尖沙咀堪富利士道 4 號 A，見《香港年鑑 1969・工商名錄》，頁 214。

154　葉靈鳳：〈霜紅室隨筆・洪聖爺和大王宮〉，刊《新晚報・下午茶座》，1969 年 6 月 3 日，頁 6。另見《香島滄桑錄》，頁 228。

155　葉靈鳳：〈智慧的花朵・金飾匠的妻子和挑水伕〉（筆名「伊萬」），刊《星島日報・星座》，1969 年 6 月 3 日，頁 6。

1969年6月3日 星期二

—

終日有雨，昨夜及今日中午都有大雨。

睡眠不足，很疲倦，午後小睡。

譯小說稿[156]，未寫〈霜紅室隨筆〉，只寫了一篇短的讀書錄，作〈星座〉用[157]。

燈下整理舊稿。

雨後天涼，夜歸單衣，似有受涼模樣。

1969年6月4日 星期三

—

天陰有雨，天氣轉涼。

早起腹中甚不適，微瀉，至晚稍好。

未寫〈隨筆〉稿，只譯小故事[158]、連載等，又寫〈星座〉短稿[159]。

1969年6月5日 星期四

—

天氣陰雨，自夜至早有大雷雨。

譯小故事等[160]。未寫〈隨筆〉。

夜間在燈下整理舊作，修改字句，頗花費時間。四時始睡，工作仍未完畢。

156　葉靈鳳：〈智慧的花朵・婦人和她的兩個情人〉（筆名「伊萬」），刊《星島日報・星座》，1969年6月4日，頁18。

157　葉靈鳳：〈讀書偶筆・布拉格之春〉（筆名「伊萬」），刊《星島日報・星座》，1969年6月5日，頁6。

158　葉靈鳳：〈智慧的花朵・國王和大臣之妻〉（筆名「伊萬」），刊《星島日報・星座》，1969年6月6日，頁18。

159　葉靈鳳：〈讀書偶筆・捷克作家的冤獄〉（筆名「伊萬」），刊《星島日報・星座》，1969年6月6日，頁18。

160　葉靈鳳：〈智慧的花朵・糖果商人和他的鸚鵡〉（筆名「伊萬」），刊《星島日報・星座》，1969年6月7日，頁6。

1969年6月6日　星期五

—

陰雨。

早起忽感不適，周身倦頓腹脹，似是消化失常，不能執筆工作，至二時復睡，至五時再起身，精神略好。

今日白晝僅吃餅乾數片，牛奶一杯。晚餐吃粥，以皮蛋醬瓜相佐，提早休息，十二時半上床睡。

在燈下順手取閱張彥遠《歷代名畫記》數頁。

1969年6月7日　星期六

—

天氣陰雨。

寫〈隨筆〉稿[161]，又譯連載故事。

今日精神略好，但腹中仍不甚舒服，大約消化仍未恢復正常。

1969年6月8日　星期日

—

天陰，潮濕。

寫〈隨筆〉稿[162]，又譯故事等[163]。

早起精神較好，但到了晚上又感疲倦。上午仍吃粥，胃口仍不好。

吃新上市的萵苣，甚脆嫩。日前又曾吃楊梅。

1969年6月9日　星期一

—

天氣陰雨。

161　葉靈鳳：〈霜紅室隨筆・六月雜談〉，刊《新晚報・下午茶座》，1969年6月8日，頁6。

162　葉靈鳳：〈霜紅室隨筆・大會堂的噴水池〉，刊《新晚報・下午茶座》，1969年6月9日，頁6。另見《香島滄桑錄》，頁72。

163　葉靈鳳：〈智慧的花朵・不貞婦人的急智〉（筆名「伊萬」），刊《星島日報・星座》，1969年6月9日，頁6。

寫〈隨筆〉稿 [164]，又譯故事連載 [165]。

早起又感不適，似乎要開始重傷風了。

今日為中敏生日，下午在家吃蛋糕，晚間全家到「美利堅」吃鍋貼水餃及北方菜。此菜館在舊《星島》近傍，過去是經常去的，是山東館性質，麵食大眾化，可謂價廉物美。自從報館搬到新址後，就很少去了。一家老小十餘人，吃了六十二元，還帶回三大盒菜肉包、鍋貼、葱油餅等。

1969 年 6 月 10 日　星期二

—

天氣潮濕悶熱。天文台說將有大雷雨。入夜有雨，但雨勢不大。

繼續感冒，胃口不開，晚餐吃粥，大便亦不暢。

未寫〈隨筆〉，僅譯了一些連載故事 [166]。

1969 年 6 月 11 日　星期三

—

天氣繼續鬱悶，但不見天文台預告之雷雨。

寫〈隨筆〉稿 [167]，又譯故事 [168]，消化仍不見好。

1969 年 6 月 12 日　星期四

—

天氣晴好，十分炎熱。

164　葉靈鳳：〈霜紅室隨筆・萵苣，楊梅帶來的幸福〉，刊《新晚報・下午茶座》，1969 年 6 月 10 日，頁 6。

165　葉靈鳳：〈智慧的花朵・貪小的人和麵包〉（筆名「伊萬」），刊《星島日報・星座》，1969 年 6 月 10 日，頁 6。

166　葉靈鳳：〈智慧的花朵・婦人和求愛不遂的男子〉（筆名「伊萬」），刊《星島日報・星座》，1969 年 6 月 11 日，頁 6。

167　葉靈鳳：〈霜紅室隨筆・櫻桃的鄉情〉，刊《新晚報・下午茶座》，1969 年 6 月 12 日，頁 6。

168　葉靈鳳：〈智慧的花朵・王子和商人之妻〉（筆名「伊萬」），刊《星島日報・星座》，1969 年 6 月 12 及 13 日。

二時出門，偕中輝往南洋戲〔院〕[169] 看「九大」開幕及會議紀錄片，以及南京長江大橋紀錄片 [170]。看完又與中敏趕到南方公司看「九大」投票的紀錄片，這還是未正式放映的。

在戲院門口買新到的山東櫻桃及南華李。看試片時同大家分嘗櫻桃。

影片都是彩色片，十分精彩。

寫〈隨筆〉稿 [171]。

1969 年 6 月 13 日　星期五

—

天氣晴好，涼爽。

譯小說連載稿，未寫〈隨筆〉。

1969 年 6 月 14 日　星期六

—

天氣晴好。

精神稍好，消化亦較好。

寫〈隨筆〉[172]，又譯小說連載 [173]。今日星期六，多發一天〈星座〉稿件，明日星期可以休息一天。

1969 年 6 月 15 日　星期日

—

天晴，乾燥清涼，是難得有的好天氣。

169　南洋戲院，位於灣仔囂西街 3 號，見《香港年鑑 1969·工商名錄》，頁 323。

170　《中國共產黨第九次全國代表大會》、《南京長江大橋》電影廣告，見《星島日報》，1969 年 6 月 12 日，頁 11。

171　葉靈鳳：〈霜紅室隨筆·分享到了億萬人的幸福〉，刊《新晚報·下午茶座》，1969 年 6 月 13 日，頁 6。

172　葉靈鳳：〈霜紅室隨筆·大橋使我想起的昔和今〉，刊《新晚報·下午茶座》，1969 年 6 月 15 日，頁 6。

173　葉靈鳳：〈智慧的花朵·王后的珍珠項鍊〉（筆名「伊萬」），刊《星島日報·星座》，1969 年 6 月 15 日，頁 6。

寫〈隨筆〉稿一篇 [174]，又譯述連載小說一篇。今日是星期，可以在家休息。

今日已是農曆五月初一，是克臻生日，下午吃蛋糕，晚間全家到醉瓊樓晚飯，吃鹽焗雞等東江客家菜。

今日又是所謂父親節，兒輩送我青萍果及小錢包，中絢請中午飲茶，因要寫稿，辭未去。

晚間在燈下整理〈隨筆〉稿，都是讀書隨筆，共七十篇，編成一集，取名《北窗讀書錄》[175]。係陳凡代大光書局約稿者。

1969 年 6 月 16 日　星期一

—

天氣晴好。

寫〈隨筆〉稿 [176]，又譯小說連載，但未及寫〈星座〉稿。

據中敏見告，前次為我診視眼疾的林醫生，已因心臟病去世。

又，電影秦劍 [177] 自殺，自縊而死。此人本有小聰明，但好賭，近年離婚後消極，又吸毒，更被台灣「自由影人」包圍，【盧】指親台灣的電影從業人員，一般人稱之「自由影人」，因加入「港九電影戲劇事業自由總會」。該會於 1956 年成立，通常簡稱「自由總會」，是香港電影業右派工會組織。苦悶無法掙扎，終於出此下策。遺書勸兒子切不可入電影圈。

1969 年 6 月 17 日　星期二

—

天氣陰涼，晚間有雨，天文台又說晚上會有雷雨。

寫〈隨筆〉稿 [178]，又譯連載小說。

174　葉靈鳳：〈霜紅室隨筆・大笪地的痛心史實〉，刊《新晚報・下午茶座》，1969 年 6 月 16 日，頁 6。另見《香島滄桑錄》，頁 105。

175　參考 1969 年 5 月 23 日之日記。

176　葉靈鳳：〈霜紅室隨筆・泰山一樣的人民幣〉，刊《新晚報・下午茶座》，1969 年 6 月 17 日，頁 6。

177　秦劍（1926-1969），編劇、導演，四十年代開始從影，五十年代創辦嶺崢、紅棉、光藝、新藝等電影公司，拍攝粵語片，六十年代任職於邵氏兄弟公司拍攝國語片，1969 年自殺身亡。

178　葉靈鳳：〈霜紅室隨筆・北京和莫斯科的西紅柿〉，刊《新晚報・下午茶座》，1969 年 6 月 18 日，頁 6。

收到稅務局催報本年收入信。但本年的稅單並未收到。

1969 年 6 月 18 日　星期三

—

天氣晴好。

上午往稅務局繳付 1968-69 年度薪俸稅七十八元。過去四年稅額仍待填報，還有 69-70 年度者，麻煩甚多也。

同黃茅在得勝酒家飲中午茶，然後往大華略買水果及日用零物，因明日已是端午節了。

下午五時，收到一怪電話，其人似不識我，自稱陳姓，語氣頗帶惡意，又不肯說明何事要打電話給我，旋即掛斷電話，頗為神秘。

心情被擾亂，未寫〈隨筆〉，只譯小說，提早往報館，並提早回家。

晚間中輝出外遲歸，至深夜仍未回來，大家甚焦急不安，後至深夜三時半始回，據稱係與友人乘車遊車河到石澳等地云。

1969 年 6 月 19 日　星期四

—

天陰有雨，氣候陰涼。

今日是端午節，上午吃粽，係廣東裹蒸粽。晚餐吃豬肉湯、白切肉、及鹹蛋，都是應節食品。又吃梧州馬鈴瓜，甚為甜脆。

寫〈隨筆〉稿，係關於英國十九世紀吸食鴉片的一些作家 [179]。新近買了一本書，係研究這個問題者。

中絢等為了昨天的怪電話，勸我應略為小心，晚間提早往報館，並用車接我回家。

1969 年 6 月 20 日　星期五

—

天氣陰涼，毫不炎熱，端午節前後天氣如此，也算反常了。

179　葉靈鳳：〈霜紅室隨筆‧吸食鴉片的英國作家〉，刊《新晚報‧下午茶座》，1969 年 6 月 20 至 23 日，頁 6。另見《讀書隨筆（二集）》，頁 326。

寫〈隨筆〉，又譯連載故事。

羅兄以今年新龍井一包見贈。

1969 年 6 月 21 日　星期六

—

天陰有雨。今日為夏至。

寫〈隨筆〉，又譯故事連載稿[180]。今日為星期六，擬明天在家休息一天，因此加緊多寫了幾篇稿。

1969 年 6 月 22 日　星期日

—

天陰有雨，天氣陰涼。

今日在家休息。上午理髮，因天雨，未曾出門。

寫〈隨筆〉稿。寫完〈吸食鴉片的英國作家〉，共四千字。又譯小說一續。

在燈下讀《二千年藝術掠奪史》，前次讀了一點，一直擱了下來。今天讀的一章，講十字軍東征，中途卻去打土耳其，焚掠了君士但丁堡（東羅馬帝國京城），使希臘古藝術遭到浩劫，而十字軍要東征聖城的原來計劃卻放棄了，可說荒唐之至。

整理舊稿，今夜清理者為有關生活和回憶的〈隨筆〉，共有百餘篇。

1969 年 6 月 23 日　星期一

—

天晴，又恢復炎熱。

寫〈隨筆〉，〈晴窗試茶〉[181]，試新得的龍井茶也，文中引用了放翁的詩句：「矮紙斜行閑作草，晴窗細乳試分茶」[182]。

180　葉靈鳳：〈智慧的花朵・金飾匠告畫中人〉（筆名「伊萬」），刊《星島日報・星座》，1969 年 6 月 23 至 25 日。

181　葉靈鳳：〈霜紅室隨筆・晴窗試茶〉，刊《新晚報・下午茶座》，1969 年 6 月 24 日，頁 6。

182　「試分茶」原作「戲分茶」。出自陸游《臨安春雨初霽》：「世味年來薄似紗，誰令騎馬客京華。小樓一夜聽春雨，深巷明朝賣杏花。矮紙斜行閑作草，晴窗細乳戲分茶。素衣莫起風塵嘆，猶及清明可到家。」

又譯連載小說及〈星座〉用的小故事 [183] 。

1969 年 6 月 24 日　星期二
—

天氣晴熱。

寫〈隨筆〉[184] ，譯小故事及連載小說。

晚羅承勛約在大觀酒樓晚飯，有黃茅及嚴慶澍，談當前寫作上的許多問題，以及什麼該談，什麼不必談等等問題。有時顯然顧慮過多，弄得束手束腳。【盧】在座三人均為左翼報刊編輯及作者，葉氏則《星島日報》副刊編輯，同時為三人所編報刊寫稿，談當前寫作問題，葉氏認為「顧慮過多，弄得束手束腳」，當時顧忌之多，可以想見。壓力從何而來，值得探究。

1969 年 6 月 25 日　星期三
—

天氣晴熱。

譯小故事及連載小說稿。未寫〈隨筆〉。

燈下閱有關蘇聯作家索爾仁尼津 [185] 的信件，他也是私下將小說拿到國外去出版的蘇聯作家之一。

1969 年 6 月 26 日　星期四 📷
—

天氣晴熱。

183　葉靈鳳：〈智慧的花朵・檀香商人的奇遇〉（筆名「伊萬」），刊《星島日報・星座》，1969 年 6 月 26 至 29 日。

184　葉靈鳳：〈霜紅室隨筆・紙老虎就要現形了〉，刊《新晚報・下午茶座》，1969 年 6 月 25 日，頁 6。

185　索爾仁尼津（Aleksandr Isayevich Solzhenitsyn，1918-2008），葉氏又譯作索爾贊尼辛、索贊尼津，通譯索忍尼辛，港譯蘇辛尼津。蘇聯作家，1970 年獲諾貝爾文學獎，因恐不能回國，拒絕前往瑞典領獎。1974 年被遞解出境，流亡美國，至 1994 年獲准回國。

今日為《成報》何文法之子結婚，在希爾頓酒店 [186] 舉行酒會，僅送禮，未去。

寫〈隨筆〉，以蘇聯作家索爾仁尼津的事件為題材。他因國內封鎖他的作品出版，私下拿到國外出版 [187]。

《南洋商報》刊完周作人的《知堂回憶錄》，現續刊「丁舟」的一篇後記，對周氏的在日治期間的行為有所解釋。丁舟即曹聚仁。

1969 年 6 月 27 日　星期五

—

天氣晴熱。

寫〈隨筆〉，又譯小故事及連載小說，又用高棉的古傳說寫一短文，係有關吳哥古都興廢經過者 [188]。

1969 年 6 月 28 日　星期六

—

天氣晴熱，終日汗出不止。

續譯小故事及連載小說。今日為星期六，多準備一天稿件，明天即可在家休息一天。

又續寫〈隨筆〉。

參攷《文物》上的材料，寫成有關閻立本《凌烟閣功臣像》刻石的短文一篇 [189]。

186　希爾頓酒店，位於皇后大道中 2 號，1999 年拆卸改建成長江中心。見《香港年鑑 1969 · 工商名錄》，頁 248。

187　葉靈鳳：〈霜紅室隨筆 · 索爾仁尼津喊冤的內幕〉，刊《新晚報 · 下午茶座》，1969 年 6 月 27 日至 7 月 1 日。

188　葉靈鳳：〈讀書偶筆 · 有關吳哥的傳說〉（筆名「臨風」），刊《星島日報 · 星座》，1969 年 6 月 29 日，頁 6。

189　葉靈鳳：〈閻立本畫凌烟閣功臣像刻石〉（筆名「臨風」），刊《星島日報 · 星座》，1969 年 6 月 30 日，頁 6。

1969年6月29日 星期日

——

今日繼續晴熱。

今日星期，在家休息，因為天氣熱，只寫了一篇〈隨筆〉的續稿，又譯連載小說一篇[190]，也感到很吃力。

燈下閱新到的《泰晤士報文學副刊》等，見法國《世界日報》出英文星期版，擬訂閱一份。

1969年6月30日 星期一

——

天氣酷熱，汗下如雨，終日不停。入夜有陣雨，熱浪依然。續寫〈隨筆〉，譯連載小說。又用有關閻立本賸餘資料再寫成短文一，作〈星座〉用[191]。

實用書店通知有書寄到，叫中輝去取，乃《墨西哥民俗學博物館》[192]，中國、高麗及日本美術[193]各一冊，又戈登克雷[194]的作品集一冊，多是舞台設計，木刻不多。

① 本月份寫稿及經濟情形都較好，為了幾次生日吃喝，用錢較多。

② 看書計劃仍中斷未能執行。

③ 收到了那個「怪電話」，仍未揭曉，亦無什麼下文。

④ 身體疲弱不振，視力好像愈來愈差。

190 葉靈鳳：〈智慧的花朵‧老婦人和錢袋〉（筆名「伊萬」），刊《星島日報‧星座》，1969 年 6 月 30 日，頁 6。

191 葉靈鳳：〈讀書偶錄‧閻立本的故事〉（筆名「臨風」），刊《星島日報‧星座》，1969 年 7 月 2 日，頁 6。

192 Ignacio Bernal, Román Piña-Chán and Fernando Cámara-Barbachano; photographed by Irmgard Groth (1968) *The Mexican National Museum of Anthropology.* (Translated by Czitrom, C. B.) London: Thames & Hudson.

193 Swann, P. C. (1963) *Art of China, Korea, and Japan.* New York: F. A. Praeger.

194 戈登克雷（Edward Gordon Craig，1872-1966），英國劇場工作者、美術家。

1969年7月1日 星期二

——

天氣酷熱，東西也不想吃了。

未寫〈隨筆〉，譯連載小說及小故事，想實行每天在〈星座〉上寫二千字的計劃。今日發憤，總算譯了一千六百字[195]。

1969年7月2日 星期三

——

天氣繼續酷熱。雖有陣雨，熱浪不退。

寫〈隨筆〉，即以「心定自然涼」為題[196]。因家中洗地，四時即出外，與黃茅在得勝酒家飲茶，旋往報館工作，至深夜一時始回家。

購得企鵝出版部新出之《現代歐洲短篇小說選》[197]，僅六先令，但所選作品不甚精。又購《明報月刊》及《純文學》。

譯述故事及連載小說。下午飲茶，吃苦瓜炒牛肉。

1969年7月3日 星期四

——

夜來有雨，但氣候依然酷熱。

未寫〈隨筆〉，譯小故事[198]及連載小說，又寫有關十字軍毀壞君士但丁堡希臘藝術品短文一[199]，保持〈星座〉每天寫二千字的計劃。

195　葉靈鳳：〈智慧的花朵・婦人的詭計〉（筆名「伊萬」），刊《星島日報・星座》，1969年7月3及4日。

196　葉靈鳳：〈霜紅室隨筆・心定自然涼〉，刊〈新晚報・下午茶座〉，1969年7月3日，頁6。

197　Edited by Taubman, R. (1969) *The Penguin Book of Modern European Short Stories*. London: Penguin.

198　葉靈鳳：〈智慧的花朵・假裝懂得鳥語的小使〉（筆名「伊萬」），刊《星島日報・星座》，1969年7月5日，頁6。

199　葉靈鳳：〈讀書偶錄・藝術史上的浩劫〉（筆名「臨風」），刊《星島日報・星座》，1969年7月5日，頁6。

1969年7月4日　星期五

—

天氣繼續酷熱。

未寫〈隨筆〉，僅譯小故〔事〕及連載小說[200]，又寫關於「開天門」的短文一則[201]。

中凱於去年搬出外租房居住，最近又表示要搬回來住，於今日實行。

1969年7月5日　星期六

—

天氣繼續酷熱。

未寫〈隨筆〉，僅譯述小故事及連載小說稿[202]。

燈下剪存已發表的小故事譯稿。這都是準備編入《故事的花束》內者。

1969年7月6日　星期日

—

天氣炎熱，晚上有雨，稍涼。

今日星期，在家休息，僅譯連載小說一續。

購大燒鴨一隻，係用北京填鴨燒成，價二十元，味甚好，全家大嚼，又食口蘑，以青豆腐竹同煨。

1969年7月7日　星期一

—

天氣繼續炎熱，時有陣雨。

200　葉靈鳳：〈智慧的花朵・三個願望的故事〉（筆名「伊萬」），刊《星島日報・星座》，1969年7月6日，頁6。

201　葉靈鳳：〈讀書偶錄・「開天門」的傳說和笑話〉（筆名「臨風」），刊《星島日報・星座》，1969年7月6日，頁6。

202　葉靈鳳：〈智慧的花朵・貪小的浴室管理〉（筆名「伊萬」），刊《星島日報・星座》，1969年7月7日，頁6。

寫〈隨筆〉，以香港舊時話題為題材 203，又譯故事及連載小說稿 204。

1969年7月8日　星期二
—

夜來有陣雨，但白晝天氣依然炎熱逼人。

寫〈隨筆〉，係關於香港別名裙帶路者 205，又譯故事及連載小說。

1969年7月9日　星期三
—

天氣炎熱。

續寫〈隨筆〉，又譯小故事及連載小說。

日來本港發現霍亂症，被證實者前後已兩宗。

1969年7月10日　星期四
—

天氣繼續炎熱。

續寫〈隨筆〉，譯連載小說。

未寫〈星座〉稿。每日二千字的計劃，仍未能實現。

1969年7月11日　星期五　📷
—

天氣仍甚炎熱，晚有陣雨，熱浪未減。

已有第三宗霍亂出現。患者皆住九龍，皆是居住環境較差者 206。

203　葉靈鳳：〈霜紅室隨筆・「閑話角」的閑話〉，刊《新晚報・下午茶座》，1969年7月8日，頁6。另見《香島滄桑錄》，頁91。

204　葉靈鳳：〈智慧的花朵・阿布卡辛的破鞋〉（筆名「伊萬」），刊《星島日報・星座》，1969年7月9至11日。

205　葉靈鳳：〈霜紅室隨筆・裙帶路與阿群帶路的傳說〉，刊《新晚報・下午茶座》，1969年7月9至12日，頁6。另見《香島滄桑錄》，頁41。

206　〈患者四名疑症昨達三宗　霍亂蔓延可慮　檢疫所昨啟用〉，刊《星島日報》，1969年7月13日，頁20。

寫完〈隨筆〉〈裙帶路與阿群帶路〉，又譯故事及連載小說。

晚七時，黃茅約在得勝酒家晚飯，有羅承勛及嚴慶澍，閑談出版電影界近事，九時散。

今日下午三時，各界慶祝建國二十周年大會籌備委員會在九龍星光行開會，因時間不夠，未去參加。

1969年7月12日　星期六

—

天氣仍甚炎熱，時有陣雨。

譯故事及小說稿 [207]。未寫〈隨筆〉。

黃茅來電話，謂見有我的《北窗讀書錄》[208] 的出版預告廣告，但未說明在何處所見。翻閱今日各報皆不見。

晚間臨睡失手打破新配的眼鏡，幸虧舊的一副仍可用，否則就麻煩了。

1969年7月13日　星期日

—

天氣仍炎熱，上午有陣雨。

今日早起，十時與中絢夫婦等前往寶雲道小公園散步，遇雨，在新築之小涼亭內避雨。此處已多年未去過，以前非常幽靜，現在則可以通車，只有一部〔分〕還保持原狀了。

中午，中絢邀往麗心西餐廳吃自助餐，甚多肉食，味道則平平。每人十元，吃得甚飽。

今日缺睡，下午在窗前椅上小睡。

譯連載小說及故事稿。

207　葉靈鳳：〈智慧的花朵‧驢子與法官的故事〉（筆名「伊萬」），刊《星島日報‧星座》，1969年7月13至16日。

208　參考1969年5月23日之日記。

1969年7月14日　星期一

—

天氣繼續炎熱。

霍亂症又發現兩宗[209]，下午往李醫生處打防疫針，中輝同去。克臻不肯打。

在紅寶石飲下午茶，因大家未吃午餐，等於吃了一餐飯。

往實用圖書公司取書，除雜誌外，又買有關王爾德的畫傳一冊，有甚多未見過的圖片[210]。又有一冊有關讀書的隨筆一冊，多談歐洲大陸作家，可供寫作資料。又購英國譯本，法國流行小說《O的故事》[211]一冊，據介紹說描寫十分大膽。

譯連載小說及故事。

晚上打針處甚酸痛，略有熱度，提早上床休息。

1969年7月15日　星期二

—

仍是炎熱。

臂間仍有酸痛，精神已恢復。譯連載小說稿，未譯其他，亦未寫〈隨筆〉。

同事唐碧川[212]娶媳，晚與克臻同往紅寶石酒樓參加喜讌。

1969年7月16日　星期三

—

天熱。

仍未寫〈隨筆〉，也未譯〈星座〉用的故事稿，只譯了一些連載小說。

甚疲倦，似是防疫注射的反應仍未消失。

在中絢家吃咖喱豬排作晚餐。

209　〈當局加強檢驗各區糞便　控制疫菌傳播　昨日兩新患者俱住九龍〉，刊《星島日報》，1969年7月15日，頁24。

210　葉靈鳳：〈讀書偶筆·王爾德的畫傳〉（筆名「臨風」），刊《星島日報·星座》，1969年7月26日，頁6。

211　Réage, P. (1965) *Story of O.* (Translated by Sabine d'Estree) New York: Grove Press. 1975年拍成電影，香港上映時片名〈O孃〉。

212　唐碧川（1909-1990），畢業於中國新聞學院，抗戰期間回內地工作，抗戰後回香港，任星島報社總編輯，退休後任星系報業顧問。

冰箱壞了兩天，今日修好。是 G. E. C. 公司的出品，已用了八九年，修理工人對公司很不滿，謂近年出品愈來愈壞，新的冰箱全是向意大利訂貨來改裝的，勸我如果這舊的不能用了，最好不要再買 G. E. C.（英國通用電器公司）的出品。

1969 年 7 月 17 日　星期四

—

天氣仍甚炎熱，時有陣雨。

譯連載小說，未寫其他。精神仍感疲倦。

陳凡來電話，謂《北窗讀書錄》給了上海書局（日前黃茅所說者即指此，事實上他只見了廣告的稿樣），為〈現代文藝〉的一冊，囑我另選輯一集〈隨筆〉給大光書局。

1969 年 7 月 18 日　星期五

—

天熱，晚上有大雨，略為清涼，入夜至黎明皆有大雨。

譯故事 [213] 及連載小說。

1969 年 7 月 19 日　星期六

—

黎明及上午有大雨，天氣稍涼。

譯故事及連載小說稿。

1969 年 7 月 20 日　星期日 📷

—

昨日大雨，今日天氣稍涼。

今日星期，在家休息。美國太空船載人三名，飛向月球，將於明日上午抵達月球，準備降落，並計劃在月球步行採集岩石標本 [214]。看電視拍攝的紀錄片。

譯故事及連載小說。

213　葉靈鳳：〈智慧的花朵‧書記和小驢〉（筆名「伊萬」），刊《星島日報‧星座》，1969 年 7 月 20 至 22 日。

214　〈美太空船進入月球軌道　太空人明晨登月〉，刊《星島日報》，1969 年 7 月 20 日，頁 1。

燈下整理〈隨筆〉稿，將有關過去回憶及食物風俗者擬彙為一集，給大光書局出版。尚未擬定書名。

1969 年 7 月 21 日　星期一

—

天氣又恢復炎熱。食內地新運來的水果，包括雲南的「象牙杧果」，以及華中華北的「茄梨」、「苹果梨」、貴州小苹果等。

譯故事和連載小說 [215]。

美國太空船「阿波羅十一號」登陸月球成功 [216]。子船載兩太空〔人〕向月球降落，兩人在月球步行若干時，採回岩石標本若干。另一人守候在母船內，等候兩人乘子船飛回母船會合。今日早報及晚報多為此事出號外。

1969 年 7 月 22 日　星期二

—

陰雨，晚上雨勢甚大，入夜停止，黎明前又雨，但天氣並不甚涼。

譯故事及連載小說 [217]。

1969 年 7 月 23 日　星期三

—

夜歸遺失鑰匙一串，無法打開抽屜，以致此日記停寫多日，自此以下皆補記者。

—

215　葉靈鳳：〈智慧的花朵・騙食燒鵝的開羅法官〉（筆名「伊萬」），刊《星島日報・星座》，1969 年 7 月 23 至 25 日。

216　〈登月艇飛離月球　已進入月球軌道將與母船會合　定今日午後衝出軌道飛返地球〉，刊《星島日報》，1969 年 7 月 22 日，頁 1。

217　葉靈鳳：〈智慧的花朵・一隻燒羊腿的故事〉（筆名「伊萬」），刊《星島日報・星座》，1969 年 7 月 26 至 29 日。

1969年7月24日　星期四

——

僱定一木匠，修理家中窗戶及地板。講定修理及材料費共 390 元。有數扇窗門要換新的。克臻認為價錢太貴，大加責難。

此一木匠，後來工作做了七八成，忽然生病不來做了，工錢已支去 300 元，拆下一扇窗門，謂情形太爛，無法修理，要在講定的 390 元之外，再加錢，家中全體反對，他也一去不來，至今拆下的一扇破窗仍擱置一邊，成了話柄。

十二月十九日補記。

1969年7月25日　星期五

——

氣候酷熱，為入夏以來所少見，戶外空氣有熱風如近火爐，自晨至夜皆如此。苦熱，不能工作。

1969年7月26日　星期六

——

今日清晨七時三刻，本港發生猛烈地震數秒鐘。八時許又再震一次，幸而未造成什麼損失。

收到陳君葆自南非洲寄來的信，附詩兩首，他從今年三月間即離港乘輪作環遊世界的旅行了 [218]。

取來新配眼鏡，配玻璃一片，價八元。

本月甚熱，工作成績大差，完全未寫〈隨筆〉，〈星座〉稿雖努力寫 [219]，亦

218　《陳君葆日記全集‧卷六‧1967-71》一九六九年七月十七日：「寄懷葉靈鳳一首：遊觀聊為解朝酲，未許雲山賦別情。天末涼風歸棹日，休從問雁問秋晴。」（頁 355）另一九六九年七月十九：「同時也把寄給葉靈鳳的一張，交與 Burean 付郵。」（頁 356）另參考下頁注 220。

219　葉靈鳳：〈讀書偶筆‧戈登‧克雷的木刻〉（筆名「臨風」），刊《星島日報‧星座》，1969 年 7 月 30 日，頁 6。

距預定數字甚遠。

今年報館八月一日報慶，仍不設宴。每月發二十元作替代，這將成為慣例了。

七月三十一日補記

1969年8月1日　星期五

—

天氣仍炎熱。

往大公參加今年慶祝國慶新聞界籌備會議。今年是建國二十周年大慶，將特別熱鬧。

寫〈隨筆〉一篇，係用君葆的詩柬作題材[220]。

下午從《大公報》散會後，即在北極餐室[221]吃葡國雞飯，【盧】「北極」以所製雪糕（即冰淇淋）著名，在灣仔天樂里門市（甚接近《大公報》）同時設有餐廳，故老灣仔人多簡稱為「北極餐廳」。然後逕往報館，至夜始回。

1969年8月2日　星期六

—

天氣仍熱。

同事柯君嫁女，在銅鑼灣紅寶石設喜讌，與克臻往賀。

1969年8月3日　星期日

—

天氣仍熱。

報館排字房工友與領班發生意見，實行怠工，排稿工作受影響，因此今日星期也不能在家休息，要往報館發稿。

始食蘭州蜜瓜，甚清甜。

220　葉靈鳳：〈霜紅室隨筆・南非寄來的詩柬〉，刊《新晚報・下午茶座》，1969年8月2日，頁6。據此文，注218陳詩末句應為「休從關雁問秋晴」。

221　北極餐室，即北極雪糕公司，位於灣仔天樂里11號。見《香港年鑑1969・工商名錄》，頁218。

1969年8月4日　星期一

—

前次失去鑰匙，至今日始覓人來打開抽屜，並配了新匙，但仍有一抽屜未能打開。

1969年8月5日　星期二

—

有風訊，甚熱，並有大雨，但熱浪未減。

恢復寫〈香港書錄〉[222]，仍未寫〈霜紅室隨筆〉。

《成報》宋郁文[223]約往紅寶石喝茶。彼將在電台講中國發明人物故事，向我找材料。

1969年8月6日　星期三

—

天氣仍熱。

寫〈香港書錄〉，又譯小故事[224]，皆供〈星座〉之用。

1969年8月7日　星期四

—

已近立秋，氣候仍苦熱。

連日精神甚感疲乏，出汗甚多，口渴。

---

[222]　葉靈鳳：〈香港書錄·香港殖民地的標誌〉（筆名「葉林豐」），刊《星島日報·星座》，1969年8月1至3日。另見《讀書隨筆（三集）》，頁116。

葉靈鳳：〈香港書錄·早年香港人物略傳〉（筆名「葉林豐」），刊《星島日報·星座》，1969年8月5及6日。另見《讀書隨筆（三集）》，頁109。

按：8月1日已有〈香港書錄〉刊出，「恢復寫〈香港書錄〉」的日期，應該早於此日。

[223]　宋郁文（1916-1985），抗戰期間任職於《大光報》，抗戰後任《大光報》編輯主任，四十年代後期曾任《星運日報》、《星泰晚報》編輯。五十年代任香港《成報》編輯兼主筆，後兼任珠海書院教授、樹仁學院文科教授等。1969年任香港電台《咬文嚼字》節目主持人。

[224]　葉靈鳳：〈智慧的花朵·懂得和不懂得女人的男人〉（筆名「伊萬」），刊《星島日報·星座》，1969年8月9至12日。

1969年8月8日　星期五

—

今日立秋，但是氣候還不見有什麼變化。

因近日精神疲倦，今早以試驗糖尿病藥片作試驗，原來糖尿病又復發，怪不得如此。試驗結果所示，所含糖份已超過百分之二，甚嚴重，即日起停止進食有含糖份之飲料及食物。又開始復藥。

怪不得近日出汗口渴，種種現象又重現也。

以上皆本月十日燈下補記。

1969年8月9日　星期六

—

有大雨，天氣略涼。

今早試驗尿中所含的糖份，仍是百分之二。想是藥力不會如此速效之故。

改食沙律，黑麵包，不吃飯，水果也不能吃了。

八月以後，繼續服藥，糖尿病又漸漸消失，但身體甚弱，精神甚差，因此日記就停頓了下來，一直未再記下去。在此期間，讀書和寫作也很少，同時感覺視力日差，看書、視物，都很吃力。

十二月十九日補記。

1969年12月19日　星期五

—

日記停頓未記已幾月，今日取出，略作整理，從今天起再繼續下去。匆匆又是年尾，也好落得個有始有終也。

近日視力大差。一星期前去向眼科醫生求診（眼科醫官卓以忠，年歲甚輕），他用藥水放大瞳仁，反覆檢驗，謂我左眼有白點，右眼逐漸起膜，是以影響視力。囑要盡量少用眼力，又囑我另配一副眼鏡，因原有眼鏡已不適合，戴了數碼外視物已模糊了。

今日新眼鏡配好，戴起來情形甚佳。（左 700 度，右 800 度），問題是能維持多久不發生變化。若能暫時將視力穩定下來，就可以不管它了。否則甚成問題。

父親晚年在杭州也雙目失明，大姊近年也有一隻眼失明。我家對於視力似有

不好的遺傳。

在《成報》所寫的連載小說，日內將完，日前曾寫信通知他們不擬再寫下去。本來在二十二日可以刊完。後來何文法來電話，謂不及找人替代，要求延長至本月底，只好答應了他 [225]。

為《成報》寫小說已十五年，也覺得有點倦了，趁這休養目力機會停了也罷。若是有時間，該用來整理一下自己歷年積存的舊作。

不寫《成報》小說，每月少了四百元收入，擬整理舊稿為單行本，以此暫時來彌補。

日來提早到報館，提早回家。

隨筆集《北窗讀書錄》，已由上海書局於上月出版。

1969年12月20日　星期六 📷

—

天氣甚暖。

下午三時，到紅寶石餐廳晤黃俊東、劉一波，他與太太同來。區惠本已入《明報》工作，因無暇未來。以《北窗讀書錄》分贈各人，至五時許始散。

逕往報館工作。九時許，中絢夫婦來接我回家，他們今天剛換了新車。因肚餓，前往灣仔新開的上海館「大富貴」吃蝦腰麵一碗，尚不錯，又吃小籠包及餎肉，並帶了兩件棗泥鍋餅回來。

日來就寢時間提早，眼力似無變化。陳凡又介紹了一位姓蘇的眼科醫生，囑去看一下。

兒輩已忙着過耶節的點綴工作。

日前曾有小偷入後院，想從窗口偷物，因狗吠受驚逸去。

1969年12月21日　星期日

—

今日星期，在家未到報館，寫了連載稿，叫中輝送去。

整理櫃中書籍及舊稿，近日要加緊編好幾本書換取稿費，用來填補停止《成報》長篇的損失。

225　參考 1969 年 5 月 1 日之日記。

1969年12月22日 星期一

—

晚間與羅、嚴、黃等在新開之雲華酒樓[226]晚餐，談及要出版一種專供專上學生讀閱之刊物，約寫介紹西洋文學的稿件。

托黃茅向上海書局詢問可否每月整理單行本，交彼等出版，每月固定支稿費若干（約四百元）。

1969年12月23日 星期二 📷

—

下午五時半往文華酒店[227]參加歡迎韓素音[228]的酒會，係費彝民邀請。參加者多外國記者及領事，約二百人。韓以英語發表今年暢遊中國的觀感[229]。酒會花費甚大，聞每人約二十五元。

今日上午理髮。

下午赴文華酒會以前，曾在得勝酒家與黃茅喝茶，彼謂上海書局在基本上已同意我的提議，囑我自己去詳細面談。

1969年12月24日 星期三

—

兒輩湊熱鬧，忙着佈置聖誕樹。

上午由中敏陪我到九龍向眼科醫生蘇棉煥求診。彼檢驗後，意見與政府醫生大致相同，強調糖尿病會導致眼疾。謂我左眼白內障已深，右眼又正在開始。又謂即用手術割除亦未必有十足把握。給我服新出的藥丸，試看能否有效。

在裕華公司購黃麞肉兩包。

---

226 雲華酒樓，即雲華飯店，位於北角英皇道，見《百年香港中式飲食》，頁 90。

227 文華酒店，位於香港干諾道中，見《香港年鑑 1969·工商名錄》，頁 247。

228 韓素音（Han Suyin，1917-2012），也稱韓素英，原名周光瑚（Rosalie Elisabeth Kuanghu Chow），1949 年來香港，曾任職於瑪麗醫院，五十年代至「文革」期間，曾多次訪問中國，作品 Love is a Many Splendored Thing 曾改編成電影《生死戀》。

229 〈韓素英展望七十年代　中國革命經驗影響深遠〉，刊《大公報》，1969 年 12 月 25 日，頁 4。

韓素英著，楊青譯：〈這不是神話〉，刊《新晚報·風華》，1970 年 1 月 4 日，頁 8。

1969年12月25日 星期四

—

日來天氣甚和暖，今日家中晚餐吃火雞、牛肉、沙律等，中絢夫婦及中健偕女友皆來，飲酒，甚熱鬧。因今日係聖誕也。

1969年12月26日 星期五

—

天氣和暖，日來寫稿甚少。

晚間擬定一單行本書目，明天想找趙克再具體的談一談。

今日本應再去看眼科醫生，因事不想去，遂囑中敏去取藥，擬過了新年再去。順便送了他一冊《北窗讀書錄》，因他曾向我談起從杜甫的詩中看出杜甫晚年也有眼疾。

1969年12月27日 星期六

—

寒流來港，天氣轉冷。往實用書店付賬，購得「企鵝」新出的《捷克的新作品》一冊 [230]，這一叢刊已先後出版了十多冊，甚佳。

約趙克及黃茅在陸海通飯店晚飯，以書目一份交趙。他閱後無甚異議，可以按每月交五萬字左右取四百元計劃進行，並謂第一次可先整理《香港方物志》。

眼疾經過服藥及搽藥水，似皆無甚反應。

1969年12月28日 星期日

—

今日星期，在家未赴報館，將〈星座〉稿件編好後叫中輝送去。

今日寫畢《成報》的「卅一日」續稿後，已不必再寫。這項連載已寫了近十五年了，也該休息一下。他們在元旦日請客，仍發了請帖來。往年有時不去，但是這一次在人情上反而不能不去了。

230　Edited by Theiner, G. (1969) *New Writing in Czechoslovakia*. Harmondsworth: Penguin.

1969 年 12 月 29 日　星期一

—

天氣略冷。

晚間嚴、羅邀往西環一家潮州人家吃潮州菜，有黃茅及源克平等。家庭菜口味，平平而已 [231]。他們邀請協助一專供大專學生看的刊物，取名《風華》。

購再版本《香港方物志》四冊，將其中兩冊折開供修改用，並擬配以插圖若干。

1969 年 12 月 30 日　星期二　📷

—

發〈星座〉的元旦稿。寫〈香港的一月野花〉短文一 [232]，聊以應景。

報館排字房工友，向分兩派，【盧】兩派指左派右派。香港當年每行業均分兩派工會。此次皆定在元旦日請客，發來請帖。由於事實上沒有空，決定兩處都不去。每處送了二十元作賀。

1969 年 12 月 31 日　星期三

—

天氣和暖。

今天是一九六九年除夕。七時仍赴報館。路上交通梗塞，花了一小時以上的時間才到報館。看〈星座〉元旦的大版，又發一月三日的稿。二日休息一天。向兩個排字房打招呼，明天雙方的邀請都不去了。

十時一到，中絢夫婦用車接我回家。今晚既是除夕，家中曾略備小菜。有野味燜黃麖肉，味甚好。又有「醃篤鮮」。

十二時正，聽到教堂鳴鐘，港內輪船汽笛齊鳴，兒輩折開一大盒朱古力以作新年慶祝。

231　羅隼：〈《文壇》、《青知》與《南斗》〉，見《香港文化腳印》，文中提到：「文藝世紀未停刊前，圍繞在文藝世紀的一班作家葉靈鳳、吳令湄、黃如卉、源克平、蕭銅、嚴慶澍、黃蒙田等幾位，他們平時每月都有一次聚會，輪流作東，他們喜歡潮州菜，經常去三角碼頭的『德記飯店』聚會。」（頁26）【盧】泛指中上環未填海前，今德輔道西鹹魚欄一帶，連接海旁一段干諾道。昔曾有三角碼頭，拆卸後，港人多指該區稱「三角碼頭」。

232　葉靈鳳：〈香港一月的野花〉（筆名「葉林豐」），刊《星島日報·星座》，1970 年 1 月 1 日，頁 17。

今年讀書談不上，文章也寫得少。春間糖尿病復發，秋後眼力又大減，皆有影響。單行本只出版了一冊《北窗讀書錄》。

但願一九七零能勉力多有一點收穫！

一九七零年元旦記。

一九七〇年

📷 這冊一九五六年出版的《天天日記》，由於我曾代為選輯了其中的木刻等等插畫，出版者除送了很優厚的稿費（五百元）之外，又送了一冊用皮面裝訂的日記。一直空着未用，現在看來有點可惜，就利用作為今年（一九七零年）的日記冊。日記內本有十二幅彩印的明星照片，覺得討厭，特地撕去了。又，日記主編人之一薛君[001]，已在一九六九年中秋節次日，因夫妻口角，自縊而死。這也是他當年編這部日記時再也料不到的事吧。

一九七零年一月二日燈下記。

【盧】「天天日記」由二天堂印務有限公司印行。香港二天堂藥廠韋氏家族後代韋基澤在英國學習柯式印刷術，返港後與其弟韋基舜開辦以柯式印刷的二天堂印務有限公司，以便印製家族成藥生意宣傳品。後來為充分利用印刷機，1960 年 11 月 1 日創刊彩色印刷報紙《天天日報》，亦接印各種印刷品。1956 年由二天堂編印的《天天日記》，每周「星期扉頁」有插圖，合計 53 幅，由葉靈鳳選輯及撰寫說明文字。徐訏寫〈扉語〉及一至十二月〈獻辭〉，葉氏覺得討厭之十二幅彩印明星照片，即為每月間頁。

1970 年 1 月 1 日　星期四

—

今日為一九七零年元旦，天晴和暖，有微風。

今日為我與克臻結婚紀念日，兒輩合資送賀卡及大蛋糕。下午三時由中絢夫婦邀往作郊遊，遍遊山頂、淺水灣及香港仔。在淺水灣喝茶，因是假期，人甚多，日本遊客更多。傍晚回市內，在得勝酒家晚餐。

今晚《成報》邀宴，七時三刻前去。大家知我因眼疾中止為《成報》寫小說，不免慰問一番。十時半回家。報館今天休息一天，不用去了。

1970 年 1 月 2 日　星期五

—

天氣晴和。

001　據日記原件版權頁，《天天日記》的編輯者為薛志英、彭成慧。

擬以意大利作家莫拉維亞的中國遊記寫一短文 [002]，在燈下翻閱有關材料，至三時始睡。此為近來睡得最遲的一晚了。

《新晚報》編者囑找德國版畫家訶勒微支作品作插畫 [003]，從一冊德國表現派版畫選集中找出三幅應之。本有一冊她的作品全集，一時不知放在何處。

1970年1月3日 星期六

—

天氣晴暖。

着手整理《香港方物志》，集中過去所寫的有關香港自然的稿件，作為修改的根據，又擬定要用的插圖項目 [004]。

1970年1月4日 星期日

—

星期，在家休息。下午，大家出家出門，留我一人在家看守門戶，頓覺十分清靜。

寫〈香港書話〔錄〕〉一則 [005]，《香港的鳥》，係前香港大學教授香樂思 [006] 著。他對於香港的自然科學研究貢獻甚大，是《香港自然學家》季刊創辦人。

試看書少許，已經許久未曾開卷了。

入夜天氣轉冷。

002　Moravia, A. (1968) *The Red Book and the Great Wall: an impression of Mao's China.* (Translated by Ronald Strom, R.) London: Secker & Warburg.

　　　葉靈鳳：〈談莫拉維亞和他的中國遊記〉（筆名「霜崖」），刊《新晚報・風華》，1970 年 1 月 18 日，頁 8。

003　訶勒微支（Käthe Kollwitz，1867-1945），通譯珂勒惠支，德國版畫家、雕塑家。

　　　珂勒惠支：〈義勇軍〉（木刻），刊《新晚報・風華》，1970 年 1 月 4 日，頁 8。

004　這裏指上海書局 1970 年再版的《香港方物志》。

005　葉靈鳳：〈香港書錄・香港的鳥〉（筆名「葉林豐」），刊《星島日報・星座》，1970 年 1 月 7 日，頁 6。另見《讀書隨筆（三集）》，頁 127。

006　參考 1951 年 1 月 14 日之日記。

1970 年 1 月 5 日　星期一

—

天氣倏寒，北風甚勁。

上午由中敏陪同到九龍蘇棉煥醫生處看眼。我自覺情形無甚好壞，彼則謂略好。囑下次帶同所有眼鏡給他檢驗一下，是否適合。

前曾贈他《北窗讀書錄》一冊，再三表示謝意，並立即說出前數篇內容大意，至少已翻過一下了。

同中敏在馬來餐室吃咖喱，又在裕華國貨公司買天津的蝦滷黃瓜等，係用大缸裝者，滷汁不夠。歸家試之，發覺已變味，棄之。幸所購甚少。

有四川豆瓣醬，所用瓦罐花款甚佳。又見已有南京板鴨。

往銀行為中嫻付學費。

晚在華豐國貨公司購蝦滷瓜二，甚佳。

1970 年 1 月 6 日　星期二

—

天氣轉冷，今日為小寒節。

昨晚往《成報》取稿費，告那個聽電話的曾姑娘，我已停止為《成報》寫小說，這是最末一期的稿費了，以後不再來了。她聽然似乎有點悵然，因為經常經她手上取稿費已有許多年了。

吃草頭，即金花菜，古稱苜蓿，甚瘦。已多年未吃過此物了。

在燈下修改《香港方物志》。

1970 年 1 月 7 日　星期三

—

天氣仍冷。

寫《香港的郊野》[007]——〈香港書錄〉之一。

夜歸較遲，今晚未能繼續修改《香港方物志》。

---

[007]　葉靈鳳：〈香港書錄‧香港的郊野〉（筆名「葉林豐」），刊《星島日報‧星座》，1970 年 1 月 9 日，頁 6。另見《讀書隨筆（三集）》，頁 134。

1970年1月8日　星期四

—

天氣繼續微寒。

寫〈香港書錄〉：《復仇神號航程及作戰史》[008]，此係 1844 年出版之書，其中有三章，是敘述早期香港情形的。今日只寫成上篇。

又為《新晚報》〈風華〉寫評論意大利作家莫拉維亞所作的新中國遊記。此人有意醜化文化大革命及中國人民，甚為可惡。不知當時北京何以允許他入境？或是被他一時矇混了？據他自己說，是在日本申請入境獲得批准的。寫至三時許始睡，是近來睡得最遲的一夜。

1970年1月9日　星期五

—

天氣白晝較暖，晚後仍很冷。

寫完《復仇神號航程及作戰史》[009]。

着中輝往實用書店取來雜誌一批。

美國的《生活》畫報內容愈來愈貧弱而壞，價錢卻愈來愈貴了。

晚間中絢夫婦邀出外晚飯，偕中慧同去，至灣仔上海館「三六九」吃「鱔糊」，係久存雪櫃的現成貨，礓硬而有腥味，壞極，難怪他們生意不好。年前曾去吃過，尚佳，不料現在何以一壞至此。此這裏的上海菜館生意所以江河日下也。許多外江人都寧可吃廣東菜而怕往上海菜館了。

008　*From notes of Commander W. H. Hall, R. N., with personal observations by W. D. Bernard (1844) *Narrative of the voyages and services of the Nemesis, from 1840 to 1843; and of the combined naval and military operations in China: comprising a complete account of the colony of Hong-Kong, and remarks on the character and habits of the Chinese.* London: H. Colburn.

　　葉靈鳳：〈香港書錄・復仇神號航程及作戰史（上）〉（筆名「葉林豐」），刊《星島日報・星座》，1970年1月10日，頁16。另見《讀書隨筆（三集）》，頁80。

009　葉靈鳳：〈香港書錄・復仇神號航程及作戰史（下）〉（筆名「葉林豐」），刊《星島日報・星座》，1970年1月11日，頁6。另見《讀書隨筆（三集）》，頁80。

1970年1月10日　星期六

—

天氣略暖。

又寫〈香港書錄〉《香港》[010]，此係一九五二年英國殖民部出版的半官式介紹。寫得很瑣碎，全是「洋大人」的自以為是的觀念。不甚好。今天只寫了半篇，未寫完。

1970年1月11日　星期日

—

天氣和暖。寫完《香港》下篇[011]。晚間着中輝送稿到報館。我與中嫻在北角華豐國貨公司等他，略購酥糖、花生糖、松子等零食，後一同往美利堅吃北方家常餅、鍋貼、葱油餅等。又買了一盒上海豆沙包帶回家。

1970年1月12日　星期一

—

天氣和暖。

上午十一時，由中敏陪我到九龍往蘇醫生處看眼。彼謂我右眼情形略好，給藥兩星期，囑兩星期後再去覆診。

在彌敦酒店[012]二樓喝「中午茶」作午餐，又在裕華買油雞一隻及燒豬肝帶回。

燈下修改《香港方物志》。

1970年1月13日　星期二

—

天氣和暖，入晚漸有北風。

010　葉靈鳳：〈香港書錄·英格雷姆斯的「香港」（上）〉（筆名「葉林豐」），刊《星島日報·星座》，1970年1月13日，頁6。另見《讀書隨筆（三集）》，頁98。參考1953年1月23日之日記。

011　葉靈鳳：〈香港書錄·英格雷姆斯的「香港」（下）〉（筆名「葉林豐」），刊《星島日報·星座》，1970年1月14日，頁6。另見《讀書隨筆（三集）》，頁98。

012　彌敦酒店，位於九龍彌敦道378號。見《香港年鑑1970·工商名錄》，頁282。

黃茅邀本星期五往上次吃過的潮籍私廚處吃晚飯 013。

中輝今日考汽車駕駛執照，未能及格，要再考一次。

燈下修改《香港方物志》稿。預算在下星期一交出。

1970 年 1 月 14 日　星期三

—

天氣轉冷。

寫〈香港書錄〉：安德科的《香港史》014。他的這本書寫得比英格雷姆斯的一本好得多了。

晚餐甚遲，吃完已逾一時，因此未能再工作。二時就寢。

1970 年 1 月 15 日　星期四

—

天氣嚴寒，入夜尤甚。

續寫〈香港書錄〉，係安德科與另一作者合著的一冊香港簡史：《芬芳的港》015。本是作中學教科書的，但寫得簡短扼要，一般人亦可一讀。

晚餐吃豆腐煮燒豬肉，聊以禦寒，惜無韭菜耳。

1970 年 1 月 16 日　星期五

—

今日天氣仍很冷，清晨僅有七度。新界大帽山頂氣溫已降至零下一度，是入冬以來最冷的一天。但還未達到過去的最低氣溫紀錄。十多年前，有一次在市內

013　參考 1969 年 12 月 29 日之日記。

014　Endacott, G. B. (1964) *A History of Hong Kong*. London: Oxford University Press.

葉靈鳳：〈香港書錄·安德科的香港史〉（筆名「葉林豐」），刊《星島日報·星座》，1970 年 1 月 16 日，頁 6。另見《讀書隨筆（三集）》，頁 101。

015　Endacott, G. B. and Hinton, A. (1962) *Fragrant Harbour: a Short History of Hong Kong*. Hong Kong: Oxford University Press.

葉靈鳳：〈香港書錄·安德科與興頓合著：芬芳的港〉（筆名「葉林豐」），刊《星島日報·星座》，1970 年 1 月 17 日，頁 6。另見《讀書隨筆（三集）》，頁 94，題為〈芬芳的港〉。

也低至三度，連瓶裏的生油也凍結了，這是本港所少有的。

　　寫〈香港書錄〉：〈香港的序〉[016]，是敘述促成香港殖民地誕生的種種事態的，主要的是引起鴉片戰爭的英國和滿清的那些衝突。

　　燈下修改《香港方物志》，決定在下星期一結束這一工作。

1970年1月17日　星期六　📷

—

　　天氣仍冷。

　　寫〈香港書錄〉：〈香港漫遊〉[017] 一篇，此係三十多年前出版的本港郊遊爬山指導小冊，此時當然已失去效用，但重讀之下，頗有今昔之感。如昔日可以隨便越過邊界往遊梧桐山，今日當然已經不可能了。【盧】1951 年，香港政府頒佈《邊界禁區命令》，以保安理由封閉與中國大陸接壤邊界，正式成立邊境禁區，沿線佈防。香港居民出入邊境均需出示禁區通行證，即「禁區紙」，1962 年後更逐步延長禁區界線。梧桐山，高九百四十四米，位於港深邊界，為新界第二高山，山脊連綿，人跡罕至，1962 年 5 月有大批中國人越界偷入英界，此即「五月逃亡潮」。事後香港政府為防有人再越境，沿山脊鋪設鐵蒺藜鐵絲網。自 1997 年香港回歸中國，部分禁區已先後在 2012 年 2 月及 2013 年 6 月解封。

　　晚黃茅請客在潮州私廚家晚膳，有羅、嚴、源等人。此次菜頗清腴，談起《新晚》的〈風華〉雙周刊，下期起即改成周刊，要求每期寫一篇西洋現代文學的批評。

1970年1月18日　星期日

—

　　天氣仍嚴寒，入晚更甚，且有冷雨。

016　Coates, A. (1966) *Prelude to Hong Kong*. London: Routledge & Kegan Paul.

　　　葉靈鳳：〈香港書錄・香港的序曲〉（筆名「葉林豐」），刊《星島日報・星座》，1970 年 1 月 18 日，頁 6。另見《讀書隨筆（三集）》，頁 73。

017　　Heywood, G. S. P. (1938) *Rambles in Hong Kong*. Hong Kong: South China Morning Post.

　　　葉靈鳳：〈香港書錄・香港漫遊〉（筆名「葉林豐」），刊《星島日報・星座》，1970 年 1 月 19 日，頁 6。另見《讀書隨筆（三集）》，頁 136。

今日星期，在家休息。繼續整理《香港方物志》，看來在星期一勢必不能交出了，但快要過年，不便拖延。

吃南京板鴨。不知如何，過鹹，別無其他鮮味。

1970 年 1 月 19 日　星期一

—

天氣甚寒，僅有七度。

在燈下閱一月號《純文學》，有川端康成的短篇 [018] 及關於日本「正倉院展覽」的通信 [019]，皆可一讀。至三時始睡。

1970 年 1 月 20 日　星期二

—

天氣仍冷，今日為大寒節。

選出若干年畫去製版供〈星座〉用 [020]，因為舊曆新年已經近了。又製了兩件明器「狗」的圖片 [021]，因明年是「狗」年也（庚戌）。

翻閱法國作家貝克特 [022] 的小說，他得了去年的諾貝爾文學獎金。是一個以「荒謬劇」成名的作家。〈風華〉囑寫一篇關於他的短文。

晚間在報館寫〈香港書錄〉，所談者是一本以香港與日軍的戰爭為題材的小說：《勇敢的白旗》[023]。

018　川端康成著，程家驊譯：〈處女作的困擾〉，刊《純文學》第 34 期，1970 年 1 月，頁 146。

019　林文月：〈奈良正倉院展參觀記〉，刊《純文學》第 34 期，1970 年 1 月，頁 54。

020　包括清代蘇州桃花塢彩色木板年畫：花開富貴、天官、清唱、門神（二張）、開市大吉、姑蘇玄妙觀，分別刊於《星島日報・星座》，1970 年 1 月 24、26、28、29 日、2 月 4 日（頁 6），及 2 月 9 及 12 日（頁 15）。

021　〈十二生肖俑・戌狗〉（西安出土）、〈六朝狗俑〉（南京出土），刊《星島日報・星座》，1970 年 2 月 8 日，頁 6。

022　貝克特（Samuel Beckett，1906-1989），愛爾蘭作家，1969 年獲諾貝爾文學獎。

023　Ford, J. A. (1961) *The Brave White Flag*. Glasgow: R. Drew.

　　葉靈鳳：〈香港書錄・勇敢的白旗〉（筆名「葉林豐」），刊《星島日報・星座》，1970 年 1 月 22 日，頁 6。另見《讀書隨筆（三集）》，頁 115。

1970 年 1 月 21 日　星期三　📷

—

天氣仍冷。

寫〈香港書錄〉：〈香港食用魚類圖志〉[024]。

本港有一種新出的雙周刊，稱為《70 年代》[025]，自稱為「新左派」，近於「喜痞士」[026] 之流，第一期有文字和圖片介紹畢加索的色情版畫。

1970 年 1 月 22 日　星期四

—

天氣略暖。

着手為《新晚報》〈風華〉寫〈貝克特與諾貝爾文學獎金〉。未能寫完。

1970 年 1 月 23 日　星期五

—

天氣略暖。

寫完〈貝克特與諾貝爾文學獎金〉[027]，二千字。

晚間中敏自報館攜回花蟹數斤，晚餐後蒸而食之，味頗不錯，蟹膏充盈，甚新鮮，係託人自香港仔買來者。因為吃得甚飽，遲遲不敢睡。上床已四時矣。

1970 年 1 月 24 日　星期六

—

天氣又開始轉寒。

024　葉靈鳳：〈香港書錄‧香港食用魚類圖志〉（筆名「葉林豐」），刊《星島日報‧星座》，1970 年 1 月 23
　　日，頁 6。另見《讀書隨筆（三集）》，頁 132。參考 1968 年 3 月 21 日盧瑋鑾箋。

025　《70 年代》，雙周刊，1970 年 1 月 1 日創刊，1972 年停刊。主要創辦人為吳仲賢和莫昭如。雜誌反映
　　六十年代中後期香港青年人文化及政治的關注，強調反建制、反殖民。雜誌同人多介入社會運動，並發
　　動中文成為法定語文、保衛釣魚台等運動。

026　喜痞士（Hippies），港譯嬉皮士，指六七十年代西方蔑視傳統、有意識地遠離主流社會的年輕人，他們
　　以此表達對社會的叛逆。

027　葉靈鳳：〈貝克特的作品和諾貝爾文學獎金〉（筆名「霜崖」），刊《新晚報‧風華》，1970 年 2 月 1 日，
　　頁 8。

譯連載稿。因明天為星期日，擬在家休息，要多發一天稿件，因此未有時間寫其他稿。

在燈下翻閱阮氏翻刻宋本《列女傳》，即有顧愷之插圖者。目力不好，看線裝書尚方便，看外文書就吃力了。阮刻《列女傳》，近年已不易得了。

1970年1月25日　星期日

—

天氣寒冷。

整日修改《香港方物志》，明日必須交出了。

1970年1月26日　星期一

—

天氣較暖。

上午繼續將《香港方物志》全部修改完竣。下午三時往上海書局晤趙克，交出稿件，取得稿費八百八十元。尚有插圖容日內另交。

1970年1月27日　星期二

—

天陰，有微雨。

下午二時往銀行取款，由中輝、中敏陪往九龍蘇醫生處。經過檢查，彼謂情況無甚變化，給藥半月，要過了春節再去了。

往裕華國貨公司參觀瓷器。購仿磁州窯小瓶小罐各一，皆係黑白瓷，每個不到十元。又購青瓷小茶壺一，作沖茶用，價四元。又購羊肉等凍肉若干包。離開裕華已六時半，天色已黑，急急乘船過海，大家尚未午餐，遂往紅寶石晚餐，然後返家。

今日因整日在外，往報館工作至十二時始回家。

1970年1月28日　星期三

—

天陰潮濕。

譯稿，工作很慢。目力遠視似乎不及前。

年關已經近了，今天是農曆十二月廿一日。

1970年1月29日　星期四
—

陰雨，入冬以來，第一次正式下雨。

托黃茅代裱的三幅畫都已裱好。毛主席詞意的紅梅水仙一幅甚漂亮。另一幅是石魯的嶺南風景水墨畫，再一幅是隋造像背面拓本，構圖甚美，是造像中最好的「背面」。裱工共八十元。

他又以一隻傲磁州黑白窯花瓶見贈，高尺餘，古拙可愛。

今日報館提前發薪水及津貼。

晚間中凱以七百元交我過年，因以二百元轉贈克臻。

1970年1月30日　星期五
—

有北風，天氣又轉寒。

下午出外為中嫻繳學費，又往實用書店付賬 114.85，購新出版的《英國人在遠東》[028]，有甚多少有的舊時插圖。又取來刊物一批。

街上人甚擠，在蘭香閣吃一客牛肉餅作午餐回家。

1970年1月31日　星期六　📷
—

北風，天氣甚寒。

大會堂有英國亨利‧摩爾的雕刻展覽 [029]，俱係原作，係在日本展覽後運回英國途經此地留下作展覽的。機會甚難得，因邀黃、源、羅三人在下午三時同往參觀。他的作品原出墨西哥、埃及、非洲和我們中國殷商藝術的影響，在抽象之中仍含有單純化的形象表現。有些很耐看，尤其是小件。大家看後約定各人寫一點

028　Woodcock, G. (1969) *The British in the Far East*. London: Weidenfeld & Nicolson.

029　亨利‧摩爾（Henry Moore，1898-1986），英國雕塑家。

〈重看歐戰防空壕內景況　亨利摩爾雕塑周五原件展出〉，刊《星島日報》，1970 年 1 月 20 日，頁 17。

意見，構成一次筆談會 [030]。

　　有一家新開的川菜館，名四川樓，看完展覽會後，四人同往一試。吃了幾樣典型的四川菜，還不錯。只是粉蒸牛肉的牛肉老了一些。

1970年2月1日　星期日
—

天寒，仍有北風。

今日在家休息，未赴報館。

晚間吃臘肉燜芋頭。由於芋頭好，滋味甚美。

1970年2月2日　星期一
—

天氣轉暖，略有回南之意。

晚間又往那間四川館晚餐。生意甚好。改吃粉蒸豬肉，仍不合水準。不知此菜何以如此難做。麻姑豆腐則甚好。今晚同去的是克臻和子女們。

1970年2月3日　星期二
—

天暖。

擬寫參觀摩爾雕刻展覽稿，未成。

即將過舊曆年，多發稿兩天，報紙在六日、七日休息（初一、初二）。

1970年2月4日　星期三
—

天氣不冷。

上午寫〈小談亨利摩爾〉[031]，約一千字，此係《新晚報》的〈風華〉周刊報。

030　〈筆談亨利摩爾展覽〉，刊《新晚報·風華》，1970年2月8日，頁8。

031　葉靈鳳：〈英國名雕刻家〉（筆名「霜崖」），刊《新晚報·風華》，1970年2月8日，頁8。

報載英國哲學家羅素 [032] 去世，享年九十七歲。

往報館補齊所發之八日、九日稿。近年寫報較少，因此較清閑。

偕中輝往報館送稿後，又往華豐公司略購零物，人極擁擠。然後至灣仔一家上海小館「四興樓」[033] 吃砂鍋獅子頭及陽春麵，價廉物美。又購菜肉大包及豆沙包回家。

明日已是農曆除夕了。街上人甚多。

1970年2月5日 星期四

——

有北風甚勁，天氣微寒。

今日是農曆除夕，兒輩在家中略作佈置。將新裱的三幅畫分別掛上。那幅北魏皇興造像背面圖像拓本掛在座右。

中絢偕夫婿，中健偕女友，皆回來吃晚飯。中凱三時始回。

在燈下閱麟慶之《鴻雪因緣圖記》。此書刊刻甚精，有圖二百餘幅，多是各地風景古蹟，係道光年間出版，在今日已很難得。晚間有暇，在燈下展閱至五時始睡。如此度了這個除夕，亦別有滋味也。

1970年2月6日 星期五

——

今日天氣晴暖，是農曆庚戌年元旦，屬狗，我已是六十六歲的人。

早上有以前女傭的義女偕子女來拜年，每年皆如此，已歷多年，孩子們群呼之為「人情味」，也不知姓什麼。以前子女很幼，來了總要爭搶糖果。今年來，兩女已長大成人，較小的也不再爭糖了。

又，中凱之友唐君來坐，是上海人，力言中凱應該成家立室了。

中絢夫婦回來拜年。同出去馬老太家、君葆家拜年 [034]。

早吃蘿蔔糕，甚佳。

032　羅素（Bertrand Russell，1872-1970），英國哲學家。

033　四興樓，位於灣仔莊士敦道 218 至 220 號。

034　《陳君葆日記全集・卷六・1967-71》一九七〇年二月六日：「晚七時，靈鳳夫婦和最幼小的小哥兒來，談了好一會。」（頁 401）

燈下閱《泰晤士報文學副刊》。

倦甚，一時即睡。

又，鄰家李姓亦遣女兒來拜年。

1970年2月7日　星期六

—

天氣晴好。

中健偕徐小姐回來拜年，吃蘿蔔糕及煎堆等。一連兩天，白晝都不曾正式吃飯。

開始譯連載小說，因今晚已要到報館工作了。

視力不好。夜晚走路，街上車輛燈光燎亂，不易判斷，真是觸目驚心。

1970年2月8日　星期日

—

今日星期，在家休息。

翻閱中外畫冊、拓本等。

1970年2月9日　星期一

—

天氣略寒。

與克臻往《大公報》參加團拜。費社長夫婦邀往六樓小坐，以龍井茶餉客，又以「鐵觀音」茶一包見贈。

與羅、嚴等同至國運茶樓[035]飲茶。生意極好，堂倌應付不及，沒有點心，勉強吃了兩碟炒麵而退。

1970年2月10日　星期二

—

天陰有風，入暮又轉寒。

源克平、黃克平來電話拜年。

035　國運茶樓，位於灣仔軒尼詩道380號與天樂里交界處。

1970 年 2 月 11 日　星期三

—

天氣陰冷，有雨。

晨起似乎受涼，終日胸口不暢，且有微咳。晚上提早返報館，提早回來，未吃晚飯，服阿士伯羅兩片。十二時半上床休息。午夜過後，微汗，似稍舒暢。

1970 年 2 月 12 日　星期四

—

天陰略有潮濕。

精神恢復，但胃口仍不甚好。

1970 年 2 月 13 日　星期五　📷

—

天晴，有微風。

今晚黃墅招飲。他近年經理日本精工表廣告事，生活頗優裕，謂將找機會以精工表名義招待我等往遊日本一次。【盧】黃墅本為娛樂版記者兼近似公關工作，與文化界亦多稔熟，後任商藝廣告公司總經理。1982 年 10 月 10 日病逝。

與黃茅先在得勝酒家喝茶，然後一同往九龍。以時間尚早，遂往海運大廈一遊。有印尼商店有峇里木雕出售，但不甚好。

在黃家餐後，已十時許，回到報館已十一時多，因此今晚自報館回家已一時半。為近來最遲的一次。

三時睡。

1970 年 2 月 14 日　星期六

—

天晴。

唐英偉以所繪魚類彩圖一輯見贈。他是讀了我的〈香港書錄〉中提到他的名

字 [036]，這才寄來的。當作一信謝之。

1970 年 2 月 15 日　星期日

—

天晴。

近日視力似愈來愈差，影響精神。今日星期，在家將舊書翻翻弄弄，就過了一天。

燈下閱《隸釋》，係清道光翻刻宋本。這樣的書現在也不可多見了。

中嫻牙痛，夜不能安睡，使我的睡眠也受到影響。

1970 年 2 月 16 日　星期一

—

天氣和暖，似略有潮濕，令我視覺愈加模糊。

翻閱櫥中線裝書。有殘本蘇長公小品文，朱墨套印，似是明刊本。他的小簡寫得極有風趣。

1970 年 2 月 17 日　星期二　📷

—

天氣和暖。

中嫻牙痛仍未愈。今日與小孫同去李醫生處。

燈下翻閱《喜詠軒叢書》。過去曾極欲得此書，以價昂不能買，後苗子贈我甲編一函（全部共五函），自己又購得零本數種。我所欲得者不過其中畫冊，現已得其六七，餘者已可有可無矣。這叢書是石印的，現在看來，有點俗氣，古拙不足，可知近年的口味也變化了。

036　葉靈鳳：〈香港書錄‧香港食用魚類圖志〉（筆名「葉林豐」），刊《星島日報‧星座》，1970 年 1 月 23 日，頁 6。另見《讀書隨筆（三集）》，頁 132。

　　葉靈鳳：〈香港書錄‧香港的海洋魚類〉（筆名「葉林豐」），刊《星島日報‧星座》，1970 年 2 月 10 日，頁 6。另見《讀書隨筆（三集）》，頁 131。兩篇文章都提到唐英偉。

1970年2月18日 星期三

—

天氣晴暖。

自書櫥內取出《吳郡五百名賢像贊》賞玩一過。此書有畫像五百幅，各繫小傳，係木刻本，另有石刻拓本，皆在蘇州滄浪亭。十年前，香港書坊自內地運來木刻本、石刻本各一，另有拓本五百羅漢像，價皆不貴。當時只買了這部木刻本《吳郡五百名賢像》，餘都交臂失之了。甚為可惜。

1970年2月19日 星期四

—

天氣晴暖。

讀《隸釋》所錄之《水經注》有關古碑注文，又讀所載武榮、武班、武梁碑文。此皆與武梁祠畫像石有關者。梁碑有關於石室記載，並載刻石者為「良匠衛改」。此款資料，今始細讀之，以前都忽略了。

1970年2月20日 星期五

—

天氣燠暖如初夏，回南潮濕。

視力日覺模糊，甚感不便。

1970年2月21日 星期六

—

天暖潮濕。

閱英國皇家亞洲學會香港分會 037 會刊，有甚多有關香港的冷僻資料。已出至第九冊，擬去補購過去出版者。

—

037　香港公共圖書館設有「皇家亞洲學會（香港分會）特藏」，圖書館網頁介紹如下：

「皇家亞洲學會（香港分會）隸屬於倫敦皇家亞洲學會，其成立的目的為促進西方對中國及其他亞洲各國的認識。香港分會於一八四七年創立，第一任會長為港督戴維斯爵士。該會曾於一八五九年停辦，後於一九五九年再度復會，並透過舉行講座、安排訪問及海外考察團、出版學術性年報及刊物等，繼續其推廣及促進對中國和亞洲各國文化認知的活動。」（讀取日期：2015 年 2 月 26 日，https://www.hkpl. gov.hk/tc/reference/special/rasc.html）

1970年2月22日　星期日

—

今日星期，在家休息。

1970年2月23日　星期一

—

天暖。下午與黃茅同去參觀摩爾的雕刻，又攝影數幀。後在得勝酒家喝茶。再往書店看書，購新出的一冊關於香港的英文書，內有插圖數幀甚好。是關於早年香港情形，一般少見者。

1970年2月24日　星期二

—

天氣晴暖，仍是回南。

晚赴新華社之宴，賓主共兩桌，都是上了年紀的文化科技界份子，有曹聚仁、陳君葆、黃祖芬、李萍倩 [038] 等。醫生被邀者有李崧 [039]、王通明等。【盧】李崧醫生是香港作家兼名編輯李文健（筆名杜漸，曾編《開卷》、《讀者良友》等刊物）的父親。《李崧醫生回憶錄》，由「香港工會聯合會工人醫療所」編，《香港商報》一九八七年出版。杜漸告訴我，他父親一貫低調，本不肯出回憶錄，後終以口述形式，由杜漸編寫成書。席間與郭增愷 [040] 談眼疾問題，他也患很深白內障，謂國內新眼科手術「金針撥內障」方法甚簡單有效。

038　李萍倩（1902-1984），原名李椿壽，安徽人，二十年代於神州影片公司任導演和演員，三十年代任明星影片公司導演，1936年參加上海電影救國會，為藝華、新華、華成、中聯等公司任導演，1947年來香港，先後為永華、長城影片公司任導演，並為長城影片公司顧問、香港華南電影工作者聯合會會長。

039　李崧（1895-1989），廣東人，1911年來港就讀於皇仁書院，畢業於香港大學醫學院，三十年代曾赴上海參與抗日軍隊後勤隊伍，香港淪陷後回中國繼續行醫，1950年創辦工會聯合會工人醫療所，當主任醫生義務診病，1968年起任中銀集團聯合診所主任醫生。

040　郭增愷（1902-1989），曾任馮玉祥秘書、楊虎城參議、張學良顧問，西安事變時任宋子文秘書。1947年來香港，任永安藥堂和《星島日報》顧問，1980年定居北京。

1970年2月25日 星期三

—

天氣甚暖，回南，有濕霧。每年這樣的天氣最令人難受。再加上視力不好，眼前簡直是一片模糊。

1970年2月26日 星期四

—

天氣繼續潮濕回南。

黃茅寄來日前在大會堂所拍的照片，甚灰黯，不夠光線。

讀捷克一新作家所寫的動物小品數則，立意甚新奇有趣。

1970年2月27日 星期五

—

天氣仍暖。

譯捷克作家的動物小品兩則 [041]。已許多〔天〕未工作了，目力不好，工作起來很吃力。

1970年2月28日 星期六 📷

—

今日天氣又倏然轉涼，入夜且有微雨。

下午往得勝酒家飲茶，晤黃、源及黃永剛 [042]。後往香港圖書公司付賬，購流行小說兩冊，供報紙翻譯連載用。又購新出本年度（1969）《香港政府年報》一冊。

041　瑪科里卡著，葉靈鳳譯：〈動物學小品‧長頸鹿的體育成績‧斑馬稀少的原因〉（筆名「臨風」），刊《星島日報‧星座》，1970 年 3 月 1 日，頁 6。

042　黃永剛（?-2014），廣東人，筆名柳岸、黃如卉等，1948 年開始任職於勞工子弟學校，歷任教師、校長、校監及香港勞校教育機構、港專機構主席等職。五六十年代於《大公報‧文藝》等報章雜誌發表作品，又於五十至八十年代以「黎於群」為筆名在《文匯報‧采風》版主持「生活信箱」專欄。

1970年3月1日　星期日

—

天氣十分潮濕。

今日星期，在家休息。《快報》招宴也辭了未去。

譯捷克小品文一千餘字[043]。

寫《香港方物志》新版序言，又整理所用插圖，明天必需交出了。

1970年3月2日　星期一

—

天氣潮濕有霧，令人難受。

午後出外，由中輝陪伴，先往銀行為中嫻繳學費，後往上海書局晤趙克，將《香港方物志》序文等交給他。尚欠插圖九幅未交。他謂排印工高漲，書價不能隨便提高，文藝書的生意很難做。

往「紅寶石」進餐，吃咖喱羊肉，尚不錯。又往大華購罐頭若干。

1970年3月3日　星期二

—

陰雨，氣候又轉涼。

下午往李醫生處取糖尿病特效藥，彼又給多種維他命丸若干，因眼疾與缺乏維他命 C 有關。克臻、中嫻同去。然後同往亞洲肉食公司[044]購火腿等，因明日係孫兒超駿生日。

同到「紅寶石」進餐，中敏已先來。我吃砵酒燴牛尾，尚不錯。餐後直接往報館。

譯捷克小品一則。

眼鏡已不適用，只能將新舊兩副同時戴上，始可應付，看來無法不配新的了。

043　瑪科里卡著，葉靈鳳譯：〈動物學小品‧烏龜為何沒有耳朵‧鼉的悲哀〉（筆名「臨風」），刊《星島日報‧星座》，1970 年 3 月 3 日，頁 6。

044　亞洲肉食公司，即亞洲公司辦館，位於中環砵甸乍街 14 號。見《香港年鑑 1970‧工商名錄》，頁 380。

1970年3月4日　星期三

—

天氣又轉寒冷，復御冬衣。

譯捷克小品兩則 [045]。

今日為孫兒超駿生日，下午吃蛋糕，晚上吃自助餐。中絢夫婦及中健皆來。中健年來仍嗜賭如故，不務正業，已年逾三十矣，可慨也。

1970年3月5日　星期四

—

天氣陰冷，且有強勁北風，又有微雨，恍似嚴冬。

下午由克臻陪往九龍蘇〔醫〕生處看眼疾，他檢查甚久，謂白內障無甚變化，但右眼血管充血，疑與血壓有關，量了我的血壓，謂有高血壓現象。勸我宜作正式休息，並叫我往李醫生處細驗血壓情形。他給我一封證明書，勸我告假一月，在家靜養。

本想要他驗眼另配眼鏡，但他謂既要休息，可暫時不必另配眼鏡。

此事大麻煩，且待明天看了李醫生後再作決定。

與克臻在金沙飯店 [046] 用餐。本擬往一家新開的四川飯店，但在門口看看，似夜總會格局，未進去。

1970年3月6日　星期五

—

天氣繼續陰冷。

下午往李樹培醫生處驗血壓。上 170，下 100，他說並不甚高，給藥一星期。對於休息事，他謂能休息固然很好，但休息對於眼疾並無多大幫助。

晚間，羅承勛在四川樓招宴，吃特製的肝膏，各人皆勸我儘量休息。

報館同事不知怎樣也知道了我的病況，都勸我休息。但此事實在說來容易，

045　瑪科里卡著，葉靈鳳譯：〈動物學小品・刺蝟的冬天〉、〈動物學小品・蛇的咀嚼習慣・駝鳥的頭腦〉（筆名「臨風」），分別刊於《星島日報・星座》，1970 年 3 月 5 及 6 日，頁 6。

046　金沙飯店，即金莎酒家有限公司，位於尖沙咀堪富利士道 4 號 A，見《香港年鑑 1970・工商名錄》，頁 368。

實行起來並不簡單也。

譯捷克小品兩則 [047]。

1970 年 3 月 7 日　星期六

——

天氣仍陰冷，且有雨。

譯捷克小品一則 [048]。這一輯現代捷克作家瑪科里卡的《動物小品》，共十則，已全部譯完了。

1970 年 3 月 8 日　星期日

——

天氣仍陰冷。

寫〈法國的文學獎金〉[049] 一篇，約一千五百字，作〈星座〉稿。今日星期，不去報館，囑中輝送去。

家中着手清理雜物。多年以來未作大掃除，到處積物凌亂，實在應該徹底清理一下了。

1970 年 3 月 9 日　星期一

——

天氣仍陰涼，入暮有雨，繼續至夜。

以蘇醫生的告假信，托周鼎轉給《星島》當局，我擬目前暫作非正式的休假，在家編稿，着人送去，每隔數日去一次。

047　瑪科里卡著，葉靈鳳譯：〈動物學小品・變色龍的畫像・火雞與紅色〉（筆名「臨風」），刊《星島日報・星座》，1970 年 3 月 8 日，頁 6。

048　瑪科里卡著，葉靈鳳譯：〈動物學小品・參觀鯨魚〉（筆名「臨風」），刊《星島日報・星座》，1970 年 3 月 9 日，頁 6。

049　葉靈鳳：〈法國的文學獎金〉（筆名「臨風」），刊《星島日報・星座》，1970 年 3 月 10 日，頁 6。

1970年3月10日　星期二

—

天氣繼續陰涼，有毛毛雨。

周鼎以胡仙簽字批准的告假信交回給我。但這一兩天仍未能不到報館工作也。

譯印度古寓言一則 [050]。

1970年3月11日　星期三

—

北風甚勁，且有細雨，天氣比前數日更冷，恍如嚴冬。

下午由中敏陪同過海往蘇醫生處求診。他用藥水將右眼瞳仁略為放大檢驗，謂我右眼的白內障已較之以前略為加甚。

今晚在報館收拾存稿，決定從明天起，暫行在家休息編稿，隔數日再往報館一次的辦法。

得唐英偉的電話，已多年不與他見面了。他一直仍在香港漁業研究所工作，謂仍未放棄木刻工作。

1970年3月12日　星期四

—

天氣甚冷，又有細雨。

今日開始不赴報館，在家編好稿件後由中輝送去。

繼續譯連載小說稿，又譯印度古寓言一則 [051]。

1970年3月13日　星期五

—

天氣仍冷，有雨。

下午往李醫生處驗血壓，計170/80，又較上次更低。他謂已無問題，給藥兩星期。

與克臻及中絢在「美心」進茶點，又在牛奶公司購罐頭湯數種。計有野鴨湯、

050　葉靈鳳：〈印度古寓言・城鴉與水鴉〉（筆名「伊萬」），刊《星島日報・星座》，1970年3月12日，頁6。

051　葉靈鳳：〈印度古寓言・雌鹿救夫〉（筆名「伊萬」），刊《星島日報・星座》，1970年3月14日，頁6。

鹿肉湯、蠔湯,每罐都售二元餘,甚貴。

譯印度寓言一則[052]。編好稿件,由中輝送去。

1970年3月14日 星期六

—

天氣仍陰冷潮濕。

今日是中嫻生日。下午同她到「紅寶石」取生日蛋糕,順便各吃麵一碗。晚間全家在得勝酒家晚膳,省卻在家中麻煩也。

在家中編好稿件,晚餐後,由中絢夫婦等陪我往報館發稿,又取薪水及信件。

十二時就寢。因明早擬去配眼鏡。

1970年3月15日 星期日

—

天氣仍陰冷如昨。

上午十一時,偕中嫻,由中絢陪往寶晶眼鏡店配一副新眼鏡。店中人似乎事前獲得中絢授意,不欲為我過分加深度數,因此只配了一副略為加深的眼鏡,亦只好任之。約定星期三可取。

今晚苗秀約定在四川樓晚餐。下午編好稿件,六時半去,飯後由中輝陪往報館。

多時不見苗秀,彼亦患深度近視,眼鏡度數已深得無可再加了。

1970年3月16日 星期一

—

今日天氣較昨天更冷,恍如隆冬。

仍在家未赴報館。

寫〈達爾文的故居〉一千餘字,未完。

052　葉靈鳳:〈印度古寓言·啄木鳥、羚羊和龜〉、〈印度古寓言·貪婪的烏鴉〉、〈印度古寓言·母雞與珍珠〉(筆名「伊萬」),分別刊於《星島日報·星座》,1970年3月15、16及17日,頁6。

1970年3月17日　星期二

—

春寒仍甚厲，且有微雨。

譯古印度寓言一則 [053]。

寫完〈達爾文的故居〉[054]，共四千字。曾參閱中譯本《一個自然學家在貝格爾號上環球考察記》[055]，這是一九五七年上海科學出版社出版者，排印極為精美。

1970年3月18日　星期三

—

天氣仍冷。

譯寓言一則。

在燈下閱吉卜林 [056] 的故居記載一篇。

配來新眼鏡，因增加度數甚少，不甚濟事。

1970年3月19日　星期四

—

天氣仍陰冷有風。

譯印度小故事一則 [057]。

1970年3月20日　星期五

—

天氣仍陰涼。

今晚在四川樓與羅、黃等聚餐。菜愈來愈貴，五個人吃了近七十元。

053　葉靈鳳：〈印度古寓言‧鵪鶉的遭遇〉（筆名「伊萬」），刊《星島日報‧星座》，1970 年 3 月 19 日，頁 6。

054　葉靈鳳：〈達爾文的故居〉（筆名「臨風」），刊《星島日報‧星座》，1970 年 3 月 20 日，頁 6。

055　查理士‧達爾文著，周邦立譯：《一個自然科學家在貝格爾艦上的環球旅行記》（Darwin, C. (1889) *A Naturalist's Voyage Round the World in H. M. S. 'Beagle'*）。北京：科學出版社，1957 年。

056　吉卜林（Rudyard Kipling，1865-1936），英國作家、詩人。

057　葉靈鳳：〈印度古寓言‧猴王與水怪〉、〈印度古逸聞‧半顆石榴〉（筆名「伊萬」），分別刊於《星島日報‧星座》，1970 年 3 月 20 日及 21 日，頁 6、頁 8。

晚飯後順便往報館一行，由羅、源兩人送我前去，再由中輝陪我回家。

燈下閱新到的外國刊物，目力甚勉強，翻閱至三時始寢。

夜間失眠。貓誤觸防賊警鈴發響，狗又打架，擾至黎明始能入睡。

1970 年 3 月 21 日　星期六

—

今日天晴，有陽光，為半個多月來第一次，天氣較暖。

昨夜所閱新到英國《泰晤士報文學副刊》，有新書數種頗可購。可是目力如此，只好稍後再說了。

昨夜睡得不好，晚膳前小睡一小時。

除連載譯稿外，未寫其他。

1970 年 3 月 22 日　星期日

—

略有陽光，天氣較暖。

譯印度故事兩則 [058]。

中絢夫婦遊澳門回，帶來餅食。又鱘魚子一副，此是珍品，價甚貴也。

1970 年 3 月 23 日　星期一

—

略有陽光，較暖，但仍未恢復完全的好天氣也。

搜集《香港方物志》所缺的插圖。經過一番努力，總算完全有了。囑中輝明早買底片，因這一批圖片都是要用攝影來複製的。

除連載小說外，未寫稿。

1970 年 3 月 24 日　星期二

—

略有陽光，但入暮又轉涼。

058　葉靈鳳：〈印度古逸話‧搭救天鵝‧強弱相殘〉（筆名「伊萬」），刊《星島日報‧星座》，1970 年 3 月 24 日，頁 6。

寫印度故事兩則 [059]。

着中敏往蘇醫生處取藥。

晚由中絢夫婦送我往報館，發完稿即回。

在燈下整理有關張保仔的稿件 [060] 至二時始睡。

1970 年 3 月 25 日　星期三

—

天陰又轉陰冷，且有微雨。

中輝所攝照片曬出後不甚適用，勢須另覓人重拍。

要找一冊齊白石畫冊，順便檢點櫃內存書，多少歷年搜集材料，壓置未用，今已老大了，可慨也！

1970 年 3 月 26 日　星期四

—

整天小雨，氣候陰涼。

晚間往報館，旋即由中輝陪我回家。

整理舊資料，要找兩幅有關張保仔的圖片，遍尋不獲。

1970 年 3 月 27 日　星期五

—

天晴，略暖。

將《方物志》所需圖片交中敏帶往《大公報》，托館中攝影人員代映代放大。

晚間與羅黃等在「五華」飯館小敘。這是福建館，小規模，已開設多年，專營中午包飯，菜殊不錯。今晚去時，晚市顧客甚多。

晚間在燈下整理有關張保仔的稿件。

059　葉靈鳳：〈印度古逸話・瞎、聾、啞之喻・殺羊獻祭之喻〉、〈印度古逸話・芥子之喻・弟子問難〉（筆名「伊萬」），分別刊於《星島日報・星座》，1970 年 3 月 26 及 28 日，頁 6、頁 9。

060　葉林豐：《張保仔的傳說和真相》。香港：上海書局，1970 年。

1970年3月28日　星期六

——

天晴，有陽光，且見青天，推窗烘然有暖氣撲面，春意襲人。

又檢出方志中有關張保仔的記載，交中敏帶往報館一同攝影。

在燈下整理稿件。

1970年3月29日　星期日

——

天氣晴暖，陽光很好。中絢本來邀作郊遊，旋思這幾天是復活節假期，又值天氣初晴，遊人必極擁擠，因此辭而未去，由克臻等同去，我在家看門。

譯印度故事一則[061]。

中敏拿去報館托映之照片已全部交回，成績極好，令人滿意。

燈下校讀發稿。

1970年3月30日　星期一

——

天氣又回復陰暗潮濕，南風天，四處出水。

寫〈吉卜林的故居〉[062]一篇，一千五百字。

1970年3月31日　星期二

——

天氣陰雨潮濕。

晚往報館取薪水，並發稿。

在燈下修改舊稿，未寫其他稿。

061　葉靈鳳：〈印度古逸話・聖者的咒詛・神醫兩弟兄〉（筆名「伊萬」），刊《星島日報・星座》，1970年3月31日，頁6。

062　葉靈鳳：〈吉卜林的故居〉（筆名「臨風」），刊《星島日報・星座》，1970年4月1日，頁6。

1970年4月1日　星期三

—

天氣繼續潮濕且有雨。

今日為大兒中凱生日，在家吃蛋糕，晚吃簡便自助餐。

在燈下整理舊稿。

1970年4月2日　星期四

—

早起有雨，午後略為轉晴。

下午由中輝陪同先往銀行為中嫻繳學費，然後過海往蘇醫生處，眼疾至此，不好不壞，暫無變化。彼仍勸我不要配眼鏡，看書可買一較好的放大鏡作補助。此亦一無辦法的辦法。收費四十元，給藥片兩星期用。

歸途在裕華公司購油雞、叉燒等作晚間佐膳用。近來百物騰貴，各種商品皆紛紛加價。

吃新鮮萵苣。

1970年4月3日　星期五

—

今日天晴，有陽光甚好。

下午六時往《新晚報》，與羅黃等人擬往一越南餐館晚餐，此星期五聚餐會擬每星期五舉行一次，各人以一篇稿費（約十元）作費用。至該越南餐館門外，始發現已暫停營業，遂改一家東江菜館，後又至京都餐廳喝茶。

今晚順便至報館。

本期《明報月刊》（四月號 52 期）報導陽翰笙 [063] 被清算，談及當年「左聯」

063　陽翰笙（1902-1993），四川高縣人，原名歐陽本義，筆名華漢。1925 年加入共產黨，1926 年任黃埔軍校政治部秘書、軍校中共黨總支書記。1929 年任中國左翼作家聯盟黨團書記、左翼文化總同盟黨團書記、中央文委書記。1933 年上海藝華影業公司，和田漢主持編劇委員會。抗戰期間創作《草莽英雄》、《天國春秋》、《李秀成之死》、《塞上風雲》、《八百壯士》等話劇和電影劇本，為抗戰話劇運動的中堅份子。1938 年任軍委會政治部第三廳主任秘書，1945 年後去上海領導電影工作。1949 年後，任政務院文教委員會委員兼副秘書長、國務院總理辦公室副主任、中國文聯秘書長、副主席、黨組書記。

發起人，謂在國內者皆遭清算，只餘留在香港的我一人而已云云 [064]。

1970年4月4日 星期六

—

天氣晴好。

羅承勛以鐵觀音新茶一包見贈。

在燈下整理有關張保仔舊稿。預算在星期一交出。為稻粱謀也。

1970年4月5日 星期日

—

天晴，漸溫暖了。

整理《張保仔的傳說和真相》完畢，約七萬字，有一些考證頗能推翻了一般的傳說。又將《香港方物志》所缺圖補全，明日一同交出。僅餘後記一篇未寫。

今日為清明，克臻偕兒女往掃外母之墓。原葬柴灣，近已七年期滿，拾骨改葬場中另一永久地點。又看跑馬地墳場視亡女中明之墓。我在家未去。

1970年4月6日 星期一

—

天氣晴好。

中凱交來五百元作家用。

午後由中輝陪我往上海書局晤趙克交出《方物志》插圖，及《張保仔》稿件，取得稿費五百二十元。又商議封面事。

往實用書店付書賬二百元。後同往「紅寶石」進餐，遇見中敏與一男同事。購核桃蛋糕一個回家。

---

064 江村：〈陽翰笙——江青集團清算「四條漢子」之一〉，刊《明報月刊》第 52 期，1970 年 4 月。文中提到：「據丁景唐說，『左聯』成立時會員並不多，出席成立大會的作家，除歐陽笙、彭康、田漢、魯迅之外，尚有孟超、沈端先（夏衍）、馮乃超、王任叔（巴人）、錢杏村（阿英）、畫室（馮雪峰）、葉靈鳳等四十餘人；現在，這些作家除了還在香港歌頌『毛主席語錄』的葉靈鳳外，全都被鬥爭清算。」（頁 63）

1970 年 4 月 7 日　星期二

—

天陰，略有陽光。

譯印度神話三小段 [065]。

晚整理張保仔一書所需圖片，欲尋大嶼及張保仔洞照片，竟遍尋不獲。

吃「馬蘭頭」，此種江南春天的野菜，不嘗已數十年了。

1970 年 4 月 8 日　星期三

—

天氣晴暖，已漸入夏季風光。這是香港氣候的特徵。

譯印度傳說一千字 [066]。

下午與黃茅、源克平在得勝酒家飲茶。晚應羅玄囿君 [067] 之邀，【盧】羅玄囿是 1942 年前後始突然在香港汪派《南華日報》出現之作者。在其零碎散文中方知其個人資料：廣東西樵人，1915 年生。十七歲即任教師。後失業兩年，流浪於上海及廣州。1941 年到香港，仍任教師。長期在《南華日報》投稿。後期更大量寫鼓吹汪政權政策文章，例如〈大亞洲主義之實踐與個人主義之揚棄〉（見 1942 年 9 月 18 日《南華日報》）、〈繼續努力　貫徹和平建國運動〉（見 1943 年 3 月 30 日《南華日報》）。在每年日本佔領香港紀念日特刊中，既寫教育，又寫政論、新聞事業，更寫運輸配給。香港重光後，未再見其作品。其名在 1970 年日記中出現，可見此人一直在港。在北大菜館晚膳。彼介紹一位在港大任歷史助教之陸君相識。他研究中國三十年代文化史，擬寫碩士論文。

燈下閱新到之《泰晤士報文學副刊》。目力不濟，甚感吃力。

065　葉靈鳳：〈印度古逸話・梵天的創造・三頭一體・大魚的啟示〉（筆名「伊萬」），刊《星島日報・星座》，1970 年 4 月 9 日，頁 6。

066　葉靈鳳：〈印度古逸話・天神與惡靈〉（筆名「伊萬」），刊《星島日報・星座》，1970 年 4 月 10 日，頁 6。

067　關於羅玄囿，陳智德主編：《香港文學大系一九一九－一九四九（新詩卷）》（香港：商務印書館（香港）有限公司，2014 年）「作者簡介」中提到：「生平資料不詳。一九四〇至一九四五年間在香港《南華日報》副刊發表散文和新詩。」（頁 260）

1970 年 4 月 9 日　星期四

—

天氣突轉燠暖，非常潮濕。地面出水。

燈下看比亞茲萊畫集，此一項心願——為他編寫一部選集，總想一償為快。

夜睡不寧，悶熱難耐。

1970 年 4 月 10 日　星期五　△

—

天氣繼續潮濕，鬱悶異常。

譯印度故事一則 [068]。

晚間與羅、黃等在灣仔留香館聚餐，此係小型北方館。吃白切肉、鍋貼、薄餅等也不錯。

今早曾一試。仍不能運用自如。

1970 年 4 月 11 日　星期六

—

天氣繼續潮濕，有霧，終日昏暗。入暮有雨，氣候轉涼。

譯印度故事下半篇完 [069]。

在燈下寫《張保仔的傳說和真相》一書的後記 [070]，約千餘字。本來只想寫五百字的，卻寫多了。再加上所譯的兩種連載小說，今日的工作成績可說甚好。

夜涼且氣候轉為乾爽，夜睡很舒暢。

—

068　葉靈鳳：〈印度古逸話‧天神偷學回生咒（上）〉（筆名「伊萬」），刊《星島日報‧星座》，1970 年 4 月 12 日，頁 6。

069　葉靈鳳：〈印度古逸話‧天神偷學回生咒（下）〉（筆名「伊萬」），刊《星島日報‧星座》，1970 年 4 月 13 日，頁 6。

070　葉靈鳳：〈張保仔的傳說和真相後記〉（筆名「葉林豐」），刊《星島日報‧星座》，1970 年 4 月 14 日，頁 6。

1970 年 4 月 12 日　星期日

—

陰雨，天氣忽又轉涼，乾燥。

譯印度古代傳說一篇 [071]，約三千字。

晚間整理〈香港書錄〉稿，未寫擬寫的一篇，最近該繼續寫下去，積有近百篇，始可告一段落，目前已有了三十多篇了。

今天寫作成績也很好。

今日理髮。自除夕前理髮後，今日已是農曆三月初，還是第一次再理髮，難怪理髮店老闆嘆說近年生意難做，因為不僅我一人如此。

1970 年 4 月 13 日　星期一

—

天氣晴爽，微涼，可穿冬衣。

寫〈香港書錄〉一則，係關於本港法例法庭歷史者 [072]，費時很久。本擬今晚往報館，以時間過遲未去。以後擬每逢星期一、三、五去，因精神已較好也，但工作仍該儘量先在家中做好。

中絢送來豆腐、黃豆芽、楊花蘿蔔等，此類蔬菜不吃已許久了。

1970 年 4 月 14 日　星期二

—

天氣陰涼。

寫〈香港書錄〉一篇 [073]。

071　葉靈鳳：〈莎菲特麗與閻魔〉（筆名「伊萬」），刊《星島日報・星座》，1970 年 4 月 14 日，頁 6。

072　Kyshe, N.-, William, J., (1898) *The History of the Laws and Courts of Hong Kong*. London: T. Fisher Unwin.

　　葉靈鳳：〈香港書錄・香港法例法庭史〉（筆名「葉林豐」），刊《星島日報・星座》，1970 年 4 月 15 日，頁 6。

073　葉靈鳳：〈香港書錄・這就是法律〉（筆名「葉林豐」），刊《星島日報・星座》，1970 年 4 月 16 日，頁 6。

1970年4月15日　星期三

—

天氣晴朗和暖。

寫〈香港書錄〉，係關於中文大學所編印的一本香港研究書目者[074]。未寫完。

今晚赴報館取薪水。報館囑填本人年資薪水等表格，似作調整薪水或退休計劃之用。

1970年4月16日　星期四

—

天氣晴暖，陽光甚好。

寫完昨日開始的那篇〈香港書錄〉。

晚間在燈下整理《張保仔》的插圖和說明文字。

1970年4月17日　星期五　📷

—

天氣晴暖，陽光甚好。街上已經有人穿單衣了。

擬寫〈香港書錄〉未成。

今日往報館，以後擬每星期一、五、三去。

此次美國又有三太空人擬登陸月球。中途太空船發生爆炸，缺乏氧氣，十分危險，設法折回地球。今夜二時三人終於順利在南太平洋海面降落[075]。

着手整理小品文稿，編完一集，取名為《晚晴雜記》[076]，多是回憶小品隨筆。

074　Complied by Berkowitz, M. I., Poon, Eddie K. K., (1969) *Hong Kong Studies: a bibliography*. Hong Kong: Dept. of Extramural Studies, Chinese University of Hong Kong.

　　葉靈鳳：〈香港書錄‧香港研究：一個書目〉（筆名「葉林豐」），刊《星島日報‧星座》，1970年4月18日，頁17。

075　〈連渡七重難關　太陽神十三號　安降南太平洋〉、〈週一曾神秘爆炸　出事的控制艙　有半邊被炸掉〉，刊《星島日報》，1970年4月18日，頁1。

076　葉靈鳳：《晚晴雜記》。香港：上海書局，1971年。

1970年4月18日 星期六

—

天氣晴好。

寫〈香港書錄〉〈香港攀山指南〉[077]。此書係一駐港英國空軍所編，所談係西式的攀登山崖運動，非我們平時郊遊的爬山。

在燈下整理《晚晴雜記》稿。

明天開始夏令時間，今晚將時鐘撥快一小時。

1970年4月19日 星期日

—

氣候又潮濕陰暗，且有微雨。

在燈下整理《晚晴雜記》稿。

張向天[078]（葵堂）今日有一篇長文，為魯迅與周作人感情決裂事有所辯正，係指責「今聖嘆」者[079]，刊今日的《新晚報》[080]。

1970年4月20日 星期一

—

天陰，傍晚且有毛毛雨。

在燈下整理稿件。《晚晴雜記》稿在這幾天之內一定要加緊整理完畢。

今晚曾往報館工作。

077　Bunnell, J. F., the Green Howards (1959) *Rock Climbing Guide to Hong Kong.* Hong Kong: Cathay Press.

　　葉靈鳳：〈香港書錄・香港攀山指南〉（筆名「葉林豐」），刊《星島日報・星座》，1970年4月20日，頁6。

078　張向天（1913-1986），原名張秉新，安徽人，三十年代開始以筆名「張春風」於《論語》、《宇宙風》、《大風》等文藝雜誌發表作品，定居香港後任中學教師，寫作文史小品及研究魯迅的文章，著有《魯迅舊詩箋注》、《魯迅詩文生活雜談》、《毛主席詩詞箋注》等。

079　今聖嘆，即程靖宇。參考1952年2月2日之日記。

080　葵堂：〈從戰士的身上洗去噴來的狗血─斥小文丐對魯迅先生的骯髒侮衊〉，刊《新晚報・風華》，1970年4月19日，頁8。

1970年4月21日　星期二

—

天晴，有風，很清涼。

譯印度故事約二千字[081]。

晚間整理稿件。

晚間中凱因失去頭水一瓶，疑係中輝取去，發生爭吵，動手打了他一巴掌。克臻來勸，亦遭他惡言相向，殊不成體統，趕緊加以制止。全家因此不歡。中凱已經三十多歲了，性情如此，可為一嘆。

1970年4月22日　星期三

—

天氣晴好，陽光甚佳。

續譯印度故事，本擬譯完，以時間不敷，僅譯了一千五百字，尚餘近千字。

中凱回來，對於昨晚事，他自己大約事後也認為有點過分。表示算了，不想再提。

在燈下整理《晚晴雜記》稿。大部分已看完。只要略為抽換補充幾篇就可。

1970年4月23日　星期四

—

天氣晴朗，陽光甚好。

譯完那篇印度故事。又寫隨筆一篇給《新晚報》[082]。此為數月以來的第一篇。

晚間未曾整理稿件，因決定在下星期一再送出，此時不必亟亟了。

1970年4月24日　星期五

—

天晴和暖。

081　葉靈鳳：〈印度古樂府本事・瑪娜蒂的情史〉（筆名「伊萬」），刊《星島日報・星座》，1970年4月23至25日。

082　葉靈鳳：〈性，政治和新左派〉（筆名「霜崖」），刊《新晚報・風華》，1970年4月26日，頁5。

譯印度古代故事一千五百字 [083]。

晚與羅、嚴、源、黃共五人，在南方餐廳 [084] 聚餐吃咖喱食品，係海南島式的咖喱，味尚不錯。

赴報館，維持一、三、五去上班的計劃。

1970 年 4 月 25 日　星期六

—

天氣晴好，有風，陽光甚麗。

譯印度古故事二千字。

晚間在燈下整理稿件。

1970 年 4 月 26 日　星期日　📷

—

天氣晴好。

譯完那篇印度故事。

在燈下將《晚晴雜記》稿整理完畢，明天可以交出。

新中國成功的射了一顆人造地球衛星上天。環繞世界飛行，並能播送《東方紅》歌曲 [085]。這是我們所發射的第一顆人造衛星，重量性能都比蘇聯和美國第一次所發射的更重更好。

1970 年 4 月 27 日　星期一

—

天氣晴暖。

下午二時往上海書局晤趙克，由中輝陪往，交出《晚晴雜記》稿，取得稿費 800 元，又取回《香港方物志》全部校樣。

083　葉靈鳳：〈印度古樂府本事・齊娜嘉妲和阿爾朱拉〉（筆名「伊萬」），刊《星島日報・星座》，1970 年 4 月 26 至 28 日。

084　南方餐廳，位於銅鑼灣怡和街 48 號，餐廳廣告見《新晚報》，1970 年 1 月 10 日，頁 8。

085　〈毛主席的偉大號召「我們也要搞人造衛星」實現了　我國發射人造衛星成功　重一七三公斤播「東方紅」和遙測訊號〉，刊《大公報》，1970 年 4 月 26 日，頁 1。

同中輝在「紅寶石」午餐。又在永安公司 [086] 購放大鏡一枝。又往大華國貨公司購罐頭及水果多種。

今日《大公報》曾發表我對「人造衛星」的祝賀話數句 [087]。

1970年4月28日 星期二

—

天氣晴朗,陽光甚好。

譯印度故事一則 [088],約二千字。

用新買的放大鏡看書。此係專供看書用者,設計形式較新,直看橫看皆方便,且中心與邊緣字體放大平均,不致有大小不一之弊。惟放大倍數甚小。

整理有關蘇聯近年迫害作家資料,擬着手寫一篇較長的〈蘇聯近年的文字獄〉。此事蓄意已久,決定加以實現 [089]。

1970年4月29日 星期三

—

天陰有風。

下午與中絢往眼鏡店,再配一副度數較深眼鏡,供看書及出外之用。後一同在外晚餐。

開始寫〈蘇聯近年的文字獄〉,以辛耶夫斯基與丹尼爾兩人之事為主。材料已搜集甚多,久未着筆,棄之可惜,今發奮為之。

086　永安公司,即永安百貨公司,郭標、郭樂及其弟郭泉 1907 年在香港創辦,地址在德輔道中 107 至 235 號。

087　〈衛星播東方紅響徹寰宇　一聲聲打動着同胞心弦　港九新界昨天一片歡樂人人眉飛色舞　各界紛開盛會或發表談話抒歡樂心情〉,刊《大公報》,1970 年 4 月 27 日,頁 4。文中提到:「文化界知名人士霜崖,昨日談及對這個大喜訊的感受時說:『我們自己的人造地球衛星上天了。從新華社的新聞公報中看到,毛主席曾提出「我們也要搞人造衛星」,這次的成功可說是早在意料之中的了。對於那些終日無中生有、造謠誹謗我們的人來說,這可喜的消息實在是他們的一個重大打擊。我們的人民和國家,按照毛主席的指示,一定能夠不斷前進。』」

088　葉靈鳳:〈印度民間故事・北極星的由來〉(筆名「伊萬」),刊《星島日報・星座》,1970 年 4 月 30 日,頁 6。

089　葉靈鳳:〈蘇聯近年的文字獄〉(筆名「臨風」),刊《星島日報・星座》,1970 年 5 月 1 至 21 日。

1970年4月30日　星期四

—

天陰，時有微雨。

下午往報館取薪水。

晚六時半與羅、黃等在四川樓小敘，有曹聚仁在座，他的眼睛近來也有毛病。有一兒子在東北某工廠任職，最近因工殉職 [090]。又談起新加坡李氏基金會 [091] 有意出錢在香港辦刊物，托他計劃。

續寫蘇聯文字獄稿。

胸中略感不適，有傷風趨勢。

1970年5月1日　星期五

—

天晴，有陽光，但濕度甚高。

終日不適，胸中悶塞，似係受涼，消化停滯。勉強做完工作後，八時半上床睡，服阿斯匹靈兩片，至夜十二時半起身，飲牛奶一杯、梳打餅乾兩片，二時半再睡。

腹中微痛，終日未正式進食。

1970年5月2日　星期六

—

天陰潮濕，氣壓甚低。

終日不適，胸中悶塞，胃口不開，傍晚工作完畢後就上床休息，午夜起身小坐，再睡。

吃牛奶、白粥。

勉強續寫〈蘇聯近年的文字獄〉。

090　「（曹聚仁）長子曹景仲年初在張家口外的沽源縣因公殉職，年僅二十五歲。曹聚仁四月才從費彝民那兒知道此事。」見曹景行、曹臻：〈出版後話：只求心之所安〉，載周作人：《知堂回想錄》（香港：牛津大學出版社，2019年），頁697。另參曹雷、曹景行：〈一個有「海外關係」的清華畢業生〉，見香港中文大學中國研究服務中心「民間歷史」網（mjlsh.org）「這樣走過」欄。

091　李氏基金會由新加坡富商、慈善家李光前（1893-1967）在1952年設立，李光前為陳嘉庚的女婿，於三十年代接辦《南洋商報》，1965年設立香港李氏基金會。

1970 年 5 月 3 日　星期日

—

天氣甚壞，潮濕陰沉，令人不快。

人仍不好。腹中且微瀉。終日只喝了一杯牛奶，晚上吃粥。

續寫蘇聯文字獄稿。

睡得很不舒暢。

1970 年 5 月 4 日　星期一

—

天氣晴朗，甚暖，漸是夏天了。

精神略好，但胃口仍壞，終日進食物甚少。

續寫蘇聯文字獄稿，寫得很慢，耗費了許多時間才寫成一千字。

中絢送來新配的眼鏡，戴起來自然清楚得多，但叮囑最好不必常戴，只是工作時用之。

晚間往報館。由中輝借朋友的車相送，後又來接。他最近已考到駕駛執照，白天在同學的一家布疋行幫忙。

1970 年 5 月 5 日　星期二

—

天晴，很熱。

精神很不好，腸胃壅塞，胸中結悶，已成重傷風了。

續寫蘇聯文字獄稿。

1970 年 5 月 6 日　星期三

—

天氣晴好。

腹中仍悶塞，精神仍未恢復，半夜睡中總覺熱悶不安，半醒半睡，怪夢甚多。

續寫蘇聯文字獄稿。今晚往報館。中輝中慧等赴李坤儀喜讌，散席後一同來報館，一同乘車回家。

1970 年 5 月 7 日　星期四

—

天氣晴暖。精神仍不好。大便未通，一切自然困頓萬分。克臻往李醫生處取通大便藥丸，不知如何竟取了一滿瓶多種維他命丸，事後方發覺，已來不及去換，令人啼笑皆非。

仍勉力繼續寫稿。

晚上，中凱回來，以五百元交我，又給我一冊本港印的澳洲繪畫名作集。係由日本凸版香港公司所印，已比得上歐美者。

夜睡盜汗甚多，極不安定。

1970 年 5 月 8 日　星期五 📷

—

今日再由克臻往李醫生處取藥，這一次始沒有「烏龍」，取回通便丸一瓶。七時服一粒，臨睡午夜時又服一粒。

今晚曹聚仁本有松竹樓 [092] 聚餐之約，只好辭謝了。

1970 年 5 月 9 日　星期六

—

今早已有大便，但由於已經一星期多未能正常進食，精神仍很萎頓。

寫稿仍勉力支持，未曾中斷。

1970 年 5 月 10 日　星期日

—

天雨。

略進食，精神仍甚倦怠。勉強寫完各稿。

1970 年 5 月 11 日　星期一

—

天陰雨，精神仍稍好。今晚曾往報館工作，速度遲緩，至十二時半始得完畢。

092　松竹樓，位於香港禮頓道 30 號。酒家廣告見《新晚報》，1967 年 1 月 28 日，頁 9。

中輝來接，因肚中感到飢餓，遂中途下車，在銅鑼灣南方餐廳吃咖喱。回到家中已一時多了。

1970年5月12至15日　星期二至星期五
—

豪雨連日。精神逐漸恢復。計臥病已有半月了。

記蘇聯文字獄稿，仍抱病續寫，未中斷過。這也可說不容易了。

今晚（十五）與黃、源等在灣仔留香園小坐，吃肉末燒餅兩個。此是小型北方館，但酸辣湯與糟溜魚片竟弄得不成話。

報館從四月份起，每月加薪一百元。

1970年5月16日　星期六
—

天氣晴好。

精神漸好。已感飢餓，且有胃口進食了。

夜睡較舒暢，不像過去數日轉側不能安枕，而且冷汗遍體了。

1970年5月17日　星期日
—

今日天氣晴朗，陽光甚麗，精神亦覺愉快。曬冬日所有氈。

續寫蘇聯文字獄稿。此次病中，始終未停，仍按日續寫，可說是一件難得的事。

1970年5月18日　星期一
—

天陰有微雨。

晚間往報館，由中絢夫婦送往又接回。歸途在南方餐廳進晚餐，吃椰子雞飯。味甚香，略嫌過甜。

1970年5月19日　星期二

—

天晴有陽光。午後單獨出外，往電燈公司繳電費，又往書店清理書賬、取雜誌，購法國作家加繆的研究小冊子兩種。又一人往得勝酒家吃叉燒麵一碗，果腹而已，滋味甚差。正擬回家，天忽下雨，人多車少，徬徨街頭甚久，幸遇中凱，用車送我回家。

1970年5月20日　星期三　　△

—

陰雨潮濕。早起行事，勉強成事，事畢甚倦。晚十時小睡，午夜十二時醒起稍好。

今晚本應往報館，以體倦未去。

1970年5月21日　星期四

—

終日陰雨。

今晚往報館，由中絢夫婦用車送去，中嫻同去。後在南方餐廳晚餐，吃咖喱牛肉飯。

翻閱新取來的雜誌。

夜睡不寧。

1970年5月22日　星期五　📷

—

天氣晴好。下午三時往《大公報》開會，因毛主席曾在二十日發表支持全世界人民反美，支援印支三國抗美戰爭的重要聲明[093]，新聞界今日開大會座談學習，

093　〈首都數十萬軍民昨集會聲討美帝　毛主席林副主席和東元首等參加〉，刊《大公報》，1970年5月22日，頁1。

至六時始散 [094]。

晚同羅、嚴、黃等在美利堅晚膳，吃北方麵食。後往報館。

羅以新龍井茶葉一罐見贈。

1970 年 5 月 23 日　星期六

—

天氣晴好。但濕度甚重，似回南天氣。

寫連載續稿兩篇，匆匆就過了一天。

1970 年 5 月 24 日　星期日

—

天氣陰雨，終日昏暗，令人氣悶。

閱《東南亞栽培植物之起源》[095]。此係本港中文大學李惠林之就職演講，縷述穀類果木等在這地帶種植的經過。係撿拾他人著作，自己似乎沒有什麼實地研究工作。

又閱介紹法國加繆的小冊子。

校閱《香港方物志》稿。

1970 年 5 月 25 日　星期一

—

天晴，仍略帶潮濕，入夜屋內蟑螂飛舞，甚惹人厭。

今晚返報館發稿，仍想維持每星期一、三、五的計劃。

送回《香港方物志》校樣至上海書局，係中敏送去。又取來插圖校樣。

094　〈毛主席的聲明是戰鬥號召文藝電影新聞界熱烈座談〉，刊《大公報》，1970 年 5 月 23 日，頁 4。

　　《陳君葆日記全集·卷六·1967-71》一九七〇年五月廿二日：「午後三時，新聞界於《大公報》七樓舉行座談會，學習毛主席《全世界人民團結起來打敗美國侵略者及其一切走狗！》的莊嚴聲明。……我和曹公、靈鳳三人均沒有講話，其實大家目的在學習，何必千篇一律的講！」（頁 423）

095　李惠林（1911-2002），植物學家，尤精於植物分類，台灣中央研究院院士，1965 至 1966 年為香港中文大學講座教授。

　　李惠林：《東南亞栽培植物之起源》。香港：香港中文大學出版社，1966 年。

1970年5月26日　星期二　△
—

昨夜大雨，今日仍整日陰雨。郊區已有水災。

在燈下校完《香港方物志》插圖校樣，又試行設計裏封面一幅。

今早曾一試，較前較暢。

1970年5月27日　星期三
—

天氣放晴，下午外出擬去看巴黎版畫展覽，不料已經閉幕，只好到書店去走走，取《生活》畫報三冊。近來《生活》內容很差，而售價特貴，每冊五元，幾乎沒有什麼可看。

訂亞洲學會香港分會會刊二至八冊，又訂新《企鵝叢書》兩種。

六時往報館，九時工作完畢，中輝來接，同往華豐國貨公司購罐頭食物一批。

今日下午五時在安樂園飲茶，有克臻與鄧姑娘，後中慧、中輝亦來。飲茶完畢，他們分別回家，我往報館。

1970年5月28日　星期四
—

天陰，無雨而潮濕。

書店來電話，謂所訂亞洲學會年刊已送來，囑我去取，當即囑中輝去取了來，訂第二冊至第八冊共七冊。第一冊已有，今年新出的第九冊也有。這一份刊物總算配齊了。1970年的第十冊，看來要下半年才出版。

在燈下將這幾冊刊物翻閱一遍，頗有些材料，尤其關於早年新界的史地方面者。至三時始睡。

1970年5月29日　星期五
—

天晴，有陽光，漸趨炎熱。

晚間赴報館工作，寫連載稿兩篇，發稿，至十時半回家。

1970年5月30日 星期六

—

天氣晴好，甚炎熱。

下午三時半，偕中嫻同往報館取薪水，即在報館內譯稿、發稿，中嫻則在一旁做學校功課。六時完畢，同往華豐國貨公司購物，見有新到楊梅，係汕頭出產，不甚大，買了一磅。又買燒味若干。然後同往紅寶石進餐，因尚未進午餐也。七時許回家。

1970年5月31日 星期日

—

天氣悶熱，晚間大雨。

寫連載稿兩篇，編好稿件後由中輝送去。今日未出門。翻翻書籍，就這麼過了一天。

1970年6月1日 星期一

—

天氣悶熱，有雨。微感不適。今天本該去報館，結果未去。

預定星期四晚上請大家吃飯，為的是補請生日的一餐，又因為星期四恰是農曆五月初一，是克臻生日，兩者併在一起。今天將應請各人都發出通知。此事係托羅、黃兩人代辦，地點係在紅寶石餐廳，吃西式自助餐，已經定好了，約有三十多人。

1970年6月2日 星期二

—

天氣甚熱，今日胃口又不大好。晚間仍赴報館工作。至十一時，乘小巴士至中環，改乘的士回家。

夜睡很不寧。而且有盜汗。

南美洲秘魯發生大地震，山頂大湖崩裂，洪水淹沒城市。有許多城市夷為平地，地形改變，令人不識。據統計死三萬餘人，為現代重大天災之一。

1970年6月3日　星期三

—

天氣悶熱有雨。

晚間獨自往報館工作。

在燈下讀毛主席的《在延安文藝座談會上的講話》。今年是發表講話的二十八周年。明天文藝界有紀念座談會，因此今晚拿出來細看一遍。

1970年6月4日　星期四　📷

—

天氣晴好。上午理髮。

午後三時，往《大公報》參加文藝工作者座談會，這是紀念毛主席在延安文藝座談會講話（1942）發表二十八周年的[096]。我講了幾句自己的感受。座談會直到七時才散。

今晚八時，在紅寶石餐廳招待朋友吃自助餐，共三十多人，很高興熱鬧。這算是我的生日的聚會，今年他們大家約定送了許多禮[097]。到十時才散。

晚上到晚〔報〕館工作。

1970年6月5日　星期五

—

天陰有雨，很悶熱。

096　〈紀念「講話」發表廿八周年新聞界舉行座談會決努力改造世界觀〉，刊《大公報》，1970年6月4日，頁4。

097　《陳君葆日記全集・卷六・1967-71》一九七〇年六月四日：「葉靈鳳生日，於紅寶石請吃飯。賀以赤木杖與詩。……：

倚牆應堪護畫眠，烟蘿風蔓識松年。霜姿五月陪樽宴，得似東坡壽樂全？

亦學東坡壽樂全，先生應作地行仙。海南豈是無佳植，供與童心伴骨堅！

注：次首末句是因林伯遒呼葉老為『小生』而起興者。又午前到大華，本欲買赤藤杖的，遍覓不得，只得購赤木杖一，攜同禮物赴席時僅寫得一首詩，是七絕，也因太匆匆的，而東坡壽樂全與簡齋『要學東坡』的，均為兩首七律，意有未愜，然亦知沒法，既而於席上聆林擒一語，若有所啟發焉，因本『六五童心』一意，宴罷歸來後，乃成第二首補行寄出。靈鳳生於乙巳年舊曆四月初九。」（頁424）

曹聚仁所印的《知堂回憶錄》[098]已印好，分上下兩冊。昨晚以一部見贈。今天隨手翻閱，在資料方面來說，當然是很豐富的。可惜這是知堂晚年之作，文筆有點拘謹，沒有「周作人」寫小品散文的時代那麼輕鬆了。

1970年6月6日　星期六

—

天陰，有微雨。

傍晚由中嫻陪我往報館工作，然後一同往老正興晚飯。吃麵及小籠包，味尚不錯。再到國貨公司購李子及蝦滷瓜一瓶。又在永安公司購朱古力一盒，擬加上湖州粽若干，送給羅兄，答謝其日前破費太多了。

後日已是端午節了。

1970年6月7日　星期日

—

天晴，有陽光，甚炎熱。

翻閱《知堂回想錄》，頗記載了一些過去五十年間「京派」的故事，只是寫得文采甚差。

晚餐食裹蒸粽一枚。明日已是端陽了。

1970年6月8日　星期一

—

天氣晴好，甚熱。

今日為端五節，上午吃鹹蛋和裹蒸粽。

閱《知堂回想錄》。

1970年6月9日　星期二

—

天氣仍悶熱難受。

今晚曾到報館工作。十一時回家。

098　參考 1969 年 4 月 18 日之日記。

今日是中敏生日，以國貨公司禮券二十元給她。這還是日前李自誦送我的。

晚間吃自製「沙律」。

這幾天有空就坐下來翻閱《知堂回想錄》。

1970年6月10日　星期三

—

有陣雨，天氣略涼。

寫連載譯稿。

閱《知堂回憶錄》。記他在北大教書時期的生活故事，可說寫得最好。晚年就愈來愈不自然了。

1970年6月11日　星期四 📷

—

天氣悶熱，似將有雷雨。

吃台灣香蕉，很巨大，每隻重半斤左右。每斤一元，一斤不到三隻。

閱《知堂回憶錄》。聞此書因所附作插圖之作者信兩封，對魯迅及許廣平皆有微詞，已受到一部分人反對，將暫停發行，以便抽去插頁。【盧】現在如能找到附兩信插頁之版本，很珍貴。香港牛津大學出版社2019年新版的《知堂回想錄》，已補回被刪的信。

晚間返報館。後與中嫻兩人在美利堅吃北方麵食，並帶回鍋貼及葱油餅一批。

1970年6月12日　星期五

—

天陰，有雨，甚為陰涼。傍晚有大雨。

晚間叫中輝送稿到報館，他在途中竟將〈星座〉稿失去。此真是一件麻煩事了。

上海書局送來《張保仔》的校樣。

1970年6月13日　星期六

—

天氣晴好。

《快報》的連載小說要另選新的，一時竟找不到適合者。栗六終日，未有結果。【盧】「栗六」一詞少見，怕年輕讀者不懂，稍解如下：又可寫作「栗碌」，形容事情忙亂得很。

今晚與羅、黃等在美利堅晚膳，吃炸醬麵、辣椒炒牛肉絲。又談《知堂回想錄》及出版一個新雜誌事。

在灣仔一家書店訂購《日本戰後小說集》一冊，先付了四元，說三四天可以有書。

往報館補發昨天失去稿。至夜十二時始返。

1970年6月14日　星期日

—

天氣晴好。

開始譯述在《快報》要連載的一部新小說，係英國流行女作家的作品。

1970年6月15日　星期一

—

天晴炎熱。下午乘車往報館取薪水，即留在報館寫稿、編稿，七時獨自到對面一家小菜館吃晚飯，因今天一直還不曾正式吃過什麼。吃苦瓜炒牛肉，味還不錯。九時回家。

1970年6月16日　星期二

—

天氣甚熱。下午由中敏陪往蘇醫生處看眼，他提議在秋涼後動手術，先割除左眼的白內障。

在紅寶石進膳，又到大華購物，回家已近八時了。

1970年6月17日　星期三

—

天晴，有風，較昨日稍涼。

晚上往報館，十時回。

吃豆豉辣椒，係用陽江生薑豆豉所煮，味甚好，但辣甚。

讀完《知堂回想錄》。材料雖然很多，實說不上寫得好。

今早起事，仍未能如意。

1970 年 6 月 18 日　星期四

—

天氣晴好。

譯小說，今晚未赴報館。

稅務局寄來催填稅表信。

中凱因汽車違例事，被交通部控告，多次不理，今日有警員上門來追問，應付甚感麻煩也。

1970 年 6 月 19 日　星期五　📷

—

天氣晴熱。

下午六時往百樂門酒家 099，與黃、羅、嚴、源小聚，談出版雜誌事，將由嚴向上海書局方君接洽。

買新出版的《太陽神》，【盧】該雜誌 1970 年 5 月創刊，從創刊內容觀之，似與主辦《當代文藝》之徐速關係密切，因多篇文章均針對萬人傑與徐速之間筆戰恩怨。**其中揭發萬人傑（陳子雋）之抄襲及無恥行為甚多。**【盧】陳子雋，廣東番禺人。六十年代任《星島晚報》編輯。四十年代中葉以「俊人」為筆名，在各大報章如《星島日報》、《星島晚報》、《成報》等寫流行小說，極受歡迎，單行本甚暢銷。1951 年曾發〈重要啟事〉指責「不肖書儈垂涎」偽版盜印。後設俊人書店，並出版小說單行本及主編之翻譯小說叢刊。據其自稱 1967 年已有著作 230 種。（見 1967 年《香港中國筆會通訊錄》）1967 年 11 月 1 日以萬人傑名義創辦《萬人雜誌》，立場反共。

1970 年 6 月 20 日　星期六

—

天氣晴好，炎熱。

傍晚由中嫻陪到報館工作。十時始返，買燒豬腩、排骨等一包回家佐晚膳。

099　百樂門酒家，位於灣仔軒尼詩道 338 號。

1970 年 6 月 21 日　星期日

—

天晴，時有過驟雨，甚炎熱。

晚十二時睡，未吃晚飯。

1970 年 6 月 22 日　星期一　📷

—

天熱，白晝曾有驟雨，雨勢很大。

今晚往報館工作。

昨日九龍城建築工人在建屋地點掘出舊鐵炮兩尊，係滿清嘉慶初年所鑄。此係海防設備。年代距今不過一百五十年左右，可是報上齊說九龍城發現了「古炮」[100] ！

1970 年 6 月 23 日　星期二

—

天晴，炎熱，時有驟雨。午夜後有雨。

譯連載小說，晚間未往報館，由中輝將稿送往。

九龍城內居民不許將日昨掘出的兩尊大炮搬出城[101]。此事勢必又將掀起麻煩風波。

1970 年 6 月 24 日　星期三

—

天熱，時有陣雨，夜間雨勢頗大。

寫連載稿，晚上由中絢夫婦送我往報館。十一時回。

關於九龍城大砲事。港英似有所考慮，不曾再有什麼行動。國內還沒有什麼反應。

100　〈「嘉慶七年鹽運使鑄造」九龍城寨掘出兩尊古砲〉，刊《星島日報》，1970 年 6 月 22 日，頁 21。

101　〈九龍城寨環境微妙關係　警隊封鎖現場移動兩尊古砲　昨雖有人警告今晨繼續施工〉，刊《星島日報》，1970 年 6 月 24 日，頁 23。

1970年6月25日　星期四

—

夜來至黎明有大雨。整日亦陰晴不定。

吃紅豆沙及杏仁豆腐。

今日未往報館。

今年為抗美援朝廿周年紀念，連日均有紀念文字及集會。志願軍援朝是新中國驚動全世界的一件壯舉，使得美軍從此對我國不敢輕舉妄動。

1970年6月26日　星期五

—

天氣不好，有不停的陣雨。有時雨勢很大，尤其在今日清早之際。

晚間往報館，由中絢夫婦送往。十時半回家。

填寄 1969-1970 薪俸收入報稅表格。過去數年未填報，被追索，1967-1968 年份被評定要繳稅一百廿六元。

1970年6月27日　星期六

—

整日時有陣雨，且有風。

下午三時，往《大公報》，與羅、嚴等過九龍到普慶戲院參加紀念抗美援朝二十周年及聲討美帝霸佔台灣罪行大會 [102]，氣氛熱烈，五時許散會，在新開之錦江川菜館進餐，因大家皆未及午膳。雖是川菜，徒有其名而已。七時許回家。

1970年6月28日　星期日

—

天氣仍不好，時有大雨。

今天未去報館，寫畢報紙連載稿後由中輝送去。

102　〈港九同胞今天集會紀念朝鮮戰爭二十周年聲討美帝侵台〉，刊《大公報》，1970 年 6 月 27 日，頁 4。《陳君葆日記全集・卷六・1967-71》一九七〇年六月二十七日：「下午，各界於普慶戲院開會紀念朝鮮祖國解放戰爭二十周年。不完全因雨，天氣不佳，也因身心不舒適，終於沒有去出席參加。」（頁 427）

1970 年 6 月 29 日　星期一

—

天晴炎熱。

晚上往報館，稍坐即回。

1970 年 6 月 30 日　星期二

—

天晴炎熱。天文台報告說海外有風訊，可能在本周末有颱風抵港。

下午四時往報館取薪水，因天熱，遂留在報館工作，趁便校對《張保仔》稿至十一時返，同中輝和他的同學在美利堅晚餐，並帶回葱油餅鍋貼等。

1970 年 7 月 1 日　星期三

—

天氣鬱悶，酷熱難耐，傍晚西天旱雲如火，果然似有颱風將臨朕兆。

晚上赴報館，趁便校閱《張保仔》稿數頁，十一時回家。

1970 年 7 月 2 日　星期四

—

天氣酷熱。

報館同事柯君嫁女，晚八時與克臻往賀，喜筵設在京華酒家，甚熱鬧，同席有阮康成，係即將恢復之嶺南大學 [103] 校長，曾在教育部任職，與周尚 [104] 相識，係燕京大學出身而留美者，為馬季明 [105] 學生，因暢談燕京舊事。

1970 年 7 月 3 日　星期五

—

天晴，酷熱。

103　嶺南中學校董會與嶺南書院有限公司於 1969 年合併，向香港政府申請注册為現在的嶺南教育機構有限公司，1967 年成立大專部，由阮康成出任校長，1972 年由麥吳玉洲接任。

104　周尚，即君尚，參考 1946 年 2 月 4 日之日記。

105　馬季明，即馬鑑，參考 1947 年 6 月 21 日之日記。

下午，黃俊東來電話，約定明日下午在紅寶石喝茶。

晚與羅、嚴等在陸海通飯店晚餐，飯後往報館，十二時返。

七月號《明報月報〔刊〕》有朱旭華[106]記丁聰[107]在香港事。文中謂望舒太太（指穆麗娟）現在香港，必不可靠[108]。

1970 年 7 月 4 日　星期六

——

天氣酷熱。下午五時，由中嫺陪往紅寶石。黃俊東已在，少頃區惠本亦來，羅承勛與中敏亦相繼至。大家暢談至八時始散。

晚上情緒不好，小故發怒，未吃晚飯即睡。

1970 年 7 月 5 日　星期日

——

天氣酷熱。早起頭昏，胸口不暢，又似血壓高模樣，稍後始恢復。

1970 年 7 月 6 日　星期一

——

天氣甚熱。今日本擬行報館，以體倦未去。在燈下校《張保仔》稿。

106　朱旭華（1906-1988），二十年代開始先後為上海快活林影片公司及海濱影片公司編寫劇本，1945 年任香港大中華影業公司經理兼製片廠廠長，五十年代曾自組國風影業公司，1966 年加入邵氏，創辦《香港影畫》月刊並任主編，曾任演員訓練班主任。

107　丁聰（1916-2009），筆名小丁，三十年代開始發表漫畫，以創作諷刺性漫畫為主，抗日戰爭時期輾轉於香港、重慶、昆明、桂林等地從事畫報編輯、舞台美術設計、藝專教員和畫抗戰宣傳畫等工作，曾編輯《良友》、《大地》、《今日中國》等畫報。1949 年後任《人民畫報》副總編輯、《裝飾》雜誌主編等。其後捲入歷次政治運動，1979 年恢復名譽，2009 年於北京病逝。

108　朱旭華、翁靈文對談，胡菊人提問，陸離記錄：〈丁聰在香港〉，載《明報月刊》第 55 期，1970 年 7 月，文中朱旭華提到：「現在戴望舒太太，穆時英太太，還有丁聰的妹妹，都在香港，至今仍有聯絡。」（頁 14）

1970年7月7日 星期二

—

今日小暑，天氣極熱。

下午二時，與黃茅同往九龍工人俱樂部參加港九各界慶祝國慶籌備工作委員會[109]。人甚多，有三百人，五時散會。過海後在蘭香閣進食，迤往報館，至夜十一時回家。

1970年7月8日 星期三

—

天氣酷熱難受。

吃桃、茄梨及荔枝。今年荔枝係熟年，今日所嘗者為糯米糍，每磅三元，價不算貴。往年需六七元一斤。

1970年7月9日 星期四

—

夜來大雨，竟未覺。近來聽覺也有毛病了。

1970年7月10日 星期五

—

有風，時有驟雨，炎熱稍減。

晚上與羅、黃、源等在四川樓晚膳。天熱生意未免清淡，因此許多普通菜都不備，生意也難做。

膳後又到龍記餐室小坐飲茶，吃「罐燜雞」，使我想起數年前在北京新僑飯店吃此菜，以及在西安吃羊肉泡饃的風味。

羅兄提出要求，要我在《新晚》恢復寫點短文，每星期兩篇，暫定日期為每逢星期三及星期日，姑應之，不知能做得到否。

—

109 〈籌委會昨舉行首次會議 香港同胞滿懷激情籌祝國慶〉，刊《大公報》，1970年7月8日，頁4。

1970 年 7 月 11 日　星期六

—

有陣雨，但天氣仍相當炎熱，入夜稍涼。

今日未往報館。

1970 年 7 月 12 日　星期日

—

有驟雨，但天氣仍熱。入暮有風，較涼。

晚間本擬校稿，因中健來，未果。

1970 年 7 月 13 日　星期一

—

天熱。下午由中嫻陪往報館。八時完畢，同至華豐國貨公司購物，又一起到龍記西餐館晚餐，吃串燒牛仔肉，還不錯。每客八元。

1970 年 7 月 14 日　星期二

—

天氣酷熱難耐。天文台氣象報告，謂有颶風將在日內過境。

在燈下校《張保仔》稿，很吃力。餘下數十頁由中敏代校。預定明日午後送出。

1970 年 7 月 15 日　星期三

—

天氣酷熱，有颶風信號，下午與中嫻同往報館取薪水，即留在報館工作，七時完畢，至百樂門酒樓晚飯，又在中國國貨公司及永安公司購水果餅乾等零物。

《張保仔的傳說和真相》校閱完畢，今日由中敏代為送回上海書局，又取回《香港方物志》樣書一冊，及《晚晴雜記》校樣全份。《香港方物志》印得尚好，只是定價每冊要六元六角，未免太貴了。

夜間有雨，天氣稍涼，據說明日傍晚將有颶風掠過。

1970 年 7 月 16 日　星期四

—

有颱風，但未正面襲港，終日有雨，天氣較涼。

1970 年 7 月 17 日　星期五

—

上午仍有雨，午後轉晴。

晚間與羅、嚴等在灣仔留香園晚餐，此係北方館，吃炸醬麵。

1970 年 7 月 18 日　星期六

—

天晴，略為涼爽。

人甚困倦，勉強翻閱雜誌，目力已經不能細讀了。

1970 年 7 月 19 日　星期日

—

天氣又鬱悶炎熱。

中敏代我向上海書局取來《方物志》十冊，及《晚晴雜記》封面設計一。

蔡惠廷偕一法國女子來訪，翻閱書籍，坐談二小時而去。

1970 年 7 月 20 日　星期一

—

天晴，又恢復炎熱，傍晚由中嫻陪往報館，至十一時回，同在報館對面「景珍」[110] 晚膳。【盧】星島報館職員喜到此店宵夜，當年魯金叔曾帶我去吃過，因明報亦在附近。

1970 年 7 月 21 日　星期二

—

天晴，又趨炎熱。

夜睡不寧，微咳，似有傷風趨向。

110　景珍酒家，位於鰂魚涌英皇道吉祥大廈地下。

1970年7月22日　星期三
—

有風，天氣略涼。

傷風，疲倦，下午服感冒藥睡數小時，略好。繼續服藥。

今日本應去報館，臨時未去。

1970年7月23日　星期四
—

有雷雨，天氣略涼。

傷風，咳嗽。下午由中嫻陪往報館，八時完畢，同往南方餐廳吃咖喱雞及福建炒麵，又往國貨公司購食品。有一種青梨，每磅一元四角，買了兩磅，回家試之，竟生澀不可食！

1970年7月24日　星期五
—

天晴，有風，不甚熱。

傷風咳嗽略好。

今晚與黃、羅、嚴等在東興樓聚餐，菜係特訂之砂鍋魚翅燉雞，外加肉末燒餅、燒賣等。櫃面上又送宛〔豌〕豆黃、豆沙捲甜點一碟，極精美。人少菜多，飽餐後仍有餘剩，一共吃了一百五十餘元。那一鍋雞燉魚翅，是供十二人吃的，價一百元。

1970年7月25日　星期六
—

有陣雨，傷風略好。

1970年7月26日　星期日
—

天晴炎熱，旱雲如火。

譯述連載小說稿兩篇，終日未作其他事，近日皆是如此。

1970年7月27日　星期一

—

天晴，炎熱。傍晚由中嫻陪同往報館，十時許回家。

以《晚晴雜記》校樣託中敏代校。

1970年7月28日　星期二

—

天氣晴好，已不似前些日子那麼酷熱了。

今早王季友[111]來電話，謂《成報》有意要求我如目疾稍好，應為他們恢復寫稿。當告以在目前情形下實不可能。稍後又來電話，謂報社因接替我那篇地位之新稿，一向未符理想，時常受讀者指摘，久欲我恢復。現因我既不可能，要求由王暫用我之筆名為我代寫，問我意見如何，只好答應。[112]【盧】此種同用一筆名寫作情況，在香港報刊並不罕見。施蟄存先生最早告訴我，三十年代末，他與戴望舒在《星島日報》〈星座〉版常共用筆名，據說因戴想讓施多刊作品，多取稿費，唯熟名多出，不方便，遂用此法。而高伯雨先生亦曾說過，戰後初期，香港報紙副刊版多由主編一人包攬，分派幾人同寫專欄，名家當自佔一欄，其餘往往由幾人以同名共寫。此處是名家停筆，讀者不滿，報方要求由王暫用葉之筆名代寫，又是另一情況，如非日記揭示，則讀者無從知曉。又2016年6月24日，在香港中文大學圖書館得見江之南（筆名王陵，時應任《成報》副刊總編輯）給副刊主編辜健（筆名古劍）的信。該信欠日期，信中回答辜健問及刊出〈紅毛聊齋新篇〉事。原來葉靈鳳逝世後，《成報》社長何文法下令重刊葉之舊稿〈紅毛聊齋〉，卻另改名〈紅毛聊齋新篇〉。其理由頗特別：「此係《成報》舊稿，亦屬於《成報》資產。」「好稿不厭其翻炒。」當年讀者已是中年，「現時的中小學生，甚至大學生，一定未讀過」。如此此稿遂重刊一次。[113]

—

111　王季友（1910-1979），廣西人，原名王桂友，筆名宋玉、酩酊兵丁、文可式、芝園等。1937年來香港，於《探海燈》發表作品，後回中國，戰後再來，於報章雜誌發表作品。

112　王季友用葉靈鳳筆名「秋生」在《成報・談天》連載小說如下（皆由「綠雲」插畫）：

〈異教奇談〉，1970年8月16日開始連載，至1972年12月31日完結。

〈四十年目覩果報實錄〉，1973年1月1日開始連載，至1973年12月31日完結。

〈古玩店異物誌〉，1974年1月1日開始連載，至1975年5月31日完結。

113　「秋生」：〈紅毛聊齋新篇〉，1977年8月1日開始於《成報・說地》連載，至1978年12月11日完結。版面有說明文字：「全新修訂　增減潤飾　版權所有」。

1970年7月29日　星期三

—

今日天氣晴好，譯述連載小說兩段。晚間中絢夫婦邀在美利堅吃北方麵食，孩子們同去，飯後往報館，十時半回。

1970年7月30日　星期四

—

天氣晴熱。令人困怠。

1970年7月31日　星期五

—

天晴炎熱。

下午三時半偕中嫻往報館取薪水，今年報慶又不舉行宴會，每人折付現金二十元。又取《快報》七月上稿費一百五十元。匆忙間，負責會計者僅付我一百二十元，少付三十元，事後始發覺，可嘆也。時遇見胡憨珠君，【盧】胡憨珠於三四十年代曾任上海《申報》、《商報》、《時事新報》記者，《時報》採訪主任，又在各戲劇刊物寫稿。與陳蝶衣、沈葦窗、陳存仁稔熟。四十年代末來港。1970年5月沈葦窗辦《大人》雜誌，胡憨珠即在該刊撰寫連載〈申報與史量才〉、〈史量才死後的申報〉，1973年12月《大成》創刊後仍見文章刊出。文章亦散見香港報刊。正在作閑談，未仔細點數。致為所乘。

在華豐國貨公司略購食品及雜物回家。

1970年8月1日　星期六

—

天氣悶熱，似又有颶風模樣。

1970年8月2日　星期日

—

早起天氣陰沉，傍晚烏雲四合，旋即閃電雷鳴，開始大雷雨，有一雷甚近，響聲震耳。入夜雨稍止，至午夜後又大雨，通宵未停。

天文台掛三號風球。天氣轉涼。

今日已是舊曆七月初二。初七立秋，已是應涼天氣了。

中輝與中美兩人言語行動，近日日趨乖張放肆，令人心憂。

1970年8月3日　星期一

——

昨夜大雨，徹夜未停，直至今日上午漸止，天色終日陰沉，入夜又繼續大雨，黎明始止。

昨日傍晚大雷雨時，有一雷聲甚響，閃電耀目，今日報載，新界有一群爬山露營人士，被雷殛死兩人，殛傷兩人。死者兩人皆警察幫辦。

由中嫻陪往報館，在報館對面咀香園 [114] 購杏仁餅及雞仔餅果腹，甚劣，幾不堪入口。

夜一時尚未有晚餐，不耐久候，即睡。天涼，睡甚舒適。

1970年8月4日　星期二

——

夜來仍有雨，至清晨始停，天氣較涼。

在燈下以放大鏡閱書報，仍很吃力，目力愈來愈不濟了，奈何！

③商報	75.00
⑥新晚報	140.00
⑦成報	150.00
⑦文匯報	250.00
⑮薪水	275.00
⑯星晚星座 6 上	163.00
⑰商報	75.00
㉑成報	150.00
㉒新晚報	150.00
㉛薪水	275.00
	1703.00

——

114　咀香園，即咀香園餅家，位於北角英皇道 718 號。見《香港年鑑 1970．工商名錄》，頁 382。

讀《古今小說》，此為三言之一，《喻世明言》初刻本，係據商務舊排印本重印者，惜已遭若干刪節。　六日。

訂書：Egypt, the Hermitage Museum, the Tretyakov Gallery.　八日

此皆 1956 年八月份所記
一九七零年一月三日誌 [115]

1970 年 8 月 5 日　星期三
—
天熱，下午由中嫻陪往報館，後同往南方餐廳吃咖喱。

1970 年 8 月 6 日　星期四
—
天氣悶熱，天文台報告又有颱風日內可能襲港。

1970 年 8 月 7 日　星期五
—
天氣陰霾，下午有雨，入暮天文台掛一號風燈，據報颶風將在星期日晚間襲港。

下午由中嫻陪往報館，購叉燒等回家佐膳，又購鹹蛋等備明天打風不便出街購物時食用。

夜晚甚涼，但未有風雨。

1970 年 8 月 8 日　星期六
—
天文台掛三號風波，謂颶風將於明午在本港五十里外掠過，今夜電台徹夜按時廣播風訊。

115　這本日記是 1956 年印行的日記本，從「（3）商報」至「訂書：……八日」所記的數字和文字，可能是葉靈鳳 1956 年本月寫下（本年九月、十月及十一月均有相同紀錄，但之前何以沒有，原因不明），至 1970 年初拿日記來用，發覺有此數段，因此加上說明。

今日為農曆七月七，乞巧節。夜來漫天風雨，織女、牛郎應難於相會了。今日又為立秋。

燈下閱周越然之《書、書、書》[116]，此是香港翻印本。記他買書事，此人筆下頗類林語堂，往往作似是而非之言。他的英語讀本賺了不少錢（林亦如此），買了一些線裝書，但始終仍是個外行，「望道而未之見也」！閱至夜三時始睡。天涼，此為多時以來睡得最遲的一夜，也久未看書了。用放大鏡看，仍感吃力。

1970年8月9日　星期日

—

天文台昨夜謂颱風將在今午掠港而過。事實上今早起身，已風平浪靜，連雨也沒有。將近中午時，天空已微露陽光，一場虛驚而已。

1970年8月10日　星期一

—

前在書店訂了兩冊新的《企鵝叢書》，今日書店來電話，謂已到了，叫中輝去取，僅取來一冊《瑪爾洛的回憶錄》[117]，另一冊（叔本華的哲學論文集）仍未到。勉強翻閱一下，瑪爾洛[118]的這書有一部地方講到了我國，也講到了香港。

報館的稿費，從七月份起，由十元增加到十二元。稿費的定率差不多二十年未曾改變，早就應該增加了。

1970年8月11日　星期二

—

天晴。

讀《瑪爾洛的回憶錄》。他在前幾年曾應邀來我國訪問。書中也有記載。可惜現在讀來已經很吃力了。

116　參考 1967 年 12 月 7 日之日記。

117　Malraux A.(1970) *Anti-Memoire*. (Translated by Kilmartin, T.) London: Penguin.

118　瑪爾洛（André Malraux，1901-1976），通譯馬爾勞或馬爾羅，法國作家。

1970年8月12日　星期三

—

天晴。今天曾往報館工作。

1970年8月13日　星期四

—

天晴，讀《大華》第二期。復刊後內容已較以前的好得多。

1970年8月14日　星期五

—

天晴。中絢夫婦今日乘飛機往日本旅行，參觀博覽會。約十天回來。

六日〔時〕往百樂門酒樓與黃、羅等聚餐。旋由黃、源陪我往報館，十時獨自回家。

借來許廣平《魯迅回憶錄》[119] 一冊。係粗報紙所印，此時讀來十分困難。

1970年8月15日　星期六

—

天氣晴熱，傍晚轉陰天，旋起風，有驟雨。

下午由中嫻陪往報館取薪水。工作完畢，七時許離開報館，往華豐公司購罐頭等。又同往龍記飯店晚餐，購餅食一盒歸家。

家中有一大白狗，名「羅羅」，自幼養大，很馴良，日前晚間出外，似遭毒物所咬，頭部微腫，呼吸不便，今日上午拒進食物，至午夜忽倒地抽搐，立即死去。中嫻心痛，曾放聲大哭。

今日為中元節，克臻循俗燒衣與其雙親及亡女中明。她是第二女，若是健在，該已經二十多歲了。

1970年8月16日　星期日

—

天晴。因白狗「羅羅」突然死去，大家都有點愀然不樂。

119　許廣平：《魯迅回憶錄》。北京：作家出版社，1961年。

前上海智仁勇女校校長徐仁廣，今日在醉瓊樓做壽，七十大慶，克臻係該校畢業，晚上偕中嫻往祝壽。我未去。

夜十二時許即睡，因連日都起身較早。

1970年8月17日 星期一
—

天晴，入暮有風雨。

今日下午由中嫻陪往報館，十時許返家。

中絢自台北及日本有明信片寄來，報告旅途平安。

燈下讀許廣平的《魯迅回憶錄》。有許多記載是以前所未知的。

1970年8月18日 星期二
—

天晴，仍時有驟雨。

讀完許廣平的《魯迅回憶錄》，其中關於魯迅與周作人弟兄失和事，是以前未曾讀過的。將這書與《知堂回憶錄》對照看起來，更有意思。

晚上，中絢自日本來長途電話報平安。

夜雨，至黎明未止。

1970年8月19日 星期三
—

天晴炎熱，但早晚有涼風，儼有秋意矣。

由中嫻陪往報館，十時許返。

翻閱謝國楨的《明清筆記叢談》[120]。

1970年8月20日 星期四
—

天晴。

今晚曾在燈下翻閱《喜詠軒叢書甲集》，此係苗子早幾年所贈，石印大字燈

---

[120] * 謝國楨：《明清筆記談叢》。北京：中華書局，1960年。

下關來亦頗吃力，可嘆也！

1970年8月21日　星期五

—

天晴，黃昏後有微雨。

下午三時，往《大公報》參加新聞界慶祝國慶籌委會[121]。四時半散會，與嚴慶澍、源克平、黃茅、曹聚仁、張向天同往百樂門酒家聚餐。羅承勳因趕去參加日本人西園寺公一[122]歸國過港的記者招待會[123]，未來。曹買來台灣產的西瓜「小王瓜」兩枚，圓形青花皮，滋味頗類馬鈴瓜。

報館又要大家填登記表格。此事已辦過多次，大概管理人事變動一次，就要重填一次，不知何用，可笑之至。

1970年8月22日　星期六　📷

—

天晴，悶熱，似仍有風雨之兆。

讀今日出版（第十三期）之本港《快活週刊〔報〕》，【盧】此乃唐碧川任總經理之快活出版社有限公司出版刊物，李家俊任總編輯。談九龍城問題[124]，有些材料為我所未知者，如港府過去曾派兵趕走當時駐九龍寨城的滿清官員事，未知根據怎樣的來源。

1970年8月23日　星期日

—

天晴。中絢夫婦往日本參觀博覽會，今日回來。以小玩意若干見貽。

121　〈新聞界熱烈籌祝國慶　新聞工作者及報販將聯合舉行慶祝大會　體育界等成立慶祝國慶籌委會〉，刊《大公報》，1970年8月22日，頁4。

122　西園寺公一（1906-1993），日本外交家。1958年到中國居住，1970年回日本。

123　〈返國途中經港　昨日招待記者　西園寺談中日人民友好　譴責美帝復活日軍國主義〉，刊《大公報》，1970年8月22日，頁4。

124　凱恒：〈傷透腦筋的九龍寨城〉，刊《快活週報》第13期（1970年8月），頁8。

1970年8月24日 星期一

—

天晴。

閱許廣平的《欣慰的回憶》[125]，係回憶魯迅者。此書係向黃茅所借，又借來香港百年前圖片集一冊。

1970年8月25日 星期二

—

天晴，仍炎熱。

燈下閱舊書，甚吃力。

1970年8月26日 星期三

—

天晴。近日目力更差了。

1970年8月27日 星期四

—

天晴。

取出所藏版畫圖籍等翻閱，已不能辨線條起迄，可嘆也。

1970年8月28日 星期五

—

天晴，鬱悶。

晚間與黃茅等在灣仔北方館「美利堅」聚餐，中嫻同往，餐後往報館，由中絢夫婦來接，在龍記西餐廳買餅食回家。

購《百年前之香港》圖片集一冊[126]，係政府出版，展覽會之前刊，前購未得。

125　許廣平：《欣慰的回憶》。北京：人民文學出版社，1951年。

126　Photographs from the Hong Kong Museum of History collection; text by Warner, J.; translated by Wong, W.; designed by Hacker, A. (1970) *Hong Kong 100 Years Ago: a Picture-Story of Hong Kong in 1870.* Hong Kong: Government Printer.

因已賣完，此係再版。

1970年8月29日　星期六

—

下午偕中嫺往報館取薪水，六時工作完畢，同往一家素食館晚飯，又在華豐公司購物，七時許返。抵家門附近見街上人聲噪雜，且有交通警察在指揮交通，阻止車輛前進，急下車，知是發是〔生〕車禍，並由街坊見告，是中輝駕車出事，與另一車相撞，各人已送往醫院。

急回家，始知中輝與其他三個少年同乘車，由他駕駛，卻在門前石級附近由西往東，與一輛由東往西之車相撞。車中三女子皆受傷。中輝坐在駕駛座上，自然也受傷，幸係在自己家門附近，街坊皆素識，急奔告，由中絢夫婦照料送入瑪琍醫院。後經 X 光檢驗，胸骨等無損傷，僅撞傷，經包紮後即出院，囑由中國跌打醫生醫治，無須其他手術。

驚擾終夜，未能安睡。

1970年8月30日　星期日

—

天晴，今早中輝由中敏、中美陪往跌打醫生陳志英處診治（係《大公報》等社團社醫），謂無內傷，僅外傷，要半月以上時間始能痊愈。一腳腫痛，要扶杖而行。他同車其他三少年，僅一人有輕傷，其餘兩人無恙。對方車輛三女子，乃母女三人，一女面部被玻璃劃傷多處，要用手術縫補。係大新百貨公司蔡姓母女，兩女皆中絢舊時同學。

1970年8月31日　星期一

—

天晴，今早中輝再往跌打醫生處診治，並須服中藥一帖。傷勢並無變化。

晚間赴報館，由中絢夫婦送我，並在醉瓊樓晚飯。

今晚報館舉行記者節聚餐，我未去，有抽獎遊藝，由同事代抽，得一手表，回家即給中輝。他逃過這次大難，希望能革除「輕浮急躁」的習性也。

②商報	80.00
⑥成報	150.00
⑧新晚報	160.00
⑩星座晚 六下、七上、日六下	285.00
⑮薪水	275.00
⑱商報	75.00
㉑新晚報	150.00
㉑成報	150.00
㉘星座（晚七下、日七上）	175.00
㉛薪水	275.00
	1775.00

此是 1956 年九月所記

1970 年 1 月 3 日誌

1970 年 9 月 1 日　星期二

—

天氣仍甚炎熱。

1970 年 9 月 2 日　星期三

—

天晴，仍甚炎熱。

晚間由中絢送我往報館，十時許獨自乘車回家。

今日有數少年，來晤中輝，因撞車事，大聲吵鬧，且出言恐嚇，甚可惡也。

1970 年 9 月 3 日　星期四

—

白晝天晴，入暮有驟雨。至夜時有陣雨。九時返報館時，甫出門即遇到一場大雨，甚狼狽。

1970 年 9 月 4 日　星期五

—

天氣悶熱,時有陣雨。入夜有大雨,通宵未停。

晚由中嫻陪往灣仔「美利堅」與黃、嚴等聚餐。路過《星島日報》舊址[127],見已拆卸。滄桑之易,又身臨之矣。

由中嫻陪往報館,至十時許回家。

連日因中輝撞車事,口舌甚多,終日不得安寧。

1970 年 9 月 5 日　星期六

—

天熱。由中嫻陪往報館。終日擾攘不得寧靜,都是為了撞車之事。

1970 年 9 月 6 日　星期日

—

夜來大雨,至清晨始止。

晚間由中嫻陪往報館,十時許返,在報館對面紙紮店購燈數盞,因中秋節已近也。

1970 年 9 月 7 日　星期一

—

天熱,目力愈來愈不濟事。

燈下翻閱木板《晚笑堂畫傳》[128],已模糊一片了。

1970 年 9 月 8 日　星期二

—

天熱,未寫日記。

127　參考 1968 年 1 月 9 日之日記。

128　* 上官周:《晚笑堂竹莊畫傳》。(日本)京都:五車樓。

1970年9月9日　星期三

—

取來向書局所訂購之叔本華選集。字小，已經無法看了。

1970年9月10日　星期四

—

天氣甚熱，未寫日記。

1970年9月11日　星期五

—

天熱，偕中嫻同往報館，又在蓮香素食館吃素菜麵食。買素月餅一盒。

1970年9月12日　星期六

—

天氣悶熱，謂有颶風要來。

往報館多發一天稿，以便有颶風時可以休息一天也。

1970年9月13日　星期日

—

天文台報告有颶風襲港，有陣雨，傍晚掛七號風球，謂將於明晨掠港東而過。車舟交通停頓，甚緊張。但至凌晨仍甚平靜。

1970年9月14日　星期一

—

天晴。打風不成，只得一場雨而已。昨日虛驚一場。

下午由中嫻陪往報館領薪水。工作完畢，逕赴紅寶石餐廳，因今晚為外孫嘉智生日，中絢在紅寶石舉行生日晚餐會。十時回家。

1970年9月15日　星期二

—

今日為中秋節，略有月光。兒輩在門外玩燈。晚間略增菜餚。今日未赴報館。

1970年9月16日　星期三

—

天晴。黃茅等約往松竹樓聚餐。此係北方館，攜中絢同去。食過飽，晚間口渴肚脹。

今晚曾往報館，發稿兩日，明天可以不去。

1970年9月17日　星期四

—

天晴。近來覺腿軟且口渴，疑糖尿症復發。今早驗尿，果然有百分之零點 1/2 糖份。晚間開始服糖尿病特效藥丸，戒吃甜物。近來已不戒糖，中秋節前後又吃了一點月餅，怪不得如此了。

始食天津馬奶葡萄少許，甚脆美。

1970年9月18日　星期五

—

天晴，今日未往報館。

驗尿有百分零點 1/2 糖份。往李醫生處取糖尿症藥丸。

法國天主教作家莫里亞克 [129] 去世，擬寫一短文，燈下翻閱其傳記材料。

1970年9月19日　星期六

—

天晴，由中嫻陪往報館，歸途購罐頭食品一批，有雲腿、咖喱牛肉，以及果汁等。近來蔬菜甚貴。白菜已漲至每斤二元以上。其他各物亦連帶漲價。

今早驗尿，仍有 %3/4 糖分。

1970年9月20日　星期日

—

天氣晴熱。在家休息。

翻閱高克多日記，其中記他的劇本《酒神節》（*Bacchus*）上演時與莫里亞克

129　莫里亞克（François Mauriac，1885-1970），法國作家，1952 年獲諾貝爾文學獎。

筆戰事很詳。

今日驗尿，仍有百分之 0 1/4 糖份。

1970 年 9 月 21 日　星期一

——

天氣晴熱，傍晚由中嫻陪往報館。

驗尿仍有糖份。

新華社已送來預祝國慶請柬，時間為三十日下午，在九龍星光行。係酒會。

1970 年 9 月 22 日　星期二

——

天氣晴熱。粵人稱此種天氣為「焙餅熱」，蓋恰在中秋節前後，焙製月餅之時也。

今天不去報館，在家翻譯小說稿。

始食天津黃芽白。近日蔬菜價仍甚貴，黃芽白兩元多一近〔斤〕，青菜則要賣三元一斤。

1970 年 9 月 23 日　星期三

——

天晴炎熱。

譯小說稿兩天。今日中嫻喉痛，傍晚獨自往報館，後中輝來接。

翻閱《江南園林志》[130]。雖是四號字，也看來一片模糊了。

1970 年 9 月 24 日　星期四

——

天氣仍悶熱。

寫〈讀江南園林志〉[131]。此書出自建築師之筆，偏重各園的平面圖，而忽略園內景色的介紹，不離本色。因此關於各名園的史料，如題詠石刻等極少，圖片

130　童寯：《江南園林志》。北京：中國工業出版社，1963 年。

131　葉靈鳳：〈讀江南園林志〉（筆名「臨風」），刊《星島日報 · 星座》，1970 年 9 月 26 日，頁 10。

又小而模糊，是其缺點。然而這是僅有一部介紹江南現存各名園的專書。

又寫《伊索寓言》蛇故事的介紹一篇 [132]。擱筆未寫稿已久，今日發奮勉力為之。

1970 年 9 月 25 日　星期五

——

晚與羅、黃、嚴、源等人在留香館晚餐，中嫻陪往，吃炸醬麵。

1970 年 9 月 26 日　星期六

——

雖是仲秋，天氣仍很鬱悶，似又有打風模樣。

以舊稿改寫成新稿一篇，介紹尼采的《查拉圖斯特拉如是說》一書 [133]。這書是故事集，又像是散文詩，我很愛讀，從前郭老曾譯過一部分，刊在《創造週報》上 [134]。

③商報	80.00
⑤新晚報	160.00
⑪星座（七下）	46.00
⑪成報	150.00
⑬星晚（八上）	120.00
⑮薪水	265.00
⑯商報（九上）	25.00
⑳星座（八上）	148.00
㉒星晚（八下）	128.00
㉒成報（九上）	150.00

132　葉靈鳳：〈友誼被損害不易恢復的寓言〉（筆名「伊萬」），刊《星島日報・星座》，1970 年 9 月 26 日，頁 10。

133　葉靈鳳：〈尼采的查拉圖斯特拉如是說〉（筆名「伊萬」），刊《星島日報・星座》，1970 年 9 月 28 日，頁 15。參考 1968 年 3 月 9 日之日記。

134　參考 1968 年 3 月 12 日之日記。

㉒晶報（九上）　　　　150.00

㉕新晚（九上）　　　　150.00

㉕文藝新潮　　　　　　35.00

㉛薪水　　　　　　　 265.00

　　　　　　　　　1922.00 〔1872〕

此係一九五六年所記

1970 年一月三日誌

1970 年 9 月 27 日　星期日

—

天陰有雲，至夜有大雨，徹夜未止。

翻閱新買來的叔本華選集 [135]，有一篇論讀書與寫作的短論，擬試譯出，只不知目力是否濟事也。

1970 年 9 月 28 日　星期一

—

夜雨到早上還未止，有涼風，已經是正式的秋雨了。

改寫舊作關於《永樂大典》失散的經過短稿 [136]。《永樂大典》與所謂《四庫全書》，皆是寫抄本而非刊本，此是許多人所忽略者。

1970 年 9 月 29 日　星期二

—

天晴有北風，氣候已開始轉涼，傍晚已經要穿羊毛背心了。

連日寫稿較多。可喜亦可慨也。

---

[135]　*Schopenhauer, A. (1970) *Essays and Aphorisms.*（Selected and translated by Hollingdale, R. J.）Harmondsworth: Penguin Books.

[136]　葉靈鳳：〈記永樂大典的失散〉、〈永樂大典副本失散經過〉（筆名「臨風」），分別刊於《星島日報・星座》，1970 年 9 月 30 日及 10 月 3 日，頁 10。另見葉靈鳳：〈《永樂大典》的佚散經過〉，《讀書隨筆（二集）》，頁 75。

1970年9月30日 星期三

—

天氣晴涼，有北風，夜來需蓋薄氈。天文台說這是近三十五年來九月份溫度最低的一天。

下午六時，與克臻同往九龍參加新華社的酒會[137]。後來遊海運大廈，在美心餐廳喝茶，吃了一客洋葱湯，甚好。

下午曾獨自往報館取薪水，又順便發稿，晚上遂不必再去了。

1970年10月1日 星期四 📷

—

今早未能往九龍參加各界慶祝國慶大會，因無人陪伴。

1970年10月2日 星期五

—

午後二時，由中敏陪往九龍，參加新聞界慶祝國慶大會[138]，五時始散。

連日努力寫稿，可是目力彷彿愈來愈不行了。

1970年10月3日 星期六

—

連日天氣清涼，夜睡甚適，亦便於工作，不必再揮汗了。

今日未往報館。

1970年10月4日 星期日

—

天氣清涼。傍晚由中嫻陪往報館。

今日為中慧生日，在家吃蛋糕，晚上吃羅宋湯等。

137　〈新華社分社慶祝國慶　昨舉行盛大招待會〉，刊《大公報》，1970年10月1日，頁4。

138　〈新聞界港九報販業　聯合舉行慶祝國慶〉，刊《大公報》，1970年10月4日，頁4。

連日皆寫稿未輟 [139]。

1970 年 10 月 5 日　星期一

—

天氣甚好，晴朗清涼。

今晚新聞界在麗宮酒樓舉行慶祝國慶宴會 [140]。與克臻前往參加，見熟人甚多。散後由費彝民用車送回，並邀請參加七日晚上京戲票友的慶祝聚餐會。

1970 年 10 月 6 日　星期二

—

天氣陰霾，天文台掛三號風球，謂有颶風明午過港，且將有大雨。傍晚提早往報館，防有風雨。但夜間僅有微風，通宵如此。

1970 年 10 月 7 日　星期三

—

早起天色甚暗，作晝暝狀，但平靜無風亦無雨。午間且略有陽光。

晚七時與克臻同往華資銀行俱樂部參加文藝晚會及聚餐會，與會者都是本港華資銀行負責人及國貨界巨子，聽唱各樣板戲的京戲片斷，十時許散。

晚天文台改掛一號風球，這次的颶風，又是虛驚一場。

1970 年 10 月 8 日　星期四

—

天陰有雨。今日是重陽，頗有滿城風雨景象。

傍晚往報館。聞同事言，因為查核賬目，以致八月份稿費仍未發出。

燈下讀《明清筆記談叢》（謝國楨），其中敘述「叢書」沿革的一篇長文，回想舊時家中有汲古閣刊本書甚多，皆毫不經意的散去了。

139　葉靈鳳：〈毛筆的小考證〉（筆名「臨風」），刊《星島日報・星座》，1970 年 10 月 5 日，頁 10。

140　〈新聞界舉行國慶宴會　報販業昨第二次聚餐〉，刊《大公報》，1970 年 10 月 6 日，頁 4。

　　《陳君葆日記全集・卷六・1967-71》一九七〇年十月五日：「天文台像風吹草動的怕起來似的，午間竟掛起一號風球了。但今晚新聞界麗宮的宴會，仍去參加的。與蔡渭衡同去。」（頁 443）

1970年10月9日　星期五

—

天晴。

今晚本與黃茅等約定聚餐，後以明日為「雙十」，恐有未便，決定改期。

晚由中絢夫婦邀往一廣東館晚膳，膳後赴報館，十時許回家。

燈下讀《明清筆記談叢》，記陳夢雷與《古今圖書集成》等事。

1970年10月10日　星期六

—

天陰。

晚上由中嫻陪往報館。取得《快報》稿費三百元。得此亦可略作挹注，略購食物而回。

燈下閱《津門雜記》[141]，係清末人所作，其人係錢塘人，久客天津，遂熟悉津門故實，頗有點像我以外江人久居香港，也喜歡研究香港史地一樣。甚有趣也。

1970年10月11日　星期日

—

天氣晴熱。

燈下讀孟森的《明清史論選集》[142]，關於雍正奪位及清太祖殺弟等考證。我對於清初史料特別感到興趣的乃是文字獄問題，可惜一向隨手翻閱，不曾有什麼成果。

1970年10月12日　星期一

—

天氣晴熱，風高物燥。

燈下翻閱《吳郡五百名賢圖贊》[143]，係木刻本，有木刻畫像五百七十幅，可

141　＊張燾輯：《津門雜記》（三卷）。光緒十年（1884）刻本。

142　＊孟森：《明清史論著集刊》。北京：中華書局，1959 年。

143　參考 1968 年 10 月 11 日之日記。

謂洋洋大觀。購買時曾另見有石刻拓本名賢畫像兩套，未購入，現在想來，可謂
交臂失之矣。因此種刻本及拓本，近年已不易得了。

1970年10月13日　星期二

—

天氣晴熱乾燥，又彷彿初夏。由中嫻陪往報館。

稅務局寄來掛號信一封，附十元支票一張，謂今年所徵收的薪俸所得稅多算
了十元（應為 97 元，他們上次來通知要徵收 107 元，我當時自然照付），現在退
還。這真是少有的事也。

燈下翻閱龔果爾弟兄日記。

1970年10月14日　星期三

—

天氣晴熱。

羅兄送來《沙家浜》話劇入場券三張。今日下午與克臻及中美往九龍普慶戲
院看戲。此本是京戲，現改成國語話劇，還不錯 [144]。

晚下在燈下閱《於越三不朽圖贊》[145]。原是木刻本，該有圖百餘幅。此是鉛
字排印本，圖用銅板，是民國初年版。原來圖版好處盡失，前有蔡元培序，僅有
半部，係重行整理者。原書甚難得，本係明人《陶庵夢憶》作者張岱所編。

1970年10月15日　星期四　📷

—

天晴鬱熱。天文台今晚掛一號風燈，謂有颶風。

外電傳我國試爆一枚大型氫氣彈，為三百萬噸型。但我國自己未宣佈此
事 [146]。

144　〈革命現代話劇「沙家浜」徇同胞要求再加演七場　十七至廿日各場票普慶南洋明起預售〉，刊《大公
　　　報》，1970 年 10 月 14 日，頁 4。

145　張岱：《越中三不朽圖贊》（《於越有明一代三不朽圖贊》）。紹興：紹興印刷局，1918 年。

146　〈核子試爆雖證實　中共迄未公佈　美認為具有政治性意義　日提抗議指為進一步增加亞洲緊張〉，刊
　　　《星島日報》，1970 年 10 月 16 日，頁 2。

晚與中絢夫婦在美利堅晚膳,吃北方麵食。又帶了一些蔥油餅、鍋貼等回家。

1970年10月16日　星期五
—

夜來大風雨,至早未停。終日天色陰沉。

今晚曾往報館。

燈下閱龔果爾日記。

1970年10月17日　星期六　📷
—

天陰,仍有風,餘勢未息。

晚上中健來,贈我一柄彎形古銅小刀,握手作雄雞形,柄上有篆書「永寶」、「口漢」等字,又似非中國所製。

今日結束夏季時間,時鐘於午夜後撥快一小時。

1970年10月18日　星期日
—

天陰。今日未赴報館。在家閱《明清筆記談叢》其中關於全祖望《鮚埼亭集》的軼事。舊時家中曾有之。

1970年10月19日　星期一
—

天晴。下午三時往《大公報》參加《沙家浜》話劇座談會 [147]。七時散,同羅、嚴等在百樂門酒家晚膳,後到報館,十時回家。

1970年10月20日　星期二
—

天晴。

147　〈各界人士座談學習宣傳普及樣板戲　革命現代話劇「沙家浜」演出意義大〉,刊《大公報》,1970 年 10 月 21 日,頁 4。

讀民國初年上海出版的《古今文藝叢書》第一集 [148]，其中有一篇樊樊山的《蘇門紀遊》，記其地風景水竹之勝，不下西湖。其地在河南滎陽附近，甚少人提起，可望見太行山。

1970 年 10 月 21 日　星期三　📷

天晴。苗秀有一譯稿，談北魏元氏墓誌盒上所刻的十八怪獸圖像 [149]。此石刻似未見人提過。原石已運往美國。翻閱各種中國美術史，在日本平凡社的《世界美術全集》的《中國》第二卷略見提及。學問之難，可以想見。

1970 年 10 月 22 日　星期四

天晴。晚與羅、黃等在百樂門飯店聚餐。中嫻同去，餐後往報館。

1970 年 10 月 23 日　星期五

天氣晴暖。
翻閱石刻拓本，消磨晚上的時間。

1970 年 10 月 24 日　星期六

天熱。今日未赴報館。
晚間在燈下閱曹聚仁所贈之《中國抗戰畫史》[150]，至四時始睡。自「九一八」、「一二八」、「七七」、「八一三」以至香港的「十二月八日」，我的一生最好的日子，都是消磨在日本侵略戰爭的陰影下。這是令人難忘的。翻閱這本戰史，舊事湧上心頭，不覺夜之深也。

148　古今文藝叢書社編：《古今文藝叢書・第 1 集》。上海：廣益書局，1914 年。

149　苗秀：〈元氏墓誌石的十八畏獸畫〉（筆名「花菴」），刊《星島日報・星座》，1970 年 10 月 24 日，頁10。

150　曹聚仁、舒宗僑編著：《中國抗戰畫史》。上海：聯合畫報社，1947 年。

1970年10月25日　星期日

—

天晴。

中慧今天忽表示要與男友林君結婚，謂自己早將手續辦好，已在婚姻註冊署註冊，一切從簡，婚期已定在下月七日。問其為何如此匆促，使家中措手不及。則謂各項早已決定，並不需家中花多少錢，無推遲日期之意。

1970年10月26日　星期一

—

天晴。近日經濟甚窘迫。中慧忽然要結婚。多少必須花一些錢。甚為狼狽，因一時無從籌措也。

②晶報	150.00
④星座（八下）	132.00
⑥成報	150.00
⑧新晚	150.00
⑨星晚（九上）	112.00
⑮薪水	275.00
⑱晶報	150.00
⑲成報	150
㉓新晚	93
㉘星座，星晚（九下）	298
㉛薪水	275
	1935.00

此係一九五六年十月所記
一九七零年一月三日誌

1970年10月27日　星期二

—

天晴，房東大興土木，修理房屋，仍未竣工，天氣乾燥，灰沙撲面，甚為不便。

因中慧問題，終日心緒不寧。

1970年10月28日　星期三

—

天晴。

中慧謂將採取旅行結婚方式。七日刊登結婚啟事，八日早赴澳門，十日回來。已在堅道租了一間房作新房。一切皆由她自己作主決定，只好任之。

1970年10月29日　星期四

—

天晴，甚暖。

1970年10月30日　星期五

—

天晴乾燥。晚上與羅、黃等在海景樓聚餐，由中嫻陪往，並帶回天津包子一盒。

1970年10月31日　星期六

—

天晴。下午循例往報館取薪水，豈知已改變辦法，已在昨日發薪，因今日是星期六，會計部休息，遂撲一個空，要待後天星期一始可。

1970年11月1日　星期日

—

天晴。

今日星期，仍往報館一行。

1970年11月2日　星期一

—

天晴，下午三時往報館取薪水，久未上過報館樓上，變化甚大，怕目力不好找不到人，惟有拉了一個同事陪我一起上去。

克臻與中絢等約晤中慧的未婚夫林君,係潮州人,據觀察人甚老實,係「曾福琴行」[151] 同事,已相〔識〕兩年了。

1970 年 11 月 3 日　星期二

—

天晴乾燥。

晚間往報館。十時回家。

檢出舊藏仇十洲《百美圖》手卷,有文徵明題字,雖非真蹟,已甚難得,擬拿去換錢,以救眉急。又檢出丹麥出版的愛情圖籍兩套,擬一併出讓。

1970 年 11 月 4 日　星期三

—

天晴乾燥,加之房東修屋,飛砂走石,灰塵撲面,終日不寧。

晚間檢出印譜數種,擬與畫數幅一同易錢。已與黃茅約定,明日送去。

1970 年 11 月 5 日　星期四

—

天晴。

下午以齊白石畫兩幅、王一亭畫一幅、仇十洲手卷一、佘啟麟(廣東清末畫家)水仙竹梅立軸一、宋人畫關羽像一(歀陳居中,偽托,有鄧爾疋題)共六件。又趙之謙印譜、吳讓之印譜、唐熙年拓韞光樓印譜、嘉慶拓映雪樓印譜共四種,送交黃茅處,托集古齋出讓。

1970 年 11 月 6 日　星期五

—

天晴。

上午以所藏端硯一方,由中輝送往黃茅處。

今晚在利口福酒家設宴一席為中慧送嫁,新婿亦在座。十一時散。

151　曾福琴行,1916 年由曾福創辦,首間琴行位於灣仔摩利臣山道。

1970年11月7日　星期六

—

天晴，黃昏後有微雨。

今日中慧出閣。中午十二時，新婿林君偕男嬪五人來迎，由中美、中輝等陪往，在京華酒家飲茶，四時許回。晚九時由林家在高雅酒樓 [152] 設喜宴。明早往澳門渡蜜月。

夜十一時往報館。即回。

1970年11月8日　星期日

—

天晴有風，天氣乾燥。

晚上由中輝陪往報館。即回。

1970年11月9日　星期一

—

天晴。

下午四時，由中輝陪往晤黃茅，同在利口福喝茶，收到黃交來港幣三千元，蓋日前送去各件之代價。先行墊付，實價多少，將來再算也。近來窘極，又值中慧出嫁，前日中凱曾交我四百元，又另給中慧四百元，仍不敷用，得此三千元，可救眉急了。

1970年11月10日　星期二

—

天晴，乾燥。

晚間由中絢夫婦駕車陪我往報館。後在灣仔龍記吃西餐，十一時回。

近日目疾又加深，視力更減。

152　高雅酒樓，即高雅大酒樓，位於灣仔軒尼詩道 275 至 285 號立興大廈。

1970年11月11日　星期三

—

天晴有風。

晨起，腹中不適，微瀉。終日感到困頓，勉強工作，未去報館，一時睡，未進晚餐。

今晚，中慧與新婚夫婿林君，自澳門渡蜜月歸來，帶來澳門餅食，林宅又送來潮州糖食及茶葉。

以一千元交中慧作妝奩。

1970年11月12日　星期四

—

天晴，晨起腹中仍略有不適。

晚上往報館。

1970年11月13日　星期五

—

下午獨自乘車往報館，因提早在今日發薪。

晚與黃茅等在百樂門酒家聚餐。

燈下翻閱宋李明仲《營造法式》，此係商務複刻宋本，另加彩圖，甚精美，此種好書現在已少見了。

1970年11月14日　星期六

—

天晴乾燥。

下午高雄忽來電話，約晚間小敘。未來往已數年，今忽相邀，不能推卻。晚間在報館工作完畢後，九時半與中輝同赴敘香園[153]之約，克臻亦去，相談舊事，至夜一時始散。

據告，彭成慧已全家赴美國。

153　敘香園，即敘香園飯店，位於香港駱克道 481 號。見《香港年鑑 1970・工商名錄》，頁 378。

1970 年 11 月 15 日　星期日

—

天晴。夜來天氣轉寒，入暮更甚，出外已可穿兩件羊毛衫。

今晚由中嫻陪往報館。

晚餐在家中吃冬筍黃芽白肉湯，味甚鮮美，筍係中絢所贈，初上市之物也。

燈下翻閱《金陵古今圖考》[154] 及《金陵建置表》[155]。一向甚少留意鄉邦文獻，這還是近年購入的。

1970 年 11 月 16 日　星期一

—

天氣乾燥而冷，有初冬之意了。

晚間往報館，由中嫻陪往，十一時回。

1970 年 11 月 17 日　星期二

—

天晴，略為回暖。

日來視力又減，連寫字也不大方便了。

巴基斯坦發生大風災及海嘯，電傳死者十餘萬人，受傷者數十萬，為近代史上最大的一場天災。

1970 年 11 月 18 日　星期三

—

天晴，甚和暖。

晚間在燈下閱《清代文字獄檔》[156]。多年來想寫「清代文字獄史話」，只零碎寫過幾篇，只以材料不夠廣博，後來便中斷了。

154　陳沂：《金陵古今圖考》，有正德十年（1515）刊本。

155　參考 1967 年 4 月 27 日之日記。

156　參考 1946 年 3 月 31 日之日記。

1970年11月19日　星期四

—

天晴，和暖。

晚間往報館，由中嫻陪往，十時半回，在南方餐廳吃咖喱雞飯。

嘗新上市的南豐橘，摘得過早，還未夠熟，因這時正是「橙黃橘綠」時也。

1970年11月20日　星期五

—

天晴有風。

晚六時與黃茅等在「利口福」聚餐，八時散，由中嫻陪往報館。十時許回家。

燈下翻閱《無雙譜》[157]，人物畫像中有石工安民，宋人，乃拒絕鐫刻「元祐奸黨碑」者也。

1970年11月21日　星期六

—

有風。報載有大寒流將自西伯利亞南下。華北黃河流域溫度已降至零下十度。

閱舊時出版之故宮博物院《文獻叢編》[158]，有文字獄資料及雍正朝奪位資料。

1970年11月22日　星期日

—

天晴有風，氣溫開始降低，又有寒流來了。

今日未往報館，由中輝將稿件送去。

中慧及新婚林君遊長洲，送來黃花鹹魚兩條。近年鹹魚甚貴。又中健偕徐姑娘來，邀一同去吃蛇，我未去。

燈下讀蘇州《滄浪亭新志》[159]，係蔣吟秋所輯。前去蘇州，未能一遊。滄浪亭有五百名賢祠，有石刻畫像。多年前曾在集古齋見過兩套拓本，皆未購，交臂

157　金古良：《無雙譜》，有清康熙庚午年（1690）刻本。

158　* 國立北平故宮博物院文獻館編輯：《文獻叢編》。北京：國立北平故宮博物院出版物發行所，1930-1937 年。

159　* 蔣吟秋輯，沈載華校：《滄浪亭新志》（八卷）。蘇州：滄浪亭，蘇州美術館經售，1929 年。

失之。另有木刻本，我藏有一部。

1970年11月23日　星期一
—

天氣晴冷，有風。

燈下繼續讀完《滄浪亭新志》，園係宋代蘇子美舊居，後曾為韓世忠所佔用，稱韓家園。今人但知子美滄浪亭，無人道及韓家園。

1970年11月24日　星期二
—

天晴有風。

下午獨自往報館。十一時中輝來接，同往「百樂門」晚餐，並邀中健及徐姑娘來消夜，十二時許始回。

寫關於「滄浪亭」稿少許，未完。

1970年11月25日　星期三 📷
—

天氣晴爽，有風。

電訊報告，日本著名小說家三島由紀夫[160]今日上午在東京闖入防衛軍總部，指責司令不能重振日本國威，有愧於「武士道」，然後當場切腹自殺，並按照武士道傳統，由助手為他砍下頭顱，助手旋亦自砍頭顱，一時斷送兩命。此事驚震了日本及全世界。三島為一極端軍國主義者，故有此瘋狂舉動[161]。

1970年11月26日　星期四
—

天氣晴，乾燥。

晚往報館，十一時回家。

160　三島由紀夫（1925-1970），原名平岡公威，日本作家，作品有《金閣寺》等。

161　〈日名作家三島由紀夫 切腹砍頭自殺〉，刊《星島日報》，1970年11月26日，頁2。

⑤晶報　　　　　　　　　　　150.00

⑤成報　　　　　　　　　　　150.00

⑩星晚（十上）　　　　　　　120.00

⑭星座，小說天地（十上）　　160.00

⑮薪水　　　　　　　　　　　275.00

1956 年十一月所記

一九七零年一月三日誌

1970 年 11 月 27 日　星期五

—

今日天氣晴暖。

今日為中絢生日，晚間在灣仔東方酒家設宴，久候中慧夫婦不至，用電話再三催請始來。兩人面無表情，顯然曾在家中爭執過，中慧性情甚驕縱。新婚便如此，甚不得體。

羅馬教皇東來訪問，此是天主教歷史上一大事。昨次首程抵達菲律賓，在馬尼拉機場甫下機，即遭一喬裝天主教僧人用短刀行刺，但未中 [162]。

1970 年 11 月 28 日　星期六

—

天晴有風。

晚上由中嫻陪往報館，十一時回。

今晚中慧夫婦來家吃晚飯，一時許始散。

1970 年 11 月 29 日　星期日

—

天晴有風。

今日精神略有不適，寫完稿件，未往報館。

162　〈在馬尼拉機場遇刺　教宗安然無恙　刺客為玻里維亞抽象派畫家　被捕後自稱行刺以破除迷信〉，刊《星島日報》，1970 年 11 月 28 日，頁 1。

十時上床休息，未進晚餐。中夜起身一次。

1970年11月30日　星期一

—

天晴和暖。

下午三時由中嫻陪往報館取薪水。又到八樓辦理九月下期及十月上期稿費錯誤事。

八時離開報館，往華豐公司購食品罐頭，然後同至龍記西餐館吃串燒牛肉，蓋中嫻所嗜也。

二時睡。今晚高貞白夫婦來，未遇，事後在電話中向他致歉意。

1970年12月1日　星期二

—

天晴有風，甚暖。由中嫻陪往報館，十一時回。燈下閱《中國美術》全集六朝部分。解放後1960年曾在南京西善橋發現晉墓，內有磚刻《竹林七賢圖》，以前未見著錄，亦未見過原拓本。

1970年12月2日　星期三

—

天陰，有微雨，不雨已很久了。

晚間由中嫻陪往報館，十一時回家。

1970年12月3日　星期四

—

天陰有雨，氣候轉涼。

晚間往報館，由中輝陪往。他前在一汽車零件公司任職兩月，得薪水五百餘元，有餘額三百餘元迄未收到，最近收到了。今日以一百二十元存我處留待購置冬季新衣。

今晚又請我往恩平餐室吃紅燒羊排。第一次如此，值得一記也。

1970 年 12 月 4 日　星期五　📷

—

天陰雨，有北風。

今日羅馬教皇保祿六世來港訪問，作三小時勾留，以直昇機自機場來香港，不敢乘車經過街道，因在菲律濱曾遇刺。因此本港當局及天主教徒皆極緊張。四時半離去。未發生事故 [163]。

晚與黃茅等在留香館聚餐，吃北方菜。由中嫻陪往，後一同往報館。

1970 年 12 月 5 日　星期六

—

陰雨，略帶潮濕。氣候轉寒。

未往報館，由中輝將稿送去。

1970 年 12 月 6 日　星期日

—

天晴有風，微冷。

晚間由中輝陪往報館。

中慧今日遷居，因結婚時所租的地方很不適合。

中絢以鮫魚數塊見貽。

1970 年 12 月 7 日　星期一

—

天晴，有風和暖。今日為「大雪」節令，天氣應已寒冷，而事實不然，有點反常。

腹痛微瀉，似是吃壞了什麼。

163　〈今午憑「窗」北望應覺匆匆　教宗初臨港島　本年彌撒儀式成空前隆重一次　公教學校獲當局特准放假一天　警方動員嚴密部署保安〉，刊《星島日報》，1970 年 12 月 4 日，頁 23。

1970 年 12 月 8 日　星期二

—

天晴有風。

晚由中嫻陪往報館，後同至百樂門晚餐，係應中健及徐姑娘之邀。飯後同到他們的住處小坐，就在附近。這還是第一次。十一時回。

1970 年 12 月 9 日　星期三

天陰，有微雨。

讀《花隨人聖盦摭憶》[164]。此係本港翻印本，龐然一巨冊，內容不少，除詩詞外，頗有一些近代掌故。著者即黃秋岳，此人在抗敵初期，以行政院秘書身份，受收買為日本奸細，事發被槍決。此書係李輝英數年前所贈。

1970 年 12 月 10 日　星期四 📷

—

天陰。

早起讀報，忽見朱省齋兄訃告[165]，已在昨晨去世。老朋友又少了一個，可慨也。日前曾為他刊了一篇有關明清畫展的文章[166]，該是最後一篇了。

下午四時約了黃茅喝茶，因逾時而去，他已經走了。

燈下續閱《花隨人聖盦摭憶》。此書尚有續篇[167]。

1970 年 12 月 11 日　星期五

—

天陰。

上午十二時，省齋在九龍舉殯，送去花圈，未去。

164　黃秋岳（黃濬）：《花隨人聖盦摭憶》。香港：香港龍門書店，1965 年。

165　〈朱省齋訃聞〉，刊《星島日報》，1970 年 12 月 10 日，頁 3。

166　省齋：〈書畫小記·觀集古齋明清書畫展〉，刊《星島日報·星座》，1970 年 11 月 23 日，頁 15。

167　黃秋岳（黃濬）：《花隨人聖盦摭憶補篇》。香港：大華出版社，1970 年。

1970年12月12日 星期六

—

天晴有風。

今日未去報館，以稿着中輝送去。

1970年12月13日 星期日

—

晴冷有風。

高貞白來電話，囑剪紙一件作一月號《大華》用。【盧】《大華》由文史掌故專家高伯雨（1906-1992）以林熙之名主編，1966 年 3 月 15 日創辦，為半月刊，至 1968 年 3 月的第 42 期停刊；休刊兩年後，至 1970 年 7 月復刊，改為月刊。詳情可參閱許定銘〈文史掌故期刊《大華》〉。（見《城市文藝》2011 年 1 月號）約星期一在美蘭[168]喝茶，並答應以《花隨人聖盦補編》見贈。

1970年12月14日 星期一

—

所藏武梁祠拓本一套，置大膠袋內，不知幾時跌落櫃，被狗所抓爛，甚不快。此是一套甚好的拓本，已托裱過。

1970年12月15日 星期二

—

天氣晴暖。

下午偕中輝到報館取薪水。五時應高貞白之邀到美蘭餐室喝茶，以剪紙交他。承他以《花隨人聖盦補編》見贈，又補足所缺《大華》二期。

與克臻到大華購食品及雜物。

今日整日未得進食。至晚十二時始能與中輝同在南方餐室吃咖喱。

上午晴暖，入夜轉寒。夜睡甚冷。

168　美蘭，即美蘭餐廳，位於大道中 62 號 A 中華百貨公司大廈閣樓。見《香港年鑑 1970．工商名錄》，頁 375。

1970年12月16日　星期三　📷

—

天晴有風。

台灣近有「大共諜案」，主要人物為李荊蓀[169]，曾任《中央日報》總編輯，現任台灣廣播公司副總經理，乃新聞界聞人，所牽涉者亦多新聞界。但此間人間觀察則認為乃「栽贓害人」，因他是「台灣獨立」份子[170]。

1970年12月17日　星期四

—

羅琅[171]以近作兩冊見贈。一冊是《潮州風物》[172]，原來他乃是潮州人。

1970年12月18日　星期五

—

天晴。

與嚴、羅等在百樂門聚餐，聞源克平又臥病，醫生囑他要拔去全部牙齒，想必病源與齒根有關。

外電報導波蘭因糧食及物價問題，發生大暴動。

169　李荊蓀（1917-1988），徽州人，三十年代開始任職於《南方日報》，後報社保送重慶中央政治學校新聞班就讀，畢業後任助教，歷任中央宣傳部總幹事、宣傳科科長等職，1945年任南京接收專員，籌備南京《中央日報》復刊，並任總經理、總編輯等職，又於1945年參與創辦《新聞天地》周刊。後《中央日報》遷台，李荊蓀亦赴台任台北《中央日報》總編輯，又參與創辦《大華晚報》，出任董事長。六十年代曾任中國廣播公司節目部主任、副總經理、國家安全會議建設計劃委員等職。1970年因涉及新聞界於福建和共產黨關係，以叛亂罪起訴，判處無期徒刑，1975年減為有期徒刑十五年，1985年11月刑滿出獄。出獄後為《中國時報》撰文。有關李荊蓀案，可參考王正華編輯：《李荊蓀案史料彙編》（台北：國史館、文建會，2008年）。

170　〈台北先後捕獲共諜　將由軍事法庭審訊　李荊蓀承認廿歲時加入共黨　案中牽涉者全為新聞界人士〉，刊《星島日報》，1970年12月15日，頁2。〈台續搜獲共諜　正進一步調查可能　尚有更多人被拘　李荊蓀已承認為間諜活動負責人〉，刊《星島日報》，1970年12月16日，頁2。

171　羅琅（1931-），又名羅隼，廣東人，五十年代開始寫作，筆名羅漫、羅烺、林琅等，曾任上海書局發行主任及編輯，1959年開始組織「鑪峰雅集」，近年主編《鑪峰文集》。作品有《北窗夜鈔》、《香港文化腳印》等。

172　羅隼：《潮州風物》（筆名「韓潮」）。香港：上海書局，1970年。

1970年12月19日　星期六
—

天氣晴暖。

近聖誕節，市面漸熱鬧，交通甚迫。自報館回家，已夜十一時，交通仍甚擠迫。

1970年12月20日　星期日
—

天氣晴暖。

晚間到報館。近來報館另請了一個新的總經理，訂立許多新條例，官樣文章甚多。

1970年12月21日　星期一
—

兒輩因聖誕節，着手清理家中雜物。我則因書籍太多，有無從入手之感。

1970年12月22日　星期二
—

天氣晴暖。

今日為冬至節，歲又暮矣！

往報館，工作完畢已十二時許，因與中嫻往百樂門晚餐，又邀中敏同來，然後一同回家。

1970年12月23日　星期三
—

天氣晴好。

晚間往報館，由中輝陪往，事後一起在南方餐廳吃咖喱。

1970年12月24日　星期四
—

天晴。

應兒輩要求，今晚在家中舉行自助餐，並有火雞等。

1970年12月25日　星期五
—

天晴。與黃茅等在百樂門聚餐。

1970年12月26日　星期六　📷
—

天晴。晚間與克臻同往南洋戲院看《智取威虎山》彩色電影 [173]，係邀請者，散戲後同在百樂門晚餐始回。

1970年12月27日　星期日
—

早起腹中阻塞不適，似消化停滯。睡了一整天。未往報館。

1970年12月28日　星期一
—

今日精神較好。

1970年12月29日　星期二
—

天氣冷晴。

約中絢陪往實用書店付清書賬三百餘元，並囑將所訂各種雜誌停止。這該是一生之中的大事之一，因這些雜誌已續看了幾十年未輟，可是現在目力不濟，無法翻閱，只好毅然停止了。

事後並在得勝酒家飲茶。

173　《智取威虎山》電影廣告，見《大公報》，1970 年 12 月 29 日，頁 1。

1970年12月30日　星期三

—

天晴。今晚往報館料理新年稿件，因明晚可以不去了。

1970年12月31日　星期四

—

今日為一九七零年除夕。因克臻等明早要去深圳看《沙家浜》[174]，今晚未作聚餐，因明早七時就要起程。我因當天就要趕回，怕太辛苦，所以辭謝不去了。

今晚不去報館。

午夜十二時，海港內輪船循例齊鳴汽笛，表示迎接新年。

備忘一九六九　一九七零

19/12　　換新眼鏡　1969

24/12　　第一次看蘇棉煥眼科醫生　（1969）

6/3，1970　驗血壓上：170，下 100

13/3　　　驗血壓上：170，下 80

實用書店

訂書　　楊

　　　　何（女）

刊物　　王

區惠本，——于徵

　　　　　　見 1969 五月三日日記

身份証　　　A207220

出生　　　　1905 年　舊曆 9/4

174　〈學習移植革命樣板戲　廣東省粵劇團在深圳　演出「沙家浜」激情洋溢　香港文藝界、新聞界及千餘同胞觀看後，認為在毛主席革命文藝路線指引下，古老沒落的粵劇得到了新的生命。〉，刊《大公報》，1970年 12 月 29 日，頁 4。

	書名	稿費
26/1	香港方物志	880.
6/4	張保仔的傳說和真相	520.
27/4	晚晴雜記	800.

一九七二年

　　此日記冊係同事周鼎兄所贈。我在一九七二年十月廿三日曾入養和醫院割左眼的「白內障」，十月卅日施手術，醫生為陳煒楷，手術甚熟練，局部麻醉，毫不覺痛。事後在院休養約星期出院。因家中狗多，暫住中絢處，至十二月十七日始返家中。視覺自較未割前較好，但仍不能看書，糖尿亦未全愈，仍每日服藥。

1972年12月31日　星期日

—

　　略備菜餚，與克臻及兒女輩在家中度此除夕，同在窗前聽午夜汽笛聲。

一九七三年

1973年1月1日　星期一

—

連日天氣甚寒。元旦為我與克臻結婚紀念日，兒輩以蛋糕一枚相賀。

1973年1月2日　星期二 📷

—

下午偕中嫻往探中絢，她在上月廿三日添一男孩，晚間在其家晚膳，由阿智[001]以車送往報館，九時半返家。

李輝英以新著長篇《前方》[002]一冊見贈。天氣甚寒。

1973年1月3日　星期三

—

上午十一時半由中敏、中嫻陪往陳醫生處檢查眼睛。又改配遠視眼鏡一副，此已是經手術後的第三副了。同在「紅寶石」午膳，有中輝在。天氣仍寒。

1973年1月4日　星期四

—

晚六時半偕中嫻往灣仔道新美利堅餐館聚餐，克臻偕往。此會已停頓月餘了。羅、黃、嚴、源、張向天、周鼎皆在座，談笑甚歡。

1973年1月5日　星期五

—

據同事黃君見告，今年報館有一個半月花紅，日內即發。近來甚窘，得此聊可救急矣。

取《快報》稿費，謂失去十月上單據，此事甚麻煩也。

001　阿智，名招顯智，葉中絢的丈夫，從事製衣行業。（葉中敏於 2015 年 2 月 12 日提供）另可參考 1968 年 8 月 19 日之日記。

002　* 李輝英：《前方》。香港：東亞書局，1972 年。

1973年1月6日 星期六
—

克平來電話，下星期五約往長洲一遊，由當地何君招待，可住宿一晚，以天寒歲暮，目力又不便，答以考慮再作答。

1973年1月7日 星期日
—

取來新配的眼鏡，遠視又稍佳，但仍不能看報看書也。
在家吃冬筍鹹肉湯，味甚濃厚。

1973年1月8日 星期一
—

今日報館發年終雙薪一個半月共 1575 元，係支票一張，因由克臻持往中絢處兌現，省卻到銀行往返也。
克平又來電話，長洲之行，不擬住宿一夜了。

1973年1月9日 星期二
—

致電話克平，婉辭長洲之遊，請其便中代買鹹魚若干。因歲暮天寒，視力又不佳，不想多跋涉矣。
取到《快報》稿費二百七十元，此是十月上者。以後寫了三人〔日〕就停了。

1973年1月10日 星期三
—

天氣陰寒，今晚未往報館，精神有點不振。

1973年1月11日 星期四
—

有北風，天氣轉寒。日間食有蜜酒的朱古力糖二粒，晚間驗小便，遂糖份甚多。
今日為「臘八節」，應食臘八粥，但已無人留意此俗了。

1973年1月12日　星期五
—

上午食鹹泡飯，此上海人吃法，以隔夜菜與飯加水同煮，取其熱而有味也。

1973年1月13日　星期六
—

今日上午往黎啟森醫生處，診視結果，血壓又略增高，小便糖份又不穩定，囑多服半粒藥丸。以舊曆新年在即，約定四星期後再去（二月十日）。

與中絢等在紅寶石午餐。

1973年1月14日　星期日
—

今日星期，在家休息，午睡。

中絢以火腿及臘腸見贈。

1973年1月15日　星期一
—

下午三時由中嫻陪同往報館取薪水，順便發稿（十九日者），晚間省卻再去了。

傍晚食烟魚及麵包，即睡，未進晚餐。

1973年1月16日　星期二
—

天氣陰冷。

中敏夫婦來，以二百元代年禮，可感也。

晚間食芋蝦。

1973年1月17日　星期三 📷
—

天氣不好，潮濕陰冷，夜來手腕酸痛甚，血脈不舒暢。

今晚未赴報館，因中嫻陪中絢購物去了。

燈下看新出的第二期《文林》[003]，徒具花花綠綠的版面而已。

1973年1月18日 星期四

—

天陰。今日已是臘月半。歲云暮矣殘年景象已經迫人。

第一次食家鄉過年食品——小肚，今年產品較去年稍好。

兒輩食山東大柿餅，發現有蟲嘩然！

1973年1月19日 星期五

—

今日農曆十二月十六日，廣東俗稱「尾禡」日，過此即正式入年關，百貨加價矣。

夜來有雨。早睡，未進晚膳。

1973年1月20日 星期六

—

天氣潮濕，晚間往報館，略坐即返。明年農曆丑年屬牛，以韓滉《五牛圖》[004]複製明信片製板。今日失去底稿，似為人順手牽去矣。

1973年1月21日 星期日

—

今日星期，在家休息，中絢男孩滿月[005]，循俗抱來家中一轉，並餽贈紅蛋燒肉，報以上海甜糕及「利是」。

晚間，中凱與克臻，母子間又發生語言衝突。

---

003 《文林月刊》，星島報業有限公司出版，1972年12月創刊，1974年2月停刊，共出十五期。林以亮任總編輯，後改任顧問，執行編輯包括陸離、也斯、吳平等，美術設計譚乃超，後丘子僑代。

004 韓滉：〈五牛圖卷〉（其一），刊《星島日報·星座》，1973年2月2日，頁10。

005 中絢男孩生於1972年12月23日，農曆十一月十八，是日農曆十二月十八，為男孩農曆滿月。

1973年1月22日　星期一

—

今日往報館發稿兩天，因明日不擬工作也。

1973年1月23日　星期二

—

今日為中絢的男孩滿月，晚在京華酒家宴請親友作湯餅會，全家同往。

今晚未赴報館。

1973年1月24日　星期三

—

今日上午十一時由中輝陪往陳醫生處檢查視力，又改配供近視用眼鏡一副。稍遲中敏亦來。

中絢約往中環中央飯店午餐，係自助餐。備自用托盤隨意選取，在出口處付錢。中西餐都有，生意甚好。

1973年1月25日　星期四　📷

—

往中敏處送年禮，彼以潮州滷鵝半隻相答，即用佐晚膳。

藉放大鏡讀《文物》及《考古》，郭老論近年新疆新發現的晉人寫本《三國志》殘卷[006]。

1973年1月26日　星期五

—

北風甚勁，氣候乾爽，手腕肌肉酸痛稍好，夜睡稍安。

曹公聚仁女曹蕾〔雷〕[007]寫一文談她的亡父，本港報紙轉載[008]。羅兄寫〈曹

006　郭沫若：〈新疆新出土的晉人寫本《三國志》殘卷〉，刊《文物》，1972年8月，頁2。

007　曹雷（1940-），配音演員，畢業於上海戲劇學院表演系，六十年代入上海電影製片廠任演員，八十年代任上海電影譯製廠配音演員兼導演。

008　曹雷：〈迎春寄語〉，刊《大公報》，1973年1月26日，頁2。

蕾〔雷〕和她的亡父〉[009] 以記之。視力差，愧不能執筆也。

1973 年 1 月 27 日 星期六

—

北越與美國完成停火協議，明日簽字，相持十二年的「越戰」，至是告一結束。十多年來，北越抗美，犧牲甚大，民亦勞苦。終於獲得勝利的和平，重建家國。

1973 年 1 月 28 日 星期日

—

有北風，天氣甚寒。

今日星期，在家休息，又用放大鏡讀第八期《文物》。

1973 年 1 月 29 日 星期一

—

下午三時，由中輝陪往報館取薪水。歲暮，得此聊可支助。但不能執筆，每月憑此已漸不能平衡支付了。

今晚中凱以五百元來貼補過年之用。

1973 年 1 月 30 日 星期二

—

今日為十二月廿七，年關俗務漸多，開支亦繁。

往報館發「除夕」稿，明年係丑年，因以《五牛圖》分別製板為插圖。

1973 年 1 月 31 日 星期三

—

今晚偕克臻、中嫻往新美利堅與諸友聚餐，兼示團年之意，又談起《南斗》[010]創刊問題，務期於農曆新歲成事。【盧】幾位文壇重要人物，要辦一份文藝刊物，竟一拖四年，仍未成事，墾拓文學園地困難可想而知。

009　絲韋：〈曹雷和她的亡父〉，刊《新晚報‧下午茶座》，1973 年 1 月 27 日，頁 6。

010　參考 1969 年 2 月 27 日之日記。

將稿件發至初四止，明晚可開始休息了。

1973年2月1日　星期四
—
今晚未往報館。克臻及兒輩已忙於添購賀歲食品，我則袖手旁觀矣。

1973年2月2日　星期五
—
今日為除夕，晚間亦略備菜餚作年夜飯。中健也回來參加。開了一瓶紅酒。飯後兒輩往遊年宵攤，我二時始睡。

中敏以水仙花見贈。

1973年2月3日　星期六
—
今早羅玄囿來拜年，稍遲中敏夫婦、中絢夫婦相繼來，款以洋酒。

今晚十時即睡，吃蘿蔔糕。

1973年2月4日　星期日
—
下午出外往君葆及承勳家拜年，七時返，晚九時往報館發稿兩天，因明天已經有報紙了。

1973年2月5日　星期一
—
今日早起，午後略倦，未出門，上床休息，晚間未往報館。

今日年初三，本地人認為是「赤口日」，易彼此交惡，不宜拜年云云。

1973年2月6日　星期二
—
今日在家編稿，夜晚往報館發稿。

天氣和暖，但略潮濕。

連日吃煎蘿蔔糕很多，又吃「茶泡」，幸有青蔔蔔〔蘿蔔〕生吃，可以調濟，不致乾燥。

1973年2月7日　星期三
—

今晚曾往報館發稿。

1973年2月8日　星期四
—

晚間偕克臻前往新美利堅聚餐，張向天攜孫在座。晚間未赴報館。

天氣潮濕，手骨又略有酸痛。

1973年2月9日　星期五
—

今日俗稱「人日」，農曆初一以來，天氣皆晴暖有陽光。今晚往報館發稿。

1973年2月10日　星期六　📷
—

讀《四季》文學季刊 [011]。係去年底出版，有該社同人訪問我談穆時英 [012] 問題 [013]，重讀一遍，往事不堪回首，思潮動盪，久不能止。一切皆四十年前事矣。

011　《四季》，1972 年 11 月創刊，也斯、覃權、小克等主編，四季編輯委員會出版，第二期於 1975 年出版。

012　穆時英（1912-1940），作家，二十年代開始從事文學創作，新感覺派代表作家之一。抗戰時期曾到香港任《星島日報》編輯，1939 年回上海主編《國民新聞》及《中華日報》副刊，1940 年於上海被暗殺。作品有《南北極》、《公墓》、《白金的女體塑像》等。

013　葉靈鳳：〈三十年代文壇上的一顆彗星——葉靈鳳先生談穆時英〉，刊《四季》第 1 期，1972 年 11 月，頁 26。

劉以鬯：〈記葉靈鳳〉，載《看樹看林》（香港：書畫屋圖書公司，1982 年），文中提到：「《四季》要出『穆時英專輯』，問他：『有沒有穆時英的照片？』他說：『也許會有，不過找不到了。如果視力不那麼差的話，可以憑記憶畫一幅出來。』」（頁 69）葉氏所言亦見《四季》訪談。

1973年2月11日　星期日

—

今日星期，在家休息，三育書店[014]車載青[015]君，以曹公遺著兩種（《我與我的世界》[016]、《國學十二講》[017]）見贈。展卷愴然，惓念故人不已。

1973年2月12日　星期一

—

購第三期《文林》讀之，有一篇談龐薰琹的畫的[018]。作者掇拾成章，自認現在認識他，見過他的作品的人，已經很少了。

晚吃火腿白菜湯及「無錫肉骨頭」。

1973年2月13日　星期二

—

在家編稿，晚赴報館。天氣略暖，但仍潮濕不爽快。

擬寫一些回憶小品，取題為〈記憶的花束〉[019]，未知能執筆否，當努力一試。

1973年2月14日　星期三

—

今日中午十二時半往陳煒楷醫生處，彼已不主張再換眼鏡，約定一個月後再看，中午與中輝及中絢在「紅寶石」午膳。下午二時半，再往黎醫生處，仍有血

014　羅隼：〈「三育圖書公司」和《知堂回想錄》〉，載《香港文化腳印（二集）》，文中提到：「三育圖書文具公司初設在彌敦道門牌五百八十號坐北向南，該地段日夜行人如鯽，夜市生意尤為可觀，後來業主收樓拆建，搬到對面，近救世軍附近，樓下面積較小，圖書設在二樓，後又搬入西洋菜街二號經營到一九七六年把門市轉讓給中南圖書公司止。」（頁11）

015　羅隼：〈「大公書局」首創《我的日記》〉，載《香港文化腳印（二集）》，文中提到：「曾負責大公書局工作的車載青兄，就是後來在旺角彌敦道，後搬去西洋菜街的『三育圖書公司』老闆。」（頁3）

016　曹聚仁：《我與我的世界：未完成的自傳》。香港：三育圖書文具公司，1972年。

017　曹聚仁：《國學十二講：中國學術思想新話》。香港：三育圖書文具公司，1972年。

018　歐陽恂：〈介紹龐薰琹的畫〉，刊《文林》第3期，1973年2月，頁44。

019　葉靈鳳：〈記憶的花束‧憶望舒故居〉（筆名「霜崖」），刊《新晚報‧下午茶座》，1974年3月13日，頁6。這是《新晚報‧下午茶座》專欄〈記憶的花束〉的第一篇文章。參考1974年3月13日之日記。

壓及糖尿不定，又增加藥量。

1973年2月15日　星期四

—

午後三時由中輝陪往報館取薪水。

下午四時半約了黃俊東、孟子微在紅寶石喝茶，中敏亦在座。散後往商務購《辭源》及《藝林叢錄》第七集一冊[020]。隨往中敏家晚膳。在其樓下吃自助餐。今晚未往報館。

1973年2月16日　星期五

—

昨日同中敏等在商務購放大鏡，選擇許久，覺一小型者效果較佳，遂購下，價一元七角，歸後始知與已有者一模一樣。可發一笑。

不知如何，市上很難買到放大倍數較大者。

1973年2月17日　星期六

—

今日為上元節，家中循俗煮湯圓。

晚間赴報館。約了老總施祖賢[021]明晚六時在同興樓晚飯，共四人，施、周、羅及我而已。

—

020　《藝林叢錄》（香港：商務印書館，1961年）共有十輯。羅琅（羅隼）：〈陳凡與《藝林叢錄》〉，載羅琅：《香港文學記憶》（香港：香港文匯出版社，2005年），文中提到：「《藝林叢錄》出版至現在已事隔三十多年，該書編者陳凡先生及商務印書館的唐澤霖先生、黃蔭普先生都墓木已拱。《藝林叢錄》第一編出版於1961年10月份，第十編出版於1973年，版權上只署出版社者商務印書館字樣，卻沒有陳凡先生這位編者，也沒有黃蔭普先生這位出版者的負責人。……《藝林叢錄》文章，均來自六十年代《大公報》副刊『藝林』，編者是陳凡先生。」（頁61）

021　施祖賢（1915-1985），畢業於上海聖約翰大學，後赴菲律賓及新加坡，曾任職於《星洲日報》、電台中文節目部主持，六十年代任《南洋商報》總編輯，1969年來香港，任星島報業總編輯，其後任職於香港無線電視有限公司，又任《香港電視》周刊總編輯、博益出版社顧問等。

1973年2月18日　星期日

—

今日星期，在家休息，晚六時偕中嫻同往同興樓，由羅承勳作〔東〕，與施、周小敍，八時許始散，遂乘車回家，未赴報館。

1973年2月19日　星期一

—

天氣燠暖潮濕，天文台報告濕度為百分之九十七。終日令人不舒服。入暮有雨，即轉北風，天氣亦轉乾爽寒冷。

晚赴報館。

1973年2月20日　星期二

—

今日天氣晴爽乾燥，有陽光，精神頓覺舒暢。

1973年2月21日　星期三

—

昨日好天氣，今日又復潮濕，且有霧。每年春初，香港天氣皆如此。濕度有百分之九十七，傢具皆出水，甚可厭也。

1973年2月22日　星期四

—

今晚羅承勳等約往新美利堅聚餐。未赴報館。

天氣又陰暗，但有北風，不潮濕。

1973年2月23日　星期五

—

天氣陰霾有霧。阿智往英，本定昨日，飛機因天氣至今日始起飛。

晚赴報館。

中絢邀中嫻往家中作陪小住，因阿智去英國，女工恰又病了。

1973年2月24日　星期六

—

今日中午，中嫻放學後，即往中絢處，將暫住若干日。

天氣仍不好，潮濕有霧。周身不舒服。

中敏來電話，又為我購得一新放大鏡，不知如何。

1973年2月25日　星期日

—

今日星期，在家休息，下午六時上床小睡，未進晚餐，一直睡了整夜。實在無事可可。

1973年2月26日　星期一

—

今日仍是回南天氣，雖略有陽光，仍四處潮濕。

今年「癸丑」，為蘭亭修禊若干甲子紀念。馮明之[022]一再來借有關資料，【盧】馮明之是廣東鶴山人，十九歲已任《南僑日報》副刊主編。許多研究者一直以為他 1948 年始來港，其實他於 1938 年已在香港，與梁儼然組十月詩社，1940 年 10 月與中國木刻協會香港分會在《國民日報》合辦《木刻與詩》周刊（直至 1941 年 3 月與木刻協會分家，獨立成刊）。但他最為當時讀者注目的是以「曾潔孺」或「潔孺」為筆名，在《大眾日報》、《中華時報》寫稿，成右派抗戰文藝理論家。1940 年 10 月《文藝青年》第二期楊剛提出〈反新式風花雪月——對香港文藝青年的一個挑戰〉一文，引起一場左右兩派的重要文藝論爭，他更成為代表《國民日報》出戰「反新式風花雪月」論爭的主將。抗戰勝利後，返廣州任《中山日報》主筆。1948 年再來港後，即完全以另一身份出現：五十年代初以「智侶」為筆名在各報寫流行小說、散文。六十年代開始以「馮明之」為筆名撰寫中英文教科書及適合中學生參考的各種中國文史圖書，其中《中國文學史話》上中下三冊（1962 年初版，香港宏業書局出版）最流行，多次再版。他又創辦香港編譯社，1967 年獲倫敦英國語文學院正院士銜。後任教培道女子中學。又曾在無線電視主持《古往今來》節目。我實在一時無從找起，而且現在對這等事已不大有興趣了。

022　馮明之（1919-1982），作家、教育家，筆名有東方明、馮式、南山燕等，抗戰期間在廣州、香港、桂林等地從事中學教育、報紙編輯等工作，曾與木刻家唐英偉合編《木刻與詩》周刊。在香港任職教師、香港編譯社社長、高速函授學校校長等。作品有《李師師》、《中國文學史話》、《中學生作文手冊》等。

1973年2月27日 星期二

—

中敏來，贈我一長方形放大鏡。意甚可感。

連日米價狂漲，每斤售一元者已漲至一元五毫。據云本港食米來源靠泰國，近來泰國產米失收，出口受限制，是以暴漲了。

天氣仍潮濕。

1973年2月28日 星期三

—

天氣繼續燠暖潮濕，達二十七度，可以單衣。天文台表示為九十年來所未有，令人不舒服。

往報館取薪水，由中輝陪往。晚間未赴報館。

1973年3月1日 星期四

—

連日早睡，晨間早醒，不能安睡，白晝反而甚感疲倦。

夜來遺尿在床，睡褲盡濕，老邁至此，真可嘆也！

今晚赴報館。

1973年3月2日 星期五

—

今晚與羅、黃、源、嚴等在新美利堅聚餐，此種聚餐至本次已歷 99 次，下次即 100 次。黃又赴北京，幾次想向他提起託售書畫事，未果，待他這次返港一定要弄清楚，不想再拖下去了。

今晚未赴報館。

天氣略好。

1973年3月3日 星期六

—

因視力不好，不能恢復寫作，每月收入受影響，入不敷出。今早與中凱談及

此種情形，他允每月補助家用 500 元，若能如此，則可以解決問題了。

1973 年 3 月 4 日　星期日

—

今日為孫超駿生日，已七歲，中健來，意態很銷沉，多年沉迷賭博，宜其如此。但願年來生活上飽受磨折，能有所悟。

下午吃生日蛋糕，晚上吃意大利粉，替代麵。

1973 年 3 月 5 日　星期一

—

天氣略為轉好。訂中文《讀者文摘》月刊一年贈中嫻，作為生日禮物（三月十四日）。

晚赴報館，由中輝陪往。

有人寄一冊關於景教碑的小冊子來，文字甚膚淺，不甚可取。

1973 年 3 月 6 日　星期二

—

今日天氣晴朗，陽光甚好，心情亦舒暢。今晚馮明之在「電視」上講蘭亭修禊事，王羲之所記之「晉永和九年歲次癸丑」，距今年癸丑為第廿七「花甲」已一千餘年了。

1973 年 3 月 7 日　星期三

—

天氣晴好。今早中凱喊醒我，交來五百元補助家用。

下午託中絢買治高血壓藥丸，蓋上次所購者已吃完了。

1973 年 3 月 8 日　星期四

—

天氣晴好，有陽光。午後源克平來電話，謂萬葉書店擬出版一套文藝叢

書 [023]，每冊約七萬字，約我擔任一冊散文小品集。

視力不佳，校讀甚難，當奮力為之。

1973年3月9日　星期五

—

新華社來帖，定十三日請春茗，《大公報》則十五日請酒會，皆要單獨一人前往，對此甚感躊躇。

1973年3月10日　星期六

—

中午往陳醫生及黎醫生處。中絢、中輝陪往。陳醫生建議可繼續為右眼施手術，答以待考慮，費時費神費錢，非輕率可做之事也。

1973年3月11日　星期日

—

今日星期，在家休息，午後午睡，此為星期日唯一的享受也。

1973年3月12日　星期一

—

中健近在郊區電油站工作，很辛苦，中凱日前介紹他一份新職業，係協助一英人推銷進口出版物，待遇自較好，但不知他能安於工作否。今日起已搬回家來暫住，但願其革盡舊時習性也！

023　羅隼：〈《文壇》、《青知》與《南斗》〉，見《香港文化腳印》，文中提到：「李陽兄工作的萬葉出版社約他們出版了一套『南斗叢書』一樣賠了不少錢。」（頁 27）

《南斗叢書》出版廣告，見《文匯報》，1974 年 1 月 18 日，頁 5。從中可見出版社地址為灣仔莊士敦道190 號 3 樓。

1973 年 3 月 13 日　星期二

—

今晚新華社在中總俱樂部 [024] 請春茗。被邀者多工商財貿界人士,有七八桌,我視力不佳,人又不熟,大窘,他們又排好了席次坐位,幸虧上海書局方志勇 [025] 坐在我一旁,由他照料我,甚可感也。席散後中敏在外間等候送我回家。今晚未往報館。

1973 年 3 月 14 日　星期三

—

今日為中嫻生日,午後吃生日蛋糕,晚間全家在餐室聚餐,由中絢作東。餐後往報館。

1973 年 3 月 15 日　星期四

—

中午往報館取薪水,由中輝陪往。

《大公報》今日舉行復刊廿五周年紀念酒會,在文華酒店,下午五時由中敏夫婿耀洪來陪我前往。晤張向天、侶倫等,至七時始散,又同至「紅寶石」晚餐。今晚又未往報館。

1973 年 3 月 16 日　星期五

—

有東北風,天氣又涼,晚間赴報館。

黃俊東以所著《中國現代作家剪影》[026] 一冊見贈,係書話性質。所引用參考資料甚豐富。

024　中總俱樂部,即香港中華總商會會員俱樂部,位於中環干諾道中 24 至 25 號中總大廈 8 樓,見《香港年鑑 1973 · 社團總覽》,頁 3。

025　方志勇(1913-1988),三十年代赴新加坡從事中學教育、書局出版等工作,四十年代後期新加坡上海書局派他來香港設立辦事處,後成立香港上海書局。其後曾合辦大中書局、日新書局、勝記書報社、中流出版社、大光出版社、天地圖書有限公司等。參考 1967 年 8 月 27 日之日記。

026　黃俊東:《現代中國作家剪影》。香港:友聯出版社,1972 年。

日前見張向天，他要求我繪一草圖示魯迅在虹口的各個住處。當奮力一試。

1973年3月17日 星期六

—

由於阿智往英國，中嫻往中絢家作伴住了近月，明後日阿智可返，中嫻遂於今晚回來。

試作魯迅晚年在上海虹口住所草圖初稿，此種事現在能知道的已不多了。

1973年3月18日 星期日 📷

—

今日星期，在家休息，試作魯迅晚年在虹口寓所示意圖，共四處，大致不錯。因我曾在「大陸新邨」對面的興業坊住過，所以對那些地方較清楚。

1973年3月19日 星期一

—

阿智自英返，曾遊羅馬，購得彌蓋朗其羅的作品集一冊見贈，印得甚精，惜目力差，不能盡情欣賞耳。

又作「內山書店」內部情形示意圖一幅，表示當年魯迅到內山後，多數坐在何處。此等情形，見過的人也不多了。

1973年3月20日 星期二

—

天氣晴好。寄一信與李萍倩，詢問昔年在上海狄司威路所住弄堂名稱，因他當時曾與我比鄰而居。事隔近五十年，記憶已淡。

克臻腹痛。又外甥〔孫〕嘉智喉痛，忽手腳軟，不肯步行。醫生謂病菌已入骨，甚麻煩。

1973年3月21日 星期三

—

天氣晴好。外甥〔孫〕因病入醫院，醫生謂傷風病菌入骨，要抽血檢驗。

中敏送來兩佰元給我補助家用。晚來倦甚，十一時未進晚餐即睡。

1973年3月22日　星期四
—

天晴。傍晚獨坐，翻閱舊《文物》月刊，尋出有關「蘭亭」圖片去製版。檢點之下，《文物》缺者甚多。

1973年3月23日　星期五
—

天陰，略有回南，甚暖。檢出夏季單衣多套送洗衣店去洗。

中絢來電話，嘉智病稍好，但慮復發，要長期治療。

1973年3月24日　星期六
—

天陰有微雨。

近日視力似又有變化，所戴眼鏡又不甚合用。

1973年3月25日　星期日
—

今日星期，在家休息，擬整理舊稿未果。

1973年3月26日　星期一
—

天氣晴好。傍晚羅承勛來電話，謂施祖賢邀請小聚。因我昨晚未往報館，無從通知。時已六時，匆匆偕中嫻前往，飯後同往報館。

羅告我，黃茅已返港。

1973年3月27日　星期二
—

天晴，在家編稿，晚往報館發稿，由中嫻陪往。

中輝近來生活極不正常，已一日一夜未回。多數白晝在家睡眠，夜晚出外，徹夜不回，與三數人以駕電單車為樂。屢勸不聽。

1973年3月28日　星期三

—

天氣晴好。中敏來，帶來今年的第一期的《考古》和七二年的十月、十一月號《文物》。又購麵包、荸薺等食品來。《文物》及《考古》自去年起，皆蕭滋 [027] 兄所贈閱，甚可感也。

1973年3月29日　星期四

—

天晴，今晚在新美利堅聚餐，克臻陪往，張向天兄在座，因出所作魯迅住所及內山書店圖交彼，並略作解釋。他大感興趣。因今日弄得清楚那些情形的人，已不多了。今晚未赴報館。

1973年3月30日　星期五

—

天晴，甚暖，下午三時，由中輝陪往報館取薪水，並發四月一號稿訖。如此今晚就可不必再去了。

1973年3月31日　星期六

—

天氣燠暖異常。早起與黃茅通電話，他答應日內作一答覆。
報載李萍倩已赴北京，怪不得沒有覆信了。再待他回來再說。

1973年4月1日　星期日

—

今日為中凱生日，在家吃生日蛋糕。
下午同克臻往養和醫院探視外甥〔孫〕嘉〔智〕及報館之施祖賢，他因胃病入院。嘉智已復原，至星期六可以出院，但要長期作注射，以防潛伏的病菌復發。

027　蕭滋（1926-2019），1951年從北京國際書店調到香港新民主出版社，曾任職三聯書店總經理，1986年退休後任聯合出版（集團）有限公司名譽董事，參與視覺藝術活動，先後加入香港畫家聯會、香港油畫研究會和甲子書學會等，作品有《蕭滋，水彩，油畫，書法》、《出版　藝術　人生》。

1973 年 4 月 2 日　星期一

—

天氣潮濕燠暖，渾身不快。

五日為清明，又為上巳修禊日，今日發紀念蘭亭修禊稿 028，並將唐閻立本之〈蕭翼賺蘭亭圖卷〉照片複製電版 029。

1973 年 4 月 3 日　星期二

—

天氣極悶熱，晝暝。午後略有陣雨，陰霾開始消散，有北風，入夜稍涼。

夜睡覺有涼風，起身為中嫻加毛巾被。因薄毛氈已不夠也。

1973 年 4 月 4 日　星期三

—

早起微雨甚涼，午後有陽光轉暖。明日清明。

1973 年 4 月 5 日　星期四

—

今日清明，家人往外婆及亡女小明墓掃墓。小明因肺炎於一九四七年秋去世，葬於跑馬地天主教墳場。

連士升 030 自新加坡來，已卅年未見，約往飲茶，因家中無人看門，未能赴約。

1973 年 4 月 6 日　星期五

—

天氣又轉陰霾潮濕，午睡至晚，困甚，未赴報館，稿已編好，由中嫻送去。

下午吃麵包及牛尾湯，未進晚餐。

028　區惠本：〈修禊雅集與蘭亭遺風〉（筆名「于徵」），刊《星島日報・星座》，1973 年 4 月 5 日，頁 6。

029　閻立本：〈蕭翼賺蘭亭圖卷〉，刊《星島日報・星座》，1973 年 4 月 5 日，頁 6。

030　連士升（1907-1973），1931 年畢業於燕京大學，曾於廣東嶺南大學任教，抗戰初期來香港，任《國際通訊》周刊主編，香港淪陷後往越南，1948 年赴新加坡，歷任新加坡《南洋商報》主筆、總編輯以及新加坡南洋學會理事、副主席，中國學會副會長等，作品有《甘地傳》、《泰戈爾傳》、《海濱寄簡》等。

今昨兩天皆未去報館。

1973年4月7日　星期六
—

天氣陰暗有濕霧，欲雨未能，以致鬱悶異常。晚赴報館。

年來香港股票市道興旺，投機賺錢者甚多，近日市價狂跌，報上一片蝕本消息。

1973年4月8日　星期日
—

今日天氣仍甚壞，天文台謂有雷雨。晚間家人往利舞台[031]看日本松竹歌舞團，我在家午睡至晚。未赴報館。

1973年4月9日　星期一
—

今日天氣仍是潮濕陰霾。

報載畢加索以傷風久未愈，在法國寓所去世，年九十一歲。像他這樣多方面的天才畫家，當代實在後繼無人。

1973年4月10日　星期二
—

天氣繼續惡劣，終日如未曾天亮。悶極。下午倦甚，晝寢至夜，未赴報館，未進晚餐。檢點藏書，兩部最好的畢加索畫集皆在黃茅處。

1973年4月11日　星期三
—

天氣仍不好。上午致電話黃茅，據答彼已赴廣州交易會了。

前年畢加索九十歲時，我曾在〈星座〉寫一小文，頗能概括他的特點，下午

031　利舞台，大型電影院，兼可容戲劇、戲曲演出，位於銅鑼灣波斯富街 82 號，見《香港年鑑 1973 · 工商名錄》，頁 245。

特找出備用。

由中輝及中敏陪往陳、黎兩醫生處。中午在「紅寶石」午膳。中敏在「大華」公司購罐頭多種見贈。

中絢送來 300 元，中凱交來 500 元補助家用。

1973 年 4 月 12 日　星期四

—

天陰有細雨。

付清米舖及旺姑二月份工資。

1973 年 4 月 13 日　星期五

—

今日下午，由中輝陪往報館取薪水。四月份起，每月加了五十元。在「南方」吃咖喱，並帶了一盒星加坡炒麵回來。

下午，中敏來。寫紀念畢加索逝世短文 [032]，由我口授，並供給資料，此第一次嘗試，未知成績如何。

1973 年 4 月 14 日　星期六

—

天陰，略有陽光。

中敏送來 200 元補助家用。

1973 年 4 月 15 日　星期日

—

羅君及萬里書店 [033] 丘君邀吃晚飯，由克臻陪往。他們想約我編一部研究中國

032　葉靈鳳：〈畢加索其人其事〉（筆名「寶盈」），刊《星島日報·星座》，1973 年 4 月 14 日，頁 6。

033　萬里書店，成立於 1959 年，後由書店轉型為出版商，更名為萬里機構出版有限公司，現為聯合出版（集團）有限公司成員之一。

書法的書，辭以不能，並為介紹書家佘雪曼[034]君接洽。

1973 年 4 月 16 日　星期一

—

天氣晴好，有陽光。時序已入初夏矣。窗外有「荔枝蟬」鳴聲。附近有多層大廈落成，遮住東窗陽光不少。

傍晚午晝甚倦，勉強起身赴報館，候車失約不至。

1973 年 4 月 17 日　星期二

—

今日天晴，甚熱。傍晚忽轉涼，相差近十度。

晚赴報館。

1973 年 4 月 18 日　星期三

—

天陰有風，偶有陽光，午睡後倦甚，着中嬋乘車送稿，今晚未赴報館。

廁所水箱、水管皆漏水，招匠來修理。

1973 年 4 月 19 日　星期四

—

自初夏以來，每日午後思睡倦怠殊甚，又因桌上堆滿書籍，日記遂中斷。

八月十八日記

1973 年 7 月 16 日　星期一

—

七月十五日自《星島日報》退休[035]。據報館計算，先後服務卅三年。

034　佘雪曼（1907-1993），畢業於中央大學，曾於重慶女子師範學校、川東師範學校、國立北京女子師範學院、東北大學、四川大學、中山大學和新加坡南洋大學任教，1949 年來香港，1950 年在香港建立雪曼藝文院，從事書畫創作和教學，曾出版一套供青少年學習書法的字帖。

035　參考 1947 年 6 月 27 日之日記。

1973年7月17日　星期二

—

〈星座〉已於今日出最末一期，此副刊自《星島日報》創刊之日即有，卅餘年，至今日停刊！

1973年8月18日　星期六

—

今日起，恢復日記，已是秋天了。我已於本年七月十五日自《星島日報》退休，〈星座〉遂於十七日停刊。

中敏夫婦等今天啟程往江南及華北旅行，托帶一信與蟄存。

1973年8月19日　星期日

—

整理書籍。蟄存日前來信，自署「李萬鶴」，稱我為「秋生」，殆有所忌諱也。

1973年8月20日　星期一

—

燈下翻閱黃蔭普氏《廣東文獻書目知見錄》[036]，所錄甚廣，惟不錄近人者。《新安縣志》僅美國及廣州（鈔本）各有一部，可知此志少見，我的一部甚難得也。

又閱比亞斯萊畫冊，佐以放大鏡，勉強可讀。又，黃氏書目不見《靖海氛記》，暇當寫信一問。

1973年8月21日　星期二

—

終日陰雨。翻閱比亞斯萊畫冊多種，幾種較重要者可說都已齊備。

036　黃蔭普（1900-1986），1922 年畢業於清華大學，後赴英、美留學。1927 年回國，歷任中山大學教授、廣州商務印書館經理、商務印書館駐港辦事處協理、商務印書館西南辦事處主任等，五十年代於香港大學任教，並任商務印書館香港辦事處顧問。藏書樓稱「憶江南館」，從五十年代開始數次捐獻所藏古籍文獻給廣東中山圖書館及暨南大學圖書館，中山圖書館於 1956 年編有《黃蔭普先生捐贈廣東文獻目錄》及《續編》。作品有《憶江南館回憶》等。

黃蔭普編：《廣東文獻書目知見錄》。香港：崇文書店，1972 年。

1973年8月22日　星期三

—

天晴，中午偕中輝及中嫻陪往醫生處，先到黎啟森處，次到眼科陳煒楷處。在「紅寶石」餐廳午餐。歸來倦甚。

傍晚天文台掛一號風球。夜雨。

1973年8月23日　星期四

—

天氣略悶熱，仍有一號風球。入暮較涼。中絢喬遷，中嫻往幫忙，將小住數日始回。

午睡甚久。

1973年8月24日　星期五

—

天涼有風，時有驟雨，饒有秋意了。下午家人出外，一人在家午睡甚久，就這麼度過一天，未看書，夜在燈下記此。

1973年8月25日　星期六

—

天涼有風，早起翻閱王子雲編《中國古代石刻畫選》[037]，此係一九五七年在北京所購，集內不收漢畫像，如武梁祠畫像等。

又閱法國雕刻家梅約[038]的木刻書籍插畫，甚淳樸精緻。

1973年8月26日　星期日

—

仍陰雨，整理書籍，在燈下閱《金石索》及英國吉爾木刻集[039]。

037　王子雲編：《中國古代石刻畫選集》。北京：中國古典藝術出版社，1957年。

038　梅約（Aristide Maillol，1861-1944），通譯馬約爾，法國雕塑家、畫家。

039　參考 1949 年 10 月 20 日之日記。

1973年8月27日　星期一　📷

—

天氣晴熱，中敏自上海來信，曾見大姊、二姊，心中甚慰，又告我施蟄存近任華東師範校長。下午與中健同出購物，購新上市月餅一盒，在鑽石酒家飲茶。

源克平寄來舊《文藝世紀》一冊，內有舊作放翁故事〈釵頭鳳〉[040]，係托其代尋覓者。

1973年8月28日　星期二

—

陰雨，整日未歇。整理書籍，尋出《文物參考資料》（一九五五年者）多冊，尚有更早者未尋到。

翻閱《近代繪畫史》共三巨冊[041]，插畫全係彩色，此係二次戰後所出。

1973年8月29日　星期三

—

天氣仍陰雨，中敏來信，已至杭州。

閱蘇聯版畫及書籍插畫集，皆俄文原版。又展閱所存拓本，風甚大，未能細閱。

1973年8月30日　星期四

—

天氣仍整日晴雨不定。甚涼。尋出蟄存姪女所寄來英文書兩冊，尚有一冊未見，正是他信中所要的。

1973年8月31日　星期五

—

連日天氣壞極，晴雨不定。夜間每有大雨。整理書籍，尋出漢畫、石刻、壁畫集子甚多，又有德國表現派蒙克版畫一冊。

—

040　葉靈鳳：〈釵頭鳳〉，刊《文藝世紀》第 29 期，1959 年 10 月，頁 20。

041　參考 1951 年 4 月 17 日之日記。

1973 年 9 月 1 日　星期六

—

仍陰雨不止。閱石刻畫集。我本有武梁祠畫象拓本兩套，不慎墮地上為狗所撕爛，可惜之至 042。

1973 年 9 月 2 日　星期日

—

天色仍時晴時雨不定。中絢夫婦本約定到九龍晚餐，只好作罷。

想剪髮，也因天氣不好，未能出門。

1973 年 9 月 3 日　星期一

—

仍是陰雨不定天氣。取出摩理斯所印《喬叟》故事集 043 複製本翻閱。

中凱前借去北魏石窟拓片集 044 及日本版《中國美術》第三冊 045，今日還來。

1973 年 9 月 8 日　星期六

—

連日皆陰雨不定，而且有風。

白晝炎熱，可謂秋行夏令。

1973 年 9 月 11 日　星期二

—

今日為中秋節，循例吃月餅。

042　參考 1970 年 12 月 14 日之日記。

043　Chaucer, G. (1896) *The Works of Geoffrey Chaucer.*（Edited by Ellis F. S.; ornamented with pictures designed by Sir Edward Burne-Jones, and engraved on wood by Hooper W. H.）Milesex: Kelmscott Press.

044　于希寧、羅菽子編：《北魏石窟浮雕拓片選》。北京：中國古典藝術出版社，1958 年。

045　長廣敏雄編：《中國美術（第三卷‧雕塑）》。東京：講談社，1972-1973 年。

1973 年 9 月 15 日　星期六

—

中敏夫婦往國內各地旅行，今日歸來。送來自杭州所購龍井，又大姊所贈筍脯豆。

1973 年 9 月 17 日　星期一

—

仍有驟雨，天氣晴雨不定，且有雷。

1973 年 9 月 18 日　星期二

—

黃蔭普兄來電話，謂自加拿大歸來，該地大學圖書館之胡女士，前任職香港馮平山圖書館，知我藏有《新安縣志》，託黃君詢問，是否有意出讓，按此志國內外地方志書目著錄者僅有一兩部鈔本，甚稀見。告以不願外流。

1973 年 9 月 19 日　星期三

—

早晨有驟雨，且有雷，中午有陽光，極悶熱。

1973 年 9 月 20 日　星期四

—

天氣仍晴雨不定，時有雷聲，恍似初夏。

1973 年 10 月 25 日　星期四

—

今日下午四時入養和醫院，住 335 號房，準備第二次將左眼施手術，因又生了一層薄翳。手術將在明早施行。

1973 年 10 月 26 日　星期五

—

今早九時入手術室，由陳煒楷醫生施手術，局部麻醉，約五分鐘即畢事，據

云兩三日即可出院，不用針縫。

1973年10月27日　星期六
—

要終日臥床休息，不許起身，頗苦之，但蒙眼棉花已略可揭開，能辨顏色，似效果甚好。

1973年10月28日　星期日
—

今日已許起床小坐，蒙眼棉花如簾狀垂眼上，視地上磁磚花紋顏色甚清楚。

1973年10月29日　星期一
—

今日仍在醫院，準備明早可以出院。

1973年10月30日　星期二
—

今早十時許出院，沿街所見商店招牌字甚清晰。
此次手術效果似甚佳。費用共約二千三百餘元。

1973年10月31日　星期三
—

檢點冬衣，許多毛衫多已蛀壞，甚可惜。購新絨西裝褲兩條。

1973年11月1日　星期四
—

若視力能繼續保持良好，當恢復寫作，惜此餘年。

1973年11月2日　星期五
—

往陳醫生處檢驗目力，要另換眼鏡。視近者加深二百度，可以看報上六號字。

1973年11月3日　星期六

—

天氣漸涼，有北風，漸有冬意。

1973年11月4日　星期日

—

每日午睡時間甚長，耗時甚多，因此往往終日無所事事。

1973年11月5日　星期一

—

北風起，天氣甚乾燥。

1973年11月6日　星期二

—

晝寢甚久，昏昏然遂度過一日。

1973年11月7日　星期三

—

往中敏處晚餐。住處面臨跑馬場，今年開始每逢星期三，夜晚亦跑馬，因此燈光耀目如白晝，高處俯視，真是車如流水不絕。

1973年11月8日　星期四

—

今日集古齋新畫廊開幕，舉行酒會，有請柬來，以家中無人未去。

1973年11月9日　星期五

—

今晚嚴、羅等約在新美利堅餐廳聚餐，九時返。

1973年11月12日　星期一

——

今日往陳醫生處檢驗。遠視及近視眼鏡皆要重配，度數皆加深，隨即往蔣氏眼鏡公司接洽。兩副皆換左眼玻璃一塊，價共七十元。

1973年11月13日　星期二

——

送近視用眼鏡至眼鏡公司。因磨鏡片需時，遠視者約二小時內可成。

1973年11月14日　星期三

——

香港稅務局來公函，《星島》所付退休金要抽稅一千二百餘元，限明年二月前交付。

1973年11月15日　星期四

——

取來新眼鏡，助視力甚佳，只是微覺耗神。

1973年11月16日　星期五

——

在商務印書館見有新印的「三言」（《喻世明言》，《醒世恆言》，《警世通言》）及《今古奇觀》正續編，頗想買來重讀一下。

1973年11月17日　星期六

——

整理書籍，尋出舊時所購《警世通言》及《醒世恆言》，又《二刻拍案驚奇》下冊一冊。《喻世明言》即《古今小說》，憶曾購過，當亦在書堆中。

1973年11月18日　星期日

——

閱新尋出各書消磨時間。

1973年11月19日 星期一

—

想起舊時曾購有《清平山堂話本》[046]，尋了一下未見。《二刻拍案驚奇》的上冊也不知放在何處去了！

1973年11月20日 星期二

—

北風起，氣候甚乾燥。

想執筆寫文章，躊躇提不起興趣。

1973年11月21日 星期三

—

想寫稿，在心中構思，擬以〈記憶的花束〉為總題，分段而寫。

1973年11月22日 星期四

—

友輩邀往新美利堅餐室小聚。晚六時半由中嫻陪去。談及擬出版一套叢書，取名「南斗文叢」，克平邀我參加一冊。

1973年11月24日 星期六

—

天氣漸寒，此日記遂擱置未寫，直到一九七三年結束。

一九七四年一月十一日補記。
又，補記數事於後。

1973年11月26日 星期一

—

編成譯稿《故事的花束》[047] 一部，約八萬字，交萬葉書店出版，為南斗文藝

046　洪楩編：《清平山堂話本》。北京：文學古籍出版社，1955年。

047　葉靈鳳：《故事的花束》。香港：萬葉出版社，1974年。

叢書之一。

1974.11/1

1973年11月27日　星期二

—

物價飛漲，炭售至每斤四元，（平時每斤在一元以下），且缺貨。全世界鬧「缺油」。本港提早於十二月卅日實行夏令時間，時鐘撥快一小時，早八時，天色尚微明，學生即摸黑上學矣。

1974. 11/1 補記

1973年11月29日　星期四

—

往商務購《喻世明言》及續《今古奇觀》各一部，後者係選輯「三言兩拍」若干篇而成，經本港重印者。

1974. 11/1 補記

1973年11月30日　星期五

—

一九七三年日記至此結束。

1974.11/1 補記

【盧】不知何故，此日記簿欠去 12 月 2 日至 30 日各頁。以下各項記於日記末「私人記事」空頁中。

二月十日看黎醫生（星期六）

二月十四（星期三）看陳醫生

30/7 收 300.00

20/8 收 500.00

31/8 收 500.00（又小小贈 100）

18/9 收 500.00（又小小贈 200）

1/11 支 1000（存 12000）

15/11 支 500（存 11500）

23/11 支 500（存 11000）

10/4 六月十日往陳醫生處（兩個月）

10/4 五月三日往黎醫生處（三星期）

22/8 三星期後往黎醫生處（約在九月十三）

22/8 陳醫生約一個月後

【編按：原稿中上面四項都以斜線或交叉線劃除】

中絢電話 432114 451511

中敏電話 753359

苗秀：600439

源克平：616,435,

黃茅：439,235（集古齋）

弟弟：257161（新址）

一
九
七
四
年

此日記冊乃中敏所贈
一九七四年一月十一日記

1974年1月1日　星期二

—

一九七四年元旦。

日來天氣不甚寒冷，但極乾燥，人亦疏懶，終日枯坐，無所事事。

已近農曆歲暮，久旱不雨，預料春間必陰冷多雨了。

1974年1月2日　星期三

—

市上物價日漲，因受中東產油國「制油」影響[001]，電力及船隻皆受限制，炭每斤由一元漲至四元半，且缺貨供應，惶惶然若大戰前夕。

一九七四年之景象，一片驚慌不安！

1974年1月3日　星期四

—

近來紙價亦飛漲，廁紙由每捲六七毫漲至每捲一元餘，且缺貨。

萬葉書店謂報紙漲價，書店將現金囤購印書紙張，稿費要過了年再說。

1974年1月4日　星期五

—

擬剪髮、洗腳，因天寒皆未果。

1974年1月5日　星期六

—

天氣乾燥，吃青蘿蔔，此北方人習慣，兒輩詫異不解。

001　〈波斯灣六個產油國決定　明年一月一日起　石油價提高一倍〉，刊《星島日報》，1973 年 12 月 24 日，頁 1。

1974年1月6日　星期日

—

下午思睡，以天寒，睡後晚間再起身，極不舒服，勉強撐過，寧可打瞌睡，不想午睡也。

1974年1月7日　星期一

—

今日為臘月十五，歲月催人，一年又將盡了！袖手終日，未做一事。

1974年1月8日　星期二

—

今日為農曆十二月十六，本地人俗稱「尾禡」，過此已正式入「年關」了，百貨皆可加價。

1974年1月9日　星期三

—

中輝近日有一職業，為「白牌」車 002 司機，每早七時半即應上班，時天色尚未亮，夜睡又遲，似甚辛苦。然不如此亦不能早睡早起，真是無可如何也。

1974年1月10日　星期四

—

中敏今日送來五百元供家中過年之用，甚可感也，今年因物價漲，又無「雙薪」補助，一切必須緊縮，度此年關！

1974年1月11日　星期五

—

天氣甚暖，但天文台報告，謂北方有寒流到，明日氣溫將降至十二度。
整理一九七三年日記，並補記今年一月初數日日記，【盧】由此可見失去或未見

—

002　白牌車，指懸掛私家車牌的汽車，用作載客營業用途，事屬非法，唯因計程車不足應付繁忙時間乘客所需，執法者亦採通融態度。

家藏日記甚多。殊可惜。**蓋新日記簿由中敏於日昨始帶來，計新年已過十日，皆補記如上。**

1974年1月12日　星期六

—

【盧】由此日起至 1 月 25 日，均標農曆記事。排字版則仍按日記本所印陽曆。

天氣略冷，並不如預料之甚。

中絢以醬鴨一隻見贈。

今天已是農曆十二月廿日，天寒，袖手坐待年關到臨。

1974年1月13日　星期日

—

農曆十二月二十一日。天氣略為陰冷，終日未做什麼，午後晝寢至晚十時。

1974年1月14日　星期一

—

十二月二十二日。天陰，有回南現象。理髮，已經加價，要付「雙工」，理髮一次，連小賬費洋十八元。

1974年1月15日　星期二

—

十二月廿三日。

今日家中掃塵，兼整理雜物，皆克臻及女工旺姑動手，我只能袖手而已。

晚間食醬鴨，味較淡，不及臘鴨，更不及南京板鴨。

1974年1月16日　星期三

—

十二月二十四日。

下午克臻出外辦年貨，旺姑來洗地，濕水淋淋，幾乎無立足地，擁氈在椅上假寐一小時，打發這一段沉悶時間。克平來電話，約往西環一潮州人家私廚聚餐，地方很難尋，辭以不能去。他說明日商議，另改別處亦可。

1974年1月17日 星期四

—

十二月二十五日。天氣甚和暖，晚間往新美利堅餐室 ⁰⁰³ 聚餐，由克臻陪往，八時返。在老大房買上海年糕，今年糯米貴，年糕價亦貴。

入冬以來，家中被人偷去貓兒三隻，遂使鼠輩猖獗，夜起見桌上有鼠。

1974年1月18日 星期五

—

十二月二十六日。

今日萬葉出版社已在《文匯報》刊出《南斗叢書》出版預告 ⁰⁰⁴，除我的《故事的花束》外，另有其他九種，大約十種為一輯 ⁰⁰⁵。紙價太貴，不知能維持否。

1974年1月19日 星期六

—

今日已是臘月二十七日，克臻忙於辦年貨，中嬌已放年假，作晝寢，家中悄靜，展閱《世界著名散文選集》⁰⁰⁶，上海書局多年前出版，編者署名苗湘成，【盧】從未見柳木下署此筆名，如非葉氏在日記中記下，又埋沒了。當係柳木下筆名，選入我所譯的紀伯倫散文詩兩輯。當時魯迅之名似在南洋被禁，書中廚川白村等譯文，皆改為周豫才。柳譯有《塞爾彭自然史》數則。

1974年1月20日 星期日

—

十二月二十八日。家人出外購物，下午在家讀《世界著名作家散文選》，終歲碌碌，得此閒情，亦殊不易，讀至完卷，自然跳過了許多篇。我仍喜歡描寫自

003　新美利堅餐室，即日記慣稱的美利堅餐室。

004　《南斗叢書》出版廣告，參考 1973 年 3 月 8 日之日記注 23。

005　萬葉出版社《南斗叢書》另外九種為：舒巷城《燈下拾零》（1974）、柳岸《海隅雜記》（1974）、沈逸文譯《黎明：泰國短篇小說選》（1974）、蕭銅《馬路集》（1974）、阮朗《泥海泛濫》（1974）、黃蒙田《山水人物集》（1974）、陶融《書與橋》（1974）、龍韻《閒步集》（1974）、夏果《石魚集》（1975）。

006　紀伯倫等著，苗湘成編選：《世界著名作家散文選》。香港：上海書局，1961 年。

然的小品，以及日本人所寫的生活小品。後者自較西洋人所寫的容易接受。數年前曾耐心讀完蒙田的全部小品文，引經據典，讀起來實在很吃力，而且沉重。

1974 年 1 月 21 日　星期一

—

【盧】此日所記誤寫於日記本 1 月 22 日頁中，葉氏用筆改動原印日子。1 月 22 日情況相同。

今日為十二月二十九，俗稱小年夜，晚即大除夕矣。下午在家讀《詞林紀事》，係近年排印本，僅見下冊，有關於夢窗、草窗、白石道人等人的詞話，可惜一時找不到上冊，放翁的《釵頭鳳》詞故事當在上冊。

1974 年 1 月 22 日　星期二

—

今日為舊曆大除夕，禁放爆竹法令仍未撤消，是以，爆竹無聲除舊歲。吃年夜飯後，不耐久坐即睡，克臻與兒輩收拾佈置，至黎明始寢。

1974 年 1 月 23 日　星期三

—

今日為農曆正月初一元旦，今年歲次丙寅，屬虎，天氣甚好。

中絢夫婦及中敏夫婦來拜年。晚間偕克臻至中絢家。

1974 年 1 月 24 日　星期四

—

正月初二，午後往君葆處拜年，又偕中敏夫婦至羅承勳家，然後至中敏家晚飯，歸來已近十一時矣。

今年家鄉食品——鹹板鴨及小肚，皆甚好，而且價不貴。

1974 年 1 月 25 日　星期五

—

今日為正月初三，本地人稱為「赤口」日，相見易口角，忌到人家拜年。但仍有人來拜年。

黃昏有微雨，天氣轉寒，不雨久矣。晝寢至午夜始起身晚飯。三時再睡。

1974年1月26日　星期六

—

有微雨，天氣略寒。

下午在家讀《郁達夫日記九種》重印本，附有〈毀家詩紀〉及王映霞的〈答辯〉，書前有我的序文，係多年前應出版者的要求而寫，幾乎忘了[007]。展讀一過，創造社出版部許多舊事重上心頭。以達夫先生當時的烟酒頹廢生活，使我輩青年對之，實難接受，此為當時雙方衝突的基本關鍵，其餘皆枝節問題[008]。郁氏感情易衝動，筆下每每誇大其辭。

1974年1月27日　星期日

—

天陰，仍時有微雨，下午續讀《日記九種》至夜。當年三德里創造社出版部事如在目前[009]。達夫日記中日言改革，仍一事無成。他當年的花烟間生活，與我輩的生活實相距太遠了。互相衝突，初不僅為了他停妻再娶，戀愛王映霞也。

1974年1月28日　星期一

—

天陰，開始有「回南」跡象，季節不久即轉入春天了。香港春天短暫，且潮濕多霧，迨天氣晴朗乾爽，已成夏天了。

讀完《日記九種》及《毀家詩紀》，有暇當尋出有關他在南洋的生活敘述一

—

007　郁達夫、王映霞合著：《郁達夫日記九種及其他：郁達夫與王映霞筆下的戀愛和婚變》。香港：宏業書局，1963年。書中收葉靈鳳〈題記〉、郁達夫〈毀家詩紀〉及王映霞〈答辯書簡〉。

008　葉靈鳳：〈達夫先生二三事〉，收入《讀書隨筆（三集）》，文中提到：「後來為了反對他追求王映霞，我和其他幾個朋友都和他鬧翻了。他在《日記九種》裏曾說有幾個青年應該鑄成一排鐵像跪在他的床前，我猜想其中有一個應該是我。」（頁32）

　　葉靈鳳：〈讀《郁達夫集外集》〉，收入《讀書隨筆（二集）》，文中提到：「在當時許多較年輕的朋友中，包括我自己在內，大都是對王映霞不滿的，認為是她害了達夫，逼他結交新貴，逼他賺錢。」（頁16）

009　葉靈鳳：〈讀鄭伯奇先生的《憶創造社》〉，收入《讀書隨筆（三集）》，文中提到：「我第一次寄稿給成仿吾先生，接到他的回信約我去談話時，那已經是《創造周報》出版的時代。周報的編輯地點雖仍是設在泰東書局編輯所內，但已經不是伯奇先生所說的馬霍路福德里的那一間，而是設在哈同花園附近的民厚南里，另外還有一個地方是在從前法租界近霞飛路的一個弄堂內。那也是一座兩上兩下的樓房，樓下是書籍堆棧，樓上則是編輯部。」（頁26）

讀。讀王映霞的辯白，頗為達夫不平。我輩當年所反對者，只是他的私生活而已（吸烟、叫妓、打牌之類），對他的文藝才華始終敬佩。

1974年1月29日　星期二
—

今日正月初七，為人日，晚有微雨。

讀《郁達夫詩詞鈔》，係陸丹林所編 [010]，另有鄭子瑜所編者 [011] 較陸搜集更多，係較後所出。本有此書，雜置何處，一時無從尋覓了。

1974年1月30日　星期三
—

下午，黃俊東、劉日波、孟子微（區惠本）三人來拜年，黃帶來鐵觀音茶一罐見贈，談至五午〔時〕始去。

晚讀英譯意大利短篇，一新作家作品，係超現實派一類者，題名〈郭果里之妻〉[012]，作者用第一人稱，謂揭發一不為人知之秘密——郭果里之妻實非真人，乃一巧妙之「橡皮人」云云。構想荒誕，不知俄國文壇果有此傳說否。

1974年1月31日　星期四
—

下午在家讀英譯西班牙短篇集，讀了兩篇，皆係現代新人的，不覺得有特別好處。

晚吃煎蘿蔔糕，即以作晚膳，十二時就寢。

1974年2月1日　星期五
—

天氣轉寒，下午讀西班牙短篇集，自有西班牙人文學作品的特質，但這類現

010　陸丹林編：《郁達夫詩詞鈔》。香港：上海書局，1962 年。

011　鄭子瑜編：《達夫詩詞集》。香港：現代出版社，1954 年。此本應為較先出而搜集較少者，廣州宇宙風社初版於 1948 年。

012　Landolfi, T. (1963) *Gogol's Wife & Other Stories*. New York: New Directions.

代新人的短篇都不見有什麼特別好處。

　　以稅單交中絢代為辦理。稅務局對退休金要抽稅一千二百餘元，限期二月中旬交付，真是無可奈何也。

1974年2月2日　星期六

—

　　天氣甚寒，氣象台報告寒冷將繼續一星期左右。讀西班牙短篇集，有一篇以一歌劇為題，敘一中年男子與一少女偶發的愛情，類似德國的支魏格的作品。

1974年2月3日　星期日

—

　　天寒，下午在家讀西班牙短篇集，所讀者題名〈預言〉，敘一吉卜賽人與盜魁事，富於西班牙色彩，甚佳。

　　中嫻隨克臻出外購物，購得春捲及湯圓歸，因明日已是立春，再過一天，又是元宵了。

1974年2月4日　星期一

—

　　今日為農曆正月十三，立春，天寒，夜來有雨甚大，早起未止，走廊盡濕，晚吃春捲，下午讀西班牙短篇集。

1974年2月5日　星期二

—

　　連日皆有雨，天氣繼續陰冷，天文台報告謂將繼續若干日，因北方寒冷空氣繼續南下。

　　續讀西班牙短篇集，所選譯者已由現代入於十九世紀範圍，這些作品較易使人接受。

1974年2月6日　星期三

—

　　氣溫降低，天氣甚冷。

今日為正月十五，元宵節，晚間吃「元宵」應節。讀西班牙短篇集。事實上，此書所選者以用西班牙文寫作者為原則，並非限於西班牙一國，因此許多拉丁美洲作家皆包括在內。

1974年2月7日　星期四

—

今日《文匯報》新廈落成遷居 013，舉行酒會招待，下午克臻一人去，因家中無人，我未去。

晚間，王紀元為《海洋》雜誌 014 設宴，與克臻同去。九時回。

萬葉書店送來《故事的花束》稿費八百元支票一紙。

天氣甚寒，入夜尤甚。

1974年2月8日　星期五

—

天氣嚴寒，天文台報告晨間溫度僅得四度半，新界高山地帶更在零度下。

終日袖手，未看書。

1974年2月9日　星期六

—

天氣繼續嚴寒，夜睡至曉，雙腳腳背仍冷。天文台報告寒流將繼續若干日，

013　《文匯報》原社址位於波斯富街 4 號，新址為灣仔道 197 至 199 號，見《香港年鑑 1974・工商名錄》，頁 205。

014　《海洋》雜誌，即《海洋文藝》，創刊於 1972 年 11 月，1980 年 10 月停刊，主編為吳其敏。

彥火：〈《海洋文藝》之什〉，載《香港文學》第 13 期，1986 年 1 月 5 日，文中提到：「《海洋文藝》於一九七二年十一月創辦，一九八〇年十月停刊。……《海洋文藝》剛創辦的時候，初為試刊性質。試刊共分四輯，大卅二開本，厚一四四頁，白報紙印刷。一九七四年四月改為雙月刊，篇幅增加到二〇八頁；一九七五年一月再改為月刊，恢復一四四頁，直至停刊為止。」（頁 83）

王紀元，浙江義烏人。1936 年隨鄒韜奮和金仲華等赴香港創辦《生活日報》，七七事變後回上海參加生活書店工作，上海淪陷，隨潘漢年等來香港，任國際新聞社駐香港辦事處主任。1963 年任香港中國通訊社社長，1970 至 1979 年任中華書局海外辦事處及商務印書館香港辦事處主任。

吳其敏時為中華書局海外辦事處副總編輯，王紀元為其上司，或因此由王出頭為《海洋文藝》設宴。

且為若干年來最低溫的一次。

早睡，未讀書。

1974 年 2 月 10 日　星期日

—

今日天氣仍甚寒冷，晝坐苦寒，下午三時有陽光自後西南窗射入，為時僅半小時不到，家中所蓄狗皆爭臥陽光中，乃知冬日負暄之滋味，人畜皆有同感焉。

讀西班牙短篇選一篇，題名〈一個英雄的死〉。

1974 年 2 月 11 日　星期一

—

天氣仍冷。

劉芃如夫人將偕兒女移居加拿大，【盧】劉芃如有一子二女。大兒子劉天均，執業律師，業餘從事文藝創作，著有《豈是等閒風流》、《風流近來都忘了——劉天均小說散文集》等。現已退休，居加拿大。二女兒劉天梅曾任香港《明報》查良鏞社長助理六年、《財經日報》總經理及文化傳信公司副總裁，後任廣州《周末畫報》業務拓展總監，及承辦體運傳訊、海外投資顧問業務，2010 年移居北京至今。三女兒劉天蘭，香港著名形象設計師，曾任《號外》作者和執行編輯。著有自傳《原來天蘭》，現居香港。據劉天蘭記憶，劉天均早在 1967 年到溫哥華讀大學，劉天梅 1972 年亦往溫哥華升學。劉天蘭則與母親楊範如於 1974 年 3 月 12 日離港移民加拿大。**今晚若干朋友為她餞行，托故未去，由克臻一人去，因雖然事隔多年，仍難忘對芃如的友情，怕觸動感情，還是不去的好。芃如因墮機罹難已十多年了，我至今還忘不掉這個朋友。**

1974 年 2 月 12 日　星期二

—

天冷。終日袖手不想動，也未閱書。

1974 年 2 月 13 日　星期三

—

天氣略暖。農曆正月已將盡矣。

吃南京板鴨，係過年之「剩餘物資」，家鄉風味也。

1974年2月14日 星期四

—

天氣漸回暖，夜睡竟有蚊。

晚在新美利堅餐室聚餐，由中嫻陪往。帶回甜鹹包子若干。

蘇聯小說家索爾贊尼辛最近被捕，被判放逐出國，飛往西德，他曾獲得一九七零年諾貝爾文學獎金，係將作品原稿私運出國外出版者。

1974年2月15日 星期五

—

天氣略暖。

中敏來，攜來罐頭湯及餅食等，並給我二百元補助家用。

報載索贊尼津已抵達西德，住作家波爾[015]家中，波爾也曾得過諾貝爾文學獎，家屬已允許可以離蘇。

讀《本事詩，本事詞》，亦《詞林紀事》一類的書也。

1974年2月16日 星期六

—

天暖。陳凡寄來《藝林叢錄》已出者全部共九冊，一至九集。喜出望外，作書謝之，初以為僅能得最近出版之八九集，不料竟能獲全豹也。

燈下翻閱一過，不覺忘倦。

1974年2月17日 星期日

—

天氣甚暖，讀《藝林叢錄》共九集，有一篇談蓄古墨者。紙墨筆硯，傳統製作方法，由於使用者日少，看來難免要湮沒失傳了。清初之墨已被當作古董收藏。

1974年2月18日 星期一

—

天暖，已到「回南」天氣了。

015　波爾（Heinrich Böll，1917-1985），通譯伯爾，西德作家，1972年獲諾貝爾文學獎。

下午讀完《藝林》第一集，決意從第一集起，擇自己喜歡的題目，通讀一遍。今晚看完第一集，中有記廣東近代的藏書家及元大德《南海志》殘本（現在北京圖書館）等。

1974年2月19日　星期二

—

天暖，中敏送來《故事的花束》清樣全份，共一百七十餘面，當儘快校讀一遍。今日校了三十餘面，錯字甚少。

1974年2月20日　星期三

—

天氣燠暖。因要校《故事的花束》，遂將《藝林叢錄》擱置未讀。

1974年2月21日　星期四

—

天氣潮濕回南，農曆已入二月，本港天氣仍會再冷若干日（由於北方溶雪時寒流南下），每年慣常如此。日來天暖，不過一時現象耳。過此則樹上新葉吐綠，進入春末夏初天氣矣。

日來市上百物漲價甚劇，令人可驚！

1974年2月22日　星期五

—

今日中午往黎醫生處，由中絢、中敏陪往。體重一百卅三磅，比月前重了五磅。後同在京華酒家飲茶。又往商務購《文物》二冊及《海洋文學〔藝〕》二冊，後者近屢邀寫稿，因此先要看一看。

天氣甚暖，且「回南」。

市上物價日漲，因石油加價，紙張缺貨供應，米商又居奇，一切漲風遂不可遏止了。

1974年2月23日　星期六

—

天文台報告有寒流南下，天氣預測將轉冷。
續校《故事的花束》。

1974年2月24日　星期日

—

今晚天氣轉冷。
校《故事的花束》。

1974年2月25日　星期一

—

天氣突趨嚴寒，晨間僅七度，終日袖手瑟縮。農曆已二月初了，春寒逼人。
校《故事的花束》。

1974年2月26日　星期二

—

天氣仍嚴寒，清晨僅四度，新界野外已下霜結冰，為數年來最〔冷〕的一天。
校完《故事的花束》，托中慧帶交中敏，留交《大公報》門市部[016]轉交李陽[017]。
晚讀《藝林叢錄》第三集短文，多談廣東碑板及書籍者。

1974年2月27日　星期三

—

天氣仍冷，多年以來未如此了。物價則日日高漲，生活擔子愈來愈重了。
讀《藝林叢錄》第三集。有一部《粵東葺勝錄〔記〕》，著者徐琪，清乾隆

—

016　《大公報》社址，位於軒尼詩道342號，載《香港年鑑1974·工商名錄》，頁205。

017　李陽，五十年代開始創作，曾於《文匯報·文藝》發表作品，筆名呂達、徐冀。曾主編《茶點》，協助吳其敏編《新語》，協助源克平編《文藝世紀》，後任職萬葉出版社。作品有《海與微波》、《黑夜與黎明》等。

年間刊行，有圖三十餘幅，如《花甲閒談》一類者，惜未見過。

1974年2月28日　星期四

—

天氣稍回暖，餘寒仍令人縮瑟。

讀《藝林叢錄》第四集。

1974年3月1日　星期五

—

天氣稍暖，早起忘記吃藥丸，入夜失眠，輾轉不能入睡。

下午倦甚，晝寢至夜。

1974年3月2日　星期六

—

讀完《藝林叢錄》第四集，有談李義山詩及二晏詞者。

1974年3月3日　星期日

—

天暖，擬着手寫一短文給《海洋》月刊，未果。

天氣「回南」，甚潮濕，冬天大約已結束了。

1974年3月4日　星期一 📷

—

天氣甚燠暖。

寫一短文記一九五七年回上海參觀魯迅故居事，兼談及大陸新邨，題即作〈大陸新邨與魯迅故居〉[018]。「一二八」之役[019]，我當時住在大陸新邨對面的興業坊。

寫得很短，僅得六七百字，然而這是將近兩年來的第一篇寫作也！

018　葉靈鳳：〈記憶的花束・大陸新邨與魯迅故居・景雲里〉，刊《海洋文藝》第 1 卷第 1 期，1974 年 4 月，頁 22。

019　1932 年 1 月 28 日，日軍突然向上海國軍發動攻勢，為國軍力拒，次年 5 月簽訂停戰協定。

1974年3月5日　星期二

—

將寫好的短稿託中敏轉交《海洋》月刊社，太短了，未知合用否。

1974年3月6日　星期三

—

天氣潮濕燠暖，夜睡很不安。

燈下讀《藝林叢錄》第五集。舊時書畫家謂專業畫家為「行家」，文人畫家及業餘畫家為「戾家」——又稱「利家」或「隸家」。明末清初甚多書畫錄有此記載。

新文學運動初期，我們稱「業餘的」用譯音，稱為「愛美的」。實不妥，容易發生誤解。

1974年3月7日　星期四

—

天氣略涼，因有北風，遂不潮濕。

購較細之原子筆兩枝，準備嘗試寫稿。今日閱報，見中華書局有排印本《廣東新語》[020]出版。此書自清初成為禁書後，久無刊本。欲讀者每苦不易得見，影印新本實屬必要，因屈大均這書的內容很不錯。

1974年3月8日　星期五

—

查閱《辭源》關於韓壽「偷香」的典故，因苗子曾贈我韓氏墓神道殘碑拓本一紙，係畫家陳師曾舊藏，有藏印及題字，提及韓壽與賈充的女兒故事。按李義山詩云「賈氏窺簾韓掾少，宓妃留枕魏王才」，即指此事。

有暇想以此拓本為題材寫一短文。

今日為國際「三八」婦女節。

020　屈大均：《廣東新語》。香港：中華書局，1974年。

1974年3月9日　星期六 📷

—

天氣較乾爽。

寫成〈憶望舒故居〉短文一篇約一千字，記他初來香港時在薄扶林道所住的「木屋」二樓 [021]。目前未知已拆卸否？【盧】我寫〈林泉居的故事〉時說「林泉居已經拆掉」，實誤。因我被「木屋」一詞誤導，以為真是木構建築，而當年所見是座洋房，便說拆掉了。最近尋得林泉居第一代主人的公子李龍鑣先生證實，當年我見到的建築物即林泉居。而2013年12月我與李先生再去尋找，則真已拆掉，只剩下「林泉」牌子。有圖可證。

1974年3月10日　星期日

—

天氣略為轉涼，有風。

讀完《藝林叢錄》第五集，中有論及標點古書句讀者，指出已出版者不妥處甚多。古今文法及用字習慣不同，這真是一個難着手的問題也。

讀「東坡詩獄」。有專書記此事，名《烏台詩案》，當時的一宗文字獄也。

1974年3月11日　星期一

—

天涼，時有微雨。

中敏來，以稿交與她，轉交《新晚報》。希望每隔一兩天能寫一篇。

夜讀《藝林叢錄》第六集。

1974年3月12日　星期二

—

天冷，又彷彿冬天一樣了。

021　葉靈鳳：〈記憶的花束・憶望舒故居〉（筆名「霜崖」），刊《新晚報・下午茶座》，1974年3月13日，頁6。

小思：〈林泉居的故事〉，載小思編著：《香港文學散步（第三次修訂本）》（香港：商務印書館（香港）有限公司，2019年），文中提到：「五十多年來，薄扶林道改變得太多了，那裏山邊還流着小溪。『林泉居』已經拆掉，但山坡路口仍豎着『林泉』的牌子。根據去訪過詩人的人的記憶，它就在蒲飛路巴士總站再過去一個車站，香港大學體育館的斜對面。」（頁136）

去年曾聽到畫家伍步雲從國內旅行回來說，倪貽德[022]已經去世了，心中愴然。今天寫了一篇短文記當年同他相識經過，以及在上海美專往還的情形[023]。

1974年3月13日　星期三

—

天氣仍冷如初冬。

《新晚報》刊出〈記憶的花束〉第一篇稿。自患目疾以來，未在《新晚》發表稿件已逾兩年，今日重行開始，有許多喜悅和感慨。友輩且來電話祝賀，感情尤可感也。

燈下讀《藝林叢錄》第六集。

1974年3月14日　星期四

—

天氣仍冷。

寫「景雲里」短稿約六百字[024]，係《海洋》月刊社日昨來電話，謂前次所寫談魯迅故居一稿太短，囑再補寫若干，因成此篇景雲里，亦魯迅故居之一也。

今日為中嫻生日，晚間全家在新美利堅餐室吃飯。歸來早睡。

1974年3月15日　星期五

—

天氣仍冷，大約這就是所謂「春寒」了，舊曆已將近二月底，而且「驚蟄」已過，該是暮春天氣了。

寫《左聯的成立》[025]一稿，能記起者已很少，僅得七百字，只知道成立時期

022　倪貽德（1901-1970），二十年代畢業於上海美術專科學校，留校任教，曾參加創造社，後赴日本留學，回國後於上海、武昌、廣州等藝術專科學校任教。

023　葉靈鳳：〈記憶的花束‧畫家倪貽德〉（筆名「霜崖」），刊《新晚報‧下午茶座》，1974年3月15日，頁6。另見《讀書隨筆（二集）》，頁49，題為〈老朋友倪貽德〉。

024　參考1974年3月4日之日記。查此文乃與3月4日所寫兩篇相關的短文合成一文。

025　葉靈鳳：〈記憶的花束‧「左聯」的成立〉（筆名「霜崖」），刊《新晚報‧下午茶座》，1974年3月17日，頁6。

是一九三零年三月二十日。當時我是發起人之一。

1974年3月16日　星期六

—

天氣仍繼續微冷，饒有冬天餘味。

寫〈蔣光慈的畫像〉[026]，像係吳似鴻[027]女士所繪，鉛筆畫，留在我處已多年了，曾在《拓荒者》[028]月刊發表過。

1974年3月17日　星期日

—

天氣陰冷。

〈左聯的成立〉刊出。被編者（嚴）【盧】此應指嚴慶澍。刪去幾句，讀之甚不快。

1974年3月18日　星期一

—

天氣繼續陰冷。未寫稿。

晚八時即就寢，未吃晚餐。腹中有點不舒服，想必日前吃肥膩過多所致。

1974年3月19日　星期二

—

天氣仍陰冷，有雨。

傷風，微有不適，未寫稿。

中敏來電話，謂《故事的花束》已出版，有十冊書送到她處。又，《新晚報》有稿費三十元在她處，日內一併送來。

026　葉靈鳳：〈記憶的花束・蔣光慈的畫像〉（筆名「霜崖」），刊《新晚報・下午茶座》，1974 年 3 月 17 日，頁 6。另見《讀書隨筆（三集）》，頁 44，題為〈從一幅畫像想起的事〉。

027　吳似鴻（1907-1990），筆名湘秋、蘇虹、吳峰等，二十年代後期到上海求學，曾加入「南國戲劇社」，1929 年經田漢介紹，與蔣光慈認識後同居，蔣光慈 1931 年病逝，吳似鴻繼續創作，抗戰時期曾在香港、桂林、重慶等地參加抗日文藝宣傳活動，1949 年後從事戲劇創作，五十年代返紹興州山老家居住。

028　《拓荒者》，1930 年 1 月創刊，蔣光慈、錢杏村主編，現代書局出版，至第 5 期停刊。

1974年3月20日 星期三

—

天陰有雨。

中敏托中慧帶回稿費卅元及《故事的花束》十冊。

未向報上拿稿費者已近兩年了，這三十元是兩年來的第一次。

1974年3月21日 星期四

—

天氣仍未回暖。

《故事的花束》封面似太文靜。《南斗叢書》四字太小。不到二百面，定價五元，似太貴，大約紙張印刷成本太大才如此。

1974年3月22日 星期五

—

天氣漸回暖，已是暮春天氣了。

以《故事的花束》一冊贈中絢。又以一冊贈中嫻校中圖書室。

1974年3月23日 星期六

—

寫〈上海美專的校舍〉[029]。蓋當年的美專校舍，係租用錫金公所的「丙舍」，有些地方甚至未加改動，頗有可記者。尤其是一座大校門，矗立路邊，空無一物。

1974年3月24日 星期日

—

天氣回暖，今日已是舊曆三月初一了。江南三月，鶯飛草長，這裏則根本沒有春天的氣息。只有夏天和冬天而已。

029　葉靈鳳：〈記憶的花束・上海美專的校舍〉（筆名「霜崖」），刊《新晚報・下午茶座》，1974年3月27日，頁6。

1974年3月25日　星期一

—

夜睡甚暖，天氣回南，甚不舒服。

1974年3月26日　星期二

—

有風，且有密雨，天氣又回復寒冷。剛想少穿一件毛衫，想不到又是全副冬裝了。

坐久，雙腿覺冷。夜睡很久，雙腳始暖。這都是「老態」。

1974年3月27日　星期三

—

寒雨點滴不停，已是三月暮春天氣了。想到江南暮春三月鶯飛草長的風光，寫成一篇短文。可惜情感蘊蓄未十分成熟，寫得不很滿意[030]。

1974年3月28日　星期四

—

天陰，仍有寒意。終日枯坐，未做什麼。

1974年3月29日　星期五

—

早起有雨，且有輕雷，饒有初夏意味，不似春天。

1974年3月30日　星期六

—

天氣回南，甚不舒服，思入浴，但又畏冷。

030　葉靈鳳：〈記憶的花束·江南的暮春三月〉（筆名「霜崖」），刊《新晚報·下午茶座》，1974年3月30日，頁6。

1974年3月31日　星期日

—

這幾天未寫稿，友輩頻來電話，詢問催促，甚可感也。

1974年4月1日　星期一

—

今日為大兒中凱生日，家中吃蛋糕。他最近曾搬了家，弟妹等按他的新址送了一張生日賀柬去。

1974年4月2日　星期二

—

想以紅棉為題材寫一短文，回憶初次南來時第一次見到紅棉開花的情形。
初不知粵人習稱廣州為「棉市」，即因紅棉為廣州市花之故。

1974年4月3日　星期三

—

想寫稿，很懶散，未能執筆，且腹中略感不適。
今日為中輝生日，吃蛋糕。

1974年4月4日　星期四

—

今日六時半往新美利堅赴聚餐會，由克臻陪往。路過植物公園，見杜鵑開得很盛。明日已是清明節，正是春城無處不飛花的天氣了。

1974年4月5日　星期五

—

天氣回南，且開始燠暖。
今日為舊曆三月十三日，已是清明節了。

1974年4月6日　星期六

—

寫成〈我第一次見到的紅棉〉[031]。

《海洋》雙月刊刊出所作記魯迅故居稿，且送來稿費伍拾元。酬甚豐厚，十分客氣。

1974年4月7日　星期日

—

有雨潮濕。

家中有鼠，咬及書物，甚可惡也。

1974年4月8日　星期一

—

天氣不好，想執筆寫稿未成。

1974年4月9日　星期二

—

有雨。天文台預告且有雷雨，已是初夏的氣候了。

1974年4月10日　星期三

—

雷雨甚大，天色陰霾如晝暝。

1974年4月11日　星期四

—

今日上午由中絢陪往黎啟森醫生處，蓋約定每隔六星期檢查一次。今次體重

031　葉靈鳳：〈記憶的花束・第一次見紅棉樹〉（筆名「霜崖」），刊《新晚報・下午茶座》，1974年4月10日，頁6。

一三四磅，比上次重了一磅。中午在康樂大廈美心餐室午餐 032。事前已由中絢約好了中凱。已數月未見他了。風甚大。餐後往永安公司購食物，又往商務購《文物》一月及二月號。

倦甚，晝寢至晚。

1974年4月12日 星期五 📷

—

閱《明報週報〔周刊〕》所載〈書話〉033，記《洪水》周年增刊號，提及了我。似是而非，多不憶及。此是下篇，有便當找到上篇一併看一下。疑作者或是轉引他人文章之故。

1974年4月13日 星期六

—

天氣不好，甚倦怠。數日未執筆，亦未看書。

1974年4月14日 星期日

—

《海洋》雙月刊來約第二期稿，謂在本月底以前要集稿。想記一點達夫先生的舊事，或郭先生當年在上海的幾處住處，尚不能定。

1974年4月15日 星期一

—

天晴，甚暖，略有回南潮濕。

今日為「天后誕」，水上人家最重視此日。往年每偕友輩乘船往北佛堂大廟趁熱鬧，近年已無此興致矣。

032　康樂大廈，今稱怡和大廈，位於中環康樂廣場 1 號，於 1973 年落成，為七十年代香港最高的建築物，低層設有美心集團食肆。

033　黃俊東：〈書話·洪水週年增刊（上）、（下）〉（筆名「克亮」），分別刊於《明報周刊》第 282 期及 283 期，1974 年 4 月 7 及 14 日，頁 19。葉靈鳳有關《洪水》的文章有〈記《洪水》和創造社出版部的誕生〉，見《讀書隨筆（三集）》，頁 16。

1974年4月16日　星期二
—

天氣晴暖。

夜讀《藝文〔林〕叢錄》第七集。數篇係關於《清史稿》及清代檔案制度者，對我不甚有興趣。

1974年4月17日　星期三
—

《海洋》社來電話催稿，希望毋遲過本月二十五日交稿。可是想寫點什麼，仍未能定。

讀今年第一號《考古》，在一座東漢墓中發現木簡，寫有《孫子兵法》等佚文多種，共有數百簡，為一重要發現。

1974年4月18日　星期四
—

日來女兒中美與男友巢君吵嘴。雙方感情衝突似甚劇烈，不知何故。中美暫住中敏家中，未回來。

1974年4月19日　星期五
—

中美日來似因婚姻問題引起煩惱。今日仍未回家。仍住中敏處。只好任之。

1974年4月20日　星期六
—

本月三十日（舊曆四月初九）為我生日，中絢表示要為我在京華酒樓宴家人及親友，已預訂三桌。

1974年4月21日　星期日
—

中美表示決定要與其男友巢君結婚。並謂已註冊，取得今年七月三日為吉日，意甚堅決，只好任之。

中敏夫婦約往山頂旅行，適逢大霧，別有情趣。在山頂午膳，又在書店購七四年《香港年刊》一冊。

1974年4月22日　星期一

—

早間中絢來，將生日請帖寫好，家人及友輩共四十一人，若是到齊，預訂三桌，就要坐得很擠了。

1974年4月23日　星期二

—

今日將寫好的請帖交中敏，由她送達各人。因大部分都可以由報館轉交。

1974年4月24日　星期三

—

天雨潮濕回南，倦甚，終日枯坐，提不起做事的興趣。

1974年4月25日　星期四

—

應該為《海洋》雙月刊寫稿了，懶洋洋的也不想動筆，自己都推在天氣方面，事實上是心情不安定。

1974年4月26日　星期五

—

未記。

1974年4月27日　星期六

—

未記。

1974年4月28日 星期日

—

未記。

1974年4月29日 星期一

—

未記。

1974年4月30日 星期二

—

今日係舊曆四月初九，浴佛節後一日，為我生日。今年已六十有九了，歲月催人，真不容情，許多少年時代的荒唐事好像仍在眼前。

今晚中凱、中絢、中敏等聯合在京華酒家請晚飯，筵開三席，常見的朋友們都來了，熱鬧了一番。

1974年5月1日 星期三

—

未記。

1974年5月2日 星期四

—

未記。

1974年5月3日 星期五

—

未記。

1974年5月4日 星期六

—

未記。

1974年5月5日　星期日

—

未記。

1974年5月6日　星期一

—

今日為立夏，時間過得快，轉瞬間春光已消逝，夏季又來臨了。

初夏之際，南方例有一段回南的潮濕天氣，最為惱人。

1974年5月7日　星期二

—

本港外國報紙日來有消息謂郭老病危。未知有何根據。惟郭老郭〔郭字衍〕已年逾八十，近來甚少公開露面，或體弱臥病在床亦未可知也。甚令人掛念。

1974年5月8日　星期三

—

想寫稿未能下筆。《海洋》雙月刊催稿甚急。連日天氣回南潮濕，令人不快。

1974年5月9日　星期四

—

寫好〈郭老早年在上海的住處〉[034]作《海洋》雙月刊所要用的稿，約一千二百字，只能概略言之。門牌號數已記不起了。

1974年5月10日　星期五

—

日前本港外國報紙所載郭老的消息，我國報紙至今並無記載，可見必是無中生有的捏造消息。【盧】郭沫若卒於 1978 年 6 月 12 日，則見葉氏判斷無誤。這是《葉靈鳳日記》最後一天記事。

034　葉靈鳳：〈記憶的花束・郭沫若早年在上海的住處〉，刊《海洋文藝》第 1 卷第 2 期，1974 年 6 月，頁 23。

⓪ —— 盧瑋鑾

⓪ —— 張詠梅

【出版的緣由】

—

⓪ —— 盧老師，您可以談談有意出版《葉靈鳳日記》的經過嗎？

⓪ —— 想出版《葉靈鳳日記》，已經是十多年前的事了。

因為羅孚先生曾在文章中提及這日記，我就向葉靈鳳女兒葉中敏提議出版事宜。當時她以日記屬個人私隱為由婉拒。後來我鍥而不捨一再與葉中敏商量，我認為葉靈鳳的身份不只限於是她的父親，更重要的他是三十年代中國現代文學作家、是香港重要文化人，日記記錄了他幾十年在香港的經歷，可提供研究葉靈鳳重要資料。或許當時時機尚未成熟 —— 香港出版界很少出版人物日記、回憶錄，近年才開始重視文化歷史資料刊行，例如出版《陳君葆日記全集》，對香港文學文化動態研究大有幫助。能夠看到不同人對同一事件的文字紀錄，可令讀者更全面去理解事件真相。漸漸葉靈鳳子女也了解父親對文壇的貢獻，就願意把日記拿出來出版了。

但是，我拿到日記一讀，便發現日記並不齊全。有整年失記，有一年中斷記很多，有些只記收入賬目。葉靈鳳日記因各種原因沒寫全，也可能因搬家散失了，日記看起來「缺漏」不少。不過某些「缺漏」卻可堪玩味。例如淪陷時期的日記很簡略，這是因為葉靈鳳在日人控制下不能暢所欲言。那麼為何陳君葆的日記又記錄得那麼詳細？這由於每人處境、處事方法不同，加上陳君葆所記主要為文學、圖書館藏書整理、人事往還、一般生活等等，基本不涉政治，沒有敏感話題。而當時葉靈鳳表面正式在日本人主持的文化機構工作，為統治者喉舌寫社論，多有違心之論。日記中許多話不能說，也理所當然。

雖然日記不全，略有憾焉，但能出版，對理解葉靈鳳，還是幫助很大。

【注釋與按語】

—

⓪ —— 提到日記涉及私隱，讀畢葉靈鳳日記，當中的確有些家人私隱，及他個人對政治的想法，您怎樣處理呢？

🔵 —— 對於私隱問題，日記的確不免會涉及家庭瑣事，或子女行為等事。為了保留日記原貌，在徵得葉靈鳳子女的同意下，我沒有任何刪節。我對他們說，這並非日記重點。但從細節看，仍可看得出作為父親的葉靈鳳對子女的關愛及包容，也顯出他的開放思想。至於他個人的政治立場，對一些事件的看法，是最重要所在。三十年代被魯迅罵「齒白唇紅」、「流氓畫家」，五十年代被冠名「漢奸文人」的作家，滯留香港幾十年，他究竟對祖國態度如何？對英國殖民地有何看法？這恐怕許多曾指摘他的人沒想到。通讀日記，葉靈鳳後半生，應有一全不為研究者所知的「全新」面貌。不過，我深信就算通讀了，許多私隱謎蹤，還未揭露。可堪玩味處也在此。

🔵 —— 我在為日記注釋的過程中，也一直在思考這些問題，通讀日記後，對葉靈鳳在香港的後半生，確實有更深入的理解。正如盧老師所說，日記中有些隱晦之處其實頗堪玩味。

🔵 —— 當我叫你為日記注釋時，你最初有些猶豫，後來又覺得有些注釋好像有點多餘，不如你談談最初的想法，及後來做注釋的選擇和決定。

🔵 —— 其實也說不上很猶豫，一開始感到有些猶豫，主要是因為我第一次為日記注釋，究竟應該怎樣注釋？甚麼地方要注釋？一般讀者會覺得古典文學才需要注釋，為甚麼用白話文寫的日記也需要注釋呢？應該怎樣注釋才恰當呢？這些問題往後一直在工作的過程中思考，不斷嘗試和修訂，這實在是很寶貴的學習過程。

我想注釋最重要的原則是與日記的內容互相配合，所以開始時我比較着重文化、寫作方面，因為日記記錄了很多葉靈鳳買書、看書、寫作、編輯的內容，因此我嘗試為日記中提到的書籍做注釋，尋找它的出版資料、書影等，又為日記中提到當時所寫的文章做注釋，尋找它刊登在甚麼刊物，往後結集出版情況等等。後來看到日記中提到主人公參與各種文化活動，與不同界別的文化人聚會，光顧不同的餐廳、食肆，到電影院看電影等不同生活細節，我也嘗試盡量查找當時的報章、雜誌、專書等，用注釋提供相關資料給讀者參考。

雖然日記乍看起來好像純屬個人私生活紀錄，但是從一個香港文化人幾十年的日記中，應該可反映同時的香港文化背景和社會生活狀況，因此我不厭其煩地

為日記中提到的食肆、餐廳、電影院等做注釋，希望不只聚焦於一人身上，而是從個人生活推展到社會層面，從個人觀點擴闊到時代氛圍，為日記增添當時香港社會文化環境的現場感，特別讓今天的讀者，讀起來多點文化趣味。

至於甚麼地方需要注釋，其實也經過一番考量，現有的注釋已超過二千個，我不可能為日記中出現的所有名詞如人名、地名都做注釋，這超出了個人能力範圍，也沒有這個必要。日記中有些文化人我最初並沒有為他們做注釋，如魯迅、郁達夫，因為這些作家都為人所熟悉，而且現在資訊科技發達，讀者很容易上網搜尋到所需資料。不過後來我還是為這些著名作家做了注釋，主要是為了體例上的統一。日記中有些文化人不太著名，但又與香港文化關係密切，如陳畸、劉芃如等，我也盡量為這些文化人做注釋，不過注釋內容可能較簡略，着重提及他們與葉靈鳳和香港的關係。

盧 —— 我不知道讀者會不會覺得我們自找麻煩，找某家已經不存在的食店地址、追查他常去買書的書店現在還在否、尋出他去看的電影當年廣告 …… 一切好像與研究葉靈鳳個人無大關連。我如此設計，實在有些特別想法。這日記記錄的是四十至七十年代葉靈鳳在香港的生活情狀，社會背景足以烘托人物的行止心理。鍾叔河《周作人兒童雜事詩箋釋》、董大中《魯迅日記箋釋（1925 年）》，對記錄當時的歷史、社會情況等都有極詳細的箋釋。我倒沒法像前輩這樣做，但如除了注明葉靈鳳文章引用過的書刊資料、文章刊發的刊物說明、接觸或提及人物的介紹外，加上關連照片，對香港社會情況並不熟悉的讀者來說，當可添些資料常識及增加趣味。特別是對香港讀者，更可能有些吸引力。

張 —— 要我做注釋外，您還做了一層箋（按語）的工作，這層工作有甚麼作用呢？您對日記的某些內容有感而發，加了按語，請問您是如何加上按語的？

盧 —— 古典文學加上箋注，在中國不鮮見，但為現代文學做箋釋，並不太多，例如張挺、江小蕙《周作人早年佚簡箋注》、董大中《魯迅日記箋釋（1925 年）》、劉緒源輯箋的《周作人論兒童文學》、莊信正《張愛玲來信箋注》等。箋和注釋往往互相配合，一般箋與釋都由同一人做妥。注釋着重提供事實資料，對我來說，要做二千多條注釋，工程實在太繁重，但為方便日記讀者參考，注釋是需要的，特別是有些資料只有在香港才容易找到。由於你做過葉靈鳳淪陷時期文藝作

品研究，雖然平時教學工作忙碌，我還得找你來負責。

至於箋的部分，我認為也需要做。因為葉靈鳳日記中有些牽涉某些與香港有關的問題，有些隱晦的意思，有些與他同時同地生活的人才能體會的感覺，這都非資料搜集可以得到，應有些按語或個人解讀的所知所感，以提供讀者有點現場感或聯念。我認為自己尚可勉力而為。這對我來說，是挺新的嘗試。不過，應用「箋」還是「按語」一詞，一直無法決定。就先用「按語」一詞吧。我的「按語」是以地道的香港人身份，補充當時社會環境的某些面貌，及對日記內容的詮釋和看法。我主要考慮兩個問題，其一，葉靈鳳在淪陷時期就開始寫日記，在敵人控制下，他會不會擔心洩露日記內容，影響他的人身安全？一般人寫日記不需要考慮這些問題。但是，葉靈鳳處於特殊環境下，日記未能暢所欲言，或言而未盡，我嘗試發掘和詮釋。其二，香港的文化情態、社會背景是葉靈鳳生活的舞台背景，香港以外的讀者，或今天的香港讀者閱讀時可能會遇上不明所以的困難，注釋雖然提供了事實資料，但是，沒有香港生活經驗的人，可能不了解香港社會過去的生活情態，包括衣食住行、起居飲食的生活細節，會因此影響深入研究葉靈鳳內心世界。因此，我以同時代人的身份，以個人的生活經驗和常識補充一下。例如葉靈鳳喜愛光顧俄國餐廳，其實是從上海帶到香港的生活習慣，這可反映香港與上海密切又微妙的雙城關係。又如葉靈鳳常在日記中提及到不同的國貨公司買國產用品、南京食物。其實當年一般香港市民不大去國貨公司的，這正流露葉靈鳳家國故鄉之思。飲食習慣最能反映他雖然長期生活在英國殖民地，卻一直不忘故土。為甚麼會有不少國貨公司在英國殖民地香港開業？這些國貨公司面對甚麼顧客？反映了怎樣的社會現象？我想「按語」也許會引起不熟悉香港讀者的興趣。

🔴 —— 方才提到「按語」和注釋往往互相配合，當然最重要是要配合日記的內容，如何就日記的內容加以補充和發揮。原則上，我們會在人或事第一次出現時加上注釋或「按語」，例如日記中很早提及侶倫，我在第一次提及侶倫時加上注釋，提供作家相關資料，幾年後日記再次提及侶倫，較詳細回憶過去與侶倫的交往，盧老師在此補充了兩人交往的經歷，我在此處加上侶倫所寫相關文章作注釋，都是為了配合和補充日記的內容。因此，有關同一位作家的注釋和「按語」可能會散落在日記的不同時期。

盧 —— 是的。讀者可能會發覺「按語」長短不一。其一，有些人物也許不大為人熟悉，可是對某時期的葉靈鳳有重要的影響，我就會在「按語」多加補充説明。例如一位與葉靈鳳關係密切的日本人小椋廣勝，我最初也沒有特別留意他，因為葉靈鳳日記並沒有清楚寫明他的全名，只是他在淪陷時期快結束前的日記中提及「某君」、「小椋」，但在《陳君葆日記全集》中曾提到此人名小椋廣勝，我想葉靈鳳或許覺得不便在日記中提到日本人。後來我追查到小椋廣勝曾任日本派駐香港記者，在香港擔任不少文化統籌工作，曾著《香港》一書，記錄香港淪陷前的面貌。而他早於 1937 年加入日本共產黨同盟通信社，曾因此而坐牢。為何他在戰時會來香港擔任如此高級的職位？又怎會與葉靈鳳頗有交情？這些都相當值得注意。因此我對小椋廣勝的「按語」比較詳細。又例如：日記曾提及嚴既澄，此人相關資料很少。後來我們找到《週末報》有人對他專寫反共文章的批評，在這方面多了一點認識。其二，剛才提到侶倫，是香港文學早期重要作家，但他與上海文化人如葉靈鳳的交往經歷並不大為人所熟悉。侶倫雖在《向水屋筆語》寫過，但此書已絕版多時。將來研究葉靈鳳，不妨多注意一下。因此，注釋和「按語」其實很靈活，或長或短，或集中或分散，放在甚麼位置，都是因應葉靈鳳的生活紀錄，配合日記內容補充發揮的。

張 —— 盧老師做「按語」時，有沒有遇上困難或有難以下筆之處？

盧 —— 當我看到日記中有些未能暢所欲言、言而未盡之處，做「按語」時就要斟酌再三，日記一開始就是淪陷時期，其中抄了些日本歷史人物名字，最初我以為是葉靈鳳記下寫作素材而已，後來想到葉靈鳳喜用典故，背後會否隱含深意呢？且他當時正為日本人工作，卻敢寫出《吞旃隨筆》，借用蘇武牧羊的典故表現氣節，我不禁努力推敲究竟這些日本人的名字有何深意？日記同時又提到杜鵑和周作人的文章，結合在一起來研究，當可體會其中深意。我不敢說自己的解讀一定正確，也可能是一種誤讀，但是，我盡量透過日記去接近葉靈鳳當時的內心世界，以「箋」表達我的看法。此外，日記中提到某些不大為人所熟悉的人物，他們與葉靈鳳交往，我也希望盡量發掘他們的資料，例如關朝翔醫生，香港不少文化人都找他看病，我特地請認識關醫生的李默幫忙去請教關太太，找到更翔實的資料。又如翻譯家劉芃如，因早逝而一直不大受人注意。劉芃如逝世後，葉靈鳳往往在其忌日抒發對他的懷念之情，可見兩人關係密切。因此，我冒昧去找劉

芃如的女兒劉天蘭，很感謝她提供了劉芃如與文化人聚會的照片，才能讓他在香港文化活動史中留下一鱗半爪，相當難得。雖然追尋資料的過程頗不容易，得到的成果卻令我興奮。當然我不可能在此刻找到所有相關資料，總有遺漏，不過我們已經做了五六年，不想拖太久，希望讀者可盡早讀到葉靈鳳日記，也盼望將來尚有知情者或研究者能加以補充。

張 ── 還有當時是文藝青年的黃俊東……

盧 ── 是呀！我知道黃俊東與葉靈鳳相熟，卻不知葉靈鳳在日記中提及與黃俊東的交往，還有劉一波和區惠本。我不認識劉一波，幸好黃俊東幫忙提供有關劉一波的資料。從葉靈鳳日記中可見葉靈鳳對當年的香港這些文藝青年很關顧，他們貿然提出想見面，想約他為他們主編的刊物寫稿，葉靈鳳都一一答應。他很欣賞區惠本，又贈書給黃俊東，葉靈鳳關心香港文壇之情可感。假如曾與葉靈鳳有交往的文化人願意寫文章記錄往事，對於葉靈鳳的研究是有幫助的。

【日記反映了怎樣的香港文化生態？】
──

張 ── 當我為葉靈鳳日記提到的文章做注釋時，發覺他對香港或其他感興趣的題材，往往會一寫再寫，在不同的刊物發表，這也許與當時的文化環境有關，他在香港謀生不易，長期為不同刊物寫稿賺稿費，為《星島日報》編副刊，每天都要不斷寫作編輯，難免會重複喜歡的題材，這種情況也反映了當時香港文化生態的一面。

盧 ── 這確實反映了香港文化生態重要的一面。不少作家都為了謀生而重寫某些題材。此外，作家也要因應不同刊物需要而重複某些題材。假如不是葉靈鳳在日記的稿費記錄中提及《成報》，我也沒有注意到原來他從五十年代就開始為《成報》寫稿。這次為了日記做注釋，你特地到香港中央圖書館找《成報》的顯微膠卷，查到葉靈鳳為《成報》寫稿的紀錄，反映出著名作家除了為大報寫稿，為了謀生也會為通俗報刊服務，因此，研究香港文學不宜忽略通俗報刊或小報。這些報刊擁有大量讀者，銷量不錯，《成報》老闆何文法邀請葉靈鳳為副刊撰寫專欄，一寫就是二十多年，直至葉靈鳳逝世後，還繼續「翻炒」他的文章，給老讀者投

訴。一般香港文學研究者常說香港文化左右派壁壘分明，但從葉靈鳳為不同立場的報刊寫稿，就可看到香港的情況並非如此簡單的二元對立。葉靈鳳常用為人熟悉的筆名發表作品，比較容易確認，有些著名作家會用很多不同的筆名在左右兩派報刊寫稿，這也是香港文學研究者要面對的一個難題。

張── 從日記中可見葉靈鳳除了長期為《星島日報》編輯和寫稿，也為不同立場的《大公報》、《文匯報》、《新晚報》寫稿，也同時為《成報》、《新生晚報》寫稿，可見他以不同的筆名為立場風格各異的報刊供稿。除了一些常用的筆名如「霜崖」、「秋生」以外，在追查葉靈鳳發表文章的過程中，也發現了不少較為少見的筆名，可能是他當編輯時為了填滿版面和賺取稿費，只好用不同筆名在同一版面上發表文章。可見葉靈鳳還有筆名尚待考證，也有不少未結集佚文尚待整理，單是為《新晚報》副刊寫的專欄〈霜紅室隨筆〉就有大量佚文尚未結集，還有葉靈鳳長期為《星島日報》編副刊〈星座〉，當中有不少葉靈鳳用其他筆名發表的文章，從日記注釋中可以看到這些筆名和佚文的線索，希望有助於日後對葉靈鳳的研究。

【我們不足之處】
──

盧── 我曾答應姜德明先生編了《葉靈鳳書話》，可惜當時我對葉靈鳳研究未深，編得不夠好。假如未來要深入研究葉靈鳳一生的讀書經歷和所寫書話，恐怕要詳細整理他的佚文。當時發表文章的刊物搜尋起來並不容易，未來研究的道路仍然漫長。

張── 對於日記中提及的書籍或其他事物，我都盡力在能力範圍內提供詳細的注釋，不過囿於學力與時間，始終未能找到更多相關資料，為所有事物提供鉅細無遺的注釋。期望未來能夠陸續找到相關資料，補充得更為完備。

盧── 整理這日記，才知自己才疏學淺。葉靈鳳藏書之多之廣之雜，簡直驚人，更可貴的是正如他曾說：「難得的是藏而能讀。」特別是他看很多英文書，也收藏很多不同版本的外文書籍。可是我們兩人都是這方面的「外行」，恐怕錯漏難免。希望熟悉外文書籍的專家對他讀過的文學、史地、藝術、性與怪異等外文

書籍能加以補充，使本書更臻完備。

（張）—— 是的，因為不懂外文書籍的版本，我只能依靠不同圖書館的資源提供基本資料，錯漏在所難免，希望各位專家不吝賜正。

【日記反映了葉靈鳳怎樣的形象？】

—

（張）—— 一般研究者都會關注葉靈鳳作為作家、藏書家的一面，從日記中除了可以看到葉靈鳳寫作、買書、藏書以外，也可以體現出他當編輯、當父親的不同方面，例如他經常要去銀行為子女交學費等，日記有豐富的生活細節，立體而完整地展現出葉靈鳳的人生，讀者可以從中看到生動而具體的葉靈鳳。

（盧）—— 從日記中可看到葉靈鳳作為父親、作為丈夫，如何為子女付出，為兒女孫兒慶祝生辰，有空時與太太一起外出吃飯看電影，甚至會提到家中的寵物等等細節，個性很活現。又如你剛才提到去銀行為子女交學費，是因為當時香港許多名校都不會在校務處收學費，家長需到指定銀行繳交。銀行大多位於中環，中環也有不少書店，因此葉靈鳳往往去銀行交學費後就逛書店。他買書的狂態，掛賬的厲害，更屬「痴類書魔」。

【葉靈鳳是「過客」嗎？】

—

（張）—— 閱讀葉靈鳳日記，感到他雖然在香港生活了幾十年，但一直都以外來者的身份，以過客的心態在香港生活，盧老師會如何詮釋葉靈鳳與香港、中國的關係呢？

（盧）—— 這個問題一直困擾着我。葉靈鳳在香港筆耕幾十年，在小島成家，養育了一群兒女成人，最後終老於此，但他一直把自己當成過客。有一段時期，內地文壇視他為漢奸，而實在他對祖國情懷卻非常濃烈，那麼我們該怎樣評價他呢？

他如何看待香港呢？他雖然立足香港，卻一直心懷故國。如果說純粹是過客心態，似乎並不盡然。日記中可看到葉靈鳳十分關心香港的命運，關注香港的身世。他很早就研究香港歷史，發掘史料引證香港與中國的關係。很多內地來香港

的歷史學家和文化人如翦伯贊、許地山，同樣關注香港的身世，他們到南丫島考古，想從歷史的角度，證明香港屬於中國。葉靈鳳從中國文獻和外國人的研究中，尋找香港的前世今生，又保住了《新安縣志》，可見他對香港的關切之情。也因為他對這個課題持久的關注，可能十年前寫了一篇文章，後來又找到相關新材料，於是就相似的話題再寫一篇文章，很多人會覺得重複，其實文中多說或少說了一句，都可能表示他對這個話題有了新的見解，研究者宜多加注意。此外，當香港與中國發生衝突時，就可反映他如何看待香港與中國的關係。讀到葉靈鳳1967年的日記時，自能體會他以中國人的立場和角度去看問題的態度。這一年的文字紀錄，令我更深深思索，香港淪陷時期，他滯留香港的真正原因。1949年後，他生計艱難，經濟捉襟見肘。而他又時刻思念江南生活、眷念上海當年文友、讚頌祖國進步及新建設的偉大……卻沒有回國落葉歸根的行動。香港回南天氣既然令他難受，他胡不歸去？我喜歡你談葉靈鳳香港淪陷時期作品的那篇論文：〈「信非吾罪而棄逐兮，何日夜而忘之。」——談《華僑日報‧文藝週刊》（1944.01.30.-1945.12.25.）葉靈鳳的作品〉，切中了一個愛國知識份子的悲情。

🈣 —— 剛才提到葉靈鳳與香港的關係，他很早就開始關注香港的歷史，在《星島日報》編〈香港史地〉副刊，我覺得葉靈鳳之所以關注香港的歷史和身世，主要是為了證明香港是屬於中國的，他只想從歷史的角度證明香港與中國的血緣關係，對於香港這片腳下的土地，他並不是那麼關心。

🈚 —— 確實是不關心，他是借住在香港，正因為是借住在這個英國殖民地，感受到港英政府對香港歷史的漠然、故意輕視，他才會更加關注香港的身世，提醒：香港本屬中國的。

🈣 —— 剛才提到葉靈鳳在《星島日報》編〈香港史地〉副刊，日記中曾談及停刊的原因，其實是與當時港英政府統治氛圍有關。

🈚 —— 是的，看日記時要注意日期，注意當時香港的社會背景、事件、狀態，就可以更理解日記內容，更明白葉靈鳳的心理情緒，更透視出某些政治手勢。

【葉靈鳳是「幸運」還是「痛苦」?】

一

張 —— 剛才提及讀葉靈鳳 1967 年的日記,可體會到他如何以中國人的立場和角度去看待香港與中國的關係,當時他寫了不少發掘香港身世和歷史的文章,從而曲折地表現出他對港英殖民統治的不滿。與此同時,葉靈鳳又會在日記中談到看比亞斯萊、王爾德,可見他一面關注現實,一面不忘從上海到香港仍然鍾愛的西方文學、藝術,除了顯現出一個作家的立體形象以外,也表現了當時香港的局勢雖然緊張,但仍有一定的「自由空間」,讓葉靈鳳關心社會之餘,可繼續追求自己的興趣,在香港買到很多不同類型的書籍——雖然在每月下旬要償還不同書店的書債。能讀自己喜歡的書,給他不少心靈安慰。此外還可寫自己想寫的文章。假如他下半生不在香港生活,而是回到內地的話,恐怕沒有機會看到那麼多不同類型的書刊,獲得豐富的文化滋潤。故在某程度上,我覺得葉靈鳳還是「幸運」的。

盧 —— 從葉靈鳳的一生,可以看到一個中國現代知識份子,往往活在某種政治夾縫中,現實與理想衝擊不斷,內心感到的矛盾與痛苦纏繞不解。葉靈鳳面對當時激烈的社會運動,再回到浪漫的文學世界,來回於現實與文學之間,內心感到撕裂而徬徨之苦可以想見。當我想到他只能以遊客身份回到內地旅遊,始終不能回到心之所繫的故鄉而客死香江,對於他的遭遇,我感觸很深。早年葉靈鳳在上海曾編《幻洲》,《幻洲》分為兩部,上部名「象牙之塔」,由葉靈鳳主編,下部名「十字街頭」,由他的好友潘漢年主編。這就預示了葉靈鳳一直遊走於「象牙之塔」和「十字街頭」兩個世界,一方面體會到遊走於不受制於空間的自由,另一方面也感受到兩者的矛盾所帶來的撕裂痛苦。你說葉靈鳳還是「幸運」的,我覺得對於有這種「兩面性」的知識份子來說,可能是「幸運」,也可能是「痛苦」的。

張 —— 對於葉靈鳳的「兩面性」,我覺得從他在香港的工作經歷可以窺見一二。他為了謀生長期在右翼的《星島日報》當編輯直到退休,私下又用不同筆名為左翼報章寫稿。對於《星島日報》的背景和立場、報社的派系和人事鬥爭、不得不出席的應酬活動,葉靈鳳往往有所不滿,甚至很無奈地被迫要寫一些應酬文章。

【夾縫中的葉靈鳳身上的不同「外衣」】

一

盧 —— 葉靈鳳確實一直生活在不同的夾縫中。從三十年代在上海與魯迅衝突，讓他處於夾縫當中，淪陷時期在香港又處於中日夾縫中。之後於香港再處於左右派、中英關係的夾縫中。但他一直堅持個人立場和原則。為了家累，必須有一份收入穩定的職業，《星島日報》的工作為他解決了基本的經濟問題，故不會輕言請辭。他對《星島日報》某些同事即使不滿，也不得不答應寫一些應酬文章。讀者細心閱讀這些文章，就會明白葉靈鳳如何善用曲筆，把嘲諷隱藏於文字背後。

眾 —— 正是因為葉靈鳳處於不同的夾縫當中，從上海到香港，從「洋場才子」到「漢奸」，往往在不同時期要披上不同的「外衣」，或許在層層外衣的包裹之中，是一顆遠離故國的寂寞的心。

盧 —— 葉靈鳳除了感受到知識份子的寂寞，他還身負一些我們未有真憑實據、說不大清楚的「任務」，本書別錄所收錄的資料，或許能夠讓一些事實慢慢浮現出來。我在「按語」中提及：潘漢年戰後首次來港，二人即見面。黃苗子清楚說明葉靈鳳在淪陷時期及往後與共產黨的關係。從國民黨的文件中又清楚表明葉靈鳳是「同志」。胡漢輝也記述淪陷時期葉靈鳳曾委託他帶書刊回內地。在《民國時期查禁文學史論》的〈民國時期查禁文學書刊目錄〉中，可見 1941 年 4 月查禁了葉靈鳳小說《紅的天使》，理由是「強調階級意識，鼓吹階級鬥爭」。淪陷時期他與日本共產黨員小椋廣勝交往等等，這些線索在在說明葉靈鳳在做一些不足為外人道的隱秘工作。他曾在 1946 年的日記中提到想寫「流在香港地下的血」，記錄參加的秘密工作、當時殉難同志獄中生活及死事經過，可惜現在找不到這篇文章。不過從後來葉靈鳳太太給羅孚先生的信件中，也可看到葉靈鳳身負特殊任務的蛛絲馬跡，只是在未有真憑實據以前，難以貿然確認。

我認為那件「外衣」他早已穿定。我重讀他在 1944 年寫的小品〈杜鵑〉，讀到「為了迴護你，我不惜蒙受任何無可辯解的冤抑」。足見他大半生無悔無怨，只因要踐向北斗七星的誓約：迴護「你」。

一個知識份子忠心不移的愛國，真需要時刻增添「面對人生的新的勇氣」（見《北窗讀書錄・校後記》），讀罷葉靈鳳日記，我彷彿聽到他獨坐北窗下讀書的心聲。

2017 年 8 月 22 日

盧 —— 盧瑋鑾

許 —— 許迪鏘

【出版前的交代】

一

許 —— 盧先生，我在今年初才加入編輯團隊做最後的統整編務，之前聽您說，《葉靈鳳日記》的整理和編定，已做了五六年，更不要說興起出版日記的念頭，已有十多年。坐下來打開資料，才知道這幾年間您和張詠梅老師所下的工夫確是辛苦不尋常，這在你們的對話中已有交代。這幾年中，您一直發掘新的資料，我邊做，您仍有新的發現，而且是十分重要的發現，為葉靈鳳具爭議性的生平片斷提供了新的線索和旁證。現在《日記》快出版了，是時候就新的資料交代一下，或者總結一下出版《日記》的意義，好嗎？

盧 —— 讓我先問你，你接手編《葉靈鳳日記》這大半年，對葉靈鳳個人的看法跟以前的印象，會不會有所不同？

許 —— 葉先生是我仰望的前輩——我也在《星島日報》編過幾年副刊，他的讀書隨筆是我素所愛讀，編這部《日記》，可說百感交集。他有關報館編輯工作的記事固令我深有共鳴，可六六、六七年間事件的陳述又令我對他的尊敬頗有起伏。您對葉先生品格的信念卻始終如一，也許，人是複雜的個體，投入時代洪流的知識份子是更複雜的個體，是非難以一概而論。

他最引人爭議的自然是投敵的問題，「漢奸文人」的惡名掛了二三十年才給除掉。其實，在那年頭，生死繫於一線，不止是個人，更附帶著一個家，唱高調容易，親歷其境，任何決定都是艱難的。先生身在日營心在漢，您在箋語中已有所提及和暗示了。近日有位學者列舉日治期間先生頗「露骨」的挺日文字，認為他是真心投敵。白紙黑字，固不容隱諱，縱觀《日記》中的言論，我有另一個想法。先生由始至終就對英殖民者切齒痛恨，日人把英人趕走，實現所謂「大東亞共榮」，他未必完全反感。這也解釋了六七暴動期間，他對「反英抗暴」的同情，以至在「遍地菠蘿」乃至兩姊弟給炸死的記事中，我覺得很有點冷漠。但事情發展下來，可以看出，他是有所懷疑和反省的，展現一位有感情和思想的知識份子應有的秉持。本來一百分，我就扣他三五分吧。

🅛 —— 依你所述的一段心路歷程，看到你不斷投入日記中並有合理的理解，也慢慢調整了自己某一些看法。作為《葉靈鳳日記》的讀者，就應該有這種心路歷程的發展，我覺得這是一件很好的事。剛才你說的改變，這種改變來自哪裡？除了是你自己冷靜思考之外，還有的是在《日記》內容方面讓你看到一些頭緒，使你這樣理解他。這就是日記的好處，是《葉靈鳳日記》的價值。

我們現在已經不用再計較葉靈鳳是不是漢奸，因已有實證他不是。他是不是共產黨員，也難有定調，故不用理會。通讀全書，有些事情他由始至終都相信。但六七、六八年後，他是否開始有些不同想法，讀者細讀《日記》裡的相關資料，也當自有體會。

你可記得我曾提過北京中國社會科學出版社 2013 年 12 月出版的吳效剛《民國時期查禁文學史論》？裡面記載 1941 年當局認為葉靈鳳《紅的天使》這部小說強調階級意識、鼓吹階級革命，就把書禁了。這也需要讀者好好運用我們在《日記》中的箋、注來補充、理解，所以希望我們可以擺脫個人「希望他是這樣、希望他不是那樣」等等預期觀點，而是把葉靈鳳作為一個「人」去看。在眾多不同立場材料出現之後，我漸漸覺得他是一個很執著、很敏感、很自我的文化人，在糅合現代、浪漫的人生裡，他愛恨分明，從頭到尾都憎惡英國殖民地的統治方式，這也是中國人應有的態度。在這一點上，聽你剛才的說話，我最喜歡的是，作為讀者，你在他的作品，或者在他的《日記》裡，得到新的認知和心理反應，這就是我想從一個善讀者中看到的。

🅢 —— 不同的讀者如有足夠的細心，在這本書中應會各有所得著。

🅛 —— 本來我就是希望能有這樣的讀者——善讀者。我不想隨意下一個結論，說：「他就是這樣子的。」沒一個人有資格去定論。其實我們都遠離他的心靈，有些事情我們全不知情，只是從讀者自身的人生經驗、胸襟視野，從而對這個人物有自己的看法。我覺得這很好，我們不須強加我們的看法給讀者，這是我們這次對談最好的開頭。

回到資料的問題，我取用的資料，並不全是只想用來證實某一樣事情，有時候更想解開某一個疑團。例如他在《日記》中提到要寫的〈流在香港地下的血〉（見1946 年 5 月 3 日），究竟他有沒有寫過出來呢？文本到現在一直沒有找到，如寫了，內容會怎樣呢？那些血是哪些人流的呢？凡此種種，都令我心癢難耐。等到

黃太（香港中文大學前圖書館副館長黃潘明珠）找到那本國民黨出版的《港澳抗戰殉國烈士紀念冊》，讀這紀念小冊子，便可以知道他可能寫些甚麼了。你說我不斷找到新資料，這條資料就令我安心，為甚麼呢？因為他說要寫的文章連題目都出來了，我們卻找不到文章，怎不讓我耿耿於懷？其實當時葉靈鳳若要離開香港，一定能走的，何況他認識一些日本人，而其中有的日本人身份也不簡單，除了小椋廣勝外，還有小川平二，由此你會明白我為甚麼這樣高興找到這本小川平二的《天地漠漠》（參考《葉靈鳳日記別錄》引錄）。五年來不斷尋索新資料，是因為覺得日記中的空白太多，有些重要資料仍無法掌握，料想不到天意讓這些新材料陸續出現，於是讓我們填補空白。

回頭再說葉靈鳳當時若要離開淪陷區，他一定能離開，但他為甚麼不走？說要謀生活、要養家，雖是理由，但他可不可以不寫那些露骨的、討好日本的文章？有些露骨之處背後有曲筆，細心閱讀依然可以看出他怎樣寫，但問題是他一定有一些比謀生、比遠離淪陷區更有力的理由，他才會帶著全家留在這兒。更何況當時他不會知道只有三年零八個月日本便投降，而淪陷時間越長便越走不了。無論當時他的身份是國民黨間諜還是共產黨臥底，他都要靠這身份留在香港寫捧日本統治者的文章，也不知道這種生涯要維持多久。我覺得這才是他既冒險而又偉大之處，也是令我欣賞他的地方。

許 —— 對周作人我比較理解，甚至諒解，他心底裡就是日本人。對葉先生就不容易下定論，他比周作人複雜。

盧 —— 之前你說要減他三五分，我也理解。初時我也沒想到 1967 年的日記裡他竟然咬牙切齒地說統治者不對。為甚麼會這樣呢？於是從那時開始，我調整自己想法，不要那麼快就讓對他的既有印象，限死自己的看法。你剛才說得對，到了兩姊弟炸死後，他的用字和記事開始改變，漸漸不再那麼激進。他也調整了自己，這其實很痛苦的。淪陷時期他為日本人寫那麼多社論，這點難道他自己不曉得後果麼？他若回頭看自己六七暴動時所寫，相信也是很難過。所以我覺得他是個悲劇人物，之所以是悲劇，正因為他本來是溫厚的人。這也就是我竭力要出版日記的原因，這雖然是一部個人的歷史，但我希望讀者「善讀」，能夠從中看到更廣闊的歷史，更深層的個人悲劇。

葉靈鳳在淪陷時期，寫那麼多違心之言，又要在違心文字之內，設法暗藏玄

機，難道會不痛苦？單是這點已值得我們為他出這本書了。至於其他人看得出否，或看了覺得沒有用，我不知道。我只是想通過文字了解這樣一個曾經和我生活在同一空間的人。

許 —— 我覺得您其實很克制，最初您說有意圖要為他洗脫罪名的。

盧 —— 真的很克制嗎？我知道自己有結論，但我不想影響別人，不要別人跟從我的結論去看這書。

許 —— 當然有克制，也有您的立場，但不明顯，沒有明確表達出來。

盧 —— 我是害怕自己下筆失控。每次都修改很多次。老實說，在最初時，我傾向定要達到一個目的，但後來覺得不能這樣，幸好做了五六年，有機會讓我慢慢修改，不至於匆忙就把書出版了。還有一點是你當執行編輯，補充了一些我們遺漏的資料，尤其是葉靈鳳的藏書方面。歷來人人都知道葉靈鳳看很多書，特別是外國書和中國古籍。但很奇怪，好像從來沒有人認真的看過葉太太捐給中文大學圖書館他的藏書。你在接手這《日記》後，才去取書出來看。我想你講講：第一，為甚麼你要這樣做？第二，從你看了的書中，你對葉靈鳳的讀書態度有甚麼看法？

許 —— 對葉先生讀過的書，您和張詠梅老師的注已做了許多版本的考證工作，但最直接的，自然是去中文大學圖書館收藏葉氏贈書的書室去查找實證。其實，最主要的還是出於好奇。我久已聽聞葉先生藏書豐富，當然不可放過機會，借做《日記》之名去圖書館看看。也不是沒人去看過的，董啟章就是其中一位，雖然他有興趣的是關於性的藏書。去看了，果然大開眼界，尤其是中國古代藝術圖冊，版本不一定最珍貴，可對了解清末以來藝術圖冊的出版和流傳有一定的價值。其中有一部蜀磚拓本，是原拓，如果拿去送給魯迅，魯迅肯定就不再罵他啦。

我還在網上訂了幾部與葉先生藏書版本一樣或差不多的書來看，看看他怎樣讀書、用書。比方說，他有文章寫拉封丹的寓言故事，也譯了多個拉封丹寓言。我就買了他藏書中也有的一部《拉封丹》（Monica Sutherland 的 *La Fontaine*），葉先生說到拉封丹的其中一個特色，是他的寓言和《伊索寓言》不同，《伊索寓言》一類故事中的動物，說的其實是人話，而拉封丹寓言中的動物，說的是動物應說

的話，也就是說，作者是依據動物的心理作「代言」。Sutherland 的《拉封丹》卻說，有人批評拉封丹描述的動物行為不盡不實，她則認為拉封丹並不是寫自然史，不必追求細節真確，拉封丹寫動物實則是寫現實中的男男女女，借用動物是為求方便，或避免引起不便。葉先生的說法與 Sutherland 女士似相反而實則相輔相成。很難說他用這部書用了多少，但至少他寫拉封丹是做過「資料搜集」，希望盡量了解他的書寫對象。至於他說「議論評述多於事實的敘述，不是我要讀的那種體裁」的那部《三千年來的藝術古董欺詐史話》（*3,000 Years of Deception in Art and Antiques*），我暫時仍看得頗有味。

盧 ——— 你曾告訴我有部分他喜歡的畫冊、書籍，不見收藏在中文大學圖書館他的贈書中，這點我早已知道，因為他後來很開放家中的藏書，說不定有人因喜歡而借去。他看很多書，消化後用於自己的文章裡。將來研究葉靈鳳的人，大可以從這些書進入他的心靈狀態。所以我很希望《日記》出版之後，可以讓研究葉靈鳳的學者得到更多方向的資料和方便。即使不在中文大學藏書室看，也可以像你那樣，在網上找到同一版本來看。從頭去看葉靈鳳看過的書，也是一個很好的研究方向。

我認為他看書，除了因為自己喜歡之外，當然還可以利用書中資料謀生。他在《成報》寫了二十二年，又在其他報刊寫。特別是後來出了書的《書淫艷異錄》，厚厚的兩大冊，可作有力例子。葉靈鳳自年輕時，便喜愛蒐集西方「性」的書寫題材。葉靈鳳既以為報紙副刊寫稿謀生，如能寫自己喜歡的題材，同時又能吸引讀者的文稿，不是很理想嗎？當年很多寫報紙副刊連載的人都用這種方法，例如劉以鬯取材西方的文學編寫；南宮博則改寫中國歷史故事。我們可以想像葉靈鳳在香港幾十年，要養育一大群兒女，並非易事。天天在不同報章寫連載，他就靠所讀的書取之不盡的題材，用「編寫」、「改編」或「編譯」等方式賣文。

許 ——— 對。他在《成報》寫了十多年的《一千零一夜》連載。這套書，據您的箋，現在藏在杜漸先生的書齋中。葉先生讀的是李察波頓的譯本，《一千零一夜》本來就有不少性場面，波頓更出名的喜歡添鹽加醋，此所以這套書初版時標明只私下印給「波頓俱樂部」的會員，不作公開發售，試圖規避成為禁書，雖然這未嘗不也是一種取巧的宣傳。可惜您只剪存了幾天的《成報》副刊，不然，也可看看葉先生怎樣轉述《天方夜談》的故事，有沒有他自己的「添加」。

盧 —— 葉靈鳳也很喜歡寫香港的風土,他這方面的藏書很著名。恰巧前幾天有研究者在《明報》寫關於香樂思的《野外香港歲時記》,兼及葉靈鳳的《香港方物志》,指出有人說《方物志》是抄襲自《野外香港歲時記》的。兩位作者是同時期的人,葉靈鳳是真喜歡研究香港風土的,他並不單純抄襲。香樂思是專家,他的研究在書裡寫得這麼好,報紙讀者又可能沒有見過這書,那麼可以不可以也讓葉靈鳳採用一些書中資料呢?況且當時沒有甚麼知識產權觀念,所以我想在這裡為他稍作解脫。此外,他在報上編〈香港史地〉副刊,也因為他關心香港,這個本來屬於中國,卻因為國家力弱而割讓給英國人的地方,這就不純是喜歡,而是多了一份在地研究的感情。這種感情不只葉靈鳳有,當年許地山也是這樣。他同樣寫香港歷史,卻參考許多外國書刊。這些都能夠在《日記》中清楚見到,這點你有補充嗎?

許 —— 如您所言,當年的版權意識和今天不同。周作人晚年寫的文章,也有人說是抄不是寫。書那麼多,有人給你披沙揀金,把最有趣的抄給你看,不是很好嗎?葉先生並不諱言讀過香樂思,而且在報上介紹過他的書,可能是最早推介《野外香港歲時記》的文字。1951 年 1 月 14 日《日記》記他在書店見到香教授的 *Hong Kong Countryside*,「價二十五元,以近日錢餘不多,未敢即購」。連葉先生也未敢即購,其他人可能更不敢、沒能力購了,通過葉先生的「抄襲」認識香港郊野動植物,不也是很好嗎?當然,書最終他還是購了,我在葉先生贈書室見過,圖與文的確印得很漂亮,上面有葉先生做的中文旁注。香樂思還有關於香港鳥類的著作,葉先生在《日記》裡清楚表明據之以寫成甚麼甚麼。當然,你一定要說是抄襲,難以否認,但我覺得這無損於葉先生的「文德」。

盧 —— 是的,就如看《成報》的讀者一般怎會看原著呢?也未必知道甚麼是《一千零一夜》,如果能夠因著這樣的關係,令他們認識這些故事,甚至愛上,也是一件好事。

許 —— 看葉先生讀甚麼書,就知道他不全專注舊事物,在文學方面,他的閱讀可以說相當前衛,關注新作家和作品。他讀英、美的書評雜誌,讀馬爾洛(Andre Malraux)的書,馬爾洛是著名前衛的左翼作家,另外,他讀,也選譯企

鵝出版社各國最新文學創作系列中的作品。他似乎不大提香港的年輕作者，黃俊東、區惠本是其中少數，現在恐怕沒有人聽過的劉一波，因黃俊東引介也與葉先生略有交往。很後期，也斯等辦《四季》，見過、訪問過葉先生，反而您卻從沒見過他。

盧 —— 那時我還沒研究香港文學嘛。

許 —— 總括來說，讀《葉靈鳳日記》對我的衝擊相當大，不止是感情上的衝擊，更沉重的是理智上的衝擊。讀了《日記》，才知道自己知道的那麼少。《日記》的記事相對簡單，相信也有一些事情有意隱略，但我仍覺得，已經有足夠的訊息讓我們可以從中探索作者之為文人、知識份子、編輯、藏書家、藝術鑑賞家、丈夫、父親等各方面的社會意義。這是一部大書。

盧 —— 若要真正研究葉靈鳳，空間還是很多的。

剛才所說的藏書研究，是一龐大的文化藝術方向。還有香港淪陷時期他所交往的日本朋友，例如小椋廣勝、小川平二、小原正治，均可見彼此的關係。雖然在日記中，他並沒太多記載，甚至連名字都沒寫出來，幸有與葉氏同時的陳君葆所寫日記，就見細節敘述補充。如能逐一追研，大可發展成一篇有趣的中日關係論文。

其他如你所說的作為丈夫和父親，可以看到葉靈鳳很重視夫妻關係，《日記》中他對太太的行事記述不多，但名字卻出現很多。（許：可參看《日記》的人名索引。）在家庭方面，他十分疼愛子女和孫兒，每人生日，都一定吃蛋糕慶祝。對夭折的女兒忌辰也念念不忘，許多年後在日記中仍有記載。孩子縱有不對，也沒有太多責難，可見他對兒女的寬容。你說他疼惜女兒多些，是你從父親身份出發特有的體會。他認識的人很多，但知己恐怕很少。他愛書，不惜每月緊縮家用來清還書債，有時候仍不得不在買書的問題上掙扎。在這樣的經濟環境下，他對柳木下仍時有資助，可說有情有義。最投契的朋友應是劉天均、天梅、天蘭的父親劉芃如，也許因他也讀無數外文書，中英文俱佳，是翻譯能手，又懂西方文學藝術評論，兩人應有很合意的共同話題。可惜劉先生因空難去世，他由此痛失良友。

許 —— 越說下去，就越發覺得這部《日記》不止是個人生活的紀錄，其中價值，還有待讀者去追尋。這五六年來您不斷補充資料，箋語改了又改，再給您幾年，相信您還會東翻西挖，所以，《日記》必須盡快出版了。在我之前的編輯已做了很多仔細的整理和爬梳，現在的編輯和美工團隊也盡力把書的內容和形式琢磨到最理想，決策領導層更給予全力支持，自然更有葉先生的家人，大家都期望盡快看到最後的成果。對葉先生來說，他非生於斯長於斯，卻老於斯，您和張詠梅老師討論過他留在香港是幸或不幸，我覺得，如果能回去，他一定回去。他是絕對愛祖國愛故鄉的，他不吃新奇士橙，總要吃山東櫻桃、柿餅，吃南京板鴨。但僑居於斯，他對香港種下深厚的感情，對香港的古往今來、一草一木都想看箇仔細。他的《日記》能在香港出版，是很有意思的。

盧 —— 讀過無數南來文化人的書寫，對香港的認識與感情，都是浮淺的多，他們匆匆過客，並不足怪。至於因種種原因長居的，也多情繫祖國，心念故鄉，這是根源所在，切不斷也是人心必然。正如你說，《葉靈鳳日記》記錄的，或隱或現的家國之情，處處可見。可是，他對香港的身世，研究甚深，珍視《新安縣志》，廣覽中西書刊所載資料，目的要整理香港歷史、草木蟲魚生態，加上長居後，兒女生於斯長於斯，自然對香港地也見情牽。故出版他居港《日記》，在理在情，都很有意義。

錄音：2019 年 10 月 29 日

整理定稿：2019 年 11 月 19 日（朱彥容、許迪鏘）

注釋徵引資料主要書目
一

吳灝陵編：《香港年鑑》。香港：華僑日報。

謝榮滾主編：《陳君葆日記全集》。香港：商務印書館（香港）有限公司，2004 年。

鄭樹森、黃繼持、盧瑋鑾合編：《香港新文學年表（一九五〇－一九六九）》。香港：天地圖書有限公司，2000 年。

盧瑋鑾、鄭樹森主編，熊志琴編校：《淪陷時期香港文學作品選：葉靈鳳、戴望舒合集》。香港：天地圖書有限公司，2013 年。

小思編著：《香港文學散步（增訂版）》。香港：商務印書館（香港）有限公司，2007 年、2012 年、2019 年。

黃繼持、盧瑋鑾、鄭樹森：《追跡香港文學》。香港：牛津大學出版社，1998 年。

楊國雄編著：《舊書刊中的香港身世》。香港：三聯書店（香港）有限公司，2014 年。

鄭寶鴻編著：《百年香港中式飲食》。香港：經緯文化出版有限公司，2013 年。

鄭寶鴻編著：《香港華洋行業百年——飲食與娛樂篇》。香港：商務印書館（香港）有限公司，2016 年。

羅隼：《香港文化腳印（二集）》。香港：天地圖書有限公司，1997 年。

葉靈鳳：《讀書隨筆》（一、二、三集）。香港：三聯書店（香港）有限公司，2019 年。

鳴謝

——

《葉靈鳳日記》得葉氏子女、親眷及孫輩授權出版，並提供個人及家庭珍藏資料：

葉中健

葉中絢

葉中慧

葉中敏

葉中輝

葉中美

葉中嫻

葉超駿

招嘉智

《葉靈鳳日記》的出版，獲以下人士鼎力襄助及提供資料（按姓氏漢語拼音序）：

陳寶玲　渡百名　杜漸　樊善標

馮淩霄　黃大德　黃海濤　黃漢立

黃俊東　黃潘明珠　黃仲鳴　霍玉貞

鄺智文　李麗芳　李默　李玉標

李占領　連民安　林進光　劉麗芝

劉天蘭　陸離　羅孚　羅海雷

羅琅　馬輝洪　莫昭如　蘇偉柟

翁秀梅　謝克　謝榮滾　許禮平

鄭寶鴻　鄭樹森　鄭煒明　朱彥容

謹此致謝